KB044151

무당거미의 이치

絡新婦の理

京極夏彦

JOROGUMO NO KOTOWARI
by KYOGOKU Natsuhiko
Copyright © 1996 KYOGOKU Natsuhiko
All rights reserved.
Originally published in Japan by Kodansha, Ltd., Tokyo.
Korean translation rights arranged with OSAWA OFFICE, Japan
through THE SAKAI AGENCY and BC Agency.

Korean translation copyright © 2014 Book in Hand Publishing.

무당 거미의 이치

교고쿠 나쓰히코 지음 ― 김소연 옮김

上

京極 夏彦

손안의책

次例

제1장   25

제2장   119

제3장   213

제4장   317

빠른 물살이 바위에 부딪혀 폭포처럼 흐르는데,

그
물살이 그리는 사내는 —— 그대여야지.

◎ 무당거미 [絡新婦]

—— 화도백귀야행(画図百鬼夜行) / 전편 · 양(陽)

농발거미의 변화에 대하여 ─────────

어느 산속 마을에 사는 자가 조용한 초저녁 달밤에 마실을 나갔는데, 커다란 밤나무 줄기에 예순쯤 된 여자가 이를 검게 물들이고, 희미하게 보이는 머리카락을 사방으로 헝클어뜨린 채 그 남자를 보며 이상하게 웃는다.

남자는 간담이 서늘해져서 집으로 돌아온 후 잠시 졸았는데, 아까 본 여자가 자꾸 떠오르는 통에, 가슴이 두근거려 일어나지도 못하고 자지도 못하고 있던 차에, 달그림자에 비치는 자가 있었다. 책을 보는 여자의 모습인데, 머리카락이 조금도 흐트러지지 않은 모습에 두려움을 떨칠 수가 없어, 칼을 뽑으며 만일 안으로 들어온다면 베어야겠다고 생각하고 있던 차에, 여자가 장지문을 열고 안으로 들어왔다. 남자는 칼을 휘둘러 몸통을 베었다.

요물은 베여서 약해질 것으로 보였으나, 남자도 칼을 한 번 휘두르고는 마음이 흐트러져 있을 때에, 부르는 소리에 놀라 모두들 나가 보니, 남자가 죽어 가고 있었다. 간신히 정신을 차리게 하여 원래대로 돌아왔다. 요물인 듯 보이는 것은 없었으나, 커다란 거미의 다리가 잘려 흩어져 있었다. 이러한 것도 오랜 세월이 지나면 둔갑하는 법이다.

─ 회여이물어 (會呂利物語) 제2권

급할 때에도 생각해야 하는 것 ————————

(중략) 밤도 깊어, 사경쯤 되었을 무렵, 열아홉이나 스물쯤 된 여자가 젖먹이 아이를 안고 홀연히 나타났다. 인가도 멀리 떨어져 있는 이런 곳에, 여자가 밤 깊은 시간에 오는 일은 있을 수 없다. 아무래도 요물이겠구나 싶어 단단히 채비하고 있자니, 여자가 웃으며, 안고 있는 아이에게, 저 사람을 아버지로 삼아 주겠다고 하였다. 가서 안기라며 내민다. 이 아이가 슬슬 다가오기에, 칼에 손을 대고는 날카롭게 노려보니, 그대로 돌아가 어머니에게 달라붙는 다. 별것 아니다, 가라며 떠민다. 다시 노려보니 또 돌아간다. 이러기를 네다섯 차례 하고, 지겨워졌다. 오려면 직접 오라고 말하자 그 여자는 인사도 없이 다가오매, 남자가 겁먹지 않고 칼을 뽑아 베자, 아 하고 소리를 지르며 벽을 타고 천장으로 올라간다. 날이 새고 동쪽 하늘이 밝아오자, 벽에 있는 인방을 밟고 도리를 타고 올라가 천장을 보니, 발톱의 길이가 두 자나 되는 무당거미가, 머리에서 등까지 베여 죽어 있었다. 사람의 사체로 천장이 비좁았 다. 아아, 누구의 것일까. 또 데리고 있던 아이로 보이는 것은 낡은 오륜이었다. 대략 생각건 대, 요물이라고 생각하여 서둘러 오륜을 베어 보니, 바쿠야의 검이 어느 곳은 부러지고, 어느 곳은 날이 빠져있었다. (후략)

– 도노이구사 [宿直草] 제2권

마고로쿠가 무당거미에게 속은 이야기 ─────────

(중략) 산들산들 부는 바람에 꾸벅꾸벅 졸고 있을 때, 어디에서 온 것인지 나이 쉰 살쯤
된 여자가 몸에는 다섯 색깔의 옷을 걸치고 마고로쿠 앞으로 왔다. 마고로쿠는 수상하게
여겨 누구냐고 물으니, 노파가 말하기를, 저는 이 근방에 사는 사람입니다. 당신은 늘 이곳에
오셔서 일 년 내내 훌륭한 노래를 읊으시더군요. 특히 지금 흥얼거리신 노래를 듣고, 제
딸이 당신을 깊이 사모하여 애타게 그리고 있습니다. 자식을 생각하는 부모의 마음으로
부탁드리건대, 불편하지 않으시다면 정을 쏟아 주십시오. 한 번 제집에 와 주시면 안 되겠습
니까. 이 말을 듣고 마고로쿠도 의아하게 여기면서 한 번 따라가 보니, 커다란 누문(樓門)에
다다랐다. (중략) 몸에는 얇은 비단옷에 오색으로 짠 비단을 두르고, 머리카락은 길어 무릎을
덮는 열 일고여덟 살의 아름다운 여자가 혼자서 사뿐사뿐 걸어왔다. 마고로쿠는 이 여자를
보자마자 마음도 사라지고 하늘을 나는 기분이 되어 지켜보고 있자니, 이윽고 여자가 마고로
쿠 옆으로 다가와, 약간 부끄러운 듯이 고개를 숙이며 말하기를, 참으로 당신을 사모한 지
벌써 얼마의 세월이 지났는지 모릅니다. 이 마음이 통하였으니 더없이 기쁩니다. 지금부터
부부가 되어 오래오래 함께 할 수 있다면 좋겠습니다. 이에 마고로쿠가 대답하기를, 참으로
그 마음은 고맙게 생각하나, 나 같은 비천한 자가 어찌 당신과 부부가 될 수 있겠소. 게다가
나는 집에서 기다리는 아내가 있소. 이 마음도 받아들일 수 없구려. (중략) 아무리 말해도,
어쨌든 당신과 헤어질 수 없다고 매달리는 통에, 마고로쿠가 지금은 어찌 되었든 이 여자와
도망쳐야겠다고 생각하자, 그 자리에 있던 집은 사라지고 자신은 원래 있던 대나무 정원에
있었다. 마고로쿠는 망연자실하여 꿈인가 하였으나 자다가 깬 것 같지도 않고, 진짜 있었던
일인가 하였으나 흔적조차 없었다. 너무나도 이상하여 종자를 불러, 내가 이곳에 줄곧 누워
있었더냐고 물었다. 한 시간 남짓이나 주무시고 계셨다고 한다. 마고로쿠가 기이하게 여겨
주위를 자세히 둘러보니, 작은 무당거미가 조용히 걸어가고 있었다. 위쪽을 보니 처마에는
수많은 거미가 제각각 집을 짓고 있었다. 마고로쿠가 곰곰이 생각해 보니, 그저께 저녁에
담배로 쫓아낸 무당거미였다. 그러면 이 거미가 내 꿈속에 여자로 둔갑하여 나타나 나를
속인 것이다. 무섭기도 하고 분하기도 하여, 종자를 시켜 거미줄을 모조리 치우게 하고 멀리
떨어진 들판에 내다 버리게 하였더니, 그 후에는 아무 일도 없었다.

- 태평백물어 [太平百物語] 제4권

絡新婦の理

"당신이 —— 거미였군요."

낮은, 침착한 목소리였다.

온통 벚꽃이다.

만개한 벚꽃 한가운데다.

봄 바다를 건너는 해신의 사나운 숨결이 절벽을 뛰어올라와, 덧없는 현세의 영화(榮華)를 순식간에 후려쳐 흐트러뜨린다. 하늘도 바다도 대지도 혼연일체가 되어, 그저 세상을 벚꽃색 일색으로 물들이려하는 것 같다.

그 벚꽃의 안개 속에 한층 검은 그림자가 있다.

썩어 가는 묘석. 그리고 —— 검은 옷을 입은 남자.

대치하는 것은 벚꽃색으로 물든 여자다.

검은 옷의 남자는 애써 무표정을 가장하고 있는 것 같기도 했다. 다만 그 표정이 그 자리를 얼버무리기 위한 표층인지, 진정 감정의 기복이 없는 데에서 기인하는 남자 내면의 발로인지, 여자도 거기까지는 알 수 없었다.

남자는 말을 이었다.

"팔방으로 둘러쳐진 거미줄의, 그 중심에 진을 치고 있었던 거미는 바로 당신이었어요. 붙잡힌 나비의 그 터지고 상한 날개 밑에, 실은 독살스럽고도 선명한 여덟 개의 기나긴 다리를 숨기고 있었던 것이었군요 ——."

여자는 말한다. 이제 와서 무슨 말씀이신가요, 사건은 이미 해결되었어요 ——.

남자는 말한다. 사건은 해결되었어도, 당신의 속임수는 끝나지 않았어요 ——.

"—— 방해꾼을 방해꾼으로 제압한다. 당신 주위에서 당신을 속박하는 자는 모두 배제되었어요. 하지만 당신은 이제 다시 속박되려 하고 있어요. 즉 당신의 계획은 종료되지 않은 거겠지요."

글쎄요 —— 여자는 옆을 향한다.

"당신은 이다음에 당신을 속박하는 사람을 배제함으로써, 명실공히 이 나라의 중심에 들어앉을 수 있는 셈이지요. 그다음도 —— 있습니까."

여자의 얼굴과 머리카락에 몇 장이나 되는 꽃잎이 핀다.

"설마 당신은 —— 제게, 불제(祓除)인지 무엇인지 그것을 하시려는 건가요?"

"당치도 않아요. 부탁받지도 않았는데 그런 일은 하지 않습니다. 당신에게서 떼어낼 것이라곤 아무것도 없어요. 그리고 떼어낼 필요도 없고."

"그래요. 저는 저 자신의 손으로 씌어 있는 모든 것을 떼어냈어요. 당신이 하는 것처럼."

그럴까요 —— 남자는 눈도 깜박이지 않는다.

"즉 당신은 모든 제도의 주박(呪縛)에서 해방되어 개인을 관철하고, 자신의 자리를 만들기 위해서 이 계획을 짜냈다 —— 그런 말씀이시군요."

그래요, 제가 있을 곳이 필요했어요 —— 라고 여자는 말한다.

"어디에도──어디에도 있을 곳이 없었어요──그러니까 내 자리를 만들자고──그렇게 생각했어요."

"어차피 얻을 거라면 가장 좋은 자리──말입니까."

"사람이라면 누구나 그렇게 생각해요. 당연한 일이지요."

여자는 허세를 부린다. 남자는 냉철하게 응시한다.

"그래요──그것에 관해서 당신이 채용한 방법은 실로 효과적이었습니다. 이대로 불확실한 시간의 저편으로 장사지내 버리기에는 너무나도 훌륭한 속임수였어요."

칭찬해 주시니 송구하네요──여자는 그렇게 말하며 희미하게 웃었다. 그러나 난무하는 수많은 벚꽃색의 작은 조각이 여자의 표정을 감추고 얼버무려, 여자는 울고 있는 것처럼도 보였다.

실제로──여자는 울고 있기도 했다.

슬픈 것도 괴로운 것도 사실이었다.

그래도──여자는 웃어야 했다.

남자는 말했다.

"1년 전──독물을 사용했지요."

"글쎄요, 어떨까요."

"두 달 전, 그리고 일주일 전에도."

"그렇다면 어떻다는 건가요?"

"지나칩니다."

"세 사람 다 머잖아 죽을 사람이었어요. 저는 아까 당신이 말씀하셨듯이 제 자리를 만들었을 뿐. 잠자코 있으면 아무도 자리를 마련해 주지는 않거든요."

남자는 다시 여자를 향한다.

"그래도 당신은 지나쳤어요. 아무리 자신의 자리를 만들기 위해서라고 하지만, 당신은 대체 당신 뒤에 몇 구의 시신을 굴려놓으면 마음이 풀리겠습니까."

여자는 각오를 다진다.

"꽤 기특한 말씀을 하시네요. 당신답지도 않아요. 아니면―― 그것이 당신의 한계인가요? 그럴 것 같지는 않은데요. 저는 알고 있어요. 당신도 당신의 방법으로 몇 사람이나 되는."

"나는―― 제 주의, 주장이나 사리사욕을 위해서 그러는 것이 아닙니다."

"교활하군요. 분명히 당신은 대개 누군가의 애원에, 반쯤 마지못해 자리에서 일어나시지요. 그래요, 제가 당신을 끌어내리려고 한 것은, 물론 그 사가미 호수 사건의 조서에서 알아차린 탓도 있지만, 오히려."

"구온지 가의―― 사건입니까."

"맞아요. 그 여자는 당신에게 자리를 빼앗겼어요. 분명히 당신이 움직이지 않았어도 전말은 달라지지 않았겠지요. 아뇨, 한층 더 비참한 결말이 준비되어 있었을지도 몰라요. 그러니까 당신은 그녀를 구했어요―― 그녀는 어둠에서 해방되어, 결과적으로 자신이 있을 곳을 잃고 죽은 거예요. 혹시 당신의 본의가 아니었던 것 아닌가요?"

"당신은 나를 오해하고 있는 것 같군요. 그렇게 읽으시는 걸 보면, 당신이 내 본의를 알 리 없지요."

"알 수 있어요. 당신은 저와 달리 인도적이지요. 그래서 당신은―― 제게는 손을 댈 수가 없어요. 아닌가요――."

그렇지는 않습니다―― 남자는 웃었다.

"그래요. 나는 지난번에 딱 한 가지 거짓말을 했습니다."

여자는 커다란 눈을 찌푸렸다. 남자의 윤곽이 도드라졌다.

"가와시마 기이치는——내가 확보하고 있소."

"그게 어쨌다는 건가요."

여자는 남자에게서 검은 묘석으로 시선을 옮긴다.

남자는 여자에게 등을 돌리고 벚나무를 올려다본다.

"분명히 당신은 위법행위를 일절 하지 않았어요. 그러니 아프지도 가렵지도 않겠지요. 사실 그는 당신이 숨긴 일을 들추어내기는커녕 ——오히려 감사하고 있어요."

"그건——기쁘군요."

"괜찮습니까."

"상관없는데요."

"괜찮습니까. 나는 당신이 한 것과 똑같이, 아니, 더 직접적으로 그를 조작할 수 있는 입장에 있습니다. 그는 내 수중에 있어요. 당신 자신이 법적으로 벌을 받을 만한, 또는 당신이 사회적으로 실각할 만한 허구를 구축하고, 과거로 거슬러 올라가서 그런 환경을 만들어 내는 일도 가능하다——그 말씀입니다."

"걱정은 하지 않아요."

"왜지요?"

"아까 말씀드렸지요. 인도적인 당신은——당신의 그 기술을, 그런 형태로는 절대로 사용하지 않을 거예요."

호오, 남자는 처음으로 의외라는 얼굴을 했다.

"——숨겨도 알 수 있어요. 당신의 약점은——그 본의 아닌 휴머니즘, 그 인간성에 있을 테니까요."

17

"인간성——이라고요."

"모더니즘, 즉 근대성——이라고 바꾸어 말해도 좋아요. 당신의 궤변——당신이 자아내는 주문은 실로 유효하지요. 하지만 당신은 의도적으로 그걸 느슨하게 할 때가 있어요."

여자는 강한 시선을 남자에게 향한다.

"애초에 당신은 반근대적인 음양사. 저처럼 중세의 어둠의 후예가 아닌가요. 그러면서 근대주의자이기도 하다는 건 납득이 가지 않아요. 고대의 어둠을 말하고 어둠을 만들고 어둠을 드리우는 자가 왜, 옳아야 한다, 건전해야 한다, 근대인이어야 한다, 그렇게 미지근한 대사를 주문에 섞는 건가요? 당신은 그렇게 세상과 타협하려고 하는 게 아닌가요? 그렇다면 그건 큰 기만 아닌가요?"

한순간 바람이 멈춘다. 꽃잎이 가볍게 떨어진다.

칠흑의 남자, 그 사신 같은 풍모가 떠오른다. 남자는 말했다.

"그건 조금 다릅니다. 나는 정화하는 것, 기도하는 것을 직업으로 삼고 있는 것이니까요. 설령 본의가 아니라고 해도, 자신의 주의와 주장에 반한다 해도, 또는 모순이 있다 해도, 전혀 상관없어요. 그 자리 그때에 가장 상대에게 잘 듣는 주문을 외울 뿐입니다. 근대 반근대, 인도 비인도의 구별 따윈——내게는 처음부터 없어요."

"궤변이에요. 당신은 그렇게 초월자인 척하지만, 그것은 초월이 아니라 당혹이 아닌가요? 당신의 경우, 가끔 얼굴을 내미는 인간성은 고대의 이치에 뿌리를 내린 어둠을 근대주의의 불모에 비추는 것으로 밖에 기능하지 않아요. 도깨비도 뱀도 신도 부처도 있을 곳을 잃고 ——고사해서 그저 죽을 뿐이에요. 당신의 망설임은 사람을 파멸시키지요. 당신도——사람을 죽이고 있어요. 마찬가지예요."

"유감스럽지만 그것도 틀렸습니다──."

남자는 조금도 동요하지 않는다.

"나는 근대와 전근대 같은 범주로 역사를 파악하지는 않습니다. 나에게는 근대든 고대든 과거는 과거. 미래를 제외하고, 현재를 포함한 앞으로의 시간은 전부 똑같습니다. 그리고 근대주의이든 반근대주의이든 모든 언설(言說)은 주문(呪文) 이상의 것은 될 수 없어요. 내 말이 인도적으로 들린다면, 그것은 듣는 사람이 그런 독에 중독되어 있기 때문입니다. 나는 그런 주의와 주장은 갖고 있지 않아요. 내 말에 느슨한 데가 있었다면, 그것 또한 계산된 것입니다."

"하지만 당신은──."

그 여자를 죽음으로 몰아넣었어요──하며 여자는 보기 드물게 격앙한다. 그것은 본의가 아니었던 거 아닌가요──하며 남자를 추궁한다. 그런 말이 남자를 흔들게 될 것이라고, 여자는 왠지 믿고 있다. 남자는 대답한다.

"확실히 본의는 아닙니다. 안타까운 일이지요. 하지만 그것은 정해져 있었던 일이에요. 내가 관여함으로써 확실하게 파멸이 찾아온다──그것은 미리 알고 있었던 일입니다. 그래서 나는──내 행위를 무효화하는 사고(事故)를 늘 몽상하지요. 하지만 그런 일은──일어나지 않아요."

"정해져 있었던──일?"

그것은 당신도 잘 알고 있을 텐데요──하고 남자는 조용히 여자를 도발한다.

여자는 약간 혼란스러워하며 차가운 묘석에 손을 댄다. 그리고 말한다.

"당신이 관여하는 것 자체가 계(系)를 흐트러뜨리고 만 거예요. 당신은 방관자의 위치를 지키려고 하지만, 관측 행위 자체가 불확정성을 내포하고 있다는 건 알고 계시겠지요. 그렇다면——예측 따윈."

회오리바람에 땅을 덮은 꽃잎이 불려 올라가 춤춘다.

그 소용돌이에 말을 실어, 남자는 매끄럽게 지껄인다.

"분명히 관측자가 자각이 없는 경우에는 불확정성의 이치에서 도망칠 수 없습니다. 하지만 관측자가 그런 한계를 충분히 인식하고 있는 한, 자신의 시점을 항상 괄호에 넣고 임하는 한은 그렇지 않아요. 나는 사건의 방관자라는 것을 자각하고 있어요. 즉 관찰 행위의 한계를 알고 있지요. 그래서 나는 말을 사용합니다. 말로 자신의 경계를 구분하고 있어요. 나는 내가 관찰하는 것까지를 사건의 총체로 파악하고 언설로 치환하고 있어요. 나는 기존의 경계를 일탈할 생각은 없습니다. 탈영역화를 의도하고 있는 것도 아니고."

"다, 당신은——."

"내 슬픔은 거기에 있습니다. 당신은 슬프지 않은 것일까, 하고 줄곧 생각하고 있었어요. 하지만 당신은 아무래도 그것에 자각이 없었을 뿐인 것 같군요——."

남자는 여자를 돌아본다.

여자는 부들부들 떤다. 그러나 움츠러들지는 않는다.

남자는 테두리를 검게 칠한 흉악한 눈으로 여자를 응시한다.

"——이제 겨우 알았습니다."

"알았다——니요?"

"당신은, 당신이 발동한 계획이 어떤 이치에 따라 움직이는 것인지를, 전혀 이해하지 못하고 있었군요——."

여자는 허를 찔려, 순간 허세 부리는 것을 잊고 두세 발짝 물러섰다. 그것은 여자에게 굴욕이었다. 남자는 그 약간의 틈을 포착하고 위협한다.

"──그래서 당신은 멈출 수 없었던 거예요."

"멈──춘다고요?"

멈춘다.

멈출 수 없다.

벚꽃이 빙글빙글 돌며 춤춘다.

"당신은 무질서하게 행동하는 인자(因子)들에 의도적인 자극을 주어서 사건을 산출하는 네트워크, 그 망상조직을 재생산하여 사건이 성립하는 환경을 만들어냈어요. 개개의 인자나 그 행동은 계획 자체에는 많은 영향을 미쳤지만, 계획의 작동──사건은 개개의 인과적 작용에는 반응하지 않고, 그저 사건 자체를 반복적으로 산출해 나갔지요. 당신은 자각하지 못하는 사이에, 작동하는 것 자체가 시스템, 즉 체계를 규정하는 계획을 구상, 발동시키고 있었던 겁니다──."

"그러면──저는."

"──이 경우 주체와 객체, 능동과 수동이라는 이원적으로 쌍을 이루는 인식론적인 도식은 무효화되지요. 그렇게 되면 자각이 없는 관찰자는 사태를 오인할 뿐이에요. 관찰자는 당사자가 파악한 현실을 객관적으로 알고 궤도를 수정할 수 있는 입장에는 더 이상 있지 않게 되고, 알 수 있는 정보가 많으면 많을수록 관찰은 그저 현실을 은폐할 뿐인 행위로 타락하지요. 작동해 버린 계획은 그저 끊임없이 사건의 반복, 재생산을 되풀이합니다. 그래서──그리고 당신의 바람은 이루어졌어요. 하지만 당신은 반면, 많은 것을 잃었지요."

"잃었다 ──."

잃었다, 잃었어요, 모든 것을 ──.

"── 하지만 그건 잃은 게 아니라."

떨어뜨린 거예요, 재앙을 물리친 거예요, 하고 여자는 말했다.

여자는 고개를 젓는다. 향기로운 꽃잎이 팔랑팔랑 떨어진다.

"── 당신이 하듯이, 저는."

"그럼 왜 흐트러지는 겁니까 ──."

남자는 강하게 말했다.

"당신은 ── 정말로 슬퍼하고 있었던 거예요. 육친을, 친구를 죽이고, 생판 알지도 못하는 사람을 끌어들이면서 ──."

"슬퍼하고 ── 있었고말고요."

여자는 정말로 슬펐다.

거짓말은 많이 했지만,

항상 마음에는 솔직했으니까.

남자는 검은 하오리를 벗었다.

꽃잎이 몇 장이나 흩어졌다.

타이르는 듯한, 체념한 듯한 말투로 남자는 말한다.

"그렇게까지 해서 손에 넣은 자리에 ── 그래도 당신은 달게 갈 겁니까. 그리고 앞으로도 그것을 계속 해나갈 생각입니까. 솔직히 말해서 나는 당신이 슬퍼하든 괴로워하든, 아무것도 상관없습니다. 당신은 강해요. 그리고 총명하지요. 오히려 갈채를 보내고 싶을 정도입니다. 다만 ── 그 시스템, 그 속임수 속에 당신이라는 개체는 없어요. 그러니 이대로는 ── 당신은 망가질 겁니다."

남자는 말을 멈추었다.

여자는 무덤을 보고 있다.

여자는 변명을 생각해낸다.

"이——무덤에 잠들어 있는 죽은 사람들이 수지를 맞추라고 하는 건가요? 듣자 하니 당신은 어디에선가 자신은 죽은 사람의 심부름꾼 ——이라고 말씀하셨다면서요."

"그런 것은 궤변——입니다."

남자는 웃었다.

여자도 웃었다.

"그렇군요. 충고대로——따르겠어요."

그리고 잠시 운동은 정지하고, 동시에 경계는 사라졌다.

"——저는 이번 이야기를——거절하겠어요."

남자의 시선이 근심을 띤다.

"후회는——하지 않겠습니까."

"하지 않아요."

그런가요——남자는 말했다.

"다만——이대로 여기에서 이와나가히메가 되어 평생 무덤을 지키며 사는 일은 당신에게는 어울리지 않습니다."

그런 일은 하지 않아요, 하고 여자는 말한다. 그리고,

"그런 다정한 말씀을 하시니까——."

당신은 오해를 받는 거예요——여자는 그렇게 말을 이을 생각이었지만 말꼬리는 봄의 돌풍을 타고 옅어져, 남자는 알아듣지 못한 채 알아채고 고개를 끄덕였다.

그리고 여자는 새로운 벚꽃색 옷을 걸친다.

그리고 말했다.

"비싸게——팔아 주세요. 저를 위해서."

남자는 다시 한 번 고개를 끄덕인다. 그러나 그 표정은 이미 여자에게는 보이지 않는다.

만개한 벚꽃 아래, 다 썩은 묘석 앞에서 여자의 시야는 그저 춤추는 꽃잎을 바라보고 있다.

"저는 이제 평생 울지 않을 거예요. 울면 제가 살아갈 수 없어요. 이렇게 된 이상, 다시 한 번 제가 있을 곳을 찾겠어요. 지지 않을 거예요. 질 수야 없지요. 당신보다도 누구보다도, 강하게 살아낼 거예요. 이와나가히메의 후예로서, 저는 슬퍼도 힘들어도 웃어야 하겠지요. 그것이——."

여자는 조용히, 의연하게 말했다.

"그것이——무당거미의 이치니까요."

1

상당히 오랫동안 고개를 수그리고 합장하고 있던 나가토 이소지가 입 속으로 중얼중얼 염불 같은 것을 외면서 몸을 돌리자, 역시 그 옆에 쪼그리고 앉아 검시하고 있던 기노시타 구니하루의 일그러진 얼굴이 보였다.

길게 누워 있는 시체는 여자다. 살해될 때 격렬하게 저항했으리라는 것은 그 부자연스럽게 꺾인 자세에서도, 심하게 흐트러진 이부자리 등의 상황에서도 역력히 알 수 있었다.

무참한 시체다.

진홍색 나가주반[1]은 허리 부근까지 말려 올라가고, 탄력을 잃은 하얗고 긴 두 다리가 다다미 위에 비죽 뻗어 있다. 그 발끝은 전족(纏足)[2]이라도 당한 듯 위축되어 있는데, 오른쪽 엄지발가락만이 몹시 휘어 있었다.

아무래도 요염한 광경이, 그곳만 잘라서 붙인 듯 풍경에서 동떨어져 있다. 옷자락 정도는 덮어 주어도 벌은 받지 않을 것이다——라고 기바 슈타로는 생각했다.

---

1) 겉옷과 같은 기장의 속옷. 여자용은 화려한 색상의 무늬가 있는 경우가 많다.
2) 옛날, 중국에서 어릴 때부터 여자의 발을 형겊으로 감아 크지 못하도록 한 풍습.

피해자는 여염집 여자는 아닐 것이다. 상황이나 옷차림 등으로 미루어 짐작하면 창부 종류일 터이다. 설령 그렇지 않다고 해도 정사를 목적으로 하는 간이 여관의 별채 방에서 살해된 이상 어차피 특별한 사정이 있음은 틀림없을 것이다. 기바는 그런 생각을 한다. 그러자 하얀 다리가 더욱 눈에 띄었다. 방 안이 우중충한 탓도 있다.

그렇다고 해도 기노시타도 감식반도 전혀 옷매무새를 정돈해 줄 기미는 없다. 기바는 사진을 찍었으니 이제 되었겠지 하고 반쯤 변명이라도 하듯 혼잣말을 하면서, 시체로 다가가 옷매무새를 고쳐 주었다. 기노시타는 그 몸짓을 보면서 거무스름한 너구리 같은 얼굴을 경련시키며, 선배님 이건 또다시 놈의 짓입니다, 가엾게도, 하고 어느 모로 보나 형사다운 말투로 말했다. 기바와 번갈아 일어선 나가토는 그 말을 듣더니 느릿느릿한 동작으로 돌아보며 느릿느릿한 말투로,

"해부나 무언가가 끝날 때까지는 경솔한 말을 해서는 안 됩니다, 구니 씨. 아니아니, 해결될 때까지 범인은 알 수 없으니 예측은 금물이지요."

라고 말했다. 기노시타는 대꾸하지 않고 기바 쪽을 향해 더욱 얼굴을 일그러뜨렸다. 의견을 구하고 있다. 그러나 기바는 그것을 무시하고 다시 시체의 발톱을 바라보았다.

나가토가──바보라는 말이 붙을 정도로──신중한 형사라는 점은 기바도 평상시부터 잘 알고 있지만, 이번만은 그 신중하기 짝이 없는 발언도 속이 빤히 들여다보이는 연극으로밖에 들리지 않는다. 분명히 수법을 흉내 낸 다른 사람의 범행일 가능성도 있고, 우연일 수도 있다. 따라서 지금 단계에서 단언할 수 없는 것은 틀림없다. 틀림은 없지만,

── 역시 놈이겠지.

기바도 그렇게 생각한다.

──똑같아.

기바는 시체의 발끝에서 서서히 시선을 올린다. 허리에서 가슴, 그리고 목. 얼굴. 칠칠치 못하게 벌어진 입 사이로 보이는 작은 이. 모양 좋은 코, 그리고──눈이다.

피해자의 두 눈은──뭉개져 있었다.

눈동자가 있어야 할 곳에는 구멍이 뻥 뚫려 있다. 피부는 변색되고 수축하여 부풀어 오르고, 피가 검게 응고되어 그 눈을 둘러싸고 있다. 이 상태로는 원래의 인상을 알 수가 없다. 해부해 보지 않으면 특정할 수는 없지만 아마 흉기는 금속 세공 등에 사용하는, 끝이 가느다란 끌일 것이다.

──놈의 무기다.

놈──연쇄살인 혐의로 전국에 지명수배된 히라노 유키치를 말한다.

아마 같은 수법일 것이다.

──네 명째로군.

기바는 힘들게 일어섰다. 시체를 반출할 모양이다. 관할서 형사가 다가와 눈을 부릅뜨고, 이건 역시 그 눈알 살인마겠지요, 하고 말했다. '눈알 살인마'라는 것은 신문이 히라노에게 붙인 별명이다.

기바는 나가토를 곁눈질로 보며 비꼬듯이 말했다.

"글쎄. 해부라도 해 보지 않으면 알 수 없네. 다만 지문이니 뭐니 처덕처덕 남아 있으니 어차피 어려운 사건은 아닐 테지. 그렇지, 아저씨?"

"사건은 어렵다거나 쉽다거나, 그런 잣대로 재서는 안 됩니다, 슈씨——."

나가토는 역시 완만한 말투로 대답했다.

"——게다가 이번 사건은 앞의 세 건과 현저하게 다르잖아요. 이것이 히라노의 범행이라면 히라노 이외에도 또 한 명이 현장에 있었거나, 아니면——."

"어이. 어떻게 알아?"

"그건 슈 씨도 알잖아요——."

노형사는 그렇게 말하며 흐리멍덩한 얼굴로 바라본다.

"——피해자에게 성교의 흔적이 있었잖아요. 슈 씨도 지금 보지 않았습니까."

"아아——."

기바는 옷매무새를 고쳐 주었을 뿐이다.

"보세요, 휴지도 감식반에서 주워 갔어요. 피해자는 정사 후에 살해된 겁니다. 히라노는 지금까지 한 번도 피해자를 능욕하지 않았어요. 이번에만 이랬다는 것은 아무래도 납득이 안 가는데요."

——볼 것은 다 보고 있군, 이 아저씨.

기바는 감탄한다. 연륜이란 이런 것이다.

"공교롭게도 나는 시체의 가랑이를 들여다보는 취미는 없어서, 그런 건 못 봤는데——."

몰랐지, 하고 기바가 독설을 퍼붓자 나가토는 농담이라고 받아들인 것인지, 독신자에게 부인의 하얀 다리는 치명적이니까요, 하고 말했다. 기바에게 그 말은 반쯤 사실이다.

그때 아오키 분조가 돌아왔다.

"아아, 아무래도 목격 증언이 있는 모양입니다."

"아무래도, 라는 건 뭔가."

"하아, 여기 할머니는 밤소경이라서요. 밤에는 거의 보이지 않나 봐요. 하지만 어쨌든 기억하고 있었어요."

"안 보이는데 뭘 기억한단 말인가."

"체격입니다. 보세요, 실루엣은 할머니도 알 수 있잖아요. 하지만. 피해자와 함께 온 남자는 몸집이 엄청나게 컸다고 합니다. 게다가 대머리였다는군요."

"대머리라. 노인인가?"

"아뇨. 젊었다는데요. 그 이야기를 그대로 받아들이자면 6척(약 180cm)을 넘는 삭발한 거한입니다. 중일까요?"

"여기는 하코네가 아닐세."

기바가 그렇게 말하자 아오키는, 아아, 그쪽은 어떻게 되었습니까, 하고 걱정스러운 듯이 말했다.

현재 하코네 산 연쇄 승려 살해사건이라는 것이 세간을 떠들썩하게 하고 있다. 2월 초부터 차례차례 승려가 살해되었고, 범인도 승려라는 둥 그게 아니라는 둥, 전혀 해결될 기미가 없다. 소문을 듣자 하니, 여기에 아무래도 기바의 지인들이 휘말려 고생하고 있는 모양이었다.

관할은 가나가와이니 도쿄 경시청 형사인 기바가 나설 수는 없지만, 그렇다고 해도 신경이 쓰이기는 한다.

아오키가 입을 다물자 기노시타가 불안한 듯이 말했다.

"그런데 분 씨, 그 증언이 사실이라면 그건 히라노가 아니겠군. 머리 모양은 그렇다 치더라도 히라노는 분명히 몸집이 작네. 고작해야 5척 2촌(약 157cm)이겠지. 그렇지요, 선배님?"

"시끄럽군. 그랬던가? 하지만 좀 더 탐문이든 뭐든 해 보지 않고서
는 뭐라고도 말할 수 없네. 본부장님의 판단을 들어봐야겠지."

——덩치가 큰 대머리라.

기바는 불길한 기분이 들었다. 기바의 친구 중에 딱 그런 풍채의
남자가 한 명 있는 것이다. 설마 상관은 없을 거라고 생각하지만,
6척을 넘는 덩치 큰 남자인 데다 머리를 민 사람은 그리 많지 않을
거라는 기분도 든다.

시체가 운반되어 나가자 실내는 더욱 어수선해 보였다.

누군가가 커튼을 연 탓도 있다. 지저분한 벽도, 싸구려 경대도,
옷걸이 병풍에 아무렇게나 걸려 있는 오비지메[3]도, 베갯맡에 흩어져
있는 휴지도, 전등의 수상쩍은 난색(暖色) 불빛 아래에서는 그야말로
음란한 환상을 가져오겠지만, 햇빛을 받으면 그 순간 마치 마력이
풀린 듯 그저 더럽고 불결한 것으로 바뀌고 마는 것 같다. 젖은 먼지의
시큼한 냄새를 참을 수가 없어서, 기바는 창문을 열었다.

깨진 부분을 신문지로 보수한 나무틀 창문은 매끄럽게 열리지는
않았지만, 억지로 비틀어 열어 봐야 어차피 맞은편은 옆집 벽이었다.

——사람 하나 지나갈 수 없겠군.

기바는 옆집의 회갈색 나무 벽을 바라보았다.

히라노 유키치의 짓으로 보이는 연쇄살인사건은 작년 초여름부터
연말에 걸쳐 연속해서 발생했고, 확인된 사건만으로도 세 건에 이른
다. 발단이 된 사건이 일어났을 당시, 기바는 본청 수사1과에 배속된
지 아직 얼마 되지 않아 아무것도 모르는 상태여서 자세한 경위는
하나도 모른다. 전부 나중에 들은 것이다.

---

3) 기모노에서 띠가 풀리지 않도록 띠 위로 두르는 끈.

첫 번째 희생자는 시나노마치의 지주 딸이었다.

피해자의 이름은 야노 다에코. 19세.

품행방정하고 이웃의 평판도 좋은, 표리가 없는 아가씨였다고 한다.

── 수상하군.

대체로 피해자는 좋은 사람이나 나쁜 사람 중 하나가 되고 마는 법이다. 그것은 가해자 측도 마찬가지여서, 그렇게 좋은 사람이 왜 ──라고 평가되거나, 그 녀석이라면 그럴 법했다 ──고 평가되거나, 그 둘 중 하나다. 판에 박은 듯한 좋은 사람이나 나쁜 사람은 현실에는 그렇게 많을 리도 없는데, 아무래도 이것만은 그렇게 정해져 있는 것 같다. 그러니 ──.

그 다에코라는 아가씨도 사실이 어떤지는 알 수 없다. 다만 나쁜 소문이 없었던 것은 사실인 모양이다. 그러나 설령 나쁜 소문이 없더라도 뜻밖의 재난은 당한다.

1952년 5월 2일 오전 10시 ──딸이 귀가하지 않는 것을 의아하게 여겨 찾으러 나간 어머니에 의해, 다에코는 본가의 대각선 맞은편에 있는 금속 세공사, 히라노 유키치의 집 현관 앞에서 시체로 발견되었다.

시체에는 능욕당한 흔적 같은 것은 전혀 없고, 그 대신 ──두 눈이 송곳 같은 도구에 찍혀 뽑혀 있었다.

범인은 곧 히라노로 단정되었다.

다에코는 그날 이른 아침에 히라노가 어떻게 지내는지 보고 오겠다는 말을 남기고 집을 나갔고, 같은 무렵 피투성이 끌을 움켜쥐고 넋이 나간 듯이 걷고 있는 히라노를 목격한 사람은 한두 명이 아니었기 때문이다.

히라노 유키치는 당시 36세, 1948년에 아내를 잃고 그 후로 혼자 살고 있었다고 한다. 1951년 봄에 범행 현장——시나노마치에 있는 집을 빌렸다. 집주인은 야노 다이조, 다에코의 아버지다.

보고서를 보면 히라노는 당시 가벼운 신경쇠약 상태에 있었던 모양이다. 그 부분에 대해서는 친구나 의사의 증언도 얻었다는 것이다. 사실 전날 파랗게 질린 얼굴을 하고 집으로 돌아온 히라노의 심상치 않은 모습을 얼핏 본 다에코는, 걱정이 돼 아침 일찍 히라노의 집을 찾아간 것이라고——가족들은 말했다.

다에코는 천성이 남 보살피기를 좋아했던 듯, 평상시부터 홀아비인 히라노의 생활에 마음을 쓰며 이것저것 돌보아주곤 했다고 한다. 이 경우, 남 보살피기를 좋아한다는, 일반적으로는 바람직한 성격이 화근이 된 셈이다.

히라노는 붙잡히지 않았다.

그리고 다섯 달 후, 10월 중순이 지났을 무렵에 두 번째 희생자가 나왔다. 가와노 유미에라는 서른다섯 살의 물장사를 하는 여자였는데, 장소는 지바 현 오키쓰초[興津町]다.

이쪽도 피해자의 두 눈은 뭉개져 있었다. 다만 장소가 떨어져 있던 탓도 있어서 처음에는 관련이 없는, 단순한 치정 살인이라고 생각되었던 모양이다. 야노 다에코와 달리 가와노 유미에는 남자들이 많이 드나드는 타락한 여자로, 품행방정과는 도무지 인연이 먼 생활이었던 것이다.

유미에의 정부(情夫)는 서너 명 정도가 아니었던 모양이고, 그 대부분과 유미에는 금전이 얽힌 알력이 잦았다고 한다. 초동수사 단계에서 떠올랐던 용의자도 다른 남자였다고 들었다.

그 후, 어떤 경위로 두 사건이 연결된 것인지 기바는 모른다. 그 무렵 기바는 여름에 일어난 복잡한 사건의 뒤처리로 동분서주하고 있었기 때문이었다. 지문이라도 나온 것일까.

그리고 음력 섣달이 다가온 연말.

마침내 세 번째 희생자가 나왔다.

이 단계에서 '눈알 살인마 · 히라노'의 공포는 선동적으로 보도되었다.

장소는 가쓰우라초. 역시 지바 현이다. 세 번째 희생자는 야마모토 스미코. 서른 살의 여학교 교사였다. 똑같이 두 눈이 뭉개져 있고, 폭행을 당한 흔적은 없었다.

다만 이 사건에는 여러 명의 목격자가 있었고, 그 증언과 히라노의 나이, 외모는 정확하게 일치했다. 게다가 상처의 형태로 보아 흉기가 동일하다는 것도 판명되었고, 그뿐만 아니라 히라노의 것으로 생각되는 지문이 대량으로 검출되어 연쇄 눈알 살인마 히라노 유키치의 이름은 단숨에 항간에 널리 퍼졌다.

12월이라면——.

기바는 이 시기에 또 상당히 복잡한 사건에 매달려 있었기 때문에 그렇게 멀리서 일어난 사건에 대한 자세한 내용은 당연히 알 수 있을 리도 없었다.

그리고——.

해가 바뀌어도 히라노는 잡히지 않았다.

하늘로 솟았는지 땅으로 꺼졌는지, 눈알 살인마의 행방은 묘연하여 알 수가 없었고 발자취도 파악할 수 없었으며, 신문은 정기적으로 생각난 듯이 경찰의 실패를 규탄했다.

히라노가 도쿄 도내에 숨어 있다는 설이 유포되기 시작한 시기도 정월이 지났을 무렵이다. 요도바시에서 끌을 품에 안고 있는 수상한 거동의 남자를 보았다는 둥, 가구라자카에서 눈알이 필요하다고 중얼거리며 남자가 쫓아왔다는 둥, 풍문이나 괴상한 정보 같은 것이 난무하고, 심지어는 히라노인 듯한 남자가 조후[調布][4]의 황폐한 절에서 사발에 담은 사람의 눈알을 맛있게 먹고 있었다는 둥, 가지각색의 소문까지 그럴듯하게 퍼졌다.

도쿄 경시청도 이렇게 되니 잠자코 있을 수는 없게 되었다. 국가경찰 지바 현 본부와 시나노마치의 관할서에서 담당자를 불러들여 사정을 듣고, 뒤늦게나마 합동수사본부를 설치한 것이 1월 말일의 일이었다.

—— 뒤늦긴 했지. 정말로.

이제 와서 인해전술을 취한다고 해서 어떻게 되는 것은 아니다. 이만큼 시간이 지났으니 홋카이도든 구마모토든, 도망칠 마음만 먹으면 어디로든 도망칠 수 있다.

기바는 그래서, 그다지 의욕을 낼 수가 없었다. 자료를 띄엄띄엄 읽고, 이제 어쩌나 하는 생각이다. 손을 댈 수가 없었다.

그래도 조금은 생각했다.

—— 왜 죽일까.

열아홉 살의 품행방정한 처녀.

서른다섯 살의 물장사하는 타락한 여자.

서른 살의 근엄하고 성실한 여교사.

피해자 상(像)에 통일감이 없다.

---

[4] 도쿄 도 서쪽 교외에 있는 도쿄의 위성도시 중 하나로 옛날에는 역참마을로 발달했다.

모두 눈을 뭉개 놓았으니 속되게 말하는 엽기 변태 살인인 것은 틀림이 없지만, 그렇다고 해도 지리멸렬하기 그지없다. 기바는 일단 피해자의 사진 같은 것도 보았지만, 외모에도 전혀 공통점이 없었다.

야노 다에코는 눈매가 시원하고 예쁘장한 아가씨로, 동네에서도 고마치[5] 아가씨라는 별명으로 불렸던 모양이다. 한편 가와노 유미에 는 갸름한 눈이 요염하고, 살이 통통한 중년 여인이다. 야마모토 스미 코 같은 경우에는, 이 사람은 기바가 가장 거북해하는 지식계급 분위 기가 그대로 드러난 듯한, 화장기도 없고, 나이도 성별조차도 잘 알 수 없을 듯한 풍모다.

──사진만으로는 알 수 없지만.

그렇다고 해도 공통점은 그저 여자라는 한 가지 외에는 아무것도 없다. 같은 유형의 여자를 차례차례 해치는 변태──라는 것은 어렴 풋이 알겠다. 그러나 여자라면 누구나 상관없다는 것이라면 조금 마 음에 걸린다. 파렴치한이나 강간마라면 그런 웃기는 놈들도 있기야 있을 것이다. 그러나 히라노는 범하지 않는다. 죽일 뿐이다. 그것도,

──눈을 뭉개서.

무언가 이유가 있을까.

정말로 연쇄살인일까.

수사원 중에서 그 점을 의심하는 사람은 누구 하나 없었다. 상황증 거가 있기 때문이 아니다. 바꿔 말하면 눈알을 뭉갠다는 엽기적 행위 가 각각의 사건에 저절로 통일감을 주고 마는 것이다.

흉기도 특수한 것이다.

---

5) 헤이안 시대의 유명한 미인인 여류시인 오노노 고마치를 말함. 미인의 대명사로 흔히 쓰인다.

그런 상황 아래에서는 소위 말하는 동기는 종종 부차적인 것으로 취급되고 만다. 애초에 '눈알 살인마'라는 광인에게 인간적인 동기나 논리적 정합성을 요구하는 쪽이 잘못이라고 대개의 수사원은 생각하고 있다. 그래서 이상하게 생각하지 않는 것이리라.

그러나 기바는 위화감을 느끼고 있다. 히라노의 범행인 것은 틀림없을 것이다. 그러나 반드시,

── 뭔가 있는 거야.

여자. 여자라서 죽였다. 그런 공통사항도 되지 않을 정도의 공통사항이 유효한 것인지도 모른다.

여자──.

그리고, 우왕좌왕하는 경찰을 비웃듯이 지금 또 여자가 살해되었다.

기바는 직감적으로 생각한다. 이것도 히라노의 짓이 틀림없다. 피해자는 역시 ── 여자다.

바보 같아졌다.

──그런 건 근거도 무엇도 되지 않아.

여닫이가 나쁜 창을 닫으려고 허공을 바라보니, 아침 이슬에 젖은 거미줄이 반짝반짝 빛났다.

중앙에는 커다란 무당거미가 있었다.

선배님, 어떻게 할까요, 하고 아오키가 기바를 불렀다.

"아오키, 그 풋내 나는 말투는 뭔가. 어떻게든 좀 해, 이 멍청아. 뭐가 어쨌다는 거야."

"하아, 이쪽 지바 본부의──."

"지바 본부의 츠바타입니다. 여기 지휘는 어떻게 되고 있습니까."

무서운 생김새의 남자가 느긋한 태도로 끼어들었다.

"어떻게 되고 말고 할 것도 없는데."

"마음대로 마구 진행하시면 이거 곤란해요. 지바의 입장이라는 것도 있거든요. 주도권은 경시청에만 있는 게 아니잖소."

"아직 히라노의 범행이라고 결정된 건 아니지."

"무슨 소리요. 저 시체——하마터면 시체도 보지 못할 뻔했지만, 저걸 보면 분명하잖소. 따돌리려고 해도 소용없소."

"닥쳐. 어슬렁어슬렁 이제 나타나서 뭐가 따돌린다는 거야, 이 얼간아. 연쇄살인인지 아닌지 모르겠다는 말이잖아. 앞서 나가지 마. 여기는 도쿄 도다. 그것도 요쓰야지. 요쓰야서 관할이란 말이야."

"그럼 왜 당신들이 있는 거요."

"일일이 성가시게 구는군. 지원을 부탁받았으니 온 게 아닌가. 애초에 이게 눈알 살인마의 짓이라고 해도 말이야. 네놈들이 냉큼 붙잡지 않으니까 이렇게 된 게 아니냐고. 사리 분별 좀 해."

"그렇게 따지자면 애초에 시나노마치의——."

아이고, 수고가 많으십니다, 하고 그때 나가토가 끼어들었다.

이런 일은 호호할아버지에게 맡겨두는 것이 제일이다.

어쨌든 이런 종류의 복잡한 영역 의식을 기바는 무엇보다 싫어한다. 그래서 아오키를 데리고 슬쩍 방에서 나왔다.

복도는 어둑어둑하고 축축했다.

어느 모로 보나 정사를 위한 여관이라는 느낌이군요, 하고 감탄한 듯이 아오키가 말한다. 기바는 그 학생 같은 말투에 진력이 났다. 아오키는 남자답고 호감 가는 젊은이지만, 그 성실함에 기바는 아직도 익숙해지지 못하고 있다.

"이봐, 자네 설마 그 할망구인지 뭔지를 위협한 건 아니겠지."

"위협하다니 무슨 말씀이십니까?"

"그러니까. 여기는 무면허일세. 제대로 신고를 한 숙박시설이 아닐 거란 말이지. 두들기면 먼지가 나오는 곳이란 말이야. 정공법으로, 고압적으로 누르면 모처럼 열린 할망구의 입도 다물어질 거란 말일세."

아오키는, 저는 그런 짓은 하지 않습니다, 라고 말했다. 그러나 기바는 안다. 전과가 있는 사람에게는 이런 성실한 태도 자체가 일종의 협박이다. 애초에 경찰이라는 간판이 놈들에게는 큰 압력이 될 수 있는 것이다. 기바는 우선 나도 할망구를 만나 보겠다고 말하며, 아오키가 말리는 것도 듣지 않고 계산대인 듯한 방의 문을 위세 좋게 열었다.

두 평 반짜리 다다미방 한가운데에 여기저기 기운 고타쓰[6]가 있었다. 아니, 방 전부가 고타쓰고, 그 누덕누덕 기운 풍경 속에 이 또한 기운 솜옷을 입은 노파가 있었다.

매실장아찌를 두세 개 먹은 듯한 주름진 얼굴을 들고, 노파는 기바를 수상하다는 듯이 올려다보았다.

"뭔가. 아직도 볼일이 남았나?"

"실례하겠소."

"실례일세."

"그러지 말고요. 할머니."

"다다 마키일세. 이름이 있어."

---

6) 일본의 실내 난방장치 중 하나. 나무틀 속에 화로를 넣고 그 위에 이불이나 포대기 등을 씌운 것으로, 그 속에 손, 무릎, 발을 넣고 몸을 녹인다. 요즘도 전기 고타쓰가 흔히 사용된다.

"오오, 마키 씨라. 나는 기바요."

"이상한 이름이군. 무슨 볼일인가? 어젯밤의 일이라면 그 고케시[7] 같은 젊은이한테 전부 얘기했네."

"그거 말인데."

기바는 아오키에게 눈으로 문을 닫으라고 명령하고, 외투를 입은 채 고타쓰에 들어갔다.

"경찰에 신고한 사람이 당신이오?"

"그래. 너무 일어나는 게 늦어서 할증 요금을 받으러 갔더니 그 꼴이더군. 선불로 돈을 받아두었으니 망정이지, 하마터면 돈도 못 받을 뻔했네. 귀찮은 일에 휘말리는 건 질색이라서 말이야. 얼른 신고했네. 무슨 불만 있나?"

"없어요. 그런데 그 여자는 단골이오?"

"처음 본 손님일세. 처음 오는 손님을 재우면 제대로 되는 일이 없다니까."

"전혀 모르는 얼굴이오?"

"끈질기군. 기억이 없는 건 기억이 없는 걸세. 늙어서 기억력이 시원찮다고 말하고 싶은 겐가? 그렇게 비싸 보이는 유젠[8]을 입은 여자는 우리 집에는 안 오네."

"비싼? 비싼 기모노를 입고 있었소?"

비싸네, 하고 노파는 무뚝뚝하게 말하더니 기바에게 담배를 달라고 졸랐다.

---

7) 일본 도호쿠[東北] 지방 특산의 목각 인형. 손발이 없는 원통형 몸통에 둥근 머리가 붙어 있다.
8) 유젠 기모노. 유젠이란 일본의 날염법 중 한 가지로, 방염 풀을 사용하여 비단에 꽃, 새, 산수 등의 무늬를 화려하게 염색하는 방법이다.

기바가 종이에 만 담배를 한 대 건네자, 노파는 찌푸린 얼굴을 한 채 받아들고 맛있게 한 모금 피웠다.

"그건 어딘가 마나님의 밀통(密通)일 걸세. 몸 파는 여자 같은 화장을 하고 있었지만. 그렇게 꾸민 거지."

"잘 아시네. 할머니 밤소경 아니었소?"

"그러니까 다다 마키라니까. 보이지 않아도 그 정도는 알지. 싸구려 홍백분(紅白粉)은 냄새가 나니까. 하지만 아무리 꾸미고 둔갑해도, 나한테 정체를 숨길 수는 없어. 공으로 30년이나 이 장사를 하지는 않았다네. 바보에 벙어리도 아니고. 얼굴은 못생겨 가지고."

다다 마키는 후우, 하고 기바에게 연기를 뿜었다.

술과 담배와 장뇌 냄새가 섞인 듯한 향이 났다.

――몸 파는 여자가 아닌 건가.

신원이 밝혀지기까지 시간이 걸릴지도 모르겠다.

"일행 쪽은――어때요?"

"어떻다니 뭔가. 아까도 말했잖나. 나는 똑같은 이야기를 두 번 할 정도로 한가하지 않네."

"그 덩치가 크고 대머리――."

――가와시마 신조. 기바의 친구다.

전시 중에는 만주에서 아마카스 마사히코[9]의 심복으로 활약했고, 현재는 작은 영화제작회사를 경영하고 있다. 구름을 뚫을 정도로 키가 큰 남자로, 어찌 된 셈인지 삭발을 했다. 기바는 신경이 쓰였다.

---

[9] 1891~1945. 일본의 육군 군인. 육군 헌병 대위 시절에 무정부주의자 오스기 사카에 등을 살해한 아마카스 사건을 일으킨 것으로 유명하다. 단기 복역 후, 일본을 떠나 만주로 건너가서 관동군 특무 공작을 하면서 만주국 건설을 담당했다. 만주영화협회 이사장을 지냈으며 전쟁이 끝난 직후에 독을 먹고 자살했다.

"——라는 건 들었어요. 그거 말고."

"말고? 말고라니 그거 말고는 아무것도 없네. 그렇지, 아아, 검은 안경을 쓰고 있었어."

"검은 안경이라고요?"

그것은 가와시마도 쓰고 다닌다.

"어떻게 알지? 밤에는 안 보인다면서. 안경도 냄새로 알 수 있나?"

"자네도 바보로군. 자기 입으로 말했네. 어두우니까 조심하라고 했더니, 밤중에 검은 안경은 위험해서 안 되겠다고 하더군. 벗은 게지."

"복장은 ——."

가와시마는 아직도 군복을 애용하고 있다.

"그런 걸 어찌 아나. 나는 밤소경일세."

수상한 두 사람이 찾아온 시각은 23시가 지났을 무렵이었다고 한다. 보통은 처음 오는 손님은 거절하는 모양이지만, 어젯밤에는 손님이 하나도 없었고 인심 좋게 선금을 준 것도 있어서, 다다 마키는 두 사람을 별채 방으로 안내했다. 돈을 낸 사람은 여자 쪽이었다고 한다.

"그리고 나서 아침까지, 나는 계속 여기에 있었네. 다른 소리는 나지 않았어."

"하지만 남자는 돌아갔잖아요."

"언제 돌아갔는지 그런 건 모르네. 눌러앉아 있는 건 성가시지만 빨리 돌아가는 건 상관이 없으니까. 내가 자고 있는 사이에 나갔겠지. 그 여자를 죽이고."

"현관 열쇠는?"

"그런 건 잠그지 않네. 훔치려고 해도 여기에는 돈이 될 만한 것은 없거든. 손님이 알아서 방문을 잠그니 괜찮지."

"손님이 —— 문을?"

그러고 보니 장지에 거는 타입의 작은 자물쇠가 달려 있었던 것 같다.

"그래서."

"정말 끈질기군. 그러니까 아침이 되어서 가 보았더니 아직 문이 잠겨 있었네. 슬슬 일어나라고 고함을 쳐도 안 나와서, 장지를 걷어차 떼어냈지. 그랬더니 그."

"자, 잠깐만요, 할머니."

"다다 마키일세."

"그 방의 문은 안에서밖에 잠기지 않겠지요?"

"당연하잖나."

"그 방은 잠겨 있었군요?"

"그렇다니까."

—— 밀실인가.

기바는 밀실이라는 웃기는 말을 매우 싫어한다.

게다가 ——.

이런 곳에 이치 덩어리 같은 그 되잖은 말은 어울리지 않는다. 큼지막한 무대장치가 있어야만 비로소 그런 말은 말로서 가치를 낳는 것이다. 오래된 서양식 저택이라거나 내력이 있을 법한 저택이라거나, 아니면 견고한 요새라거나 —— 그런 곳에서 일어나는 속세와 동떨어진 사건에야말로 밀실은 어울린다. 변두리에 있는 싸구려 여인숙의, 추레한 풍경에 어울리는 단어가 아니다.

애초에 할머니가 장지를 떼어낸 정도로 사라지는 밀실은 어이가 없어서 밀실이라고 부르고 싶지도 않다.

그래도——.

"이봐요, 할머니. 그럼 범인은 어떻게 돌아갔어요?"

"그런 아무래도 상관없는 일은 범인한테나 물어보게. 아아, 이제 자네 같은 네모난 얼굴은 보기만 해도 답답하구먼. 냉큼 돌아가게."

정말이지, 아무래도 상관없는 일이다.

그런 것은 사건의 본질과 상관이 없다.

이것은 자살을 가장한 살인사건도 아니고, 알리바이가 어쨌다는 둥 하는 델리케이트한 종류의 사건도 아니다. 범인은 거의 확정되어 있고, 설사 그것이 틀렸다고 해도 불가능 범죄를 구성한다고 뭐가 어떻게 될 만한 요소는 조금도 없다.

실로 아무래도 상관없는 밀실이다.

기바는 실례했다고 말하고 무기력하게 일어서서, 작별의 선물이라며 담배를 갑째 고타쓰 위에 던져놓았다. 다다 마키는 쪼글쪼글한 얼굴을 한 채, 받아두겠노라고 무뚝뚝하게 말했다.

기바가 방에서 나가자 아오키와 기노시타가 기다리고 있었다.

철수할 모양이다. 수확은 있었느냐고 묻기에, 기바는 아아, 그 방은 안에서 잠긴 밀실이었다는군, 이라고 말했다. 두 명의 젊은 형사는 하나같이, 선배님, 또 거짓말을 하시네요, 하고 웃으면서 말했다.

기바는 두 사람을 대기시켜 두고 다시 현장으로 향했다.

자물쇠를 확인하고 싶었던 것이다.

별채에는 아직 관할서의 경관이 몇 명 남아 있었다.

기바는 위협이라도 하듯이 어깨를 추켜세우며 방으로 들어갔다.

기바는 자신의 울퉁불퉁한 외모가 다른 사람에게 얼마나 위압적인 효과를 발휘하는지를 어느 정도는 알고 있다. 본청 수사1과의 강자들 중에서도 용모의 딱딱함으로는 1, 2위를 다투는 남자가 특히나 기분이 나빠 보이니, 다소 수상한 행동을 취해도 불평을 할 수 있는 사람은 아무도 없을 것이다.

　아니나 다를까, 아무도 아무 말도 하지 않았다.

　입구의 장지는 한 장밖에 없다.

　방 쪽의 문틀 중간에 끝이 갈고리 모양으로 되어 있는 금속 막대가 매달려 있었다. 기둥 쪽에는 금속 고리가 박혀 있고, 여기에 그 갈고리를 거는 구조다. 흔히 있는 간단한 자물쇠다.

　빈약하다.

　게다가 꽤 낡아빠졌다.

　당장에라도 뜯어낼 수 있을 것 같았다. 다다 마키가 밖에서 열기 위해서 흔들기도 했을 것이다. 문이 잠겨 있다고 해도 장지를 떼어내면 분명히 열릴 것이다. 장지도 상당히 오래되어 틀어져 있으니 간단히 떼어낼 수 있을 것 같다.

　기바는 수상하다는 듯이 멀찍이서 에워싸고 있는 경관 중 한 명을, 어이, 자네, 하고 거만하게 불렀다.

　"어이, 이 자물쇠 말인데. 지문은 땄나?"

　"예에, 이미 딴 것 같습니다. 아무 데나 만져도 된다고 아까."

　"알았네."

　기바는 경관에게 문을 잠그라고 명령하고, 자신은 천천히 복도로 나갔다.

　장지를 닫자마자 잠갔습니다, 하는 멍청한 목소리가 들렸다.

덜컹덜컹 몇 번 흔들어 상태를 확인해 본다. 분명히 열리지 않는다. 그러나 열리지는 않지만, 틈새는 충분히 벌어졌다. 틈새로 들여다보니 성냥만 한 금속 막대가 보인다. 끝이 가느다란 물건을 끼워 넣고 튕겨 올리면, 이런 것은 쉽게 딸 수 있을 것이다.

──할망구는 걷어차서 떼어냈다고 했어.

윗미닫이틀을 본다. 마무리가 허술하다. 틈새에 손가락을 밀어 넣고 약간 들어 올려 가볍게 밀기만 해도 장지는 문틀에서 떨어져 비스듬히 기울고, 실내 쪽으로 천천히 쓰러졌다.

우와, 하고 소리를 지르며 안에 있는 경관이 장지문을 받았다.

자물쇠는 여전히 연결되어 있다. 실로 간단하다.

──이래서는 자물쇠의 역할은 못 하겠군.

그러나──잘 생각해 보면 그렇지도 않다는 것을 알 수 있다. 이 자물쇠는 이래봬도 충분히 기능적이다. 안에서밖에 잠글 수 없다는 것은, 잠겨 있는 이상 반드시 안에 누군가 있다는 뜻이고, 안에 있는 사람이 세상모르고 깊이 잠들어 있기라도 하지 않은 한은 걷어차거나 떼거나 하면 틀림없이 알아차릴 것이다. 또 실내에 아무도 없는 상태에서는 이 방의 존재 가치는 전혀 없고, 즉 바깥에서 문을 잠가야 할 필요성 또한 전혀 없다.

애초에 이런 초라한 방이다. 설령 튼튼한 자물쇠를 단다고 해도 상황은 큰 차이가 없다.

──이건 밀실이 아니야.

기바는 장지를 원래대로 돌려놓으려고 했으나 이것은 잘되지 않았다. 자물쇠가 연결된 채라 마음대로 움직일 수가 없고, 장지문 한쪽밖에 들 수 없기 때문이다.

기바는 왠지 살짝 당황했다.

──다시 들어가는 게 빠르겠군.

그래서 기바는 우선 방으로 들어가려고 했다. 그러나 자물쇠 부분과 연결되어 있는 장지는 생각했던 것보다 불편해서, 좀처럼 안으로 들어가기 힘든 상황이다. 몸집이 작은 다다 마키라면 모를까, 몸집이 큰 기바는 자칫하면 장지를 밟아 뚫어 버릴지도 모른다. 안쪽의 경관도 장지를 누르며 난처해하고 있다. 기바와 경관은 장지를 사이에 두고 서로 밀듯이 잠시 허둥거렸다. 경관은 사정을 전혀 파악하지 못했고, 기바에게는 사정을 설명할 의지가 털끝만큼도 없으니 당연하다.

기바는 어쩔 수 없이 장지에서 떨어져, 안에 있는 경관에게 장지를 도로 밀라고 큰 소리로 명령하고, 도로 밀어 넣은 후에는 문을 열게, 하고 이어서 고함쳤다.

──잠깐.

그때 기바는 깨달았다.

문을 잠근 상태에서 장지를 뗀다. 여기까지는 할 수 있다. 여하튼 현재가 그런 상태이니 이것은 확실하다. 복도 쪽에서 할 수 있었으니, 이것은 실내 쪽에서도 할 수 있을 것이다. 밖에서도 안에서도 가능한 일이다.

그러나 이 상태──문이 잠긴 채 문틀에서 떨어져 있는 상태──인 장지를 원래대로 끼우는 일은 실내 쪽에서밖에 할 수 없는 일인 것은 아닐까.

──솜씨가 좋으면 할 수 있는 건 아닐까?

기바는 다시 장지문을 움켜쥐려다가 그만두었다. 무리다.

아무리 틈이 벌어진다고는 해도 손가락 끝밖에 들어가지 않을 정도의 간격이다. 어지간히 악력이 세지 않으면 한쪽에서 장지를 잡고 문틀과 평행하게 유지하면서 수직으로 들어 올린다는 재주는 부릴 수 없다. 괴력의 기바라도 불가능하다.

——도구를 사용하면 어떻게든 될까?

할 수 없는 일은 아니겠지만 어려울 것이다. 아니. 그런 짓은 할 의미가 없다.

전혀 없다.

문이 잠겨 있었던 것이 사실이라면, 장지를 떼어낸다는 난폭하고도 안이한 방법은——아무리 간단하다고 해도——이 경우 탈출 방법으로는 어울리지 않는다는 뜻이다. 기각해야 할 것이다.

가령 평범하게 장지문을 열고 복도로 나와, 나온 후에 밖에서 문을 잠그는 것은 불가능할까.

분명히 실 같은 것을 사용해 정교하게 작업하면 가능할지도 모른다. 아니, 분명히 가능할 것이다. 하지만 그것 또한 무의미하다. 그런 잔재주를 부릴 시간이 있다면 냉큼 도망치는 것이 상책이다.

——여기에 트릭은 어울리지 않아.

그런 것은 역시 처음부터 문제가 아니다. 아니, 문제로 삼아야 할 것이 아니라고 기바는 생각한다.

그렇다면.

분명히 이 장지문의 자물쇠를 밖에서 따는 것은 쉽다. 말하자면 잠겨 있는 방에 침입하는 일도 가능할 것이다. 들키지 않게 숨어드는 일은 나름대로 어렵겠지만, 안에 있는 사람에게 들킬 것을 알면서 쳐들어가는 것이라면 이것은 간단한 일이다. 잔재주는 필요 없다.

그러나.

그 반대는 무리다.

잔재주를 부리지 않고, 문을 잠근 채 방에서 탈출할 수는 없다는 뜻이 아닐까.

——그래. 불가능한 거다.

따라서——정말 여기에 자물쇠가 잠겨 있었다면, 잠근 사람은 장지 이외의 장소——예를 들면 창문——로 탈출했다는 뜻이 될 것이다. 지극히 당연한 결론이다. 그러나 기바의 짐작이 확실하다면 아까 본 창문으로 인간이 나갈 수는 없을 거라고 생각한다. 개구멍이나 숨겨진 문 같은 것이 있을 리도 없다. 보지 못한 것일까. 아니면,

——할망구의 거짓말일까.

그렇다면 무엇을 위한 거짓말이라는 것일까. 그 노파에게 위증을 해야 할 이유라도 있는 것일까. 있다고 해도 일부러 밀실로 만드는 의미는 도대체가 알 수가 없다.

——우선 믿고 봐야겠어.

기바는 그렇게 고쳐 생각한다. 그리고 딱 한 가지 해답이 더 남아 있다는 것을 깨닫는다.

——발견 당시, 범인은 아직 실내에 있었다거나.

그때 경관이 겨우 장지를 도로 끼우고 문을 열었다. 문을 잠근 채 떼어낸 장지를 원래대로 돌려놓는다는 작업은, 설령 실내 쪽에서 한다고 해도 혼자서 하기는 어려운 일일지도 모른다. 역시 기각이다.

경관은 한 번 눈을 크게 뜨더니, 형사님 이건 대체 무슨 일입니까, 무슨 실험입니까, 하고 매우 의아한 얼굴로 말했다. 기바는 그 얼굴을 힐끗 한 번 쳐다보고 나서, 됐으니 입 다물고 있으라고 짧게 위협했다.

경관이 예, 하고 경례를 한 후 입을 다물자 기바는 그를 손으로 밀어내다시피 하며 그제야 실내로 들어갔다. 안을 한바탕 둘러본다. 피로 물든 이불도 시체와 함께 운반되어 나갔는지, 비좁기는 한데 한산하다.

아마 두 평 반 정도의 넓이일 것이다. 조금 변형되어 있는 곳에 억지로 다다미를 깔았다. 본래는 헛방이나 창고였던 것이 틀림없다. 방의 수를 늘리기 위해 개조했을 것이다.

그 때문인지 급조한 창문 이외에 역시 출입구는 존재하지 않는다. 벽장이나 천장 아래의 벽장 같은 것도 없다. 세간은 경대와 옷걸이 병풍, 목제 쓰레기통 정도다. 재떨이와 화로는 있지만, 밥상 같은 것은 없다. 조금 전에는 다다미 위에 주전자와 이 빠진 찻잔이 두 개 있었던 것 같은데, 감식반이 가져갔는지 지금은 눈에 띄지 않았다. 어쨌거나——.

도망칠 길도 사람이 숨을 만한 장소도 없었다.

—— 어떻게 된 노릇이람.

그렇다면 대체 누가 문을 잠갔다는 것일까. 시체가 스스로 잠그기라도 했다는 것일까. 문이 잠겨 있었던 이상 잠근 사람은 반드시 안에 있었을 테고, 그리고 그놈은 반드시 어딘가를 통해 밖으로 나갔을 것이다.

기바는 천장을 본다.

범인은 천장에서 스윽 내려와서 여자를 죽이고——.

다시 천장으로 스윽 돌아간다.

—— 거미도 아니고.

"어이, 천장은 조사했나?"

"예? 천장이요?"

한 사람이 우물거리고, 한쪽에 있던 다른 한 사람이 대답했다.

"천장은 조사하지 않은 것 같습니다!"

그래? 그렇겠지, 하고 기바는 염불을 외듯이 중얼거리고 시선을
내렸다. 창문이 있다.

기바는 일단 창 주위도 살펴보기로 했다. 아까는 도주 경로가 될
수 있을지 없을지를 생각해 보지도 않았기에, 확인 같은 것은 전혀
하지 않았다.

어쨌든, 만에 하나라는 것은 있다.

살펴본들 헛수고였다. 옆집과의 거리는 실로 서너 치밖에 벌어져
있지 않았고, 틈새에 인간이 들어갈 수 있을 리도 없었다.

얼굴을 내밀어 보니 옆집과의 틈새 바닥에는 쓰레기가 산더미처럼
떨어져 있었다. 이 빠진 밥공기나 부러진 젓가락, 뭉친 휴지나 천
조각. 전부 흙먼지를 뒤집어쓰고 있다. 풍화되기 직전이다. 어느 것이
나 같은 색깔, 같은 질감에,

──아.

이 빠진 밥공기와 휴지 사이에 이질적인 것이 보인다.

──검은 안경이다.

기바는 얼굴을 옆집 벽에 밀어붙이다시피 하며 몸을 내밀고 손을
한껏 뻗어, 가까스로 그것을 집었다. 기바의 기억에 있는 형태였다.
가와시마가 쓰고 있던 안경과 같은 형태인 것처럼 생각되어 견딜
수가 없었다.

그래서──.

기바는 경관의 눈을 피해 몰래 그것을 숨겼다.

성미에도 맞지 않게 심장박동이 흐트러졌다.

얼굴을 들자 무당거미가 물끄러미 보고 있었다.

요쓰야 서에는 오후 두 시에 들어갔다.

수사회의는 나른했다.

기바는 애초에 회의라는 것을 몹시 싫어한다.

이번에도 머릿수만 많고 실로 쓸모없다고 생각한다.

히라노의 짓이라는 건 암묵의 양해 사항이고, 의심을 품는 사람은 누구 한 명 없는데도, 그 확증은 무엇 하나 없고, 건설적이면서도 적극적인 의견이 나오는 것도 아니고, 관할서나 지바 현 본부에서 들려오는 불협화음만이 그저 어중이떠중이의 보조를 흐트러뜨린다.

기바는 일단 다다 마키의 증언을 보고했다.

다만 장지문은 잠겨 있었다는 내용의 발언이 있음——이라고만 말하고 밀실이라는 말은 굳이 쓰지 않았다. 밀실이라는 말은 경찰 내에서는 통하지 않는다.

아니나 다를까, 안에서 문이 잠겨 있는 상태를 밀실이라고 부른다는 것을 알아차린 사람조차 전혀 없었고, 얻을 수 있었던 것은 그게 어쨌다는 거냐는 무기력한 반응뿐이었다. 이 단계에서 이미 기바는 무언가를 체념하고 말았고, 그래서 장지문 실험 대목에 대해서는 일절 이야기하지 않았다.

결국, 지문 조회 결과나 사법해부 소견이 나올 때까지는, 현재 단계에서는 '사몬초 부인 눈알 살인사건'을 일련의 눈알 살인사건과 동일범의 범행이라고 간주하는 것은 지나치게 경솔한 판단이라는—— 나가토의 짜증스러운 견해와 별로 다르지 않은—— 결론이 나온 것에 그쳤다.

그 무의미한 결론에 이르기까지의 시간 동안, 기바는 그저 안주머니에 들어 있는 검은 안경에 대해서 생각하고 있었다.

이것은 증거품이다. 당연히 제출해야 할 것이다.

그러나 제출한다고 해도 대체 뭐라고 말하고 제출할 것인가. 언제 내놓을 것인가——.

그것은 본래 고민해야 할 사항이 아니다. 자기 자랑도 필요 없다. 그냥 발견했습니다, 라고 말하면 될 일이다. 우선 형사에게 증거품을 제출하지 않는다는 선택지는 애초에 없는 것이다. 현장에서 압수한 유류품을 의도적으로 은닉하다니, 결코 허용되는 일이 아니다. 그러니 생각할 것까지도 없는 일이다.

그러나 기바는 망설였다.

왜 망설인 것인지, 자신도 명확하게는 알 수 없다.

—— 가와시마.

분명히 가와시마는 마음에 걸린다. 하지만 가와시마가 이번 사건과 관련되어 있다고, 기바는 진심으로 생각하고 있지는 않다. 설령 안주머니의 검은 안경이 가와시마의 소지품과 같은 종류의 것이라고 해도 그렇다.

—— 그게 어쨌다는 거냐.

똑같은 형태의 검은 안경은 얼마든지 있다.

가령 어떤 형태로 가와시마가 사건과 관련되어 있다고 해도, 도무지 범인이라고는 생각하기 어렵다. 게다가 설사 가와시마가 범인이라고 해도 기바에게는 가와시마를 감싸 주어야 할 의리는 전혀 없다. 가와시마는 그저 친구이지 딱히 생명의 은인이거나 한 것은 아니다. 하지만.

기바는 가느다란 눈으로 주위를 날카롭게 둘러본다.

수사원 중에서 기바가 검은 안경을 주운 것을 아는 사람은 아무도 없다. 이대로 입을 다물어 버려도 이 자리에서 기바를 의심하는 사람은 없다. 걱정할 필요는 없다. 그러나 아무래도 진정이 되지 않는다. 가슴이 술렁거린다. 그때 경관들은 전혀 알아채지 못했을 것이다. 목격자는 아무도,

──거미가 보고 있었나.

해산, 이라는 부장의 목소리가 들렸다.

망설이고 있는 사이에 회의는 끝났다.

결국, 검은 안경은 주머니에서 나오지 않았다.

기바는 완전히 타이밍을 놓치고 만 것이다.

이것은──의도적인 은닉은 아니다. 기바는 마음속으로 자기 자신에게 변명한다.

이것은 반쯤 어쩌다 보니 이렇게 된 결과다. 애초에 기바는── 다다 마키의 증언 내용을 보고한 단계에서 그에 따른 증거품으로 검은 안경을 제출하려고──당연하다는 듯이──생각하고 있었을 것이다.

그러나 아무도 기바가 보고한 내용에 관심을 보이지 않았다. 그래서 그냥 미처 내놓지 못한 것에 지나지 않는다. 애초에 회의 자체가 짜깁기에, 알맹이가 없는 회의였기 때문에, 그래서,

──아니야. 그건 변명이다.

자신을 속여 봐야 어쩔 수 없다고 기바는 생각했다.

분명히 제출하려는 의식이 있었던 것은 사실이다. 그러나 자신은 그것을 처음부터 은닉할 생각으로 주운 것은 아니었을까.

기바는 떠올린다. 자신은 애초에 경관의 눈을 피하듯이 그것을 주웠다.

그 꺼림칙함이 무엇보다 큰 증거다.

형사들이 우르르 일어섰다. 인원 배치 등, 무엇이 어떻게 정해졌는지 전혀 알 수 없었다. 기바는 당황해서 나가토를 불러 세웠다.

"아저씨, 어디 가쇼."

"네에? 슈 씨, 정신 차리세요. 당신과 나는 전에 히라노가 살았던 시나노마치 쪽으로."

"잠깐. 히라노의 범행이라고는 단정되지 않았잖아."

"아아, 그건 아직 이지요. 하지만 듣지 못했습니까, 슈 씨? 사토무라 의사가 상처 자국을 조회했는데, 우선 흉기는 동일한 형상이라고 단정했다고 합니다. 뭐, 거의 히라노 선으로 정해진 거지요. 다만 사토무라 씨의 말은 흉기의 형상이 동일하다는 것이지, 동일한 흉기라는 뜻은 아니니까요. 게다가 당신이 말했던 그 부인의 증언도 있고요. 일단은 그쪽도."

"그쪽? 그쪽이라는 건 대머리 남자의."

기바는 안주머니를 눌렀다.

"그래요. 덩치 큰 남자 쪽. 분 씨와 구니 씨가 요쓰야 서 사람이랑 같이 —— 전혀 듣고 있지 않았습니까?"

"우리는 그쪽으로는 갈 수 없는 건가?"

"그러니까 당신은 저와 함께 시나노마치로 가야 합니다."

나가토는 느릿느릿한 동작으로 이동을 개시하고 있었다.

"어이, 아저씨. 이제 와서 시나노마치에 가면 어쩌자는 거야. 히라노가 도망친 지 반년도 더 지났다고. 이미 아무것도 없을 텐데."

"정말 아무것도 듣고 있지 않았군요. 히라노의 친구를 만날 겁니다. 아마 가와시마인가 하는."

"가──와시마──라고?"

"네네. 자료에 적혀 있었잖아요. 히라노의 몇 안 되는 친구로."

"그건──그 가와시마라는 건."

"인쇄 기술자입니다."

──다른 사람인가.

나가토는 걸으면서 서류를 팔랑팔랑 넘겨 문제의 부분을 기바에게 보여주었다.

"정말 의욕이 없는 모양이네요. 자료 정도는 좀 읽어 두세요. 여깁니다."

자료에는 가와시마 기이치라는 이름이 적혀 있었다.

29세. 사케이 인쇄소 근무. 기바가 아는 가와시마는 다른 사람이다. 직업상 사교성이 부족했던 히라노가 범행 직전까지 친하게 지냈던 남자라고 한다.

──우연인가.

우연이라고 할 수밖에는 없을 것이다.

"히라노의 신경쇠약을 걱정해 신경정신과 의사를 알선해준 자도 그 사람이라고 하는군요."

"그 의사라는 자는?"

"글쎄요, 그러고 보니 자료에는 이름까지 적혀 있지 않네요."

"그쪽이 더 중요한 거 아닌가?"

"물론 관할서에서 조사하고 있겠지요."

나가토는 느긋하다.

기바는 석연치 않다.

시나노마치의 탐문은 헛수고로 끝났다.

가와시마 기이치는 한 달 전에 인쇄소를 그만두었다.

사는 곳도 옮긴 모양이고, 그 후의 발자취는 파악할 수 없었다. 인쇄소 아저씨의 이야기에 의하면 가와시마 기이치는 밝은 남자이고, 약간 경박한 데는 있었지만, 근무 태도는 성실했다는 것이다. 사의를 표한 것도 갑작스러웠고, 그때도 이유에 대해서는 전혀 이야기하지 않았다고 한다. 무슨 일이 있었던 걸까요, 여자일까요, 하고 남의 일처럼 아저씨는 말했다. 이제 자신과는 상관없다는 태도를 기바는 민감하게 느낄 수 있었다.

기바는 만약을 위해 가와시마 청년의 출신을 물었으나 기억에 없다고 한다.

──가와시마 기이치가 가와시마 신조의 혈연일 가능성.

없지는 않을 것이다.

그러나.

──그러니까 그게 어쨌다는 거지?

하나하나 석연치가 않았다. 무엇을 어느 선에서 더듬어 가야만 무엇이 보이게 될지, 아직 기바는 모른다.

형사실로 돌아와 보니 아오키와 기노시타가 차를 마시고 있었다.

옆에는 요쓰야 서의 형사도 있다.

아오키가 선배님, 수고 많으셨습니다, 하며 자리를 양보했다. 기바는 일단 나가토에게 앉으라고 재촉했지만 노복(老僕)은 떨어져 있는 의자로 향해서 어쩔 수 없이 그대로 앉았다.

기노시타가 말했다.

"피해자의 신원, 나왔습니다."

"빠르군."

다다 마키의 추측대로 그 여자가 물장사하는 여자가 아니었다면, 신원 확인에는 상당히 시간이 걸릴 거라고 기바는 짐작하고 있었다. 여염집 여자라면 당연히 몰래 온 것일 터이기 때문이다.

"게다가 유력한 증언도 얻었습니다."

"그거 더더욱 빠르군. 그래서?"

"예에. 기막힌 이야기랍니다. 피해자는 큰 상점의 안주인인데."

피해자의 이름은 마에지마 야치요. 28세. 니혼바시의 전통 있는 포목점으로 시집을 간 지 3년이 되었다고 한다.

"용케 알아냈군. 하지만 그럼 바람을 피운 건가?"

기바가 묻자 기노시타는 그게 말이지요, 하고 말하며 아오키를 보았다. 아오키는 쓴웃음을 지으며, 바람이라고 할 만한 짓은 아닌 모양입니다, 선배님, 하고 말했다.

"그게 뭔가."

"예. 증언자는 남편인데요. 이게 그, 아직 근처에 있는데요. 진짜 징그러운 남자라서——."

아오키 일행이 현장으로 돌아가 보니 문 부근에서 얼쩡거리고 있는 수상한 거동의 남자가 있었다. 안을 들여다보거나 뒤로 돌아가 보거나 하는 모습이 아무래도 수상쩍었다. 붙잡아 직무질문을 해 보니, 그자가 야치요의 남편 마에지마 사다스케였다.

"놈은 밤중부터 줄곧 감시하고 있었다고 합니다. 마누라의 뒤를 밟아 온 것이지요."

"감시하고 있었다니, 이 추운 날씨에 줄곧 말인가."

"예, 줄곧. 끈질기게도, 마누라가 나올 때까지 기다릴 생각이었던 모양이에요. 그런데 경찰이 우르르 몰려왔지요. 돌아가려야 돌아가지도 못하고, 사정을 물어볼 수도 없어서 곤란해하고 있었던 겁니다. 아내는 아마 뭔가 사건이 일어나서 나오려야 나오지 못하고 있는 것일 거라고 멋대로 생각하고 있었어요. 설마 죽어서 들것에 실려 나온 시체가 자기 마누라일 거라고는 생각지도 않고, 그 후에도 멍청하게 감시하고 있었던 거지요."

아무래도 하는 말이 분명하지 못했고, 그것을 알아차린 아오키가 억지로 시체를 확인하게 하자 그제야 마에지마는 상황을 파악했다.

"그래서——바람이 아니라는 건?"

"그게 아무래도 그 마누라는, 사실은 창녀였나 봐요. 얼간이 같은 남편의 이야기를 그대로 믿는다면 말입니다."

"매춘? 양가의 아녀자가 말인가."

"여자는 알 수 없는 겁니다. 기바 선배님."

기노시타가 아는 척 말했다.

일의 발단은 한 달쯤 전으로 거슬러 올라간다고 한다.

결혼한 후로 그때까지, 마에지마 부부 사이에 평지풍파는 전혀 일어나지 않았다. 야치요는 얼굴도 예뻤고 남편도 살뜰하게 돌보았으며 고용인이나 드나드는 업자에게도 다정한 데다 손님 대하는 것도 능숙하고 돈 계산도 할 줄 아는, 어디에서 보아도 나무랄 데가 없는 포목점의 작은 사모님이었다고 한다. 한편 사다스케 쪽은 5대째인지 6대째인지의 세상 물정 모르는 도련님으로, 뼛속부터 아무것도 할 줄 모른다. 겁이 많고 신중한 것만이 장점인, 타고나기를 아무 도움도 안 되는 사람이라는 평판을 받던 작은 주인이었던 모양이다.

저 변변찮은 놈에게는 과분한 아내라고 모두가 수군거렸다고 한다. 그런 사정에 대해서는 발 빠르게 이미 뒤를 캐 보았다——고 아오키는 이야기했다.

사다스케 본인도 이런 아내는 어디를 찾아보아도 찾을 수 없을 것이라고, 항상 주위에 팔불출처럼 아내 자랑을 늘어놓곤 했다고 한다.

그런 사다스케가 정숙한 아내에 대한 의혹을 품기에 이른 계기는 한 통의 전화였다.

평소에 그다지 전화를 받는 일이 없는 사다스케가, 왠지 그때는 직접 수화기를 들었다고 한다. 상대도 설마 주인이 전화를 받았으리라고는 생각하지 않았는지, 들어본 적이 없는 남자의 목소리는 거만한 말투로 이렇게 물었다고 한다.

——그 댁 안주인은 야치요 씨라는 사람이오?

사다스케가 무뚝뚝하게 그렇다고 말하자,

——결혼하기 전의 성은 가나이요?

라고 묻는다.

무례한 놈이라고 생각하면서도, 사다스케는 왠지 흥미도 생겨서 그렇습니다, 사모님은 옛날에는 가나이라는 성을 썼습니다, 하고 고용인인 척 대답했다. 목소리는, 그래? 그렇다면, 하고 이렇게 말을 이었다.

——그렇다면 이리 전하게.

——뒤쪽에 있는 다로이나리[太郞稻荷] 신사의 새전함(賽錢箱) 옆에 서한을 놓아둘 테니 가지러 오라고.

——과거의 악행을 남편에게 들키고 싶지 않으면 반드시 가지러 오십시오, 라고 말이야.

"이름을 물었더니 목소리는 글쎄, 하고 잠시 생각하고 나서, 거미의 심부름꾼이라고 하게, 라고 대답했다고 합니다."

"거미라고? 웃기는 놈이군. 게다가 그 전화의 말투도 굉장히 예스러운 말투가 아닌가. 그래서 남편은 편지를 가지러 가기라도 했나?"

"그게 그렇지 않습니다. 뭐, 그런 경우 보통은 어떻게 하는 것인지 —— 저라면 어떻게 할까 하는 것도 모르겠지만 —— 어쨌든 남편은 그 내용을 아내에게 전하라고 사환에게 시키고, 자신은 몰래 아내의 동향을 감시하고 있었다고 합니다. 아무래도 천성이 음습한 모양이더군요. 그 마에지마라는 남자는."

야치요는 분명히 동요한 눈치를 보였다.

그리고 곧 이나리 신사로 향한 모양이다. 사다스케는 몰래 뒤를 쫓았다. 야치요는 꽤 오랫동안 주위를 두리번두리번 둘러보고 나서 도리이[10]를 지나, 편지를 손에 들고 멍하니 있었다. 신사 건물 뒤편에서 그 모습을 훔쳐보며 사다스케는 심상치 않은 기분을 느꼈다고 한다.

야치요는 곧 편지를 구겨서 버렸다. 사다스케는 그것을 주웠다.

"편지에는 대여섯 명의 남자 이름이 적혀 있었다고 합니다. 그 밑에 숨기는 일이 있음을 알고 있으매, 연통 주시기 바람, 이라고 적혀 있었어요. 이어지는 두 장째 종이에는 아마 그 연통할 연락처가 적혀 있었을 것으로 생각되지만, 그쪽은 아내가 가져갔는지 없었다고 합니다."

"철저하게 예스러운 놈이군. 하지만 그것만으로는 무슨 뜻인지 알 수 없지 않나."

---

10) 신사 입구에 세운 두 기둥의 문. 이 문을 들어서면 거기서부터는 신의 세계라고 한다.

"사다스케는 머리를 짜내어, 이런 결론에 다다른 것이지요. 이것은 아내와 잔 남자들의 이름이다──아내는 매춘부다."

"이보게, 그건 비약 아닌가."

"저도 그렇게 생각합니다."

하고 아오키는 말했다.

사다스케는 그 일에 대해서 아내를 비난하지도, 추궁하지도 않았다. 그 후에는 애써 평정을 가장하면서 아내의 행동을 낱낱이 감시했다고 한다. 본래 도움이 안 되는 주인은 일 따위 하지 않아도 가업에 전혀 영향이 없었고, 사다스케는 오직 아내를 관찰하는 데 심혈을 기울인 모양이다. 야치요는 표면적으로는 평소와 다름이 없었지만, 다만 밤중에 몇 번인가 수상한 전화를 걸었다고 한다.

정적 속에서 거는 전화는 물론 목소리가 작아서 내용까지 낱낱이 알아듣는 것은 불가능했던 모양이지만 야치요는 드물게 목소리가 거칠어져서 그 부분만은 알아들을 수 있었나 보다. 저더러 어쩌라는 건가요, 라는 둥, 얼마면 되겠어요, 라는 말을 했던 모양이다.

갈취를 당하고 있었던 거냐고 기바가 묻자, 기노시타가 아닙니다, 하며 고개를 가로저었다.

"그게, 갈취는 아니었다고 마에지마는 주장하더군요. 그렇지요, 분 씨."

"그렇습니다. 돈을 가지고 나가는 기색은 사실 없었나 봐요. 뭐, 있으나 마나 한 남편의 이야기이니 신뢰성이 있는지 없는지는 모르겠지만요. 남편의 말로는, 아내는 자신의 값을 교섭하고 있었던 게 아니겠느냐고 하더군요. 싸게는 팔 수 없다고 다투고 있었다고요."

"바보 같군. 창녀도 아니고."

"그러게 말입니다. 전부 남편의 착각입니다. 전부 지어낸 이야기 같아요. 조금은 아내를 좀 믿으라고 말하고 싶어졌지만——하지만 말이지요."

아내는——사실 매춘부 같은 모습으로 살해되었다.

그저께 밤에도 야치요는 역시 몰래 전화기 앞에 섰다. 사다스케는 멀리서 그 모습을 뚫어지라 바라보며 아내가 향주머니에서 접은 종이를 꺼내, 그것을 보면서 전화를 걸고 있는 것을 알아냈다.

그날의 전화는 특히 길었다. 야치요의 분위기도 갑자기 이상야릇 해져서, 엿듣고 있는 사다스케 쪽도 자연히 집중했다. 그러다가 야치요는 조금 고양된 듯이 이렇게 말했다.

——알겠어요. 한 번, 한 번뿐이에요.

그리고 무언가 종이에 적더니, 야치요는 난폭하게 수화기를 놓았다. 사다스케는 그런 아내의 난폭한 행동을 처음으로 보았다고 한다. 거기에 있는 여자가 평소의 청초한 아내와 동일인이라고는 생각되지 않았던 모양이다.

그리고 사다스케는 확신했다고 한다.

——아내에게는 내가 모르는 얼굴이 있다. 아내는 매춘부다.

정말 제멋대로인 확신이라고 기바는 생각한다. 누구에게나 초조해 질 때 정도는 있다. 언제나 똑같을 수만은 없다.

사다스케는 모르는 척 아내 앞으로 나갔다.

기바에게는 더없이 음습한 행동으로 생각되었다.

야치요는 약간 당황하더니 곧 분위기를 수습하고 얼른 그 자리를 떠났다고 한다. 그 어느 모로 보나 수상한 태도가 사다스케의 확신을 더욱 확고하게 했다.

"그래서 남편은 그날 밤에 도둑처럼 마누라의 향주머니를 훔쳐서, 적혀 있는 내용을 옮겨 적었다고 하더군요. 그래서 상대방의 연락처나 어젯밤의 밀회 장소를 안 거지요."

약속 장소는 요쓰야 구라야미사카, 시간은 오후 10시 30분이었다고 한다.

사다스케는 조급해지는 기분을 누르고, 가능한 야치요와 얼굴을 마주하지 않도록 하며 때를 기다렸다고 한다. 그리고 오후 여덟 시가 지났을 때쯤, 사다스케는 기원(棋院)에 간다고 거짓말을 하고 가게를 나섰다. 물론 야치요가 외출하기 쉽도록 하기 위해서다.

"이해가 안 가는군. 매춘인지 아닌지는 모르겠지만, 자기 마누라가 다른 남자와 밀회하는 것 아닌가. 막는다면 알겠지만, 가기 쉽게 해준다는 건 이해할 수가 없어."

기바가 그렇게 말하자 기노시타는, 남녀 사이는 알 수 없는 겁니다, 선배님은 그런 마음을 모르시나요, 저는 알겠는데, 라고 말한다. 아오키는 기노시타의 발언을 반쯤 타이르는 듯한 말투로,

"현장을 붙잡으려는 속셈인 겁니다."

라고 말했다. 기바도 이해할 수 있는 말을 골라서 다시 말한 것이겠지만, 기바의 입장에서 보자면 그것도 바보 취급을 당하는 것이나 마찬가지였다. 서툰 기바는 어차피 남녀의 미묘한 감정은 알지 못한다. 아오키는 기바가 기분이 상한 것을 알아채고 얼른 이야기를 이어나갔다.

"남편은 그 후 수고스럽게도 가게 앞 전봇대 뒤에 숨어 마누라가 나오기를 기다렸지요. 이렇게 추운데 어쩌나 집념이 깊은지. 삼십 분이나 참고 기다렸더니 마누라가 나왔어요——."

야치요는 얼굴을 숨기듯이 숄을 감고 있었다고 한다. 그런데도 불구하고 먼눈으로도 화장이 짙다는 것을 알 수 있었다고 한다. 사다스케는 적당한 거리를 두고 그 뒤를 미행했다. 미묘한 감정을 모르는 기바에게는 몹시 위험하게 생각되었다.

구라야미사카 입구에는 커다란 남자가 서 있었다. 이상한 풍채였다고 한다.

"그 사람 그, 어떤 남자였다고 하던가?"

"예에, 그 할머니가 말했던 그대로입니다. 6척을 넘을 정도의 거구에다 대머리, 라고 할까 삭발이었지요. 게다가 밤중인데 선글라스까지 ——."

기바는 양손으로 상의를 움켜쥐고 옷깃을 여몄다.

그것은 지금 자신의 품에 들어 있는 증거품을 말한다.

"—— 게다가 요즘 같은 세상에 지저분한 군복을."

"잠깐. 군복이라고?"

가와시마다. 틀림없다. 그자는 가와시마 신조다.

기바는 이상한 고양감을 느꼈다. 켕기는 것 같기도 하고 답답한 것 같기도 한, 부끄러움과 초조함과 몸을 사리는 마음이 적당히 뒤섞인 기묘한 감각이다. 그때 아마 기바는 상점에서 물건을 훔친 직후의 어린아이처럼, 어떻게 해야 좋을지 알 수 없다는 얼굴을 하고 있었을 것이 틀림없다.

그것을 얼버무리듯이, 그럼 눈에 띄겠군, 하고 말하자 그렇지요, 눈에 띌 겁니다, 한 번 보면 잊을 수 없을 거예요, 라고 기노시타가 말했다.

"그럼 찾는 것은 간단할까?"

기바가 증거품을 내놓을 것까지도 없이, 가와시마는 머잖아 참고인으로서 끌려오게 될 거라는 뜻일까.

아오키가 말했다.

"찾고 말고 할 것도 없어요, 선배님. 마에지마는 연락처를 적어 두었잖습니까."

"그렇군. 그럼 ──."

"그렇습니다. 범인 ── 인지 아닌지는 제쳐 두더라도, 어젯밤에 피해자와 함께 있었던 손님이 누구인지는 머잖아 밝혀지겠지요. 지금 요쓰야 서 사람들이 조사하고 있으니까요. 이제 곧 알 수 있을 거예요."

"범인이겠지. 그 손님이."

아오키의 신중한 발언을 야유하듯이, 기노시타가 혀 짧은 건방진 말투로 그렇게 말했다.

"뭐야, 기노시타. 히라노가 아니라는 겐가?"

손님 ── 즉 가와시마가 범인이라고 기노시타는 말하고 있다.

흘려들을 수 없는 단정이다.

기노시타는 기바의 기우를 자극하듯이,

"그래요, 대머리 거한이 범인입니다."

라고 말했다.

근거는 뭐냐고 묻자,

"그 남편 ── 마에지마 사다스케가 감시하고 있었거든요. 드나든 자는 아무래도 그 덩치 큰 '남자뿐'이었던 거 같아요."

라고 아오키가 대답했다.

"아아."

야치요와 대머리 남자는 잠시 이야기를 한 후 어색하게 바싹 기대어 요쓰야 3번가의 사거리 쪽까지 걸어갔다. 그러고 나서 —— 대담하게도 —— 요쓰야 서 앞을 가로질러 시나노마치 방면으로 가다가, 갑자기 옆길로 들어갔다고 한다. 사다스케는 꽤 떨어져서 뒤를 쫓고 있었기에 두 사람은 잠시 사다스케의 시야에서 사라지게 되었다. 사다스케는 허둥지둥 달렸으나 그 골목길에 다다랐을 때에는 이미 두 사람의 모습은 사라지고 없었다고 한다. 거리를 두고 미행하고 있었던 이유는 대머리 남자가 무서워 보였기 때문이라고, 소심하고 음습한 미행자는 말했다고 한다.

옆길은 외길이었다.

건너편으로 빠져나갈 정도의 시간 동안 놓쳤던 것은 아니었으니, 틀림없이 길가에 처마를 나란히 하고 있는 건물 중 하나로 들어갔을 것이라고 사다스케는 생각했다. 그것도 그렇게 안쪽은 아니다. 그래서 한 집 한 집 꼼꼼히 보고 다녔으나, 그럴듯한 시설은 없었다. 수상한 여관의 간판 같은 것도 눈에 띄지 않는다. 그것은 무리도 아닌 것이, 무면허 매춘용 숙박업소는 간판 같은 것은 내놓지 않는다. 다다마키의 집도 외관은 평범한 민가다.

"거기는 전쟁 때도 불타지 않고 남은 집이거든요. 오래되었지요. 이 부근은 이치가야의 옛 육군성(陸軍省)이 있던 곳과 나이토마치, 이건 교엔(御苑)[11]인데요, 그곳을 제외하면 깨끗하게 불탔으니까요. 홀라당 탔단 말입니다. 하지만 그 부분은 운 좋게 남았지요."

요쓰야 서의 형사가 그렇게 말했다.

아오키가 물었다.

---

11) 일본 왕실 소유의 정원.

"그 집이 그런 장사를 하는 것에 대해서는 그, 요쓰야 서 쪽에서는."

"뭐, 알고 있었습니다. 엎어지면 코 닿을 거리니까요."

"그래서 그, 단속을 하거나 하지는."

요쓰야의 형사는 약간 쓴웃음을 지으며 조심스럽게 대답했다.

"아니, 할머니는 전쟁 전에는 뭔가 좋지 못한 짓도 이것저것 했던 모양이지만요, 지금은 얌전히 살고 있습니다. 근근이 검소하게 살고 있으니까요. 눈을 부라릴 정도도 아닌 것 같아서——."

그때 기노시타가 또 건방진 말투로 끼어든다.

"눈감아주고 있었다는 겁니까? 문제로군요. 그 설비를 보면 소규모 간이 숙박시설의 허가도 받지 못할 텐데요. 대실(貸室)이라면 숙박은 불가능합니다. 경찰이 그런 매춘업소 같은 나쁜 곳을 용인하면 안 되지 않습니까."

어딘가 소라 같은, 버석버석한 질감의 피부를 한 형사는 기노시타를 곁눈질하며 매우 귀찮다는 듯이 대답한다.

"그야 뭐 그렇지만, 그곳은 어딘가 조직의 손길이 닿아 있는 것도 아니고, 계속해서 손님을 끌고 와서 애 딸린 여자한테 손님을 받게 하고, 화대를 가로채거나 하는 알선업자도 아닙니다. 가출 소녀를 등쳐먹지도 않아요. 직접 손님을 끄는 하급 창부가 싸게 이용하고 있었을 뿐이에요. 돗자리를 깔고 손님을 받는 것보다는 나으니까요."

"이 근처는 아오센[靑線] 지대[12]였습니까? 아아, 신주쿠 유곽이 가까운가. 그렇다고 해도 위생상 좋지 않고, 소방법도 여관업법도 있잖아요. 애초에 길거리 창부는 단속해야 합니다. 그렇잖아요."

---

12) 무허가 매춘 음식가. 이에 비해 매춘이 허용되던 공창가 지대를 아카센(赤線) 지대라고 했다.

"시끄러워, 기노시타."

요쓰야 서의 형사가 몹시 불쾌한 표정을 짓자 기바가 대신 기노시타를 견제했다. 기노시타는 이마에 주름을 잔뜩 짓고 눈썹을 팔자로 만들며 불만스러운 듯이 입을 다물었다.

"그런 건 지금 상관없잖나. 그보다 그 마에지마인가? 그 녀석의 증언에 신뢰성은 있나?"

기노시타가 토라졌기 때문에 아오키가 수습했다.

"무슨 뜻입니까? 증언자인 마에지마 사다스케의 인간성을 신뢰할 수 있느냐 없느냐는 뜻입니까?"

"그게 아니야. 그 녀석, 냉큼 놓쳐 버렸잖나. 그 사이에 무슨 일이 있었는지 알 수 없고."

"아아. 그 녀석은 그러니까 집요한 겁니다. 가만히 기다리고 있었어요. 길 입구에 서서 옆길 전부를 계속, 구멍이 뚫릴 정도로 둘러보고 있었지요. 그 집은 뒷문을 이용해도 현관을 이용해도, 어차피 앞길로 나가지 않으면 출입할 수는 없으니까요. 거기에서 감시하면 효과적이지요. 놈은 회중시계를 가지고 있었는데요. 놓친 게 22시 55분이었다고 했어요. 할머니의 증언과 거의 일치하지요. 23시경에 왔다고 했어요."

"그래서? 얼마나 기다리고 있었나?"

"뭐, 네 시간쯤."

가장 추운 계절의, 그것도 심야다. 기바가 어이없다는 목소리로 네 시간이냐고 되풀이하자, 아오키는 살짝 웃으며, 역시 감기에 걸렸더군요, 그 남자, 하고 말했다.

오전 세 시가 지났을 무렵에 남자가 나왔다.

사다스케는 조금 망설였지만 결국 아내가 나오기를 기다렸다고 한다. 남자의 연락처는 알고 있다. 지금은 아내가 중요하다.

그 정숙한 아내가, 이 수상쩍은 건물에서 대체 얼마나 음란한 여자의 얼굴을 하고 나올 것인가——.

"그 후로 네 시간을 더 기다렸어요. 정말 어이없는, 뱀 같은 놈입니다. 하지만 다음에 나온 사람은 지저분한 할머니였고, 그 후 경관이 오고, 이어서 우리가 쳐들어갔지요."

"그러니까 히라노의 차례가 없어요. 대머리가 범인입니다, 선배님."

부루퉁해 있던 기노시타가 그렇게 말을 맺었다. 그 말을 받아, 줄곧 잠자코 있던 나가토가 느릿느릿 발언했다.

"그러면 그, 흉기 쪽은 어떻게 되는 겁니까. 역시 일련의 사건으로 보이게 하기 위한 위장일까요."

"그러면 당연히 계획적 범행이라는 뜻이 되겠군요. 준비가 필요하니까요. 그 끌은 어디에서나 파는 물건이 아니에요. 대장장이한테라도 부탁해서 만들게 하지 않으면 말이지요."

소라가 그렇게 말했다. 안 팝니까, 하고 아오키가 묻자, 히라노도 특별 주문으로 만들었어요, 라고 대답했다.

가와시마.

눈알 살인마.

주부의 비밀 매춘.

무의미한 밀실. 계획적 살인.

——이건 뭐야.

혼란스럽기 이전에 연결이 되질 않는다.

기바는 그답지 않게 머리를 긁적였다. 짧게 깎은 바늘 같은 머리카락을 쥐어뜯으며 흠, 하고 코로 짧은 한숨을 흘린다.

"어이, 그 바보 남편은 지금 어디에 있나?"

"아직 서 내에 있습니다. 조금 전까지 여기 서장님이 사정 청취를 하고 있었는데요. 절차나 확인 사항이 아직."

"나도 만나야겠어. 아저씨도 같이 좀 가 줘요."

기바는 일어선다. 주위는 일제히 당황한다.

살풍경한 취조실은 공기가 고여 있고 게다가 추웠다. 좁고 철조망이 처져 있는 창문밖에 없어서, 보기에 따라서는 아까 그 매춘용 여관의 별채와도 비슷하다.

한가운데의 의자에 기모노를 입고 콧물을 매단 콩나물 같은 남자가 우두커니 앉아 있었다.

안색은 창백하지만, 눈가가 붉다. 열이라도 있는 것일까, 있다면 꽤 높지 않을까 하고 기바는 생각하지만, 신경을 써 줄 마음이 들지 않는다. 콩나물은 기바를 보고 약간 왼쪽으로 기울어진 인사를 했다.

"고생 많았군."

기바는 형사이니 붙임성이 좋지는 않다. 그러나 마음에 들지 않는 녀석이라고 해서 처음부터 을러대지도 않는다. 아슬아슬하게 한계까지는 참고, 참지 못하게 되면 고함칠 뿐이다. 그것이 기바의 방식이다.

"낙담한 건 아니오?"

콩나물――마에지마 사다스케는 후와아 하고 방귀 소리 같은 대답을 한 후, 콧물을 훌쩍였다.

"뭐, 깜짝 놀랐다고 할까요. 제게는 이런 무서운 일을 당할 이유가 없어요."

—— 온나가타[女形]¹³⁾ 같은 놈이군.

"저도 아내가 설마 그런 여자였을 줄은 꿈에도 생각하지 않았으니까요. 너무하지 않습니까."

"당신, 마누라가 살해된 것보다 마누라한테 배신당한 게 더 힘들다는 거요?"

"힘들다면 물론 힘들지요. 믿고 있던 아내한테는 배신당하고, 배신한 것뿐이라면 몰라도 일이 이렇게 돼 버렸으니. 우리 가게의 신용은 땅에 떨어진 것이나 마찬가지일 겁니다."

기바는 어딘가 맞물리지 않는 대화에 약간 초조함을 느낀다.

왠지 모르게 몹시 싫은 놈이다.

"이봐요, 이미 실컷 질문을 받았겠지만, 다시 한 번 이야기해 주시오. 알겠소? 당신, 그 아내의 상대인 덩치 큰 남자 말인데, 얼마나 똑똑히 보았소?"

"그런 무서운 남자는 그렇게 쉽게 잊을 수 없습니다. 8척 정도 되지 않을까 싶은 도깨비 같은 거한인데, 팔도 다리도 길고 야만스러웠어요. 눈빛도 날카롭고. 몇 번이나 이렇게, 눈을 깜박이는데."

"옷은? 군복이오?"

"그렇습니다. 그런 야비한 옷차림을 즐겨 하는 사람은 파락호나 불한당이나, 어쨌든 해님 아래를 당당히 돌아다닐 수 없는 사람이겠지요. 저라면 누가 부탁해도 두 번 다시 그런 멋없는 옷은 입지 않을 겁니다. 위험해요, 위험해."

"누가 그런 부탁을 한다고."

—— 네놈에게 군복은 어울리지 않아.

---

13) 가부키에서 여자 역을 맡는 남자 배우. 오야마라고도 한다.

기바는 코웃음을 친다.

가와시마가 계속 군복을 입고 다니는 이유를, 기바는 어렴풋이 이해할 수 있다. 가와시마도 틀림없이 기바와 마찬가지로 멋없고 시대에 뒤떨어지고, 어떻게 할 수도 없을 정도로 서툰 인간인 것이다.

알맹이보다 겉모습이 인간의 가치를 좌우한다——그런 경우는 의외로 많은 법이다. 아니, 겨우 몇 년 전까지 그것은 당연한 일이었다. 인간의 가치란 별이 몇 개 달려 있느냐로 정해졌다. 대장인지 졸병인지는 한눈에 알 수 있었고, 군인은 그 별의 수에 어울리는 내면을 강요당하고, 모두 그렇게 살았다. 간단했다.

그러나 이것은 간단하기만 하면 된다는 것이 아니다. 그렇다기보다 간단한 편이 잘못된 것이다. 본래 그런 것으로 사람의 가치를 정할 수는 없다. 그것은 더 미묘하고 복잡해야 하는 것이니 그런 간단한 판단 기준이 버젓이 통하는 세상이란 역시 잘못되어 있었던 것이라고, 기바도 그 정도는 안다.

전쟁이 끝나고 가치관이 복잡하게 뒤얽힌, 미묘하고 복잡한 지금 같은 세상이 찾아왔다. 그래서 무언가 조금이라도 변했는가 하면, 이것이 아무것도 달라지지 않았다. 결국, 지금 세상도 외모가 사람을 결정한다. 그런 풍조는 없어지기는커녕 더욱 활발해진 것 같다고, 기바는 생각한다. 판단 기준이 애매해지고, 폭이 넓어졌을 뿐이다. 기본적인 부분이 달라지지 않았다면 기바 같은 바보에게는 간단한 편이 나았다.

그래서 기바처럼 영리하게 세상과 어울리지 못하는 사람은 종종 자기 자신을 놓칠 때가 있다. 멍하니 있으면 애매모호한 세상에 녹아들어 어디까지가 자신인지 알 수 없게 되고 마는 것이다.

적어도 알맹이가 없는 것만이라도 과시하지 않으면 존재 가치가 흔들린다. 즉 의상이라는 것은 자신을 세상 사람들과 차별화하기 위한 갑옷 같은 것이다.

——알 것 같기도 하고 모를 것 같기도 하고.

하지만 가와시마도 그런 것이라고, 기바는 생각한다. 비리비리한 콩나물은 비리비리한 콩나물대로 여자 같은 기모노를 입고 있고, 그것과 군복을 입는 것은 똑같은 일이다.

"만나면 알아보겠소?"

"알아보고말고요. 가로등에 비친 얼굴을 똑똑히 보았으니까요. 뱀 같은 면상이었습니다아."

"정말이오 ——?"

가와시마는 얼핏 보면 무섭지만, 표정만은 귀엽다.

"——아까부터 듣자 하니 도깨비니 뱀이니 말이 심하군. 도대체가 키도 8척이나 되는 놈이 어디 있소? 부풀린 건 아니오?"

"아, 뭐, 그건 인상이 그렇다는 겁니다. 줄자로 잰 건 아니니까요. 하지만 끈질긴 것 같지만, 얼굴은 똑똑히 보았습니다. 틀림없어요. 이렇게 눈을 깜박이고."

"이봐요, 깜박였다니 —— 검은 안경은."

"그런 것은 쓰고 있지 않았습니다."

"아아 ——."

그것은 기바가 갖고 있다. 쓰고 있을 리가 없다.

"——잠깐. 분명히 처음에는 쓰고 있었지요?"

"처음? 예, 그렇게 보이던데요. 처음에는 미행하고 있었으니 뒷모습밖에 못 봤지요. 정면에서 본 건 나왔을 때였는데, 그때는 이미."

그렇다면. 가와시마는 검은 안경을 쓰고 와서, 벗어서 두고 간 것일까. 아니, 창밖에 버리고 간 것이다.

—— 왜지?

"쑤욱, 하고 오뉴도[大入道][14) 같은 것이 문을 빠져나오고, 얼굴이 똑똑히 보였어요. 그리고 글쎄요, 10분쯤 지나서, 그래요, 한 번 되돌아왔습니다. 저는 감시하고 있었던 것이 들켰나 하고 바짝 움츠러들었지요."

"되돌아왔다?"

"예. 서장님한테도 말씀드렸는데요. 그리고 다시 들어갔다가 금세 나왔어요. 그게 다였지만요."

"범인이 되돌아오다니. 도망치지 않고 말이오?"

기바는 저도 모르게 옆에 있는 나가토에게 물었다.

"글쎄요. 예를 들어 정말 죽었는지 확인하러 돌아왔다거나, 증거가될 만한 것을 두고 와서 가지러 돌아왔다거나, 그런 일은 있겠지요."

—— 증거.

—— 검은 안경이다.

그러나 증거는 거기에 있었다.

증거 인멸을 위해 내던지기라도 한 것일까. 아니, 그 증거 때문에 되돌아온 것이라면 그런 짓은 하지 않을 것이다. 창밖으로 버릴 바에는 가지고 돌아오면 되는 것이다.

"이상하군."

기바가 그렇게 혼잣말을 하자 나가토는,

---

14) 까까머리의 덩치 큰 요괴. 원래의 말뜻은 덩치 큰 승려를 가리킨다. 일본 각지에 전해져 내려오는 요괴로, 지방에 따라 그 모습의 묘사도 다르다. 사람을 위협하거나, 목격한 사람은 병에 걸린다는 전승이 많다.

"그래요? 뭐, 이상하겠지요."

하고 마치 만담 연극의 노인네 같은 대사를 했다. 그리고 이렇게 말을 이었다.

"그, 남자가 나온 시각은 오전 3시 경이지요. 그때까지는 아무도?"

"어린아이 하나, 강아지 한 마리 지나가지 않았습니다."

"그래요? 그럼 그 사람은 다시 되돌아왔다가——그건 그럼 3시 10분 정도인가요."

"그렇겠지요."

"안에 몇 분쯤 있었습니까?"

"3분 정도일 겁니다."

"두 번째로 나왔을 때도 얼굴을 보았고요?"

"오뉴도가 나온 덕분에 아내가 들어간 건물이 거기라는 걸 알고, 숨을 장소를 그 집 맞은편의 쓰레기통 옆으로 옮겼거든요. 그래서 두 번째에는 더 똑똑히 보았지요. 첫 번째와 똑같은 얼굴이었습니다. 표정도 태도도 다르지 않았지요."

"그래요? 그래서, 그 후에는?"

"또 아무도 오지 않더군요. 시간이 시간 아닙니까. 5시 반쯤 신문 배달부가 지나갔지만, 그 집은 그냥 지나쳤어요. 그 후 우유 배달부도 지나갔지만, 또 그냥 지나치고. 6시 반쯤에, 안에서 노인이 새파란 얼굴로 나와서 어디론가 갔어요. 그래서 저는, 현관까지 가 보기는 했습니다. 멈추고. 하아, 안에 들어가는 것을 멈춘 것입니다. 그때쯤 되니 큰길에 드문드문 다니는 사람도 생겼고, 남의 눈도 있었으니까요. 어쩔 수 없이 일단 뒤쪽으로 돌아가 보기로 했지요."

"어째서 남의 눈이 있으면 뒤로 돌아간단 말이오?"

"그야 형사님, 저는 숨어 있는 것에 대해서는 문외한입니다. 전봇대 뒤에나 쓰레기통 옆에 숨어서, 물론 어두울 때는 괜찮지만 밝아지면 뭐랄까요, 부끄럽단 말입니다. 오른쪽 옆집의 담장과 건물의 틈새로 들어가서——이게 좁은 길이라서요. 기모노가 쓸려서 더러워졌지만——거기를 지나서 뒤로 돌아가려고 했는데, 그 집에는 뒤쪽이란 없었습니다. 뒷집이 바싹 붙어서 서 있더군요. 도저히 들어갈 수가 없었어요. 한 치의 틈도 없었지요. 손가락 하나 들어가지 않았어요."

"그건 알고 있소. 하지만 말이지, 지겹겠지만 부풀리지 말라니까. 세 치는 벌어져 있었소."

기바는 직접 팔을 틈새에 넣어 검은 안경을 주웠다. 손가락 하나 들어가지 않는다면 기바의 굵은 팔이 들어갈 리가 없다.

"그랬나요? 뭐, 그럴지도 모릅니다. 그리고 그때, 현관 쪽에서 소리가 나서 저는 자지러지고 말았어요."

"소리? 그 소리는?"

"아마 그 노인이 돌아온 거겠지요."

"아마라는 건 뭐요?"

"저한테는 보이지 않았으니까요. 어쨌거나 골목길에 끼어 있으니 말입니다. 벽밖에 보이지 않았어요."

"그렇군. 하지만 그럼 어떻게 할망구라는 걸 알았소?"

"사실 노인은 돌아와 있었거든요. 그 후에 다시 안에서 나왔습니다. 그렇다면 일단 돌아왔을 테고, 하지만 저는 돌아오는 모습을 보지 못했으니 그때 돌아온 거겠지요. 당연한 추리입니다."

"할망구도 돌아온 건가."

범인인 듯한 남자도, 신고한 사람도 모두 일단 돌아왔다.

묘한 부합이다.

나가토가 물었다.

"그 시간은 어느 정도입니까?"

"그 시간이라니 어떤 시간이요?"

"당신이 건물 옆에 숨어들고 나서, 소리가 날 때까지의 시간 말입니다."

"3분 정도일까요."

"3분——? 그래요? 빠르군요."

"빠른가요? 길게 느껴졌는데요."

나가토는 고개를 두세 번 갸웃거리고, 기바에게 물었다.

"슈 씨, 당신은 이야기를 나눠 보았지요? 그 부인은——겁이 많다거나 덜렁댄다거나, 뭔가 그런."

"당치 않은 소리. 목을 베어도 웃고 있을 것 같은 대담한 할망구였다고. 만만치 않은 여걸이라고 할까."

"그럼 무엇 때문에 새파랗게 질려 있었던 걸까요."

"당연한 걸 묻지 마쇼, 아저씨. 그야 시체를 보고 새파래졌겠지. 필요 이상으로 무서워하지는 않더라도 그런 모습으로 죽어 있었으니. 안색 정도는——."

"슈 씨. 저기요, 3분으로는 현장에서 관할서까지는 올 수 없습니다. 그러니 부인은 신고를 하러 나간 게 아니겠지요. 그렇다면 그 단계에서 시체는 보지 못한 게 아닐까요?"

"아아——."

확실히 그렇다. 애초에 다다 마키는 손님이 아무리 기다려도 일어나지 않아서 보러 갔고, 그때 시체를 발견했다——고 진술했다.

그렇다면 발견이 6시 반이라는 것은 너무 이르다. 진술과도 맞지 않는다.

그러나 나가토는, 틀림없이 뭔가 볼일이 있었던 것이겠지요, 하고 지극히 멍청한 결론을 내리고 나서, 이야기를 중간에 끊어서 죄송합니다, 마에지마 씨, 그래서 그 후에 어떻게 하셨습니까, 하고 비리비리한 콩나물을 재촉했다.

"그래서 ── 글쎄요, 소리가 완전히 그칠 때까지, 아니, 그치고 나서도 조심하느라 5분 정도는 숨을 죽이고 담장 사이에 끼어 있었지요. 조용해지고 나서 큰길로 돌아와, 고민 끝에 반대쪽으로 돌아가 보았어요. 건물을 마주 보고 왼쪽. 이쪽은 약간 틈새가 넓더군요. 막다른 골목처럼 되어 있었지만, 뒷문이 있어서."

"안에 들어갔소?"

"들어가기는요. 저는 도둑이 아니에요. 안의 분위기를 엿보았을 뿐입니다."

"그래서?"

"조용했습니다."

그때.

그 집에 있었던 사람은 다다 마키, 또 한 사람은 차가워진 여자 ── 이 콩나물의 아내 ── 의 시체뿐이었을 것이다.

"얼마나 그러고 있었을까요. 아무 기척도 없었어요. 그러다가 또 덜컹덜컹하고 현관이 열리는 소리가 났어요. 깜짝 놀랐지요. 이렇게 쪼그리고, 몸을 숨기고 몰래 봤더니 아까 그 노인이, 또 ──."

"어이. 이번에는 어느 정도요? 그 왼쪽으로 들어가서 뒷문에서 분위기를 살피고, 할머니가 나올 때까지의 시간."

"으음, 글쎄요. 10분, 15분——아니, 잠깐만요. 처음에 노인이 나온 시각은 분명히 여섯 시 반쯤이었습니다. 회중시계를 보았으니까요. 그리고 우선 오른쪽에 끼어 있다가 나올 때까지 3분, 5분, 고작해야 10분 정도일 겁니다. 그리고 나서 왼쪽으로 들어갔고——현관쪽에서 다시 소리가 난 시각은, 그건 일곱 시 지나서, 아니지, 일곱 시 반쯤일까요. 그렇다면 45분은 넉넉히 지났다는 계산이 되려나요. 노인이 지나가고, 포기하고 다시 원래 있던 장소, 쓰레기통 옆으로 돌아갔습니다. 간이 쪼그라드는 줄 알았지요."

"당신, 그럼 집의 양옆에서 대략 한 시간이나 꿈지럭거리고 있었던 거요?"

"그렇게 되나요. 노인은 이번에는 부루퉁한 얼굴이었어요. 보자기로 싼 것을 들고 나갔어요. 그리고 잠시 후에 경관을 데려왔습니다."

"보자기?"

"네. 보라색 보자기였던 것 같아요. 노인이 순경과 함께 돌아온 건 그 후로 꽤 시간이 지난 다음이었는데, 그렇지 여덟 시 반 정도였을까요."

그러면 다다 마키가 시체를 발견한 건 6시 40분에서 7시 30분 사이라는 뜻이 된다. 시간상으로는 아직 이르다. 기바가 그럼 이르군, 하고 말하자 동시에 나가토가 늦군요, 라고 말했다. 무엇이 늦냐고 물으려고 했더니, 반대로 무엇이 이릅니까, 하고 나가토 쪽에서 물었다.

"아저씨, 그 할망구는 손님이 아침에 하도 늦게 일어나서 할증 요금을 받으려고 장지문을 걷어찼다고 했다고. 아침 일곱 시라는 게 늦은 건가? 열 시가 넘어도 나오지 않았다면 할망구가 화내는 것도 이해가 안 가는 건 아니지만, 일곱 시라는 건 너무 일러."

노형사는 싱글벙글 웃으며 대답했다.

"그야 슈 씨. 상대는 처음 오는 손님이니까요. 무슨 이야기든 할 수 있지 않겠습니까. 규칙이야 그 자리에서 만들면 되니까요, 일러서 나쁠 것은 없어요. 다섯 시, 여섯 시라면 역시 이르겠지만 일곱 시라면 어떻게든 둘러댈 수 있지요. 우리 가게는 일곱 시까지가 규칙이라고 말하면 얼마든지 할증 요금을 받을 수 있으니까요, 그야 그렇게 말할 수도 있지요."

과연 그것은 말이 된다. 어느 모로 보나 그 여걸이라면 그럴 것 같다. 그러나——.

"늦다는 건 뭐야?"

"그야 슈 씨, 늦습니다. 현장에서 여기까지는 걸어서 고작해야 10분 정도잖아요. 왕복 20분이면 되지요. 그 부인이 다리라도 불편하거나, 아니면 요쓰야 서의 대응이 나빴거나, 지금 증인의 이야기로는 한 시간 가까이나 걸렸습니다."

분명히——이번에는 시간이 너무 많이 걸렸다.

처음 외출은 3분. 이것은 너무 빠르다. 일단 돌아왔다가 다음에는 한 시간. 다다 마키의 행동은 양쪽 다 경찰에 신고한다는 시간의 스케일에 맞지 않는다.

나가토는, 그 사람, 어딘가 들렀던 걸까요, 하고 바보 같은 소리를 했다. 살인사건을 신고할 때 다른 곳에 들러서 볼일을 보는 바보는 없을 거라고 기바는 생각한다.

"그건 그렇다 치고, 마에지마 씨, 어젯밤부터 오늘 아침까지 그 시간 동안 그 부인 이외에 그 집에서 나온 사람은 그."

"오뉴도뿐입니다. 이건 틀림없어요."

나가토는 그러면, 하고 곤란한 듯이 말하고 나서 이마를 두세 번 치며 기바를 보았다. 기바는 팔짱을 낀다. 오른손 주먹에 딱딱한 것이 닿는다. 안주머니에 들어 있는, 그 증거품의 감촉이다.

——가와시마일까.

"그——할망구가 나온 후에는."

"네에? 그러니까 경관이 왔다니까요."

"그게 아니라. 경관이 오기 전까지 말이오."

"저는 쓰레기통 옆에 있었습니다. 큰길 쪽으로 걸어가기도 했지만, 한시도 현관에서 눈을 떼지는 않았어요. 왕복하면서 계속 보고 있었어요."

아무래도 자랑스러운 기색이다. 의기양양한 얼굴이라고도 할 수 있다.

그때 아오키가 방 안으로 들어와, 사망추정시간이 판명되었다고 작은 목소리로 말했다. 몇 시냐고 기바가 짧게 묻자 오전 세 시, 오차는 전후 10분이라고, 아오키가 짧게 대답했다.

——가와시마가 아직 있었을 시간이야.

현재로서는 이상입니다, 라고 말하고 아오키는 나갔다.

기바는 더욱더 석연치 않아졌다. 눈앞의 증인——그것도 피해자의 남편——이 기바의 마음에 들지 않는 인종인 것도 그 위화감을 조장하고 있다. 나가토의 느릿느릿한 태도도 마찬가지로 기바를 초조하게 한다. 그 느릿느릿이 또 느긋한 말투로 이렇게 말했다.

"그런데 마에지마 씨. 당신 용케 그 추운 날씨에 버텼군요. 배도 고팠을 텐데요. 댁에서 나오신 후로 지금까지, 도합 열일곱 시간 가까이나 지났습니다."

시들시들한 콩나물은 약간 몸을 비틀며 헤에 하더니 이어서, 목도리에 모모히키[15]에 털실 버선의 중장비, 회로[16]도 갖고 있었고 품속에 주먹밥을 준비해 두어서 살짝 탐정 기분이었습니다, 하고 반쯤 즐거운 듯이 말했다. 그리고 중지로 기름을 바른 머리카락을 매만졌다.

── 마누라가 죽었는데 이 꼴이라니.

마침내. 기바의 인내는 한계를 넘었다.

바보 같은 놈, 하고 일갈하며 기바는 책상을 내리쳤다.

"그게 마누라를 다른 남자한테 빼앗긴 남자가 할 소리냐!"

"다른 남자한테 빼앗겼다니, 그건 아니지요. 저는 줄곧 속고 있었던 겁니다. 그 야치요라는 음란한 여자한테."

"속았다고? 시끄러워. 도대체가 네놈은 쫄래쫄래 따라가기나 하고. 이게 무슨 산천 유람이야? 잘 들어, 어떤 여자든 네 마누라 아니냐 말이야. 그 마누라가 네놈의 코앞에서 살해됐어. 조금은 기개를 보이는 게 어떠냐. 네놈이 냉큼 쳐들어가서 정부를 패거나 마누라를 끌어내거나 했다면 살해되지 않았을 거 아니야?"

비리비리한 콩나물은 울분을 풀 길이 없다는 얼굴을 하고 기바를 노려보았다. 볼멘 얼굴을 하고, 마치 어린아이 같다.

"무, 무슨 그런, 생트집을 잡으십니까. 큰 소리 들을 이유는 없어요. 이것 보세요, 저는 피해자란 말입니다. 애초에 그런 여자는 마누라도 아니에요. 그런, 그, 음탕한 여자는 살해되는 게 당연하잖아요."

"이 자식."

기바는, 이번에는 양손으로 책상을 내리쳤다.

---

15) 타이츠 비슷한 바지 모양의 남성용 기모노. 속옷용과 작업용이 있다.
16) 품 안에 넣어 몸을 따뜻하게 하는 금속제 기구.

"네놈, 지금 그 말은 흘려들을 수 없는데. 그럼 창부는 죽어도 된다, 살해되어도 어쩔 수 없는 인종이다, 그런 말이냐! 다시 한 번 말해보시지. 철조망을 뚫고 창문으로 내던져줄 테니까."

기바의 서슬에 콩나물은 결국 파랗게 질려서,

"뭐, 뭡니까, 이 사람 갑자기. 창부 같은 건 상관없어요. 남편이 있는데, 다, 다른 남자와 베개를 함께 베는 부정한 여자는 죽어도 당연하다는 겁니다. 옛날 같으면 불의밀통(不義密通), 남편의 손에 죽어도 할 말이 없는 게 아닙니까."[17]

하고 반쯤 울먹이는 듯한 목소리를 쥐어짜냈다.

불륜을 저지른 자를 처벌한다.

그런가.

──이 콩나물에게는 마누라를 죽일 동기가 있어.

그렇다.

기바는 깨닫는다. 여러 가지 사실이 여러 각도에서 가와시마인 듯한 남자의 모습을 수사 선상에 떠올리지만, 그런데도 가와시마를 범인으로 하면 아무래도 아귀가 잘 맞지 않는다. 증거가 아무리 많이 나와도 가와시마 범인설은 어디에선가 파탄난다. 무언가 무리가 있다.

매춘이 사실이든 거짓이든, 분명히 야치요라는 여자에게는 무언가 꺼림칙한 비밀이 있었을 것이다. 그래서 갈취를 당한 것이라면 이해가 간다.

그리고 가령 가와시마가 그 공갈범이었다고 해도, 그렇다면 더더욱 죽일 이유는 없다. 손님이 창녀를 살해한다는 것도 묘하다.

---

17) 에도 시대의 법률에 의하면, 밀통을 저지른 남녀를 남편이 죽였을 경우, 밀통을 저지른 것이 틀림없다면 남편에게는 죄가 없다는 내용이 있었다.

마누라는 갈취를 당한 것이 아니라 살해된 것이다. 그렇다면 오히려 남편인 이 남자야말로 가장 수상하지 않은가. 적어도 그편이 이야기로서는 진실미가 있다.

콩나물 남편 쪽이 범인으로서는 아귀가 들어맞는다.

알리바이도 없는 것이나 마찬가지다. 아니, 사건 발생 당시에 현장 부근에 있었다고 스스로 증언하고 있을 정도다. 게다가 아까부터 줄줄 이야기하는 증언도 신용할 만한 내용인지 아닌지 알 수가 없다. 전부 거짓말일지도 모른다. 기바는 노려보았다.

"서, 설마 저를 의심하는──."

기바는 가느다란 눈을 번득이며 그저 위협했다.

마에지마는 파리처럼 바쁘게 손바닥을 비비며 항의했다.

"──바, 바보 같은. 저는 굳이, 아내를 죽이지 않아도 이혼장이든 뭐든 쓰면 된단 말입니다. 그런 건 당장 쓸 겁니다. 그거면 끝나지 않습니까. 주, 죽이다니, 그런 시시한."

"시시해? 시시한가?"

"시시하지요. 그런 여자 때문에 일생을 망치다니 시시하기 짝이 없어요."

"좋은 마누라였다면서."

"흥. 그야 지금까지는 그랬지요. 저는 아무것도 몰랐으니까요. 하지만 이렇게 되면 다릅니다. 지금까지도 뒤에서 무슨 짓을 하고 있었는지 알 수 없지요. 아무리 겉모습을 꾸며도 매춘부는 매춘부입니다. 그런 여자와 부부였다고 생각하면 속이 뒤집힙니다. 저는 속고 있었던 거예요. 사기를 당한 겁니다. 게다가 이렇게 되기까지. 6대 동안 이어져 내려온 우리 가게의 명성에 마침내 진흙이 묻고 말았어요."

야윈 얼굴이 묘하게 박력을 내뿜는다.

그리고 기바는 지긋지긋해졌다.

눈앞의 남자가 하는 말은 딱히 일반 상식에서 크게 벗어나 있는 말은 아니다. 그것은 옳은 말이겠지만 기바는 논리를 떠나서 납득할 수가 없다.

"설령 매춘부든 죄인이든 상관없잖아. 최선을 다해 주었다면서. 네놈한테 마누라란—— 대체 뭐였나."

"마누라는 마누라입니다."

"흥."

왠지 야치요라는 여자가 불쌍해졌다.

기바는 나가토에게 눈짓을 한다. 이제 이런 남자와 이야기하는 것은 질색이었다. 나가토는 노인 같은 몸짓으로 손뼉을 딱 치더니, 뭐, 됐습니다, 마에지마 씨, 잠시만 더 여기 있어 주십시오, 라고 말하며 일어섰다. 비리비리한 콩나물은, 저는 죽이지 않았습니다, 하고 되풀이해서 주장했다.

뒷일을 맡긴 경관이 장지문을 붙잡아 주었던 그 경관이자 기바는 저도 모르게 얼굴을 돌렸다. 나가토는, 속이 후련해졌습니까, 슈 씨, 하고 친척 아저씨 같은 말을 하며, 뒷일은 요쓰야 분들께 맡기지요, 라고 했다.

복도에서 기바는 나가토에게 물었다.

"저건 그, 뭐야, 아저씨."

말이 의미를 이루지 못한다. 그러나 나가토는 알아채고, 뭐, 용의자라고 생각해야 할까요, 하고 기바 쪽을 보지 않고 말했다.

"여기 놈들도 그렇게 생각하고 있을까."

글쎄요, 그건, 하며 나가토는 돌아본다.

"오랫동안 붙들어둘 수는 없겠지만 의심하려고 들면 충분히 의심할 수 있지요. 피해자의 남편이라고 해서 무작정 믿지는 않을 거예요. 다만 어쨌거나 모든 것은 회의에서 결정할 일이니 앞서 나가면 안 됩니다. 지나친 행동은 안 돼요. 우리는 지원이니까요. 뭐, 내일 회의를 기다려 봅시다. 증언이 사실이라고 해도 우선 돌아가신 부인의 소행이라는 것을 조사해 봐야지요. 게다가——."

나가토는 거기에서 보기 드물게 얼굴을 찌푸렸다.

"——흉기 문제도 있어요."

"끌 말인가? 아저씨, 엄청 신경 쓰는 모양이네. 그건 그렇게 특수한 거요?"

"뭐, 목수가 사용하는 건 고작해야 8리짜리 끌이잖습니까. 흉기는 끝이 2리 정도 되는, 가느다란 끌 모양의 것이라고 하더군요. 게다가 끝이 닳은 정도가 독특한, 특수한 형태인 모양이에요. 그리고 자택에 남아 있던 히라노의 도구——이것이 전부 주문품이었다고 해서, 그 도구를 만든 대장장이를 불러서 보여주었더니 가느다란 끌이 하나 부족하다고 증언했어요. 그 없어진 한 자루의 특징을 자세히 물어보니, 그것이 피해자의 상처 자국 형상과 거의 일치한다는 것을 알 수 있었습니다. 그래서 그 2리짜리 끌이 흉기로 단정되었어요. 요쓰야서 분들의 말씀대로 쉽게 손에 넣을 수 있는 장비는 아니겠지요. 게다가 그런 흉기의 미세한 형상에 대한 정보는 항간에 흘리지 않았어요. 그러니까 수법을 흉내 내도 금방 알 수 있을 거라고, 저는 생각합니다. 그 마에지마 씨의 언동을 보면 그런 준비를 할 수 있을 것이라고도 생각되지 않고요."

그건 가와시마도 마찬가지일 것이다. 물론 모든 것은 억측에 지나지 않지만.

"아저씨, 현장에서는 꽤 수상쩍은 말투던데——아직 히라노일 가능성을 버리지 않은 거요?"

기바가 약간 비꼼을 섞어 그렇게 말하자, 어느 쪽이든 결론을 내리는 것은 성급하다는 뜻입니다, 하고 나가토는 결국 현장에서 한 것과 같은 말을 했다.

나가토는 본청으로 돌아갈 거라고 한다. 기바는, 그럼 나는 퇴근하겠다고 큰 소리로 선언하듯이 말했다. 왠지 내일까지 남들만큼 생각을 정리해 두어야 할 것 같은 기분이 들었던 것이다. 생각하는 것은 기바의 전문이 아니다.

기바가 퇴근 준비를 하고 있는데 아오키가 지나가다가, 선배님, 아까부터 가몬 씨가 찾으시던데요, 하고 쾌활하게 말했다. 가몬이 누구냐고 묻자 요쓰야 서의 형사라고 한다. 아까 동석했던 소라와는 다른 사람인가 보다.

"찾다니 뭘. 나를?"

"그렇습니다. 그, 으음, 후루하타, 후루하타 히로무라는 사람은 아마 작년 말 즈시 사건의——가나가와와 합동 수사하게 된——그때의 참고인이었지요?"

의외의 인물 이름을 듣고 기바는 당혹스러워졌다.

"맞아."

"그 사람, 선배님 친구입니까?"

"친구? 그런 고상한 게 아니야. 무엇보다 그는 딱히 친구도 아니라고. 어릴 때 가까이 살았을 뿐이지. 그게 어쨌다는 거야."

후루하타는 기바의 본가 근처에 있던, 망한 치과의사의 아들이다. 신경정신과 의사였던 모양이지만 뜻하는 바가 있어 일을 그만두었다고 들었다.

작년 말, 후루하타는 기바가 담당한 어떤 사건과 관련이 있었다. 실로 20년 만의 재회였던 셈이지만, 만나서 반갑다는 기분도 들지 않았다. 소꿉친구라고 하면 듣기에는 좋지만, 이웃에 살고 있었다는 것뿐이지 깊은 추억도 없고, 상대 쪽에서 연락해 오지 않았으면 평생 떠올리지 않았을지도 모르는 남자다.

"예에, 그 사람이 그, 히라노를 진찰했던 신경과 의사라고 합니다. 세상 참 좁다고 해야 하나요."

"멍청이. 신경정신과 의사가 적은 거야. 외과나 내과와 달리 그렇게 많지가 않거든. 하지만 그 녀석은 이미 그만두었을 텐데. 작년 봄인지 여름인지──."

"예, 그게, 그만두기 직전의 진찰이었다고 합니다. 마지막 환자였던 모양입니다. 히라노가 진찰을 받은 날이 범행 전날이거든요. 그만두고 어디 있는지 알 수가 없어서, 가몬 씨가 찾고 있었지요."

"의사의 증언은 받았다고 들었는데."

"뭐, 여러 번 사정 청취는 한 것 같은데 그 후에 그만두고 나서는 행방불명이 되었지요. 다행히 차트 같은 것은 남아 있었나 봐요."

"그런 것에도 차트가 있나?"

"글쎄요. 문서나 메모 같은 것인지도 모르겠지만요. 어쨌든 가몬 씨는 다시 한 번 직접 이야기를 듣고 싶었다고 하더군요. 그래서 우연히 그 즈시 사건을 알고, 지난달부터 가나가와에 타진하고 있었나 본데요, 왜, 그 이시이 경부님."

"아아. 얼간이 이시이 말이로군."

이시이라는 사람은 적잖이 기바와 인연이 있는, 국가경찰 가나가와 현 본부의 경부다. 후루하타가 관련된 사건의 직접적인 수사 주임은 그 이시이였다.

"그 사람은 현재 하코네 산에 나가 있는데."

"하코네는 다른 사람 담당이잖아. 다른 이름이 신문에 실렸던데."

"납득이 가지 않아서 대장이 무거운 엉덩이를 들었나 보지요. 그런데 본부는 어수선해서 이야기가 되지 않았어요. 그래서 가몬 씨는 관할인 하야마 서에 타진했지요. 그랬더니 놀랍게도 지난달 내내 하숙하고 있던 교회를 떠나 도쿄로 갔다는 겁니다. 행선지는 잘 모르는 모양이에요. 그래서 경시청의 기바에게 물어보라고."

"왜 나야. 나는 모르네."

"만나지 않으셨습니까?"

만나기는 했다. 지난달 말쯤 전화가 와서, 기바는 딱 한 번 후루하타와 술자리를 가졌던 것이다.

"아니 —— 최근에 한 번 만났지만 나와 술을 마셨을 뿐이고, 상경했다는 이야기도 듣지 못했으니 물론 어디에 자리를 잡을지도 묻지 않았지. 그 녀석이 기숙하고 있던 교회 목사한테라도 물어보는 게 빠를 텐데."

"목사는 모른다고 합니다."

"어쩔 수 없군. 도대체가 즈시 사건은 송치한 지 얼마 안 되어서 아직 결론도 나지 않았을 게 아닌가. 참고인이 어디에 있는지 정도는 파악해 둬야지. 쓸모없는 놈들 같으니."

아오키는, 저를 꾸짖으셔도 소용없습니다, 하고 말했다.

확실히 그것은 그렇다.

기바는 가몬이라는 형사를 불러달라고 하여, 자신은 아무것도 모른다고 말했다. 가몬은 졸린 듯한 눈빛에 인중이 긴, 흐리멍덩한 얼굴의 형사였다. 그리고 보니 회의석상에서 본 기억이 있다. 가몬은 약간 낙담한 눈치였기에, 기바는 만일 소식이 오면 곧장 알려주겠다고 말했다.

왠지 지치고 말았다.

생각도 전혀 정리되지 않는다.

현관까지 말없이 나가, 기바는 가능한 불쾌한 얼굴로 아오키를 꾀었다.

"어때. 한 잔."

"아아, 좋습니다. 귀신 기바슈가 불러 주신다면 지옥이라도 같이 가야지요. 도시마[豊島][18] 시절에는 자주 아침까지 마셨는데 말입니다. 같이 가겠습니다."

"잘난 척 지껄이지 마. 네놈은 금세 잠들잖아."

아오키와는 도쿄 경시청에 배속되기 전, 이케부쿠로 서에서 근무하던 시절부터 이어져 온 악연이다. 벌써 햇수로 4년이 된다. 아오키는 헤헤헤, 하고 수줍어하고 나서 주위를 둘러보며, 이 부근은 지금이야 이렇게 살풍경하지만 옛날에 불타기 전에는 유흥가였겠지요, 하고 느긋한 소리를 했다.

요쓰야는 신주쿠에 비해 복구가 느리다. 아직 전쟁의 상처가 여기저기에 드러나 있어서 실로 살벌하다. 살벌하기는 하지만 이 동네는 그래도 메마르지는 않았다. 어딘가 젖어 있다.

---

18) 도쿄 도 23구 중 하나.

"옛날이라니, 그렇게 옛날도 아니지. 이치가야의 육군을 상대하던 영업 허가지가 아닌가. 뭐, 아라키초 쪽이지만. 이쪽은 사몬초야. 사몬초라면 오이와 님[19]의 본고장 아닌가."

기바는 유령의 몸짓을 흉내 냈다. 요쓰야 괴담이라는 건 정말로 있었던 일입니까, 선배님, 하고 아오키는 묻는다. 그런 옛날 일을 어떻게 알겠느냐고, 기바는 거만하게 대답한다.

옛날에 시부야에는 시부야 오키도[大木戸][20]라는 문이 있었다고 한다. 즉 이 땅은 에도의 끝——경계였던 것이다. 요쓰야 괴담의 미남 악역, 이에몬의 모델이 에도의 경계를 지키는 오사키테구미[御先手組][21]의 도신[同心][22]이었다는 내용은 기바도 들어서 알고 있다.

현재 요쓰야는 도쿄의 한가운데이고, 경계 같은 것이 아니다. 도시를 둘러싼 영역의 선은 이미 먼 옛날에 늘어났다. 그러나 불타 버렸는데도 어딘가 이 동네가 젖어 있는 것은 역시 이 땅이 경계였던 그 흔적 때문이 아닐까 하고, 기바는 그런 생각도 한다.

"동네의 얼굴이라는 건 휙휙 바뀌는 법이지만, 냄새나 습기 같은 건 배어 있어서 좀처럼 사라지지 않는 건가——."

기바는 그렇게도 생각한다.

---

19) 요쓰야 괴담에 등장하는 주인공의 이름. 겐로쿠 시대에 일어났다는 사건을 기초로 창작된 괴담으로 보인다. 기본적인 스토리는 오이와라는 여자가 남편 이에몬에게 참살되고 나서 유령이 되어 복수한다는 내용인데, 상세한 부분에 있어서는 여러 바리에이션이 있다.
20) 에도 시대에 요쓰야에 설치되어 있던 관문(關門). 에도 니혼바시에서 고후를 거쳐 시모스와에 이르는 고슈 가도[甲州街道]를 통해 에도에 드나들던 통행인이나 화물을 단속하기 위한 것이었다.
21) 에도 막부의 군제 중 하나. '사키테'란 선진, 선봉이라는 뜻으로 전투 시에는 도쿠가와 가의 선봉 역할을 맡았다. 그러나 에도 시대 이후로는 전란이 그다지 일어나지 않았으며, 평상시에는 에도 성에 배치된 각 문의 경호, 쇼군이 외출할 때의 경호, 에도 성하마을의 치안유지 등을 맡았다.
22) 요리키[与力] 밑에서 지금의 경찰 업무를 맡던 하급 관리.

구라야미사카를 내려가면, 지금은 이미 이름이 바뀐 모양이지만 전에는 다니마치 공원이라고 불리던 곳이 있었다. 그 부근은 양념절구처럼 움푹 패어 있는 땅으로, 지형적으로도 다니마치[谷町]였지만 메이지 시대에는 3대 빈민굴 중 하나로 꼽힐 정도로 빈민굴의 중심이었다고 하니, 다른 의미로도 일종의 골짜기(谷)이기는 했던 셈이다.

마을 자체는 메이지 시대 말에 완전히 없어진 모양이지만 그때까지는 이 세상에서 하층이라고 불리는 모든 직업의 인간들이 복작거리며 살고 있었다고 한다.

동네는 깨끗이 불타고, 그 불탄 자리에 다른 동네가 생긴다. 새로운 동네는 옛날의 기억을 가지고 있지 않기에 전혀 다른 얼굴을 하고 있다. 그러나.

——유적 같은 것일까.

파면 옛날의 얼굴이 나온다.

사는 사람이나 지어진 건물과는 상관없이, 그런 것은 계속 존재하는 것일지도 모른다. 그렇게 말하자 아오키는,

"그건 좋지 않은 생각입니다."

하고 말했다.

역시 좋지 않나, 하고 기바는 말했다.

시나노마치로 나가니 지저분한 포장마차가 있어서 들어갔다.

물이 섞인 싸구려 술을 마셨다. 뜨겁게 데우니 무엇을 마시고 있는지 알 수 없게 되었지만 취하기는 취한다.

기바는 무슨 생각을 해야 할지를 우선 생각하고 있다.

"기노시타는——."

아오키가 말했다.

"——창부를 싫어하지요. 그 녀석."

"싫어한다고?"

"작년 여름 공창 지대 단속 강화 기간에 단속을 나갔을 때도 서슬이 대단했습니다. 자세히 물어보지는 않았지만 뭔가 이유가 있는 거겠지요."

"그래?"

"뭐, 매춘이라는 행위는 사회적인 양식에 비추어보면 바람직한 건 아니에요. 일본이 근대국가인 이상, 없어서 나쁠 건 없겠지만요."

——학생 같은 말을 하는군.

"세상은 깨끗하게만 살아갈 수는 없는 게 아닌가. 폐창(廢娼) 운동은 분명히 메이지 시대부터 있었겠지. 그런데 어떤가. 도대체가 지금 공창 지대 여자들의 대부분은 전직 위안부잖나. R.A.A(특수위안시설협회)를 만든 건 국가고, 그 원형인 도쿄요리음식점조합을 만든 건 경시청 아니냔 말일세. 역사를 거슬러 올라가면 요시와라[23)를 만든 것도 막부라고. 다유[24)든 요타카[25)든, 신일본여성이든 팡팡[26)이든 하는 일은 똑같지 않은가. 공창을 폐지하고 사창으로 해 놓고, 자유직업이 된 순간 발끈해서 단속한다는 건 내게는 아무래도 말이지."

"뭐, 그렇지요. 제가 아는 사람 중에는 노동성의 부인소년국에 근무하는 놈이 있는데요. 올해 공창 구역에서 일하는 여성을 조사하는 모양이에요. 그 녀석의 이야기로는 유곽에서 일하는 여자들은 전쟁 전에는 압도적으로 도호쿠[東北]의 한촌 출신이 많았대요."

---

23) 에도 시대에 있었던 막부 공인의 유곽.
24) 에도 시대의 공인된 창녀 중 최상위.
25) 에도 시대 한밤에 길에 서서 손을 끌던 매춘부.
26) 매춘부. 특히 제2차 세계대전 후의 일본에서 미군을 상대로 하던 창녀.

"그런가 보더군."

"그런데 지금은 완전히 달라져서, 대부분이 도시 출신이랍니다."

"무슨 의미가 있나?"

"그러니까 농지 해방과 패전이지요. 농촌에서는 빈부의 차가 옛날만큼 크지는 않아졌으니 팔려가는 비율이 줄어든 겁니다. 반면에 도시에서는 패전에 의한 실업자가 막대하게 나왔어요. 매춘이라는 행위의 도덕적인 시비는 옆으로 제쳐 둔다고 치고, 매춘부를 만들어내고 있는 게 사회라는 건 틀림없지요. 그러니까 선배님의 말씀이 옳습니다. 그녀들은 사회의 일그러짐이 만들어낸 피해자들일 뿐이에요."

"피해자라는 건 말이지 ──."

어려운 논리는 모르지만, 정론이라는 것은 알 수 있다. 그리고 옳겠지만 역시 조금 틀리다고도 기바는 생각한다.

콩나물 마에지마가 말한, 어딘가 시대착오적인 도덕관념에 기초한 넋두리와 아오키가 말하는 근대적인 정론 사이에는 상당한 차이가 있다. 그런데도 기바는 그 양쪽에서 같은 인상을 받는다. 그것은 즉,

── 원칙이야.

원칙이다. 어차피 그럴싸한 논리에 따른 의견임에는 차이가 없으니, 옳고 그른 것으로 판단한다면 양쪽 다 틀리지는 않은 것이 된다. 이치가 통하니 정론이라는 뜻일 것이다.

하지만 논리란 억지를 쓰려고 하면 얼마든지 쓸 수 있는 것이고, 논리에 따라서는 하얀 것도 검어지는 것이 사실이다. 그것은 바꾸어 말하면 자신이 희다고 믿고 있는 것도 다른 논리에 비추어보면 검을지도 모른다는 뜻이고, 따라서 그것은 사실은 아무래도 상관없는 것이다.

본래 흑백은 관념 속에만 존재하는 것이다. 세상에는 새하얀 것도 새까만 것도 없고 전부 우중충한 회색이라고, 기바는 그런 생각이 들어 견딜 수가 없을 뿐이다.

기바는 우중충한 풍경을 떠올린다. 그 속에 또렷하게 떠오르는 하얀 다리를 뜨거운 술의 김 속에서 환시(幻視)한다.

균일하게 잘 조화를 이룬 우중충한 풍경 속에서 그것은 두드러지게 한층 더 하얗고, 잔상은 망막 속에 새겨져 있다.

—— 새하얀 것도 있잖아.

기바는 어이, 아오키, 하고 억양 없이 부하를 부르고는 띄엄띄엄 이야기했다.

무의미한 밀실.

가와시마 신조의 그림자.

그리고 증거인 ——.

기바는 검은 안경을 꺼냈다.

아오키는 약간 어이없어하며 말했다. 안 됩니다, 선배님, 그건 유류품이에요 —— 그런 건 알고 있어, 그렇게 내뱉듯이 말하자 젊은 형사는 쓴웃음을 지었다.

"선배님도 한결같으시네요. 뭐, 지금이라면 괜찮겠지만, 진범이 히라노가 아니라 오뉴도라는 게 되면 좀 거북해질 겁니다. 그 안경이 결정적인 단서가 될 수도 있어요. 경우에 따라서는 또 근신, 아니, 이번에야말로 징계면직도 각오해야 해요."

"그렇겠지. 하지만 가와시마는 —— 진범이 될 수 있을까."

"선배님. 아직 그 오뉴도가 가와시마 씨라고 결론이 난 건 아니잖습니까."

"삭발 군복의 덩치 큰 남자는 별로 없어."

"절대로 없다는 보장은 없습니다. 뭐, 많지는 않겠지만 있지 않을
까요. 그것보다 문제는 그 덩치 큰 남자가 가와시마 씨냐 아니냐 하는
점에 있는 게 아니라 범인이냐 아니냐 하는 점에 있습니다. 선배님이
갖고 있는 그건 현재 시점에서는 가와시마 씨의 안경인지 아닌지는
알 수 없지만, 현장에 있던 유류품이라는 점은 틀림없는 사실입니다.
머리를 좀 식히세요."

그 말이 옳다. 기바도 그 정도는 알고 있다고 생각한다. 다만 아무
리 해도 머리가 식지 않는다. 밀실에 대해서는 어떻게 생각하느냐고,
기바는 화제를 돌렸다.

"글쎄요—— 천장—— 천장으로 드나들었을 수는 있지 않을까요.
란포[27] 같은 데 보면 나오잖아요."

"소설이랑 똑같이 취급하지 마. 그건 나도 생각했지만 안 돼. 아니,
무의미해. 그 밀실은 밖에서는 들어갈 수 없다고."

"그런데요?"

"그러니까 문이 잠겨 있어서 안에 들어갈 수 없다, 그렇다면 천장으
로 침입합시다, 이건 이해가 가지."

"이해가 가네요."

"문이 잠겨 있어도 밖에서 쉽게 들어갈 수 있는 방이라고. 무엇
때문에 천장으로 숨어들겠나? 닌자나 거미도——."

—— 거미의 심부름꾼이라고 하게.

기바는 갑자기 입을 다물었다. 그래도 아오키는 그렇군요, 과연,
하며 크게 납득했다.

---

27) 일본의 추리소설가 에도가와 란포.

"분명히 묘하군요. 게다가 만일 오뉴도가 범인이라면 더욱 이상해요. 그는 본래 안에 있었으니 천장으로 도망쳐야 할 이유가 없지요. 그렇지, 그, 범행의 발각을 늦추기 위해서."

"그러니까 밖에서는 열린단 말일세. 그런 짓을 해 봐야 방귀를 참는 것보다도 쓸모가 없어. 고생해 가며 문을 잠가도 발견이 늦어지는 시간은 고작해야 몇 초란 말이야."

"그렇군요. 게다가 오뉴도는 평범하게 현관을 통해 밖으로 나왔지요. 시간은——세 시경, 딱 범행 시간이에요."

"그 남편의 증언이 사실이라면 그렇지. 그렇다면 오뉴도는 죽일 수는 있어도 잔재주를 부릴 시간은 거의 없는 셈이 되네. 게다가 놈은 한 번 되돌아왔어."

——뭘 하러 되돌아왔을까.

"되돌아왔다는 건 분명히 이상하군요. 게다가 일단 되돌아왔다가 금방 나왔다고 하잖아요. 뭔가 그렇게 해야 했던 이유가 있을 테지요. 그렇지, 예를 들면 범행 후 일단 도망쳤는데 도주 중에 그 안경을 두고 온 것을 깨닫고 현장으로 돌아갔고, 돌아가기는 했지만 찾지 못해서 나왔다——는 줄거리는 어떨까요."

"어째서 찾지 못한단 말인가?"

"그야 그건 창밖에 떨어져 있었잖아요."

"멍청이. 그럼 자네는 오뉴도가 방을 나간 후에 시체가 이걸 집어서 창문으로 휙 버렸단 말인가?"

기바가 무뚝뚝하게 그렇게 말하자 아오키는 그런가요, 하며 입을 다물었다.

기바는 더욱 무뚝뚝하게 말했다.

"남편——마에지마일 가능성에 대해서는 어떻게 생각하나."

"그럴 가능성은 우선 없겠지요. 분명히 아무래도 종잡을 수 없는 증언이지만, 거짓말이라면 조금 더 세련된 거짓말을 할 겁니다. 덩치 큰 남자가 한 번 되돌아왔다거나, 할머니가 한 번 되돌아왔다거나, 되는 대로 지껄인 것이라면 그런 말을 할 필요는 없습니다——."

그것에 대해서는 아오키의 말이 옳을 것이다. 다다 마키에게 밀실을 만들어내야 할 이유가 없는 것과 마찬가지로 마에지마 사다스케에게도 정합성 없는 위증을 해야 할 이유는 없다. 이 상황에서 보신도 되지 않는 쓸데없는 잔재주나 거짓말에 부심하는 바보는 없을 것이다.

"게다가 그 남자는 집념만 깊을 뿐 겁쟁이에요. 살인은 할 수 없습니다. 눈을 보면 알아요."

그건 예측이겠지, 라고 기바가 말하자 특공대 출신의 안력(眼力)입니다, 하고 아오키는 큰소리를 쳤다. 원래 그런 세련된 말을 할 줄 아는 남자는 아니었을 텐데, 나름대로 성장한 것인가 하고 기바는 상황에 맞지 않게 감탄했다.

"게다가 마에지마가 사건 후에 취한 행동은 살인범의 행동으로서는 오뉴도보다도 더욱, 아니, 훨씬 묘합니다. 현장으로 돌아왔다는 정도가 아니니까요. 계속 현장 부근에 있었던 셈이고, 경찰이 왔다가 돌아간 후에도 여전히 남아 있었어요. 붙잡아 달라고 부탁하는 거나 마찬가지잖아요. 사실 제가 붙잡았고요. 하지만 그 상황 파악이 잘 안 되는 성격으로 추측해 보아도, 검거했을 때 그 시들시들한 콩나물이 사건에 대해서 아무것도 몰랐던 것은 틀림없습니다. 연극이 아니에요."

"하지만——마에지마에게는 동기가 있네."

"글쎄요. 이야기를 듣고 있으면 놈은 질투가 심한 것 같지만 반면에 계산도 빠른 것 같습니다. 리스크가 큰 살인 같은 짓은 저지르지 않겠지요. 게다가 죽일 정도로 마누라를 미워할 놈일까요? 미워할 만큼 집착하지는 않은 것 같은데요."

"그런가——그렇군."

그렇다면 대단한 동기는 없을 것이다. 기바는 생각한다. 역시 자신은 남녀의 미묘한 감정은 알지 못하는 것이다.

막혔다.

눈앞에서 정체를 알 수 없는 것이 끓고 있다.

하얀 김이 뭉게뭉게 시야를 차단한다.

술잔을 쭉 비운다.

"어쨌든——하나하나는 무시하면 될 정도의 사소한 일이지만, 어딘가가 이상해. 나는 말일세, 이런 사소한 게 일일이 신경 쓰인단 말이야, 빌어먹을."

거의 투덜거림이다. 무뢰한으로 보여도 신경이 섬세하다며, 아오키는 웃었다.

"하지만 이상하잖나. 밀실이니 흉기니, 사소한 건 전부 무시하고 목격자의 말을 믿자면 범인은 가와시마——아니, 오뉴도라는 것이 되네. 하지만 손님이 창부를 죽인다는 이치에 맞지 않는 이야기는 없어. 갈취라고 해도 손님이라고 해도, 오뉴도에게는 죽일 이유라는 게 없어."

"그건 히라노에게도 없습니다——."

아오키는 웃음을 멈추고 진지한 얼굴이 되었다.

"── 히라노에게는 집주인의 딸을 죽일 이유는 없었습니다. 물론 피해자 쪽에도 히라노에게 살해되어야 할 이유가 있었다고는 생각되지 않아요. 술집 여주인이나 여교사 같은 경우에는 둘 다 묻지마 살인입니다. 동기 같은 건 전혀 상관없고, 범인은 생판 알지도 못하는 금속 세공사였던 겁니다. 어디에도, 누구에게도, 이유도, 논리도 없어요. 이상하다면 거기서부터 이미 이상하지요. 일련의 눈알 살인사건은 전부 이치에 맞지 않습니다."

아오키도 그 순간 술잔을 비우고, 그것에 대해서 제게는 제 생각이 있는데요, 라고 말했다.

"생각이 있다면 어째서 회의 때 발표든 보고든 하지 않았나. 자네답지 않잖아."

기바는 난폭하게 물었다. 아오키는, 뭐, 사건이니까요, 하고 수줍어하듯이 말하고 나서 약간 망설이면서,

"사건이 이상하게 보이는 것은 히라노 범인설에 집착하기 때문입니다. 히라노가 얽히면 ── 이번 사건 같은 경우는 특히 ── 오히려 이해하기 어려워진다, 그렇게 생각하지는 않으십니까?"

하고 띄엄띄엄 말했다.

기바는 그 모습에서 평소 부하의 태도와는 다른 기개 같은 것을 느끼자, 무슨 뜻인가, 하고 물었다. 아오키는 약간 부끄러운 듯한 웃음을 한 번 띠고 나서 다시 진지한 얼굴로 돌아와, 눈에 보이지 않는 누군가에게 도전하듯이 김을 노려보고 나서,

"히라노를 범인이라고 단정한 근거라는 건, 지금 생각하면 매우 희박합니다. 어물어물 사후 승인한 것처럼, 굉장히 엉터리인 듯한 기분이 들어요 ──."

라고 말했다. 기바는 빈 컵을 만지작거리면서 그 옆모습을 바라본다. 아오키는 말을 잇는다.

"──최초의 피해자, 야노 다에코는 분명히 생전에 히라노와 적잖이 관계가 있었어요. 게다가 그녀는 히라노의 집에서 살해되었고, 흉기도 히라노의 물건이었지요. 현장에 남겨진 지문도 히라노의 것으로 생각되는 지문뿐이고, 게다가 목격자도 있어요."

"뭐, 그러면 보통은 확정이겠지."

"그렇지는 않습니다. 이것들은 소위 말하는 상황증거에 지나지 않아요. 목격자도 범행 자체를 목격한 것은 아닙니다. 히라노가 피해자의 눈을 찌르는 현장을 본 사람은 없어요. 히라노가 신경쇠약이었던 사실이나, 살해 방법이 특수했던 것이 보강 재료가 되었을 뿐입니다. 누군가 다른 사람이 ── 히라노의 집에서 히라노의 끌을 사용해서 다에코를 죽였다, 그렇게 생각해도 안 될 것은 없지요."

"그야 그렇네만."

"이 다에코 살해가 사건의 발단이고, 게다가 일련의 사건 중에서 유일하게 ── 히라노와 직접적으로 연결되어 있는 사건입니다. 이게 덫이 되었다면."

"덫이라니 그게 뭔가."

"이후의 사건을 잘못 유도하는 덫 말입니다."

"양동작전이라는 건가."

"그렇습니다. 지바의 두 건은 히라노를 범인으로 단정했기 때문에 묻지마 살인범의 범행이 되었어요. 히라노는 가와노 유미에와도 야마모토 스미코와도 접점이 없으니까요. 하지만 이 판단도 지극히 근거가 희박하다는 건 부정할 수 없지요. 다만 히라노는 이상하다는 선입관이 접점 없는 살인을 연쇄살인으로서 정당화하고 있을 뿐입니다."

"하지만 말일세. 흉기도 일치하고, 목격 증언도 있잖나."

"흉기는 누구나 사용할 수 있어요. 목격자도 첫 번째 사례와 마찬가지로 현장 부근에서 넋을 잃고 있는 수상한 거동의 히라노인 듯한 남자를 보았다는 것뿐이고, 이것도 결정적 증거는 아닙니다."

"지문은."

"그겁니다. 검출된 지문 조회는, 전부 히라노의 집에서 채취된 지문을 근거로 하고 있습니다. 하지만 그것이 애초에 히라노의 지문이 아니라는 가능성은 없을까요? 저는 버릴 수가 없어요."

"뭐, 그렇지. 있을 수 있는 일이군."

"그렇지요? 다시 말해서 일련의 살인이 이유 없는 무차별 살인으로 보이는 것은 전부 히라노를 중심에 두고 생각하고 있기 때문이 아닐까요. 다른 누군가——다른 인자를 한가운데로 가져오면, 또 다른 논리가 보이게 된다, 그럴 수는 없을까요?"

"다른 각도에서 뭔가 새로운 논리에 끼워 맞춰 보면, 이 엉망진창의 사건이 이치에 맞는 사건으로 바뀔 거다, 자네는 그렇게 말하고 싶은 건가?"

"그렇습니다. 세 명의——아니, 이번 사건의 피해자를 합쳐서 네 명의 여성은 우리가 생각지도 못한 이유로 연결되어 있었을 수도 있지 않을까요."

"묻지마 살인이 아니라면——그러면 히라노는 진범이 준비한 대역이라도 된다는 건가? 그럼 진범은."

"그래요——."

아오키는 거기에서 약간 말을 흐리더니, 선배님한테는 죄송하지만, 하고 서두를 두고 나서 이렇게 말했다.

"――예를 들면, 예를 들면 말입니다, 모든 사건이 그 오뉴도의 짓이었다――고 한다면 어떻습니까."

"어떠냐니, 그 지바의 사건도 말인가?"

"그렇습니다. 그뿐만 아니라 첫 번째 사건도요. 히라노에게서는 전혀 눈에 띄지 않는 살인의 이유라는 것이, 오뉴도 쪽에는 있을지도 모릅니다. 물론 우리는 그 오뉴도의 정보를 갖고 있지 않으니 단언할 수는 없어요. 단언은 할 수 없지만――."

아오키는 거기에서 한 번 숨을 내쉬고 말을 이었다.

"――놈이 진범이라고 생각하면 이번에 사용된 흉기가 동일했던 것도 하나도 이상하지 않게 돼요. 채취한 지문에 대해서는 아직 조회가 끝나지 않았지만, 틀림없이 또 똑같은 게 나오지 않을까 합니다. 히라노의 것으로 생각되는――지문이지요."

"그게 실은 아니라는 건가? 하지만 아오키. 놈은 당당히 그곳 할망구한테 모습을 보였다고."

"그건 계산된 일이겠지요. 그는 그 시점에서는 피해자의 손님일 뿐이에요. 히라노는 범행 때 여자를 범하지 않았어요. 그러니까 일부러 피해자와 관계를 가진 건지도 몰라요. 오히려 문제는 계산 외의 목격자――마에지마 쪽입니다. 그래서."

"그래서 뭔가. 손을 쓴 기색은 아무것도 없어."

"그래서――그렇지. 놈은 그래서, 목격되었기 때문에――한 번 되돌아온 게 아닐까요. 일단 돌아가서 놈은 일부러 안경을 창밖으로 버린 겁니다."

"어째서지? 무슨 의미가 있다고."

"그건 현장에 또 한 사람——진범이 있었던 것으로 보이게 하기 위한 사후공작이었다, 라는 생각은 어떻습니까? 오뉴도가 범인이라면 스스로 버릴 리 없지요. 선배님 말씀대로 시체는 버릴 수 없습니다. 창밖에 버려져 있던 그 안경은 제삼자의 존재를 예감하게 해요. 제삼자가 있었다면, 흉기와 지문에서도 그것은 히라노라고 판단될 테고, 히라노라는 이상한 남자의 묻지마 살인으로 결론이 날 거라고, 놈은 짐작한 거예요."

"밀실은——어떻게 되나."

"밀실의 의미는 아직 알 수 없지만요. 그것도 어차피 그런 쪽의 공작이 아닐까요. 사실 마에지마라는 생각지 못한 존재만 없었다면, 이번에도 히라노의 짓으로 정리되었겠지요."

"뭐——그렇겠지. 앞으로도 그렇게 될 확률은 높아. 눈알 살인은 히라노가 범인, 이라는 암묵의 양해 사항은 서 내에 만연해 있으니까."

"하지만 의심을 가진 사람이 적잖이 있는 것도 사실이겠지요. 선배님도 저도 그러니까요. 우리가 회의적이 된 것도, 따지고 보면 오뉴도의 존재가 있었기 때문입니다. 그래서 놈은 만약을 위한 잔재주를 부린 거예요. 아닐까요?"

기바는 대꾸할 말이 없다. 솔직히 혼란스럽다.

"히라노에 의한 이상한 연쇄살인에 갑자기 오뉴도가 섞였다고 생각하니까 오차가 생기는 겁니다. 처음부터 전부 오뉴도의 범행이었다고 생각하는 편이 훨씬 개운하잖습니까. 그렇죠?"

"그건——."

그것은 어떨까. 히라노 범인설에 대한 의심은 기바도 막연하게 갖고 있었다. 그러나 오뉴도——가와시마——를 현재의 히라노의 위치——사건의 중심——으로 가져오기에는 아무래도 반발심이 든다.

왜 그렇게 생각되는 것인지는 기바 자신도 모른다. 기바는 오히려 사건은 연속되어 있지 않다는 견해에 끌린다. 가와시마가 관련되어 있다고 해도, 그것은 이번 사건뿐인 듯한 기분이 들어서 견딜 수가 없다.

"——아니야. 나는 작년 여름에 딱 한 번 가와시마 녀석을 만났는데, 만일 자네의 말이 옳다면 그때 가와시마는 이미 살인범이었던 것이 되네, 그건 아니야."

아오키는 붙임성 있게 웃었다.

"그러니까 오뉴도가 가와시마 씨라는 보장은 없다니까요. 그런데 선배님, 그렇게까지 가와시마 씨라는 사람한테 집착하는 데에는 뭔가 그, 이유라도 있습니까?"

"별로 없어."

"가와시마 씨를 감싸야 할 이유가 있다거나."

"없네. 그 녀석에게 빚은 없어. 의리도 없고."

"그럼 그, 우정이라는 겁니까?"

"캑. 간지러운 소리 마. 유치하게. 아까도 말했지만 나는 사소한 게 신경 쓰이는 성격이야. 가와시마에 대해서도 마찬가지일세. 그저 그것뿐이야."

"선배님, 가와시마 씨와는 어떤 사이입니까?"

기바는 가와시마에 대해서, 실은 그렇게 많은 것을 알지 못한다.

기바는 회상한다.

기바가 가와시마와 만난 건 아마 요도바시 부근의 대중 술집이었던 것 같다. 그 무렵 기바는 아직 스무 살 남짓이지 않았을까. 그렇다면 15년 가까이나 지난 일이 되려나.

"술집에서, 난동을 부리는 남자가 있었네. 그걸 나와 에노키즈가 둘이 달려들어 말린 적이 있었지 ──."

에노키즈라는 사람은 기바의 소꿉친구다. 사립탐정을 하고 있는 이상한 남자로, 그 하코네의 승려 살해사건에도 관여하고 있고 현재도 수사를 교란하고 있는 모양이다.

"── 가게에 놓여 있던 커다란 복고양이[28]를 휘두르면서 야단법석을 떨고 있었어. 덩치가 말도 안 되게 커서 아무도 말릴 수 없었지. 그래서 나와 에노키즈 멍청이가 간신히 붙들었네. 그게 가와시마야."

"왜 날뛰고 있었던 겁니까?"

"몰라. 재미있어서 그랬던 게 아닐까. 어렸으니까."

"그래서요?"

"그게. 그래서 셋이 의기투합해서 같이 날뛰었네. 바보였지. 에노키즈가 벽을 걷어차서 부수는 바람에 경찰도 왔어. 셋 다 도망쳤지만. 그게 인연이 되어서, 전쟁 전에는 자주 같이 술을 마시거나 화류가에 다니곤 했네. 하지만 ── 그렇군. 태생 같은 것은 잘 몰라. 검도를 하고 있다는 것 정도는 들었네만. 전쟁이 끝난 후에는 몇 번 만나지도 않았고."

정말로 ──.

---

28) 한쪽 앞발로 사람을 부르는 시늉을 하고 있는 고양이 장식물. 손님이나 재물을 불러들인다 하여 가게의 장식품으로 쓴다.

이렇게 생각해 보니 기바는 가와시마라는 남자에 대해서 놀랄 정도로 모른다. 많은 것을 알지 못하는 정도가 아니라, 아무것도 모른다. 그러나 과거에 그것이 이상하다고 생각한 적은 한 번도 없었다. 어차피 그런 것이다. 서로의 인생을 깊이 알지 못하면 친구로 사귈 수 없다는 논리는 없고, 잘 알고 있다고 생각해도 친구에 대해서는 의외로 모르는 법이다.

가와시마 씨는 어디에 삽니까, 하고 아오키가 물어서 기바는, 자네도 잘 아는 이케부쿠로일세, 라고 대답했다.

"이케부쿠로라——."

"왜. 뭐 이상한 거라도 있나?"

"마에지마가 갖고 있던 옮겨 적은 전화번호, 그거 아무래도 도시마구 이케부쿠로 부근의 것인 모양입니다."

"그래?"

새삼스럽게 놀라지는 않는다.

기바는 오뉴도가 가와시마일 거라고 이제 반쯤 확신하고 있다. 아오키가 뭐라고 말하든, 검은 안경과 군복이 갖추어진 단계에서 이미 결정되었다. 적어도 아니라는 확증이 나올 때까지는 기바의 마음속에서 오뉴도는 가와시마 신조다. 다만 그것이 살인과 어떻게 관련되어 있는지를 모를 뿐이다. 범인일까, 공범일까, 피해자일까. 아오키의 말처럼 이번 사건 이외의 사건에 관한 범인일 수도 있을까. 가와시마가 범인이라면——아오키가 입을 다물었기 때문에 기바는 곰곰이 생각한다.

죽인 이유는 무엇일까. 도망친 후에 한 번 되돌아온 이유는 무엇일까. 문을 잠그고 탈출한 이유는 무엇일까.

다람쥐 쳇바퀴다.

결국, 기바는 확고한 생각도 강한 의지도 갖고 있지 않은 주제에 조금도 자기 생각을 굽히지 않는 자신을 깨닫는다. 아오키의 의견은 기바의 표면을 스치기만 하고 어디론가 가 버렸다. 다만 아오키가 말하는, 무언가 생각도 하지 못한 논리를 끼워 맞춰서 다시 살펴보면, 전혀 다른 그림이 떠오를 것이다——라는 사고방식은 일리가 있다고 생각한다. 하지만 기바에게는 아오키가 끼워 넣은 논리가 틀린 것 같다는 생각이 드는 것이다.

——어떤 논리라면 들어맞을까.

이유. 논리. 이론. 도리. 이치.

그런 것은 생각해 봐야 소용없다.

기바는 결국 그런 결론에 도달한다.

늘 있는 일이다. 발로 걷고, 손으로 만지고, 보고 냄새 맡고, 몸으로 안다. 기바는 그 이외의 방법으로 사물을 잘 파악할 수가 없다. 세상을 실감할 수가 없다. 살아 있다는 느낌이 들지 않는다.

아오키에게 눈길을 준다. 엎드려 있다. 꽤 취기가 돌기 시작한 모양이다. 두세 번 불러 보았으나 혀가 제대로 돌아가지 않는 대답이 돌아왔을 뿐이었다. 기바는 희미하게 웃는다.

——조금도 달라지지 않았어.

잠들어 버리면 아오키는 한 시간 동안은 일어나지 않을 것이다. 여러 가지로 진보한 모양이지만 술 마시는 버릇은 옛날과 똑같다. 기바는 주머니에서 동전을 꺼내어 거스름돈이 필요 없도록 꼼꼼하게 계산을 하고 포장마차 아저씨에게 건넸다.

"아저씨. 이 녀석을 좀 부탁해요."

아저씨는 귀가 조금 어두운지, 큰 소리로 예에, 하고 되물었지만 기바는 똑같은 말을 두 번 할 마음도 들지 않아 그대로 일어섰다.

── 갈까.

가 볼 수밖에 없을 것이다.

기바는 양쪽 어깨에 의식을 집중한다. 내딛는 발에 힘을 준다. 머리를 텅 비우고, 가능한 한 무례하게. 그렇게 하면 형사의 의상이 갑옷이 되어 세상으로부터 자신을 격리해 준다. 시대에 뒤떨어진 알맹이 없는 바보가 단단히 뭉쳐지고, 무의미한 의욕이 불끈불끈 넘친다.

기바는 이케부쿠로로 향했다.

물론 가와시마의 사무소 겸 자택을 향해서이다.

그곳은 관할서 시절 기바의 구역이기도 하다.

불타고, 재건되고, 부서지고, 이케부쿠로는 바뀌었다.

융성을 자랑하던 동쪽 출구의 암시장은 재작년에 완전히 철거되고, 청결한 역 앞 광장이 만들어졌다. 그러나 이케부쿠로의 어둠이 그것으로 안개처럼 사라졌느냐 하면 그렇지는 않아서, 서쪽 출구에는 여전히 비합법적인 노점이나 번화가가 활개를 치고 있고, 여기저기에 어둠은 입을 떡 벌리고 있다. 찢어진 틈으로 슬쩍 들여다보면, 들여다본 사람은 쉽게 어둠에 삼켜지고 만다. 이케부쿠로에는 그런 위태로움이 있다. 그러니 개발 도중이라기보다 동네가 망가진 것 같다. 기바는 항상 그런 인상을 받는다.

도착한 시각은 23시가 지났을 무렵이었다.

── 바보로군.

이제 와서 자신이 무엇을 원하고 있는 것인지, 기바는 아직 잘 모른다.

다만 전철 막차를 탈 시간까지는 끝나지 않을 것이다. 그렇다면 집에 갈 방법은 없다. 아무 일도 없으면 가와시마의 집에서 묵으면 되고 최악의 경우에는 고이시카와의 본가까지 걸어갈 작정이다.

이케부쿠로도 옛날에는 에도의 경계였던 것 같다는 이야기를 기바는 들은 적이 있다. 묘지나 감옥이나 정신병원이 있는 것은 그 잔재일 거라고, 누군가가 말했다.

그것 때문인지,

── 여기도 젖어 있어.

기바는 그렇게도 느낀다.

역 앞길을 따라 호리노우치 방향으로 조금 가다가, 너저분한 마굴(魔窟) 같은 밤거리로 들어선다. 단팥죽 가게에 꼬치구이 가게, 아직 메틸알코올이라도 먹일 것 같은 술집. 폐허로 착각될 정도의, 불타고 남은 빌딩. 그 5층 ──.

가와시마가 살고 있는 '기병대 영화사'의 사무소는 거기에 있다. 영화를 만들고 있는 것은 분명하지만, 구체적으로 가와시마가 무엇을 하고 있는지 기바는 모른다.

찾아온 적도 한 번밖에 없다.

── 이상해.

무언가가 이상했다. 수상쩍은 번화가는 밤이 될수록 자포자기한 듯 활기를 띠는 법이다. 무뢰한이나 취객, 밤거리의 주민. 다니는 사람도 아직 꽤 있다.

그러나.

기바는 귀를 바짝 기울인다.

왁자지껄한 소란이 멀리서 소용돌이치듯이 몸을 감싼다.

주정뱅이의 교성에 섞여 엔카시[演歌師][29]의 반주에 맞추어 고래고래 질러대는 서툰 군가가 들린다. 걷어차인 들개의 비명이 들린다. 싸움 소리, 웃음소리, 울음소리, 그리고——.

—— 감시하고 있군.

기바의 귀는 희미한 긴장감을 놓치지 않는다.

신중하게 발을 내딛는다. 건물 벽을 따라 걷다가 현관 옆에서 멈춘다. 척추에 신경을 집중하면서 안의 분위기를 살핀다. 어차피 가까운 곳에 형사가 있다. 이케부쿠로 서의 놈들일까, 아니면.

—— 요쓰야 서의 놈들일지도.

그렇다면 확정이다. 마에지마가 갖고 있던 종이에 적힌 전화번호는 기병대 영화사의 번호였다는 뜻이 되기 때문이다. 그렇다면 오뉴도는 가와시마다. 기바는 가슴에 손을 댄다. 증거품을 외투 위로 확인한다.

—— 어떡하지.

생각하지 않는다. 당당하게 쳐들어갈 뿐이다. 기바는 가와시마의 친구로서 이곳을 찾아왔을 뿐이다.

녹슨 손잡이를 움켜쥔다. 몹시 차갑다.

비슷한 차가움을 희미하게 목덜미에 느끼고 문득 올려다보니, 하얀 것이 나풀나풀 떨어지고 있었다.

끼익, 하고 소리를 내며 문을 연다.

한 발짝 들여놓는다. 그때. 비명—— 일까?

"이봐! 기다려! 도망치는 거냐!"

고함 소리와 함께 거대한 덩어리가 계단에서 굴러떨어졌다.

---

29) 거리에서 엔카(유행가)를 부르며 노래책을 팔던 사람.

덩어리는 지상에 도달하더니 길게 늘어나 기바에게——아니, 현관을 향해 돌진해 왔다. 위에서 고함 소리가 난다.

"이봐, 당신, 그 남자를 잡아!"

"남자——."

기바는 그제야 그것이 인간——그것도 엄청나게 큰——이라는 것을 확인했고, 그 순간 그것은 기바에게 세차게 부딪쳤다. 기바는 순간 거한의 옷을 꽉 움켜쥐어, 튕겨 날아갈 뻔한 자신의 몸을 억지로 버티며 그대로 크게 회전해 건물을 등지는 자세로 멈추었다. 기바의 허리는 튼튼하다. 거인은 격렬하게 저항했다. 밀치락달치락하며 골목길로 나온다. 얼굴이 달빛에 흐릿하게 떠오른다.

"가와신. 가와시마."

"슈——."

맥이 풀렸다.

가와시마는 기바의, 그 한순간의 빈틈을 뚫듯이 팔을 내밀어 기바의 어깨를 세게 밀었다. 기바는 튕겨 나가 비틀거린다. 그 반동으로 가와시마는 골목길 한가운데로 뛰쳐나간다. 기바의 커다란 등은 문에 부딪히고 멈추었다. 철컹, 하고 커다란 소리가 났다.

"이 자식, 무슨 짓을 했어!"

"지금 붙잡힐 수는 없어."

"네가 범인이냐!"

"여자한테, 거미한테 물어봐."

가와시마는 알아듣기 힘들 정도의 빠른 말투로 그렇게 말하고, 긴 다리를 움직여 쏜살같이 달아났다.

——뭐라고?

기바는 그 한마디에 단숨에 기세가 꺾였다. 등 뒤에서 아까 그 고함소리가 다가오고, 움츠러들어 있는 기바를 밀어내고 두 남자가 골목길로 뛰쳐나와 그 뒤를 쫓았다. 이어서 또 소란스러운 기척이 어두운 위층에서 내려온다.

기바는 천천히 돌아본다.

——지금.

——지금 붙잡힐 수는 없다——고?

"기바 씨!"

숨을 헐떡이며 내려온 사람은 그, 소라 같은 형사였다.

"당신, 경시청의 기바 씨 아닙니까? 어떻게 여기를——아니, 왜이런 곳에!"

"——우연히. 그쪽이야말로——뭔가. 뭐야. 무슨 체포지?"

"아니, 그 왜, 방금 그, 방금 그 거한이 범인입니다."

"범인이라고? 무슨 소리야."

"마에지마 야치요가 남긴 메모의 전화번호 말입니다. 여기 5층이었어요. 저 덩치 큰 남자는 가와시마 신조라고 하는데——."

그것은 듣지 않아도 알고 있는 사실이다. 그렇게 생각하자 정말로들리지 않게 되었다. 소라는 입을 뻐끔뻐끔 움직이고 있을 뿐이다.

"——더니, 비명 소리가 나더군요. 그래서 쳐들어가 봤더니 그 여자가——."

"여자?"

뇨, 뇨요.

여자의 목소리가 났다.

"——놈은 죽이려고 하고 있었어요. 그 여자를."

경관에게 팔을 붙잡힌 여자가 나왔다.

──창부인가.

분명히 창부의 옷차림이었다.

요란한 화장. 새하얗게 칠한 얼굴에 새빨간 입술. 파랗게 테두리가 칠해진 눈.

"쳐들어가는 게 조금이라도 늦었다면 살해되었을 겁니다. 놈은 책상을 쓰러뜨리고 ──어이, 뭐야."

"놓으라니까요."

여자는 경관의 팔을 뿌리치고 기바 옆을 스쳐 지나가, 알록달록한 스커트를 팔락하고 펄럭이며 골목길로 내려섰다.

다다 마키가 말하는 싸구려 분 냄새가 기바의 콧구멍을 스쳤다.

"나는 상관없어. 관헌은 질색이야."

그렇게 말하더니 여자는 걸치고 있던 카디건을 두세 번 빙빙 휘둘러 기바에게 집어 던지고는, 이만 가 볼게요, 하고 말하자마자 떠들썩한 소리가 나는 곳을 향해 달리기 시작했다.

기다려 보라며 경관이 쫓는다.

소라가 허둥지둥 또 뒤를 쫓는다.

기바는 카디건을 든 채 그 자리에 우두커니 서 있었다.

거미한테.

──거미한테──물어보라고.

여자의 잔향은 좀처럼 사라지지 않았다.

*

여자의 하얀 목덜미가 요염하게 맥동한다.

허술한 침구는 몸을 바싹 기대어도 방한의 역할을 해 주지 않는다. 두 사람은 거의 서로의 미지근한 체온에만 의지해 시간을 보내고 있었다.

남자는 기대고 있던 그 부드러운 몸에서 몸을 떼고 바닥 위에 배를 깔고 엎드렸다. 밤의 냉기는 재빠르다. 피부와 피부가 떨어진 순간, 희미한 그 빈틈으로 사정없이 미끄러져 들어온다. 그리고 남자와 여자 사이에 눈에 보이지 않는 틈이 생겨난다. 그때까지는 어느 쪽이 어느 쪽인지도 알 수 없을 정도로 하나였는데도 불구하고, 떨어져 나간 두 장의 피부의 거리는 수천 리나 떨어지고 만다. 아주 짧은 거리인데도 깊고 깊은 고랑이 생겨난다.

남자는 몹시 목이 마른 듯한 기분이 들었다. 베갯맡의 이 빠진 찻잔에 눈길을 주었지만 물을 마실 마음이 들지 않자 그대로 시선을 다른 데로 돌렸다.

물새 무늬가 선명하게 시야를 점령한다.

달빛조차 들어오지 않는 나락의 밑바닥 같은 작은 방이다. 모든 것이 자포자기한 듯, 어디나 음란한 혼돈으로 가득 차 있는 그 작은 방 안에서 왠지 조심스럽게 취급되고 있는 기모노의, 그 부분의 무늬만이 어둠 속에서 도드라져 보인다.

"왜 ── 잤지."

여자는·대답하지 않고 하얀 등만 보이고 있다.

"나랑──잘 필요는 없었잖아."

"모르는 건가요──그런 것도?"

"모르겠어."

"형편없군요. 남자란."

여자는 낭창낭창한 손을 뻗어 붉은색 주반을 손으로 더듬어 끌어당기고 나서 몸을 일으켰다. 창백한 나신이 붉은 천에 감싸이는 모습을 남자는 곁눈질로 바라보았다.

그것은 심홍색 의상일 테지만 밤의 어둠을 듬뿍 빨아들였기 때문에 어두운 검은색으로 가라앉아 있었다.

"갈취가 아니라고 말했을 텐데."

"갈취당하고 있다는 생각은 처음부터 없었어요."

"나는 진상을 알고 싶을 뿐이야."

"진상 같은 건 없어요."

"이야기하고 싶지 않은 건가."

"이야기하고 싶지 않은 거 아니에요. 안기고 싶은 거지. 당신에게. 그렇지 않다면 이런 곳에 오겠어요?"

"나는 당신을 살 생각은 없어."

"팔렸다는 생각도 없어요. 말했잖아. 갈취를 당하려고 나온 게 아니라고."

"불러낸 것도 내가 아니야."

"끈질기네. 집요하고."

여자는 그렇게 말하고 나서 손을 스윽 뻗어 베갯맡의 찻잔 가장자리를 가볍게 찔러,

"──그런 것은 이제 아무래도 상관없어──."

쓰러뜨렸다.

물이 넘치는 소리가 났다.

그것은 곧 낡은 다다미에 스며들어 사라졌을 것이다.

"──당신한테 반했어──로는 안 되나요?"

"여자가 나한테 반한 적은 없어."

"폼 잡기는."

남자는 일어서서 지저분한 이불을 끌어당겨 싸늘한 어깨를 덮듯이 둘렀다.

"누구든──상관없었던 건가."

"글쎄요. 그러니까 반했다고 했잖아요. 반할 각오로 온 거야. 그러니까 그런 건 상관없잖아요."

두 사람의 고랑은 깊어진 채 어둠 색깔의 주반과 이불에 가로막혀, 이제 수복은 불가능하다.

남자는 일어선다. 숨이 막힌다. 고인 공기를 해방하려고, 남자는 창문을 연다.

무언가가 손끝에 닿아 툭 떨어졌다.

"이제 나한테 다음이란 없어요. 여기서 나가면 끝이에요. 그러니까 ──."

남자는 다시 탐하듯이 여자의 피부를 찾았다.

絡新婦の理

2

 학교는 돌로 만들어져 있어 몹시 차갑다. 한없이 평평하고 곧다. 그리고 딱딱하다.

 그래서 학교는 아무것도 흡수해 주지 않는다. 전부 튕겨낸다. 웃음소리도 울음소리도, 소리는 전부 반향이 되어 울린다. 충격도 흡수하지 않으므로 뛰어도 걸어도 넘어져도 부담은 전부 몸으로 돌아온다. 때려도 걷어차도 아픈 것은 자신 쪽이다. 슬픈 일도 즐거운 일도, 괴로운 일도 웃긴 일도 전부 네가 처리하는 거라며 힘껏 밀쳐 낸다. 학교는 조금도 다정하지 않다.

 뇌옥(牢獄)이나 감옥이라는 곳이 어떤 곳인지 모르겠지만, 아마 비슷하지 않을까 하고 구레 미유키는 가끔 생각할 때가 있다.

 그렇게 말하면 친구는 웃는다. 감옥에서는 나갈 수 없지만, 학교에서는 쫓겨나잖아. 방과 후에 남아 있으면 야단맞지. 게다가 틀림없이 죄수는 몇 년이나 햇빛을 보지 못하고, 몇 년이나 웃지 못하고, 몇 년이나 사람을 만나지도 못하고 지낼 게 분명해. 하지만 학교는 감옥과 달리 재미있는 일이 많이 있지.

 친구의 깔깔거리는 웃음소리가 바닥을 미끄러져, 여기저기에 튕기고 나서 이윽고 사라졌다.

그런 것은──그런 것은 미유키도 잘 알고 있다. 그러나 미유키는 그렇게 생각하는 것은 아니다.

다만 학교와 동질의 견고한 구조를 가진 건축물을 미유키는 감옥 정도밖에 상기할 수 없다는, 그것뿐이다. 미유키에게는 건물이든 계율이든 개념이든 무엇이든, 견고한 구조를 가진 것은 대개 거부감이나 절망감을 예감하게 한다는 뜻에서 같은 뜻인 것이다.

아니, 견고한 구조 자체가 거부감이나 절망감을 내포하고 있는 것 같다고도 생각될 정도다. 그러니까──.

여기는 그런 곳이다.

애초에 학교 건물에서 나와 봐야 돌아갈 곳이라면 어차피 기숙사 정도이니, 감옥과 다름이 없다고 말할 수 없는 것도 아니다.

여기는 전원 기숙사제──그것도 기독교 계열──의 여학교이니까.

따라서 본래는 웃는 것도 터부에 들어간다. 그렇다면 더더욱 감옥과 다름이 없지 않은가.

애초에 미유키는 크리스천이 아니다. 여름방학 때 돌아가는 집에는 커다란 불단이 있고, 오봉[30]에는 승려가 독경하러 온다. 향을 올리고 함께 기도도 한다. 무엇을 기도하는 것인지는 자신도 모르겠지만 적어도 성부와 성자와 성령을 생각하는 일은 없다.

그야말로──웃기는 일이다.

교내에서는 웃으면 안 된다고 해서 웃지 않으려고는 하지만, 웃기다는 생각마저 하지 말라고 하면 어떻게 해야 좋을지 모르겠다.

---

30) 우란분재(盂蘭盆齋). 조상의 영혼을 사후 고통의 세계에서 구제하기 위한 불사(佛事). 음력 7월 13일~15일을 중심으로 각종 공물을 조상의 영혼, 신불, 연고지 없는 죽은 이들에게 바치며 명복을 빈다. 일반적으로는 성묘를 가거나 승려에게 독경을 부탁하기도 한다.

그러나 웃지 않는 친구는 이 학교에는 단 한 명도 없다. 모두 명랑하게 웃는다.

그래도 이 튼튼한 건물 안에 있을 때만은, 자신들은 경건한 기독교 신자인 것이다.

그런 태도를 바로 배덕(背德)이라고 부르는 것일까.

그렇다면 미유키는 신과는 거리가 멀다.

그래서 무의식중에 찬송가를 흥얼거리고 있는 자신을 깨달았을 때에는 반대로 몹시 침울해지기도 한다. 찬송가는 청정한 마음을 가지고 있을 때에나 부르는 것이지, 콧노래처럼 부르는 것이 아니라고 생각하기 때문이다.

신앙을 알았기 때문에 사악함이 드러나는 것일까.

사악——이라는 개념도 학교에서 배웠다.

선하고 악함의 판단 정도는 할 수 있었지만 절대악이라는 더없이 나쁜 것이 존재하리라고는, 어린 시절에는 생각도 하지 않았다. 나쁜 것은 나쁘고, 좋은 것은 좋다고 정해져 있는 것이라면 자신은 아무리 발버둥 쳐도 나쁜 쪽이 아닐까——하는 생각도 든다.

신이 정말로 있다면 그런 미유키를 절대로 용서해 주지 않을 것이다. 이래서는 일부러 지옥에 떨어지기 위해서 신앙하는 것이나 마찬가지다.

도서실 옆 벽에는 커다란 유화가 장식되어 있다.

티치아노의 복제품이라고 들었지만, 미유키는 잘 모른다. 예쁘다고는 생각한다. 다만 미유키 같은 외국의 계집아이가 구도가 좋다느니 색채가 어떻다느니 하며 칭찬해도 소용이 없을 테고, 잘한다, 잘한다고 섣불리 칭찬하면 그린 사람에게 오히려 실례일 것 같다.

이 그림 속의 그리스도는——울고 있다고 한다.

제대로 본 적은 없었지만 새삼 살펴보니 눈 밑에서 뺨을 타고 흐르듯이, 분명히 줄이 그어져 있다. 울고 있는 모습처럼 보이지 않는 것도 아니다. 보이지 않는 것은 아니지만 그림 표면에 묻은 먼지가 대기의 수분을 빨아들여 흘러 떨어졌을 뿐일 거라고 생각한다.

——울고 싶어질 만도 한가.

이 그림뿐만 아니라 이 학교 곳곳에 의미 있게 설치되어 있는 디자인의 그 진정한 의미를 아는 사람이, 교내에 대체 몇 명이나 존재할까——아니, 한 명이라도 있을까——미유키는 의심스럽게 여기고 있다. 아무도 없을지도 모른다.

교사도 포함해서 교내에 있는 모든 인간은 미유키와 마찬가지로 타락을 위해 신앙하고 있는 듯한 사람들뿐이라고——그렇게 생각되어 견딜 수가 없다.

그리스도도 울고 싶어질 거라고 생각하는 이유다.

무엇보다 이 학교에는 진짜 수도사도 수녀도 없다. 신앙의 배움터에 모이는 사람들의 마음속은 제각각이다. 고용된 교사들은 돈을 위해, 학생들은 모두 다른 누군가의 의지로 이 견고한 건물에 틀어박혀 있을 뿐이다. 마음의 중심에 신앙심 따위는 없다. 모두 경건한 얼굴을 하고 있지만 진정한 신앙을 갖고 있는 사람은 아무도 없는 것이다. 신과 거리가 먼 사람은 미유키만이 아니다. 다만 모두 미유키보다 뻔뻔스럽고 부끄러움이 없을 뿐이다.

정말로 신을 알고 있는 존재는 이 건물뿐인 것이 아닐까.

따라서 미유키를 묶고 있는 것은 교사도 벌칙도 아니고 견고한 구조의 이 건물 자체일 것이다.

그리고 건물과 똑같이 견고한 구조를 가진 계율——신앙——이
치 자체다.

"무슨 생각 해? 미유키."

도서실 입구에 와타나베 사요코가 서 있었다.

"또 시시한 생각?"

"응. 시시한 생각."

"정원에 가자."

또각또각 발소리를 울리며 둘이서 나란히 걸었다.

사요코와 미유키는 사이가 좋다. 사요코가 말했다.

"검은 성모님의 소문."

"바보 같아."

"맞아. 그건 거짓말이래."

"당연하지."

어느 학교에나 있을 시시한 학교 괴담류——소위 말하는 7대 불
가사의——는 예외 없이 이 학교에도 있다. 아까 그 우는 그리스도의
유화도, 검은 성모님의 소문인가 하는 것도 그 7대 불가사의 중 하나
다.

의미 대부분은 사라지고 저속한 소문만이 남았다.

어차피 흔히 있는 시시한 괴담 이야기다.

"하지만 말이지——."

사요코는 몸을 돌려 미유키 앞으로 나선다.

"——야마모토가 죽은 이유. 들었어?"

"몰라."

"저주래."

"바보 같아."

"바보 같지 않아. 사실인걸."

"사실이라니 무슨 소리야?"

작년 말에 교사가 한 명 죽었다.

겨울방학 중이어서 그렇게 큰 소란은 일어나지 않았지만 그래도 소문에는 한바탕 꽃이 피었다. 당연한 일일 것이다.

죽은 교사는 세계사나 도덕 같은 과목을 가르치던 야마모토 스미코 라는 여교사였다.

야마모토 여사는 사감이기도 했고 엄격한 것으로 유명했기 때문에 —— 다시 말해서 학생들에게 평판은 좋지 않았던 셈이라 —— 소문 도 우롱하는 듯한, 중상이나 비방 같은 것이 대부분이었다. 미유키도 야마모토를 좋아하는 것은 아니었지만 죽은 사람에게 채찍질을 하는 듯한 험담은 성미에 맞지 않았기에 못 들은 척하고 있었다.

야마모토는 마녀였다고 한다.

변태 성욕자였다고 한다.

악마숭배자였다고 한다.

별것 아닌, 그냥 험담이었다. 그러나 그 험담이 일종의 신빙성을 가진 건 그녀가 평범하게 살해되지 않았던 탓으로 —— 그렇다, 야마 모토는 살해된 것이다 —— 교외에서도 소문은 상당히 퍼진 모양이었 다.

야마모토 스미코는 두 눈이 파인 채 죽어 있었다고 한다. 엽기 살인 이었다.

밑도 끝도 없는 중상은 곧 사라질 운명에 있지만 그럴듯한 논리가 붙으면 그것은 또 이야기가 달라진다.

야마모토 스미코의 눈이 파인 것은 옳은 것을 보지 않았다는 비유이다——.

그녀의 눈을 찌른 것은 마법의 못이다——.

그녀는 사악한 눈을 가진 마녀였다——.

이렇게 되면 학교 측도 침묵하고 있을 수만은 없게 된다. 학교에서 내건 교육이념의 배경이나 기반에 신앙이 있는 이상, 이런 종류의 유언비어를 묵살할 수는 없었을 것이다. 교직원은 모두 허둥거리며 부정하기 시작했다.

야마모토 선생님은 마녀가 아니다, 어리석은 유언비어에 현혹되어서는 안 된다——설교는 장황하게 계속되었고, 학교 측이 진지하게 부정하면 부정할수록 어린양들은 싸늘해졌다.

결국, 교장이 미신이다, 미신이라고 말하기 시작한 단계에 이르러서는, 저도 모르게 실소하는 사람도 나왔다.

신은 있다, 악마는 없다는 말을 들어도 당혹스러울 뿐이다. 자기 편할 대로 나눠 쓰라고 해도 무리이고, 미신과 신앙은 쉽게는 구별되지 않는 법이다.

결국, 야마모토 여사를 죽인 자는 '눈알 살인마'라는 변태라는 사실이 판명되고 이 일은 일단락되었다.

아무래도 같은 수법으로 살해된 사람은 야마모토 여사만은 아닌 모양이었고, 그렇다면 아무리 그럴듯한 논리를 붙여도 소용없는 것이었다.

"하지만 눈알 살인마잖아."

"그래——변태성 살인."

"그렇다면."

"그러니까 어째서 야마모토가 눈알 살인마한테 살해되었느냐, 하는 이야기야. 누구든 상관없는 거잖아, 그런 건."

"묻지마 살인이니까."

"그래, 묻지마 살인이니까. 하지만 야마모토는 살해되었어."

"운이 나빴던 거겠지 ── 그녀는."

"그런데 그게 아니야. 그녀는 저주로 죽었어."

"저주라니 ── 그건 모르겠어."

"해친 자는 눈알 살인마. 하지만 눈알 살인마를 만난 건 저주 때문이다, 그런 뜻이야."

"아아 ──."

사고사든 자살이든, 이럴 때 사인(死因)은 무엇이든 상관없다는 뜻이리라. 죽으라는 누군가의 의지 때문에,

── 죽었다.

"설마."

"진짜야."

정원으로 내려간다. 정원은 인공적이고, 역시 직선적이고, 돌이 바닥에 깔려 있어서 정원으로 나가도 미유키는 흙의 관용성에 몸을 맡길 수가 없다.

사요코는 주위를 둘러본다. 사람 그림자는 없다.

아무도 없어도 신은 보고 있다 ── 그렇게 배웠으면서, 그래도 사람의 눈은 신경이 쓰이니 우습다.

"아사다 유코."

"2반의?"

"그 애가 화근이야. 비밀이지만 ──."

사요코는 다시 한 번 주위에 신경을 쓴다.

"──야마모토한테 들킨 거야. 그 애, 모독하고 있었거든."

"모독── 소문의 그──?"

"소문? 무슨 소리야. 모르는 척하기야?"

"그렇긴 한데."

모독이란 곧 매춘을 말한다. 미유키는 자세히 모르지만, 교내에 매춘을 하는 그룹이 있다는 이야기는 꽤 이전부터 그럴싸하게 퍼져 있었던 것이다. 어떤 구조로 되어 있는지 이제 와서 물어볼 수도 없어서 미유키는 아는 척하면서 얼버무리고 있지만, 아마 그것은 사요코도 마찬가지일 거라고 미유키는 짐작하고 있다.

모두 아는 척을 하고 있을 뿐, 실제로는 모르는 것이다. 그런 이야기는 실체가 없어도 그럴듯한 모습을 갖는 법이다. 그래서 사실은 매춘 그룹 같은 것은 존재하지 않을 거라고, 입 밖에 내지는 않았지만 미유키는 그렇게 생각하고 있었다.

사실이었다는 말일까.

"꽤 시달렸대. 2학기 말에. 아사다는 겨울방학 때 기숙사에 남아 있었잖아. 집에 돌아가지 않고."

"그랬나?"

"응. 그래서 꽤 심한 짓을 한 모양이야, 야마모토가. 매질이라든가. 동료가 있다면 누구랑 누구인지, 아사다한테 자백시키려고 했대."

"체벌했단 말이야?"

"한 거 아닐까? 불지 않은 모양이지만. 하지만 야마모토도 다른 교사들한테는 비밀로 하고 있었나 봐. 큰 사건이잖아. 책임 문제도 있고. 사감의."

"그래서 —— 뭐?"

"그 애 —— 자퇴를 권유받았대. 문제를 겉으로 드러내지 않는 대신에."

"그게 뭐야. 왠지 비열해."

"그렇지? 체면이라고 하나? 싫지. 하지만 겉으로 드러나도 곤란하겠지. 그렇게 되면 틀림없이 강제 퇴학일 테고. 그리고 그 애, 아가씨 잖아?"

"그 —— 래?"

"그래, 그래, 특별입학. 엄청난 부자래. 오리히메 님 정도는 아니지만. 무슨, 정치인의 딸이라던데."

"흐음."

"퇴학당하면 곤란하겠지. 부모한테 알려지는 것도."

"하지만 그건 자업자득이잖아."

"그래도 어떻게든 하고 싶었겠지. 아는 사람은 야마모토 선생뿐이고. 게다가 모독을 하고 있던 다른 애들이 가만히 있지 않았겠지. 어떻게 들켰는지 모르겠지만 이대로 끝날 것 같지도 않고. 아사다로서는 꼼짝달싹 못 할 상황이었을 거야. 그래서 ——."

"그래서 뭐?"

"그러니까 열세 번째 성좌석(星座石)에서 소원을 빌었대."

"그게 뭐야?"

"그러니까, 저 ——."

사요코는 손가락으로 가리킨다.

"—— 예배당 뒤. 두 번째 양자리."

"석판 말이야?"

그것도——7대 불가사의다.

성좌석이란 학교 부지 내에 묻혀 있는 대략 한 자 사방(약 30cm) 정도의 평평한 돌을 말한다. 예배당을 에워싸듯이 거의 원을 그리며 늘어서 있다. 각각 12성좌를 본뜬 각인이 되어 있다.

그런데——왠지 석판은 열세 장이다.

물론 정확하게 측량한 것은 아니니 확실하게는 말할 수 없지만, 간격이 묘하게 벌어져 있는 곳도 있으니 원래는 장수가 더 많았을지도 모르고, 없어진 석판이 있었다면 무엇이 새겨져 있었는지는 알 수도 없다. 하지만 현재 중복되는 것은 양자리뿐이고 그 두 번째 양자리는 예배당 뒤쪽에 있다.

사요코가 말하는 것은 그 석판일 것이다.

"그래. 그 돌 위에 서서 소원을 비는 거야."

"잠깐. 그건 사당 바로 앞이라는 거야?"

예배당 바로 뒤에는 다 썩어가는 작은 사당이 있다.

그 안에는 새까만 불상 같은 것이 안치되어 있다. 그것이 바로 그 검은 성모님이다.

성모라고는 하지만 아무리 봐도 마리아상은 아니고, 애초에 기독교와 인연이 있다고도 생각되지 않는 형상을 하고 있다. 일단 목에 묵주를 걸고 가슴에 십자가를 안고는 있지만, 그것도 완전히 이질적이니 누군가가 나중에 갖다 붙인 것이 틀림없다. 우선 안치되어 있는 사당 자체가 일본풍이다. 도리이라도 있으면 이나리 신사고, 오륜탑[31]이라도 서 있으면 절의 불당이다.

---

31) 사각형, 원형, 삼각형, 반월형, 보주형 등 불교의 다섯 가지 요소인 오대(五大)를 각각 본뜬 다섯 개의 돌을 쌓아올린 탑.

매끈매끈한 나무로 만들어진, 먹물을 몇 겹으로 칠한 듯한 칠흑의 얼굴은 어딘가 동양풍이고 ──기분 나쁘기 짝이 없다.

그것이 무엇인지 사실은 아무도 모르지만, 하지만 대대로 그것은 '검은 성모'라고 불리고 있다. 그런 이름을 학교 측이 인정했을 리도 없다. 검은 성모의 사당은 부지에서는 조금 삐져나와 지어져 있어서 학교 측은 고집스럽게 그것을 무시하고 있다. 관할이 아니라는 뜻일 것이다. 교사들도 그 정체는 모르는 것이다.

그 검은 성모는 괴담이 다 그렇듯이 밤이면 밤마다 배회한다.

마주치면 피를 빨리게 된다고 한다.

듣자 하니 배회하는 검은 성모니 검은 옷의 비구니니 하는 괴담은 그렇게 진기한 것도 아니라고 하고, 해외의 교회 같은 곳에서는 종종 있는 이야기라고 한다.

분명히 일본에서는 들어보지 못한 이야기지만 그것은 그런 동상이 별로 없기 때문일 테고, 실제로 이 학교에는 있으니 그것이 걸어 다녀도 특별히 이상하지는 않을 것 같다. 다만 외국의 교회에도 그런 이상한 모양의 동상이 있을 거라고는, 미유키로서는 도저히 생각되지 않는다. 따라서 같은 괴담이라고 판단하기에는 무리가 있다고 생각한다. 타국의 검은 성모가 어떤 짓을 하는지 미유키는 모르지만, 이곳의 성모는 배회하다가 마주친 사람의 피를 빠는 모양이다.

왜 성모가 그런 짓을 하는 거냐고 묻는 것은 촌스러운 짓이고, 그 외에도 혼자서 울리는 피아노니 열리지 않는 고해실이니 선혈이 떨어지는 화장실 같은, 성역이라고 해도 비속한 괴담 이야기는 얼마든지 있다. 검은 성모도 그런 부류의 이야기 중 하나일 뿐이다.

사요코는 말을 잇는다.

"그러니까 이건 내 상상이지만, 아마 그 검은 성모님이 소원을 이루어 주는 게 아닐까? 그거, 틀림없이 저주의 신일 거야. 분명히 그래."

기독교의 신은 항상 하나다. 저주의 신이니 징벌의 신이니 하는 신이 있으면 곤란하다. 적어도 여기에서는 그런 것은 악마라고 불러야 하지 않을까.

미유키는 고개를 갸웃거리며 말한다.

"바보 같아. 도대체가 사요코 너도 아까 검은 성모님은 거짓말이라고 자기 입으로 말했잖아."

"걸어 다니는 건 거짓말. 그런 게 걸어 다닐 리가 없잖아. 하지만 저주는 달라."

"그러니까, 난 모르겠다니까."

"끝까지 안 들으니까 그렇지. 그러니까──보름달이 뜬 밤에 그 석판 위에서 의식을 행하면 소원이 이루어진다, 이런 구조야."

"의식?"

"응. 뭔가 의식을 행하는 모양이야. 그리고 저주해서 죽이고 싶은 상대의 이름을 말하는 거지. 죽이고 싶은 사람이 여자라면 예배당에, 남자라면 사당 쪽을 향해서 말하는 거래. 그러면 다음 보름달이 되기 전에 반드시 그 상대는 죽는대."

"역시 거짓말 같아."

정말이라니까, 하며 사요코는 다시 미유키 앞으로 나섰다.

"──야마모토 선생님이 처음이 아니래. 그전에도 누군가가 의식을 했는데, 그때도 저주를 받은 상대가 죽었어."

"그러니까 언제 누가 누구를 저주했고, 언제 그 사람이 죽었는데? 아마 누군가가 누군가를──이겠지?"

"그렇──긴 한데."

"거짓말이야."

매춘 소문을 포함해서 전부 거짓말이다. 틀림없이 그럴 것이다. 미유키는 믿을 수가 없다. 사요코는 갑자기 의기소침해져서 쓸쓸한 듯이 예배당 지붕의 십자가를 바라보았다.

"역시──거짓말일까?"

사요코는 재미없다는 듯이 시선을 내린다.

기울어지는 얼굴의 각도가 여자답다고 미유키는 생각한다. 실제로 사요코의 몸짓은 하나하나가 사랑스럽다. 미유키의 눈에는 그렇게 비친다. 비속한 의미가 아니라 무의식중에 여자다움을 체득하고 있는 것이리라. 미유키는 키는 훌쩍 크지만, 그야말로 단순히 건강하게 자랐다는 것뿐이지 결코 여자답지는 않다고 스스로는 생각한다.

어느 쪽이 표준인지 미유키는 모른다.

이럴 때는 왠지 다정하게 대해 주고 싶어진다.

"그런 얘기는 누구한테서 들었어?"

"여러 명인데. 1학년 애들이 이야기하고 있는 것도 들었어."

"그렇게 소문이 퍼진 이야기란 말이야?"

"그렇지도 않아. 거의 퍼지지 않았어. 아마──관계자만 알고 있을 거야."

"관계자라니──모독을 하고 있었던 애들이라는 뜻이야?"

"아니. 의식의 관계자 아닐까."

"의식에 관계자가 있어?"

의식 관계자──괴상한 울림이다.

"그런 건 이상해. 거짓말이야."

사요코는 한층 더 슬픈 듯한 얼굴이 되어, 그렇겠지, 거짓말이겠지, 하고 토라진 듯이 말했다.

이렇게 되면 미유키는 이 아이를 내버려둘 수 없다. 그런 성격인 것이다.

"왜 그래, 사요코. 왜 집착하는데."

그런 건 아니지만――하고 어금니에 뭔가 낀 듯 애매한 태도로 사요코는 아래를 본다.

다정하게 대해 줄 생각이었는데 괴롭히고 있는 듯한 분위기가 되고 말았다. 그도 그럴 것이, 다정하게 대하는 것이나 못살게 구는 것이나 뿌리에 있는 것은 같은 감정이다.

"왜 그래. 뭔가 이상해?"

"별로 이상하지 않아. 평소랑 똑같아."

역시 이상하다. 뭔가 고민하고 있다.

미유키는 그런 눈치가 빠르지 못하다. 매우 민감하기도 하고 엄청나게 둔하기도 하고, 일정하지가 않다. 다시 말해서 결국은 둔한 거라고 스스로는 생각하고 있다.

사요코는 말하기 어려운 듯이 작은 목소리로 말했다.

"있지, 나, 그러니까, 그, 아사다한테 직접 물어볼까――해."

"물어보다니, 사요코, 뭘 물어볼 건데?"

"사람을 저주해서 죽이는――의식의 방법."

"사요코, 설마――그걸 하려고?"

"――응. 반쯤 진심이야."

사요코의 뺨에 스윽 그림자가 드리워진다.

"그거――혼다?"

"맞아. 죽여 버릴 거야. 그런 남자."

—— 그런 건가.

미유키는 할 말을 잃는다.

그리고 친구의 괴로운 마음속을 헤아려주지 못한 자신의 멍청함을 부끄러워한다. 다른 사람이라면 몰라도 그 일을 알고 있는 사람은 전 세계에서 미유키뿐이니까.

사요코에게는 죽여도 시원찮을 만큼 미워하는 상대가 한 명 있다.

미유키도 사요코와 같은 입장에 선다면 똑같이 생각했을지도 모른다. 설령 어린아이나 속을 주술이라도 이렇게 믿을 마음이 들었을지도 모른다.

사요코가 살의를 품고 있는 상대는 교사다.

그 교사는 사요코가 입학한 후로 줄곧 사요코에게 눈독을 들이고 있었다. 교사는 틈만 나면 사소한 일로 사요코를 불러내어 개인적 지도를 여러 번 강요했다. 사요코는 싫은 놈이라고 줄곧 말하곤 했다. 미유키도 그렇게 생각하고 있었다. 하지만 그렇다고 죽이자는 이야기는 아니다.

분명 —— 작년 9월이었다.

사요코는 —— 그 담임에게 능욕을 당했다.

엄격한 성직자가, 경건한 신앙의 터전에서, 악마의 도리에도 어긋날 무도한 짓을 저지른 것이다.

이 학교 —— 성(聖) 베르나르 여학교는 다이쇼(大正) 시대[32]에 창립되었고, 일단 명문이라는 말을 듣고 있다. 왜 일단이 붙느냐 하면, 그것은 입지 조건이 지나치게 나쁘기 때문이다.

---

32) 1912~1926년.

그 때문에 지명도도 낮다. 보소[房總] 반도[33] 끝의, 마을과 떨어져 있는 변경에 홀로 쓸쓸히 서 있으니, 아무리 명문이라고 으스댄들 한계가 있다는 뜻이다.

그래도 역시 일단은 명문이라는 긍지나 체면은 있는 듯, 학생의 대부분은 사회적 지위가 높은——다시 말해서 부잣집——가정의 자녀로 이루어져 있다. 다만 재력은 없어도 집안이 좋으면 나름대로 우대되는지, 옛 화족(華族)[34]이나 사족(士族)[35]의 따님도 많이 있다.

따라서——지위도 명예도 없는 일반 가정의 소녀가 입학하기는 어렵다. 그 경우 중요한 것은 기부금뿐이다. 돈을 내면 불평은 듣지 않는다.

미유키도 사요코도 본래는 어부의 집안이다.

지위도 명예도 없다. 집안도 좋지는 않다. 양가(良家)의 자녀와는 거리가 멀다. 다만 미유키의 아버지는 어부라고 해도 수산회사의 사장이고, 사요코의 집은 선주(船主)라서, 나름대로 재력은 있었던 것이다. 그러나 태생부터가 아가씨인 소녀들과는 역시 어딘가 달랐다.

인간이 어떻다는 것은 아니다. 집안이 다르다는 건 변명에 지나지 않고, 출생이나 가문과 인간은 거의 관계가 없다——그것은 잘 알고 있었다. 착한 아이는 착한 아이고, 나쁜 아이는 나쁘다. 결국, 혈통도 자란 환경도 상관없었다.

다만 주위의 눈이 다르다. 취급이 다르다. 학교의 경우, 교사의 태도가 다르다.

---

33) 지바 현 남반부를 이루는 반도. 동쪽과 남쪽은 태평양에 면해 있고 서쪽은 미우라 반도와 함께 도쿄 만을 감싸고 있다.
34) 메이지 시대 초에 시작된 작위를 가진 사람과 그 가족. 이 작위제도는 1947년에 폐지되었다.
35) 메이지 유신 이후, 옛 무사 계급에게 주어졌던 신분으로 현재는 폐지되었다.

편견이 있을지도 모르지만 다른 것은 다르다. 야단치는 방식이 다르다. 괴롭히는 방식도 다르다. 본인과는 상관없는 곳에서 차이가 생기고, 그것은 학생 측에게 민감하게 퍼진다.

본래 차이 같은 것은 없다고 해도 차이가 생기면 고랑은 생겨난다. 미유키가 사요코와 친해진 건 개성 운운하기 이전에, 우선 본가의 경제 상황이 비슷했기 때문이다.

그러나 작년 여름 이후, 사요코네 집의 경제 상태는 몹시 나빠졌다. 배가 사고를 일으킨 일이 계기였던 모양이지만 자세한 것은 모르고, 그것은 미유키가 알 필요도 없는 일이다. 일가가 뿔뿔이 흩어지거나 동반자살을 할 정도로 어려운 상황은 아니었기 때문이다. 그래도 기부금의 액수는 상당히 줄어든 모양이었다.

학교에서의 사요코의 입장은 나빠졌다.

다만 아무리 뭐라고 해도, 기부금이 줄었으니 퇴학시키거나 처분을 내리는 것은 아니다. 학교도 그 정도로 타산적이지는 않고, 그래서는 타산을 뛰어넘어 비인도적이다. 그렇다고 해도 눈에 보이지 않는 부분에서 사요코의 대우가 상당히 나빠진 것은 사실이었다.

그 결과 일어난 사건이었다.

너무 가혹하다――고 미유키는 생각한다.

원인은 매우 시시한 일이었던 것 같다. 너무 시시해서 미유키는 잊어버렸다. 뭔가 교칙을 위반하는 일이 있었는지, 성적이 나쁘다거나 하는 일인지, 교사에게 말대꾸를 했다는 둥 하지 않았다는 둥――그런 종류의 바보 같은 일이었을 것이다.

심하게 꾸중을 듣고, 그리고 사요코는 강간을 당했다.

――정 때문에 봐 주는 거다. 내가 시키는 대로 해.

라고 그 교사는 말했다고 한다.

──돈도 없는데 이런 학교에 오는 사람이 잘못이지.

라고도 말했다고 한다.

그리고 사요코를 희롱하면서,

──여자가 교육을 받아 봐야 사회에 도움이 될 것 같으냐.

라고 말했다고 한다.

──어차피 너희 여자들은 태어날 때부터 창부야, 원죄 덩어리
  같으니.

라고도 말했다고 한다.

마지막으로 부모나 다른 사람들한테 알리고 싶지 않으면 입 다물고
있으라며, 앞으로의 관계를 강요했다고 한다.

그런 일은 이 세상에 있어서는 안 되는 일이다.

이곳은 신앙의 장소다. 그렇다면 교사는 성직자 이상으로 우선 신
앙인이어야 하지 않을까. 울고 있는 사요코를 보고, 미유키는 분노로
눈앞이 ──정말로── 어두워지는 것을 느꼈다.

죽을 거라고 소리 지르는 사요코를 미유키는 달랬다.

자살은 ──해서는 안 되는 일이니까.

계율을 깨 버리면 사요코까지 지옥에 떨어지고 만다. 지옥에 떨어
져야 하는 자는 상대방 쪽이다.

하지만 미유키와 사요코는 너무나도 무력했다.

사악에 대항할 방법이 없었다.

무엇보다 슬펐던 것은 그래도 어떻게든 되고 만다는 현실이었다.
아무것도 하지 못한 채 한 달이 지나고, 두 달이 지나고, 사요코는
안정을 되찾았다.

주위에 들키지 않으려고 겉으로는 태연하게 굴고 있는 동안 표층이 본질을 변질시키고 마는 것인지, 아니면 애초에 일상이라는 건 표층일 뿐인 것인지, 고분고분 떠밀리는 대로 살아가다 보니 그렇게 비참했던 상황이 반쯤 당연한 일이 되고 말았다.

그런 건가——라고 생각할 때도 있다.

미유키는 굳이 아무 말도 하지 않았다.

사요코 자신은 오히려 전보다 괴롭힘을 당하지 않게 되었으니 다행인가——라는 말까지 흘릴 정도가 되었다.

그래도 한 달에 몇 번은 관계를 강요당하고, 그런 밤에 사요코는 미유키의 방에 와서 울었다. 위로할 말이라고는 무엇 하나 없었다.

그래서 사요코는——그 교사——혼다 고조를 저주해 죽이자는 생각에 다다른 것이다.

바보 같다고 말릴 수는 없었다.

오히려 바보 같아도 해야 하는 것이다.

설령 효력이 없다고 해도, 그런 남자는 저주받아 마땅하다고 생각하니까.

저주라는 것은 그냥 바라기만 해서는 안 될 것이다. 무언가 양식에 맞춰서 행해야만 비로소 저주는 이루어지는 것이리라. 거짓이든 연극이든 좋다, 무언가 어울리는 의식이 있다면 같이 그럴듯하게 저주해 주겠노라고——미유키는 진심으로 생각했다.

"사요코, 아사다를 만나 볼래?"

"미유키, 같이 만나 줄 거야?"

"친구잖아."

내일은 내 일이 될지도 모르고——라고 미유키는 생각했다.

갑자기 몸을 에일 듯이 차가운 바람이 뺨에 닿았다.

무언가 목적이 있는 것도 아니어서 두 사람은 부지 안을 빙글빙글 돌며 방황했다. 학교라기보다 수도원 같은 경관이다. 안뜰 한가운데에는 둥글게 파여 있는 샘이 있다. 분수 같은 장치도 보이지만, 물이 뿜어져 나오는 모습을 미유키는 본 적이 없다. 겨울에는 아무래도 황량하다.

과수원. 온실. 밭. 주방 건물과 식당.

오래된 거대한 성당. 오른쪽에는 예배당.

예배당 오른쪽에는 기숙사 건물 세 동이 나란히 서 있다.

성당 왼쪽에는 특별대우학생 전용 독실 건물이 있다.

독실 건물이라고 해서 특별히 호화로운 건물인 것은 아니고, 외관은 다른 건물과 그렇게 다르지 않은 고풍스러운 곳일 뿐이다.

옛날에는 다른 용도로 사용되던 별로 대단할 것도 없는 건물이었던 모양이지만, 부자나 신분이 높은 분 등, 서민과 일선을 긋는 것을 과시하고 싶은 분들이 자신의 딸들에게 일반과는 다른 대우를 요구해서 만든 시설이라고 한다. 과연 특별대우학생이란 절묘한 말이다.

성당 바로 맞은편에는 더욱 오래된 학교 건물이 있다.

추워서 학교 건물 안으로 들어갔다.

안뜰에 사람 그림자가 없었던 건 추위 때문이었는지 교내에는 방학 때도 남아 있던 소녀들이 어정버정하고 있었다.

이 학교는 그냥 무턱대고 배회하는 것만으로 찾는 인물을 만날 수 있을 정도로 좁지는 않다. 아사다 유코와 같은 반인 학생 두세 명을 붙잡고 물어보기도 했지만, 그녀가 지금 어디에 있는지는 아무도 모른다고 했다.

새치름한 얼굴의 소녀는 이렇게 말했다.

"——그분, 요즘은 수업도 자주 빠지시는 것 같아요. 몸이라도 좋지 않으신 건지, 잘 모르겠지만요. 식사 때는 식당에 계시는 것 같지만, 별로 이야기는 하시지 않더군요."

상관하고 싶지 않다는 듯한, 차가운 말투의 대답이다. 저주니 의식이니 하는 것은 별도로 치고, 그녀가 뭔 짓을 한 것 같다는 사실은 이미 널리 알려진 모양이었다. 미유키는 둔해도 그 정도는 알 수 있다.

"않더군요, 가 아니지. 뭔가 들킨 거야, 역시. 아사다는 정말 모독을 하고 있었던 걸까——."

미유키는 아무래도 믿을 수가 없었다.

미유키의 생각에는 매춘보다 저주나 주술 같은 것이 그나마 조금 더 현실적이다.

역시 그만둘까, 하고 사요코는 말했다.

"——생각해 보면 아사다를 만나도 뭐라고 물어봐야 할지 모르겠고."

그야 그럴 것이다. 그 생각은 미유키도 하고 있었다. 설마 매춘을 하고 있었느냐고 물을 수는 없는 것이다. 그러나 저주의 의식 이야기도 매춘 발각이라는 사실이 있어야 비로소 신빙성을 갖는 이야기인 셈이니, 매춘의 사실 여부를 확인하지 않고서는 이야기를 끝낼 수도 없을 것이다.

"그, 수군거리고 있었던 아이들은 하급생이랬나?"

"도서실에 있던 애들. 이름은 몰라."

그쪽부터 찾아보는 게 쉽지 않을까, 하고 미유키는 제안했다. 사요코는 작게 고개를 끄덕였다.

기분 나쁜 부조가 되어 있는 돌기둥을 돌아, 압박감을 주는 복도를 나아간다. 천장은 엄청나게 높지만 단단한 재질의 벽이 긴장감을 높이기 때문에 탁 트인 느낌이라곤 조금도 없다.

눈물을 흘리는 그리스도 옆을 지나, 도서실로 들어간다.

도서실은 성당에 지지 않을 정도로 크다.

물론 완전히 무음(無音) 상태다.

구석에서 바늘을 떨어뜨려도 입구까지 그 소리가 들릴 것이다. 희미한 숨소리나 페이지를 넘기는 마찰음, 살금살금 걷는 발소리 같은 것이, 겨우 조심스럽게 울리고 있다.

미유키는 언제나 이곳에 올 때마다 배 밑바닥에서부터 커다란 목소리를 내 보고 싶다는 욕구에 사로잡힌다.

그 욕구는 성당에 갔을 때도 마찬가지인데, 그쪽이 소리는 더 잘울릴 것 같아서 그 충동은 더욱 크다. 자신은 사악하지는 않지만 역시경건한 신자는 평생 될 수 없을 거라고, 미유키는 그때마다 생각한다.

키가 큰 미유키의, 그 키보다 훨씬 높은 책장에는 읽을 수도 없는외국 책을 포함해서 셀 수 없을 정도로 많은 책이 빼곡하게 들어차있다. 그 거대한 서가(書架)가 줄을 지어 늘어서 있다. 장관이다. 재미있는 책이라곤 한 권도 없──다고 미유키는 생각한다── 지만, 오락거리가 전혀 없는 학교 안에서는 꽤 이용자가 많다.

저 애──하고 사요코가 목소리를 내지 않고 말했다.

쳐다보니 주근깨가 난 작은 체구의 여자아이가 사다리에 올라가가죽 장정의 커다란 책을 책꽂이에 넣고 있는 참이었다.

몹시 위태로웠다.

미유키는 소리를 내지 않도록 주의하면서 소녀에게 다가갔다.

거리는 꽤 있지만 뛸 수는 없다. 사서가 있기 때문에 겉으로는 모르는 척한다. 그러나 미유키가 도착하기 전에 소녀의 팔은 한계를 맞이하고 만 모양이었다.

아니나 다를까, 뻗은 가느다란 팔 끝의 작은 손바닥의 악력은 가죽 장정으로 된 외국 책의 중량을 견디지 못한 모양이다.

커다란 책은 서서히 미끄러져 내려가고, 게다가 소녀는 몸의 균형까지 잃어 앞뒤로 흔들리기까지 하고 있다. 책이 떨어진다.

"와아, 위험해."

미유키는 떨어진 책이 내는 소리에 지지 않을 정도로 큰 소리를 지르며 달려가, 한껏 민첩하게 사다리와 소녀를 붙들었다. 순간 평온이 튕겨 나간다. 사서가 무시무시한 형상으로 일어선다. 움직임이 멈추고 나서도 큰 목소리의 잔향은 꽤 꼬리를 끌었다. 미유키는 일부러 또렷한 발음으로,

"큰일 날 뻔했어. 괜찮아?"

하고 말했다.

소녀는 작게 고개를 끄덕였다. 사서가 잔소리를 삼키며 자리에 앉는다. 미유키는 딱딱한 바닥에 떨어져 있는 책을 주워서 넣어야 할 곳에 도로 넣어 주고, 그때 작은 목소리로,

"묻고 싶은 게 있어. 괜찮겠니?"

하고 속삭였다.

주근깨 소녀는 작은 눈을 동그랗게 뜨고 다시 한 번, 이번에는 크게 고개를 끄덕였다.

미유키는 멍하니 입구에 서 있는 사요코 쪽으로 유유히 얼굴을 돌리고, 먼발치에서는 알아볼 수 없을 정도로 희미한 웃음을 지었다.

머리가 딱딱한 사서는 몰랐겠지만 사요코는 알았을 거라고 생각한다.

속이 아주 후련했다. 염원이 이루어졌기 때문이다.

도서실에서 그런 목소리를 낼 수 있다니 꿈만 같다.

잠시 틈을 보다가, 셋이서 복도로 나갔다.

사람의 눈이 없는 식당 뒤까지 이동한다.

정말로 작은 소녀였다.

눈도 코도 입도 손도 발도 작아서, 팔도 다리도 긴 미유키와는 매우 대조적이다. 소녀라기보다 아직 어린아이인데, 사요코와는 다른 의미로 사랑스럽다.

미유키가 이름을 말하자 소녀는, 아까는 고마웠어요, 하고 예의 바르게 머리를 숙이고 나서 사카모토 유리코예요, 하고 자신의 이름을 말했다.

"묻고 싶은 게 뭐냐 하면, 그—— 열세 번째 성좌석에 대해서야. 너, 뭔가 수군거리고 있었지?"

"저는 별로——."

"괜찮아. 우리는 그 일에 대해서 전혀 모르거든. 창피해서 동급생한테는 물어볼 수가 없어서 그래. 그것뿐이야."

"모르——세요? 정말?"

"정말 몰라. 혹시 그 얘기는 남한테 하면 안 된다거나 그런 거니? 아니면 얘기하면 누군가에게 괴롭힘을 당한다거나?"

불안해 보이는 얼굴이다. 당연할 것이다.

"괜찮아. 절대로 네게서 들었다는 말은 하지 않을게. 신께 맹세코."

이 무슨 어울리지 않는 대사란 말인가.

유리코는 잠시 생각에 잠겨 있었지만 이윽고, 믿을게요, 라고 말했다.

도서실에서의 일이 효과가 있는 것이다. 미유키의 과장된 행동이 없었다면 유리코는 틀림없이 야단을 맞았을 것이다. 허를 찌른 소동이 오히려 일을 수습해 준 감이 있다.

우선 아사다 유코에 대한 것은 접어 두고, 저주의 의식에 관해서 물었다. 매춘 이야기를 할 수 있는 상대는 아니다.

"그건 예배당 바로 옆에서 그 검은 성모님께 비는 거지? 뭔가 하면서. 그래서 뭐가 어떻게 되는 건데?"

"아니에요. 선배님, 정말 모르시는군요. 검은 성모님은 여자니까 남자일 때만 그래요."

"남자? 저기, 자세히 좀 얘기해 줘."

"7대 불가사의——는 아시죠?"

"알아."

미유키는 손가락을 꼽는다.

"——피를 빠는 검은 성모님, 열세 개의 성좌석, 눈물을 흘리는 그리스도의 그림, 열리지 않는 고해실, 피가 떨어지는 화장실, 저절로 울리는 피아노, 그리고——."

"십자가 뒤의 커다란 거미."

사요코가 덧붙였다. 그러고 보니 그런 것도 있었던 것 같은 기분이 든다. 십자가 뒤에도 거미 정도는 있을 테니, 그것의 어디가 불가사의냐고 처음부터 우습게 여기고, 미유키는 완전히 잊고 있었다.

"맞아요. 그 큰 거미가 눈알 살인마예요."

"뭐?"

그럴 리가 있나——라고 따지고 들기에는 유리코는 지나치게 연약하고, 또 지나치게 진지했다. 그런 거미가 있을까 하는 기본적인 의문은 물론이고, 그것이 실존하는 엽기 살인마의 정체라는 황당무계한 설에 대한 의문을 유리코는 한 조각도 갖고 있지 않은 듯 보였다.

"그건——하지만 거미잖아?"

"거미예요. 거미의 모습을 한 악마예요. 하지만 그 악마는 착한 악마라서, 예배당 십자가 뒤에서 사는 거예요."

"착한 악마?"

착하다면 악마가 아니지 않을까. 착하다면, 가령 선마(善魔)라든가——선(善) 뒤에 마(魔)가 오는 것도 이상하니 그런 호칭은 역시 있을 수 없다.

백 보 양보해도, 도대체 악마가 십자가 뒤에서 살 수 있을까. 애초에 미유키는 개념으로서의 악마는 이해할 수 있지만, 실체를 가진 악마는 상상할 수가 없다.

산다고 하는 걸 보면, 악마는 그곳에서 먹고 잔다는 뜻일 테니 아무래도 웃기는 인상은 씻을 수 없다.

그러나 그런 말이나 하고 있으면 아무것도 안 될 것이다. 애초에 주술로 인간을 저주해 죽인다는 이야기를 진지하게 하는 것 자체가, 우습다면 우습다.

"큰 거미는 남자 악마라서 여자를 저주로 죽이는 거예요. 남자의 경우에는 검은 성모님이 죽여주고요. 그 성모님도 착한 악마거든요."

"착한——악마, 란 말이지."

아무래도 귀에 거슬리는 말이라고 미유키는 생각한다.

"그 착한 악마가 소원 같은 걸 들어주는 거야?"

"뭐든지 들어주는 건 아니에요. 저주해서 죽이는 소원뿐. 악마니까요. 다만 그것도 제대로 된 이유가 없으면 안 돼요. 심한 일을 당했다거나, 죽을 만큼 괴로웠다거나, 슬프다거나——."

사요코가 얼굴을 들었다. 그녀는 지금 바로 그런 일을 당하고 있는 것이다. 그 생각을 하면 미유키는 가슴이 조금 아프다.

"——그런 원한 같은 걸 풀어주는 거예요. 아무나 죽여주는 건 아니고요. 그러니까 악마지만 착한 악마인 거죠."

"세상을 위해서나 다른 사람을 위해서 도움이 되지 않는 악인을, 악마가 대신 벌해 준다는 거야?"

왠지 웃음이 난다. 구라마 덴구[36] 같은 악마다.

"하지만 옳지 못한 것을 제압하는 거라면 일부러 악마한테 부탁할 필요는 없잖아? 신은 엄격하고 만인에게 평등한데."

"하느님은——사람을 저주해서 죽인다는 야만적인 소원은 들어주시지 않잖아요?"

"천벌이라는 게 있잖아. 하느님은 언제나 우리 어린양들을 보고 계시——."

미유키는 저도 모르게 흠칫하며 등 뒤를 신경 쓴다.

초월자가 항상 감시하고 있다는 사고방식은 때에 따라서는 몹시 무서운 것이다.

"——니까 나쁜 놈은 언젠가."

---

36) 구라마 산에 산다고 전해지는 덴구. 덴구는 깊은 산에 살며 하늘을 자유로이 날아다니고 신통력이 있다는 상상의 괴물인데, 얼굴이 붉고 코가 큰 것이 특징이다. 일본 각지의 영산(靈山)에는 반드시 덴구 전승이 전해 내려온다고 해도 과언이 아닌데, 특히 구라마 산에 사는 덴구는 일본에 있는 모든 덴구들을 통솔하는 오텐구[大天狗]라고 한다. 이 구라마 덴구는 본래 구라마데라[鞍馬寺] 절의 승정이었으며, 일본인이 가장 사랑하는 역사적 인물 중 하나인 미나모토노 요시쓰네에게서 검술을 배웠다는 설도 있다.

"하지만 벌을 받는 건 죽은 후가 되잖아요? 최종적으로는 최후의 심판까지 기다려야 하고요. 그렇게 오랫동안 기다리다간 착한 사람도 죽을 테고, 원한을 남기고 죽으면 착한 사람 쪽이 지옥에 가게 되잖아요 ──."

여러 가지 논리가 있는 것이다.

"── 그래서 하느님 대신 악마가 손을 더럽혀 주는 거예요. 그렇게 들었어요."

"손을 더럽힌다 ── 라."

아무리 들어도 어린아이나 속을 거짓말이다. 미유키는 슬쩍 사요코를 본다. 친구는 쓸쓸한 듯이 벽을 보고 있다. 둥그스름한 부드러운 어깨선이 미유키는 조금 부럽다.

"그래서, 어떻게 하는 건데? 그 주술은."

"주술이랄까, 의식이에요."

"아아, 그래, 의식."

"보름달이 뜬 날 한밤중에, 그곳 성좌석 위에 서서 저주로 죽이고 싶은 상대의 이름과 왜 죽이고 싶은지를 말하는 건가 봐요."

"그건 대충 들었어. 더 자세한 걸 알고 싶어. 그러니까 예를 들면, 그 의식은 혼자서 하는 거니? 도구 같은 게 필요할까?"

"혼자서는 ── 무리일 것 같은데요."

"그렇구나. 그럼 두 명이라든가, 세 명이라든가."

"그런 게 아니라 그 ── 많은 사람이 ──."

"많은 사람? 많은 사람이 저주를 건단 말이야? 집단으로 기도하는 거? 꼭 미사 같잖아? 뭔가 이상하네."

"그런 그룹 같은 게 있는 거구나."

사요코가 그렇게 말하자, 유리코는 손을 비비고 고개를 기울이며 당혹스러운 표정을 지었다.

"그건——몰라요. 자세히는 몰라요."

"그 정도면 자세하지. 굉장히 자세한——것 같은데?"

"저는 실제로 본 건 아니고."

"그럼 어떻게 알지?"

"친구 중에서 본 애가 있어요."

과연, 목격자가 있었던 것이다.

"그 아이 이름 좀 가르쳐 줄래?"

"그건——말할 수 없어요. 만일 보고 있었다는 게 알려지면 그 애도, 말한 저도."

유리코는 시선을 떨어뜨린다.

"죽어요."

"죽어? 왜?"

"그게——비밀 의식이기 때문, 이에요."

——비밀치고는 잘만 말하잖아.

미주알고주알 그럴듯하게 이야기해 놓고, 이제 와서 비밀이 어디 있느냐고 미유키는 생각한다. 어디까지가 괜찮고 어디에서부터가 비밀인지 기준을 알 수도 없고, 이야기하면 죽임을 당할 정도의 비밀이라면 보통은 처음부터 이야기하지 않을 것이다.

"하지만 그 큰 거미도 검은 성모님도 착한 악마잖아? 왜 너희들이 죽는다는 거야? 그 의식을 한 사람들이 죽이러 오기라도 한다는 거야?"

"맞, 아요."

"그게 누군데?"

"몰라요."

두려워하고 있다.

물끄러미 유리코를 바라보고 있던 사요코가 말했다.

"있지, 그, 의식을 봤다는 애가——혹시 아까 도서실 구석에서 너랑 소곤소곤 이야기하고 있던 그 애? 그 애 아니야? 내가 들었어. 그렇지? 맞지?"

그 물음에 대한 유리코의 대답은, 우선 말이 아니라 태도에 나타났다. 소녀는 순식간에 새파랗게 질려서 어깨를 떨더니, 마지막에는 격렬하게 고개를 저었다.

"그런 건——말할 수 없어요. 아니, 아니에요, 그 애가 아니에요. 절대로 아니에요. 아니에요."

이래서는 인정한 것이나 마찬가지다. 끝이 없을 것 같아서, 미유키는 작전을 바꾼다.

"그럼 좋아, 알았어. 그 애는 아니란 말이지. 알았다고. 그러니까 그렇게 흥분하지 좀 마. 목격한 사람에 대해서는 더 이상 묻지 않을 테니까. 그 대신 그 봤다는 애한테 물어봐 줄래?"

"——뭘——요?"

"의식을 하던 사람들 중에, 아는 얼굴은 없었는지. 그 사람들도 이 학교 학생은 틀림없겠지? 학생은 많지만, 한정된 교내의 일이니까 한 명 정도는 틀림없이 아는 얼굴이 있었을 거야. 만일 아는 애가 있었다면 그 아이가 누군지 가르쳐줬으면 좋겠어."

"어째서, 그런 걸——?"

"우리는 그 의식을 하고 있는 사람들이랑 만나고 싶어."

유리코는 의아한 얼굴을 했다.

미유키는 사요코에게 눈으로 신호를 보내고 나서,

"이건 절대로 비밀로 해 줬으면 좋겠는데 —— 너 비밀을 지켜줄 수 있겠니 ——?"

하고 묻고, 유리코의 대답을 기다리지 않고 말을 이었다.

"——우리는 말이지, 실은 저주해서 죽이고 싶은 놈이 있어. 어떻게 해서라도 그놈을 죽이고 싶어. 그래서 저주를 거는 방법을 알고 싶은 거야. 제대로 된 이유도 있어. 성모님이든 거미든 상관없지만, 이야기하면 틀림없이 납득해 줄 만한 이유야. 아니면 악마는 그 의식을 하는 특별한 사람들의 소원밖에 들어주지 않는 걸까?"

"그렇지는 —— 않을 것 같은데요 ——."

"그렇다면 물어봐 주지 않을래? 그래, 뭣하면 만날 때에도 목격한 건 우리들이었다 ——고 해도 돼. 네 친구의 이름은 말하지 않을 테니까."

유리코는 잠시 생각하더니, 그렇다면 좋아요, 라고 말했다. 일방적으로 비밀을 밝힘으로써 신뢰 관계를 강요하려고 한, 미유키의 작전이 성공한 모양이다.

"——그, 직접 아는 사람은 아니지만 분명히 2학년의, 아사다 —— 유코라는 분이 있었던 건 확실한 모양이던데요."

"아아, 아사다 유코."

미유키는 우선 모르는 척했다.

그건 그렇고 너무 선선히 자백한다.

이 자그마한 소녀는 겁이 많은 것치고는 입이 가벼운 모양이다.

아니면 빨리 해방되고 싶어서 입이 가벼워진 것일까.

"저주를 걸 때, 저주하는 본인은 아무래도 이름을 말해야 하나 봐요. 그 애가 봤을 때는 그 아사다 선배가 저주의 주체였던 모양이에요. 저주한 상대는——야마모토 선생님이었어요."

"어머나, 그 선생님. 그러고 보니 그 선생님도 분명히 눈알 살인마에게 살해되었지."

참 뻔뻔스럽기도 하다——고 미유키 자신도 생각한다.

"맞아요. 그러니까 거미에게 살해된 건 틀림없어요. 왜냐하면, 그 애가 의식을 본 건 야마모토 선생님이 돌아가시기 전의 일이었고, 그래서 정말로 선생님이 죽으니까 우리는 무서워져서——."

정말로 무서운 듯한 표정이었다. 바라보는 미유키는 냉정하다. 야마모토가 죽은 건 우연이 틀림없다. 사실 미유키는 저주 따위는 손톱만큼도 믿지 않는다. 저주의 효력이 어떤지에 상관없이, 저주하는 행위 자체에 의미가 있을 거라고 생각했을 뿐이다. 중요한 것은 기분 문제이고, 그렇게 해서 사요코가 편해진다면 할 수도 있다고 생각할 뿐이다.

뭐, 야마모토의 죽음이 저주의 효과가 아니라고 해도 진짜 거미가 범인이라면——절대로 있을 수 없는 일이지만——그것은 무섭고, 그냥 우연이었다고 해도 그래도 무서운 것은 무서우려나, 하고 미유키는 결국 다시 생각했다.

"——아사다라는 선배는 모독을 하고 있었던 게 야마모토 선생님한테 들켜서 굉장히 심한 일을 당했다고, 악마한테 신고했대요. 모독한 건 자기가 잘못했지만, 상당히 심한 일을 당했다고 말했대요."

매춘 의혹의 출처는 아사다 유코 본인이었던 셈이다. 악마에게 신고하는 것을 목격자가 듣고 있었던 것이다.

──아사다 유코.

매춘이 사실일까.

미유키에게는 저주가 성취된 것보다 동급생의 매춘이 발각된 것이 훨씬 더 충격적이었다. 야마모토의 죽음은 우연으로도 치부할 수 있는 일이지만, 매춘은 우연으로는 끝나지 않는다. 게다가 다른 사람을 원망하거나 저주하는 마음──가령 사요코의 마음은 미유키도 그나마 이해할 수 있지만, 몸을 파는 사람의 마음은 아무리 노력해 보아도 미유키로서는 전혀 이해할 수가 없다.

그런 감성을 이 하급생──유리코는 갖고 있지 않은 것일까.

매춘하고 있었던 것이 들켜서──라고 태연하게 지껄이는 것을 보면, 그것에 대한 감상은 별로 없는 것이리라.

거미 악마의 존재를 그대로 믿을 수 있는 순진함──단순함은 도저히 성숙한 어른의 감성이라고는 생각되지 않지만, 그 어린 감성은 왠지 매춘 쪽에는 반응하지 않나 보다.

그건 그렇고──이기적인 소원이다.

매춘이 사실이라면 질책을 받아도 불평할 수 있는 처지는 아니다. 잘못한 사람은 아사다 유코 쪽이고, 그 잘못을 나무랐다고 해서 살해되었다면 야마모토 사감도 퍽 재수가 없는 것이다.

단순히 엉뚱한 분풀이의 복수고, 게다가 그녀는 사후에 마녀 취급까지 당했다. 아무리 싫어하는 교사라도, 그건 너무하다고 미유키는 생각한다.

도대체 저주하는 이유가 나쁜 짓을 하다가 발각된 뒤처리라면 악마가 상대라고 해도 말이 안 된다. 아사다 유코의 동기에 비하면 사요코의 동기가 훨씬 말이 되는 것이다.

그러나 그런 부조리한 소원도 제대로 들어주는 점이 악마가 악마인 이유가 아닐까 하고, 미유키는 그런 생각도 한다. 착한 악마라고 해 봐야, 어차피 악마는 악마일 것이다.

──이게 뭐야. 익숙해졌잖아.

미유키는 어느새 착한 악마라는 말의 위화감이나 그 실존에 대한 의심을 잃어버린 자신을 깨닫는다. 유리코의 감성에 휘말리고 말았다.

자세한 것은 일단 제쳐 두기로 한다.

"그 아사다라는 애 말인데, 왠지 최근에는 몸 상태가 좋지 않은 모양이야. 좀처럼 만나기가 힘들더라고. 아사다 외에 다른 누군가 아는 얼굴은 없었어?"

유리코는 곤혹스러워하고 있다.

"그, 네, 물어보긴 하겠지만──그렇지, 그 오리──아뇨, 물어 볼게요. 그러니까."

우리?

그때.

유리코가 꺄악, 하고 작게 비명을 질렀다.

그 시선은 미유키의 어깨 너머, 그 방향을 향해 고정되어 있었다.

──보고 있다?

하느님이──보고 있다──?

미유키는 민첩하게 돌아보았다.

하느님이 계실 리 없다. 거기에는 그저 남자가 멍하니 서 있을 뿐이었다. 작업복 위에 앞치마를 두르고, 검댕이 가득 묻은 커다란 냄비와 수세미를 들고 있다.

주방 아저씨——취사나 잡무를 하는 주방 건물의 직원이다. 서른
살이 넘은 시원찮은 얼굴의 남자로, 아마 작년 가을 초쯤부터 일하기
시작한 남자였다고 기억하고 있다. 이름은 모른다.

——듣고 있었던 걸까?

미유키는 긴장한다. 남자는 미유키 일행의 시선을 깨닫고는 부끄
러운 듯이 얼굴을 돌리고 느릿느릿 주방 쪽으로 이동해, 이윽고 시야
에서 사라졌다.

사요코는 주방을 노려보다시피 하며,

"저 사람——좀 기분 나빠."

하고 혐오감을 그대로 드러내고 내뱉듯이 말했다.

정말로 훔쳐 듣고 있었던 것이라면 기분은 나쁘다.

하지만 저런 남자가 뭔가 들었다고 해 봐야 어차피 큰 영향도 없을
거라고 미유키는 생각한다. 사요코는 이전부터 저 아저씨는 이상하
다, 기분 나쁘다, 싫다고 말하곤 했지만, 미유키는 입에 담을 만큼
싫은 사람이라고 생각한 적은 없었다. 듣고 보니 이상하다고 생각하
지 않은 것은 아니지만, 말하자면 흥미가 없는 것이다.

유리코는 잠시 굳어 있었지만, 그럼 실례할게요, 하고 작게 말하더
니 도망치듯이 허둥지둥 달려갔다. 사요코는 그 작은 등이 보이지
않게 될 때까지 시선으로 쫓고 나서,

"왠지 어린애네."

하고 말했다. 미유키는 그 심중을 짐작하기가 어려웠다.

——오리.

그 아이는 분명히 그렇게 말했다. 아무래도 신경이 쓰였다.

오리. 우리[檻]일까.

감옥. 이 학원은, 이 견고한 건조물은 역시 감옥이라고, 그 아이는 말하고 싶었던 것일까. 그렇지는 않을 것이다. 미유키의 눈에는 그렇게 폐쇄감을 느끼고 있는 듯 보이지는 않았다. 그렇다면 앙금(檻), 피륙(織)일까? 이 학원에서 그런 글씨가 붙는 사람이라면——.[37)]

사요코가 말했다.

"오리라니, 오리히메일까."

"설마——아닐 거야."

그럴 리는 없다. 아마 상관없을 것이다.

그——천사처럼 무구한 아이는 저주나 매춘 같은 불길한 이야기와 가장 어울리지 않는다.

품행방정하고 성적이 우수한, 보기 드문 재원(才媛). 학원 제일의 미모를 자랑하는 재벌의 아가씨. 학원 창립자의 손녀이며 현 이사장은 형부라고 한다.

그런 아이는 보통——반감을 산다.

도토리 키 재기처럼 고만고만한 비슷한 레벨의 구성원으로 구성되는 폐쇄사회에서는 뛰어난 사람, 두드러지는 사람은 보통 미움을 받는다. 게다가 이 학원에서 공부하는 소녀들은 누구나 자신이 제일이라고 생각하는 어딘가 사치스러운 아이들뿐이다. 조금 예쁘다거나 조금 머리가 좋다거나 하는 사람은 모두 미움을 받고, 괴롭힘을 당하고, 고립된다. 그것을 피하려고 모두 똑같은 얼굴을 한다.

그러나 그녀의 경우는 다르다.

학원 내에서 오리히메의 인기는 절대적이다. 그녀를 싫어하는 사람은 한 명도 없다. 교사들도 큰 소리를 치지 못한다.

---

37) 檻, 瀆, 織는 일본어로 읽으면 모두 '오리'로, 뜻은 다르지만 발음이 같다.

설사 부모의 위광(威光)을 뺀다고 하더라도 흠잡을 데가 없으니 당연하다. 따르고, 동경하고, 숭배하는 사람까지 있다.

차이가 지나치게 많이 벌어져 있기 때문에 비교 대상이 되지 않는 것이다. 자라는 새끼 남생이가 작다고 비웃고 대모의 아름다움에 질투하지만, 달에 대들지는 않는다. [38]

"오리히메가—— 다른 사람을 저주할까?"

"하긴. 그 사람이라면 저주할 필요도 없으려나."

이 학원 내에서 그녀에게 불가능이라는 세 글자는 없다. 일부러 저주할 것까지도 없이 아마 오리히메가 원하면 학생들은 물론이고 교사의 목도 간단히 날아갈 것이다.

아니—— 그 이전에 그 소녀가 다른 사람을 미워하거나 원망할 거라는 생각도 미유키에게는 들지 않는다.

그녀 자신이 뛰어나기 때문에 타인을 자신과 비교 자체를 하지 않는 것이다. 다른 사람에 대해서 열등감을 갖지 않는 대신 우월감도 갖지 않는 모양이다. 창립자의 유지를 이어받은 경건한 크리스천이기도 하다고 들었다. 그런 소녀가 다른 사람을 저주할 리가 없다. 그런 어리석은 감정은 그녀에게서는 완벽하게 빠져 있는—— 것처럼 보인다.

그 무구(無垢)한 영혼이 더욱 사람을 끌어당기는 것이다.

그래서 그녀를 나쁘게 말하기도 어렵다.

무구한 사람을 헐뜯으면 헐뜯은 쪽이 꺼림칙한 기분이 들 뿐이기 때문이다.

---

38) 일본 속담 중에 하늘과 땅만큼 차이가 심함을 비유하는 것으로 '달과 자라'라는 것이 있다.

거기까지 가면 이미 신성하고 범하기 어려운 존재 —— 라고 해야 할 것이다.

그래서 —— 미유키 같은 사람은 황송해서 가까이 갈 수 없다.

반도 다르고, 친하게 말을 나눈 적도 없다.

진실은 모른다.

다만 그렇게 들었다.

"어째서 이렇게 —— 다를까."

사요코도 오리히메를 생각하고 있었던 모양이다.

"왠지 —— 바보 같은 기분이야."

두 사람은 안뜰로 돌아간다.

엄숙한 성당을 올려다본다.

"한 번 가보기만 할까? 양자리."

미유키가 그렇게 말하며 권하자, 사요코는 어딘가 건성으로 응, 하고 말했다.

성당 앞을 가로질러 예배당 옆길로 들어선다.

돌바닥은 아직 이어지고 있다.

본래 회랑이어야 할 길에 돌을 깐 거라고, 입학했을 때 미유키는 들었다.

성좌석이 몇 개 늘어서 있다.

전갈자리. 황소자리. 천칭자리.

뒤쪽으로 나가면 돌바닥은 끝난다. 그 앞에는 울창한 숲이 있고 잡초가 온통 우거져 있다. 예배당 거의 바로 뒤에, 열세 번째 석판이 있고 그 맞은편, 숲 앞에는 기울어진 목조 사당이 있다.

검은 성모의 사당이다.

나무로 된 격자문은 경첩이 부서져 있고, 안의 어둠이 엿보인다. 확인은 할 수 없지만, 어둠 속에는 어둠보다 더욱 검은, 암흑을 덧칠한 듯한 이형(異形)의 조각상이 예배당을 감시라도 하듯이 앉아 있다.

처음으로 오는 곳은 아니었지만 새삼 다시 보니 엄청난 풍경이다.

예배당 뒷면의 벽은 부자연스러운 장소에 채광창이 나 있을 뿐인, 검고 단단한 돌벽이다. 벽의 상부는 오랫동안 눈바람에 노출되어 변색되고, 하부는 지면에서 느릿느릿 서로 얽히면서 기어오르는 불그죽죽한 덩굴로 덮여 있어, 빈말로도 예쁘다고는 하기 어렵다. 그렇지만 위엄만은 풍화되지도 은폐되지도 않아, 위풍당당한 위압감은 다른 건물과 마찬가지로 이곳에서도 건재하다.

싫은 장소다.

미유키는 생각한다.

이곳은 불길하다. 엄청나게 불길한 장소다.

이렇게 추운데도 공기가 시큼하다. 고여 있다. 냉기가 목덜미로 슬슬 침입해 온다. 흙이나 풀, 그런 유기적인 냄새가 콧구멍을 자극한다. 여름도 아닌데 주위가 온통 부패해 있다.

평소에 그렇게 인공적이고 무기적인 공간에 반발을 느끼는 미유키가, 한 발짝 거기에서 나온 것만으로 이렇게 불안에 떠는 것은 어찌 된 일일까.

견고한 구조물은 확실히 아무것도 받아들여 주지 않지만, 반대로 안에 있으면 모든 것을 막는 역할을 해 준다——는 것일까.

미유키는 몸이 움츠러들었다.

사요코는 두려움도 없이 잔걸음으로 성좌석 가까이 다가가더니 그 위에 폴짝 뛰어올라 짧게 숨을 들이쉬고 나서 큰 소리로 외쳤다.

"누구든 좋으니까 혼다 고조를 죽여주세요──!"

"사요코, 바보, 들려──."

사요코는 미유키가 말리는 것도 듣지 않고 괜찮아, 라고 말하고 나서 한층 더 큰 목소리로 말을 이었다.

"혼다 고조는 형편없는 남자예요! 저, 와타나베 사요코는 그놈한테 강간당했어요. 능욕을 당했어요. 몇 번이나, 몇 번이나! 그놈은 인간도 아니에요!"

어미가 메아리쳤다.

"우리 집 기부금이 적다고, 우리 집이 부자가 아니라고 저를 못살게 굴고, 여자는 전부 매춘부라면서 노리개로 삼았어요!"

바스락.

숲의 마른 나무들이 소리를 냈다.

미유키는 당황해서 몸을 굳힌다.

소리는 곧 그쳤다.

──누군가 있었나?

시선.

누군가가 보고 있나?

학생이라도──교사라면 더욱──누구든 이런 이야기를 들으면 곤란하다.

그러나 사요코는 멈추지 않았다.

"제발, 그 남자를 죽여주세요──!"

다시 어미가 메아리쳤다.

메아리가 완전히 끊기고 나서, 사요코는 돌아보았다.

"아아, 후련하다. 이걸로 충분하다면──."

거기에서 사요코는 억지로 웃는 얼굴을 지으며,

"——편하겠지."

하고 말했다.

웃는 얼굴을 한 채——사요코는 울고 있었다.

이걸로 충분할 리는 없다. 이렇게 간단해서는 의식이라고 할 수도 없다. 이런다고 상대가 죽는다면 악인 대부분은 다 죽었을 것이다. 그러나 이걸로 사요코의 기분이 풀렸다면, 그래도 좋다고 미유키는 생각한다.

그러나——.

미유키는 바스락바스락 마른 풀을 밟으면서, 소리가 난 쪽으로 향했다.

설마 교사가 있을 리는 없다. 그러나 학생이라면 가능성은 있다. 그렇다면 입막음을——.

검은 성모의 사당.

인기척은 없다. 소리도 끊겼다.

——보고 있었던 것은,

하느님일까——.

만일 하느님이 보고 계셨다면, 대체 어떻게 하실까. 다른 사람을 저주하고 나쁜 말을 내뱉은 사요코는 벌을 받고 말까?

——그렇지 않으려나.

천벌이 내린다면, 그것은 우선 혼다에게 내려져야 할 것이다.

사요코는 피해자다. 정말로 전능한 하느님이 항상 보고 계신다면, 혼다 같은 놈을 용서할 리도 없다. 혼다가 태평하게 살아 있는 이상, 역시 하느님이 감시하고 있다는 말은 거짓말이다——라는 뜻이다.

미유키는 몸을 약간 굽혀 사당을 들여다본다.

으스스한 이형의 존재는 평소와 다름없이 거기에 있었다.

—— 네가 착한 악마라면 소원을 들어줘.

이걸로 사요코의 마음이 풀렸을 거라고는, 미유키는 아직 생각할
수 없었다. 이 이상을 바란다면 정말로 그 의식을 할 수밖에 없고,
그렇다면 이제는 아사다 유코 본인을 만날 수밖에 없을 것이다. 미유
키는 사요코를 돌아본다.

사요코는, 크게 소리 지르니까 좋다, 미유키, 하고 말하며 손등으로
눈물을 닦았다.

미유키는, 그렇지, 큰 소리를 내면 상쾌해지지, 하고 말하며 일어섰
다.

—— 뭐지?

사당 옆 벽에 무언가가 묻어 있다.

—— 손가락 자국이다.

손가락 자국 네 개가 시커멓게 나 있다. 먹으로 손바닥 도장을 찍은
후, 벽에 손바닥을 문질러 닦은 듯한 또렷한 자국이었다. 미유키는
다시 몸을 구부리다시피 하며 자신의 오른손 손가락을 손가락 자국에
겹쳐 본다.

—— 왼손인가.

손을 바꾼다. 역시 왼손 같았다.

그 자세라면 사당 그늘에 숨다시피 해서 돌 위에 서 있는 사요코의
모습을 훔쳐보는 듯한 자세가 된다.

—— 누군가 있었던 거야?

오싹했다.

더 이상 어떻게 할 수도 없어져서, 두 사람은 그대로 기숙사로 돌아갔다. 뒷일은 내일 생각하자, 하고 헤어질 때 미유키는 말했다.

진짜 수녀에 비하면 미유키의 생활은 훨씬 엉성하다. 다만 엉성하기는 하지만 밑바닥에 흐르는 무언가는 같은 셈이어서, 나름대로 긴박한 생활이기는 하다. 물론 각오나 자각 같은 것은 압도적으로 부족하겠지만 느슨한 규율의 배후에는 본보기가 되는 엄격한 계율이 있어서, 강약의 차이는 있지만 구조는 같다. 시간은 엄수. 식사도 함께, 자는 것도 일어나는 것도 함께. 설령 속으로 무엇을 생각하든 기도는 빼먹지 않는다.

저녁 식사는 전원이 모여서 식당에서 한다.

어지간한 사정이 없는 한, 식당 이외의 곳에서 식사를 할 수는 없다. 미유키는 식당 안에서 아사다 유코의 모습을 찾았다. 아사다인 듯한 모습은 눈에 띄지 않는다. 모두 같은 옷을 입고 같은 것을 똑같이 먹고 있기 때문에 전원이 같은 얼굴이어서, 그 많은 똑같은 얼굴 속에 묻혀 있는 것일까. 불확실한 기억 속의 희미한 용모에만 의지한 탓일까. 만일 정말로 없었다면, 아사다 유코는 식사도 하지 않고 방에 틀어박혀 있다는 뜻이 된다.

기도의 말을 읊으면서, 미유키는 왠지 할아버지를 생각했다. 할아버지는 어부였다. 안 그래도 소박한 저녁 식사의 맛을, 미유키는 거의 느끼지 못했다.

밤이 왔다.

기숙사 건물은 제노바의 팔라조 무니시피오인가 하는 건물의 외관을 본뜬 것이라고 들었다. 왜 그것을 본떴는지, 혹여 그것을 본뜨는 데에 무언가 의미가 있는 것인지, 미유키는 이해할 수 없었다.

어차피 그것이 무엇인지도 모르는 미유키에겐 아무래도 상관없는 일이었다. 건축물은 쾌적하고 편리하기만 하면 되는 것이 아닌가 하는 생각도 들었지만, 이 건물은 미유키에게는 전혀 쾌적하지 않다.

침대와 책상이 두 개씩 있을 뿐인 검소한 방이다.

방을 같이 쓰는 소녀는 이미 자고 있다. 성실한 아이다.

야마모토 사감이 죽고 나서 기숙사의 풍기는 흐트러졌다고 할 수 있었다. 후임 사감은 노부인이라는 별명이 있는 진짜 늙은 교사로, 그저 사무적으로 직무를 처리하는 것 외에는 아무것도 염두에 두지 않는다는 태도였다.

그래서 예를 들어 그녀는 취침 시간이 지난 후에 학생이 깨어 있는 것조차 모르는 것 같았다. 애초에 그녀의 근무시간은 소등 시간까지이고, 그녀에게 밤은 자는 것이고, 자신이 자고 있는 동안에는 온 세상이 다 자고 있다고, 그렇게 생각하고 있는 것이 틀림없었다. 야간에 활발하게 행동하는 불량 학생의 존재 따위는 처음부터 그녀의 인식 테두리 바깥에 있을 테고, 계산 밖의 사태에 대한 처방 또한 그녀의 매뉴얼에는 기재되어 있지 않을 것이다.

그러나 그런 노부인을 직무 태만이라고 부르는 것은 조금 가혹하다고, 미유키는 생각한다.

성 베르나르 학원은 궁벽한 시골 산간에 고립되어 지어져 있다.

그래서 혹여 밤에 탈출해서 나쁜 짓을 하려고 해도, 그것은 무리한 이야기이다. 험한 산길을 가까스로 더듬어 가 봐야 그곳에는 쓸쓸한 어촌밖에 없다. 할 수 있는 일은 물고기 낚시 정도이고, 계율을 깨고 위험을 무릅쓰면서까지 낚시를 할 만한 여학생은 미유키가 아는 한은 한 명도 없다.

미유키가 매춘 사실을 의심하는 것은 그 탓도 있다.

이 학원에서는 금전이 매춘의 동기가 되는 경우는 생각하기 어렵다. 모두 유복한 가정의 소녀들이다. 그렇다면 흥미 본위, 불순하고 일그러진 연애의 대가 행위일까. 그런 것치고는——장소가 나쁘지 않은가.

매우 장식적인 창틀이 둘러져 있는 기숙사의 창문으로 보이는 음력 2월의 달은 교교하고 그저 하얗고, 달이 비추는 난공불락의 학사(學舍)는 그 단단한 빛을 그저 튕겨내며 그 경도를 더하고 있는 것 같다.

달은 순식간에 차는 듯한 기분이 든다.

보름——의식의 밤은 내일일지도 모른다.

미유키는 곰곰이 마음속으로 생각한다.

모독. 매춘. 엽기 살인. 거미의 악마. 검은 성모. 저주. 원한. 의식. 청정한 성역에는 전혀 어울리지 않는 말들일 텐데.

——풍경에는 어울리나.

왜일까. 잘 어우러지는 기분도 든다.

그 이유를 생각하면서 미유키는 잠들었다.

차가운 아침은 곧 찾아왔다.

어슴푸레한 하늘에 이미 달은 없고, 밤에는 확인할 수 없었던 산들의 잔설(殘雪)이 약한 햇빛에 무참한 모습을 드러내고 있다. 봄은 금세 손이 닿을 곳까지 와 있다.

봄이 되면 미유키는 3학년으로 진급한다. 그렇게 된다고 해도 아무것도 달라지지는 않을 테니 기쁘지도 않고, 쓸쓸하지도 슬프지도 않다.

지루한 수업이며 설교며 예배를 건성으로 지나쳐 보낸다.

역시 재미있지도 않고, 즐겁지도 괴롭지도 않았다. 줄곧 이런 식이니 매일 쓸데없는 짓을 되풀이하는 듯한 기분도 들지만, 애초에 쓸데없는 짓을 겹쳐 쌓는 것이야말로 중요하지 않을까 하는 생각도 미유키는 하는 것이었다. 다만 오늘은 평소보다 얼마쯤 더 길게 느껴졌다. 가슴 깊은 곳에 앙금이 가라앉은 듯한, 싫은 기분의 하루였던 것은 분명하다.

방과 후의 잡다한 일이 끝나고, 미유키는 겨우 사요코와 단둘이 있을 수 있게 되었다.

아사다 유코를 만날까 말까. 일단 미유키는 각오하고 있다. 그러나 사요코 쪽은 몸이 안 좋은지, 몹시 기운이 없었다.

안뜰에 있는 샘의, 이끼가 낀 차가운 돌 가장자리에 나란히 걸터앉았다. 미유키가 입을 여는 것을 막듯이, 사요코는 한숨과 함께 이렇게 말했다.

내쉬는 숨이 하얗다.

"역시 그만둘래."

"그만두다니."

"하룻밤 동안 많이 생각했어. 미유키, 네 말대로 그런 건 거짓말이야. 바보 같아——."

자신을 스스로 비웃는 듯한 말투다.

"——뭐가 커다란 거미야. 그 이야기가 사실이라면 눈알 살인마의 다른 피해자도 이 학교의, 그 비밀의 의식을 행하고 있는 놈들이 저주했다는 뜻이잖아. 그건 이상하지 않아?"

그것은 분명 그 말이 맞다.

"여러 가지로 고마워. 어제 소리를 질렀더니 기분은 후련해졌어."

사요코가 그렇게 말해 버리면 미유키는 더 이상 할 말이 아무것도 없어진다. 갑자기 맥이 빠졌다.

"매춘이니 저주니——이제 지긋지긋해."

"좋아서 남자와 자는 애들의 마음을 모르겠어."

미유키는 깜짝 놀란다.

그것은 미유키도 같은 생각이기는 하지만, 말로 내뱉으면 의미가 조금 달라진다.

특히 사요코의 입에서 나오면 무게가 다르다. 미유키는 할 말을 찾는다. 할 말은 없었다. 예배당 쪽을 힘없이 바라보고 있던 사요코는 짧게 말했다.

"나, 지금부터 혼다를 만날 거야."

"뭐?"

만나서 어떻게 할 건데——라고 말하려다가 미유키는 말을 삼킨다. 설마 죽일 거라고 말하지는 않을 것이다.

"만나서 이야기할 거야. 이야기할 게 생겼어."

무슨 뜻인지 모르겠다.

"걱정 마. 덕분에 결심이 섰어."

더욱 모르겠다. 미유키는 아마 몹시 의아한 얼굴을 했을 것이다. 사요코는 웃으면서, 걱정 마, 오늘 밤에 꼭 얘기해 줄게, 하고 말하더니 일어섰다. 그리고 일어설 때,

"아. 사카모토다——."

하고 말했다. 사요코가 가리킨 방향을 보니 자그마한 사카모토 유리코가 돌길 위를 터벅터벅 걸어오는 모습이 보였다.

"무슨 일일까. 저 애, 이쪽으로 오는 것 같지 않아? 혹시——."

"어제 그거 —— 목격자에게 물어봐 준 걸까?"

주방 아저씨가 나오는 바람에 결국 흐지부지되고 말았지만, 부탁하기는 부탁했던 것이다. 성실하게 약속을 지켜준 것인지도 모른다.

"—— 어, 왠지 초췌하지 않아?"

확실히 걸음걸이가 조금 부자연스러웠다.

유리코는 미유키 일행이 자신을 발견한 것을 알아차렸는지, 어색하게 몸을 굽혀 인사를 했다.

"저 애. 다친 거 아니야?"

"다쳐?"

확실히 다리를 조금 끌고 있는 것 같았다.

간신히 도착했다는 느낌으로, 유리코는 두 사람 앞에 섰다. 보니 작은 눈 밑에 파란 멍이 들어 있었다. 주근깨가 난 뺨에도 찰과상이 있었다. 미유키는 불길한 예감에 사로잡힌다.

"저어 ——."

"유리코, 너 설마 괴롭힘을 당한 거야?"

"네? 아뇨. 이건 넘어진 거예요."

"거짓말 마. 그거 우리 때문이야?"

"아 —— 아니에요. 그보다 어제의 일 말인데요, 그 ——."

"그 일이라면 이제 됐어. 포기했으니까. 잊어버려."

사요코는 그렇게 말했지만 유리코는 상관하지 않고 울상을 지으며 이렇게 말했다. 절박한 상황인 모양이다.

"하지만 저어, 두 분을 만나고 싶다는 사람이 ——."

"만나고 싶다고? 누가?"

"거미의 종 —— 사람들이."

"거미의 종? 그게 뭐야?"

"의식을 하고 있던——사람들이에요."

"어째서? 어제 너는 모른다고."

"친구가 보고 있었다는 게 들켰어요. 그래서——그러니까."

"그래서 누구한테 이야기했느냐고——그래서 네가 당했다, 다음은 우리들이라는 뜻이야?"

미유키는 일어섰다. 어떤 이유가 있든, 음습한 폭력은 질색이다.

"유리코, 우리 때문에 심한 일을 당했다면 사과할게. 하지만 그런 건 너무해. 용서할 수 없어."

"아니에요. 저 괴롭힘 같은 거 당하지 않았어요. 정말 넘어진 거예요. 그 사람들은 모두 좋은 사람들이에요. 정말이에요. 선배님들을 만나고 싶다고 하시는 것도 딱히 폭력을 쓰려고 한다거나, 그런 게 아니라——."

"뭔데?"

"그러니까, 그렇게 미운 놈이 있다면——."

유리코는 거기에서 목소리를 낮추었다. 그리고 들리지 않을 정도의 작은 목소리로 말을 이었다.

"——죽여——주겠다고."

"잠깐! 그게 뭐야?"

"정말이에요. 다만, 만일 진심이라면 동료가 되어 주어야 한대요. 동지가 되어 주면 반드시——."

유리코는, 이번에는 거기에서 말을 멈추고 크게 숨을 들이쉬고 나서 조금 떨면서 말했다.

"——거미는 소원을 이루어줄 거래요."

미유키는 조금 어이없어하며 사요코를 보았다.

미간에 주름을 지으며 고민스러운 듯이 유리코를 보고 있던 사요코는 무뚝뚝하게 말했다.

"미안하지만, 솔직히 믿을 수 없어. 어제는 믿어 보자는 마음이 강했지만, 자고 일어나 보니까 열이 식었거든. 너한테는 미안하지만, 이제 됐어."

어린아이를 타이르는 듯한 ──.

차근차근 설명하는 듯한 말투였다. 하지만 유리코는 또 크게 숨을 들이쉬고, 그건 곤란해요, 곤란해요, 하고 되풀이했다. 눈에 눈물이 고여 있다. 이만큼 궁지에 몰려 있는 것이다. 아무리 부정해도 그녀가 그 뭐라는 놈들에게 어떤 육체적 고통을 강요당했을 것은 명백했다. 고문의 공포 이외에 이렇게까지 급격하게, 효율적으로 사람을 궁지에 몰아넣을 수 있는 방법은 없을 거라고, 미유키는 추리한다.

그렇다면 미루어 짐작할 수 있다 ── 이것은 덫이다. 어슬렁어슬렁 따라갔다간 두 사람 다 유리코의 전철을 밟아 멍투성이, 상처투성이가 되는 것이 고작이다. 다만 이대로 거절해 버리면 이 연약한 길 안내인이 어떤 꼴을 당할지 알 수 없다. 이 가엾은 소녀는 말하자면 휘말린 것이다. 미유키는 그것에 대해서는 책임을 느끼지 않을 수 없었다.

미유키는 각오한다.

"좋아. 만날게. 단 나만. 이 아이는 지금부터 볼일이 있어."

"미유키 ── 그건."

"괜찮으니까 사요코는 기숙사로 돌아가 있어. 내가 만나고 올게. 거미인지 지네인지랑. 걱정 마."

유리코는 울상을 짓기 직전 같다. 미유키는 그 옆에 바싹 달라붙듯이 서서 자, 데려가 줘, 하고 말했다. 유리코는 미유키의 얼굴을 올려다보며 무언가를 호소한다. 미유키는 말없이 괜찮으니까 가자고 재촉한다. 무슨 일이 있든 잘못한 사람은 이 아이가 아니다.

사요코가 뭔가 말하려고 하는 것을 손을 뒤로 돌려 제지하고 미유키는 걸음을 내딛는다. 행선지는 아마 열세 번째 성좌석——예배당 뒤일 것이다. 유리코는 미유키의 소매를 붙잡고 어딘지 모르게 말리는 것 같았지만, 곧 뒤를 따르듯이 걷기 시작했다. 이래서는 어느 쪽이 안내하고 있는 것인지 알 수 없다.

예상은 맞았다.

성당을 벗어나 예배당 옆의 돌길을 나아간다. 성좌석. 전갈자리. 황소자리. 천칭자리.

그리고 뒤쪽으로 나간다.

돌길은 거기에서 끝난다. 울창한 숲. 여기는 더 이상 학교 부지가 아니다. 미유키의 소매를 움켜쥔 유리코의 손에 힘이 들어간다. 매달려 있는 듯한 자세라, 이미 안내인이 아니다.

양자리. 그리고 그 맞은편에 검은 성모의 사당.

예배당의 그을린 벽 속에는 거미가 있는 것일까.

미유키는 마른 침을 삼켰다.

어제 왔을 때도 느꼈지만, 지금은 한층 더 강하게 느껴진다.

—— 여기는 좋지 않은 곳이야.

미유키는 두 다리에 힘을 준다. 돌바닥이나 돌길과 달리, 준 힘은 전혀 튕겨 돌아오지 않고 전부 땅바닥이 흡수해 버린다. 달걀로 바위 치기 같아서 끝이 없다.

눈에 힘을 준다. 시선의 공격력에 의지하는 것이다.

기척이 남아 있다. 한 명이 아니다. 몇 명이나, 몇 명이나, 많은 사람들이 이곳에 있었다――흙과 풀은 기억하고 있다. 인공물과는 달리 그런 것에는 거기에 있던 사람의 마음이 스며드는 것이다. 사람의 잔재가 떠돌고 있다.

물론 미유키가 그렇게 생각할 뿐이다.

근거는 아무것도 없다. 기분 탓이다.

목소리가 들렸다.

"사악한 마음을 품고 있는 분이 당신?"

메아리가 남는다.

낭랑하고 높은 목소리다.

――어디에 있지?

풀 그늘일까. 다 무너져 가는 사당 뒷일까. 예배당의 단단한 벽에 반사되어, 목소리가 나는 곳을 알 수가 없다.

"뭐가 사악하죠? 건전해요. 그야 경건하지는 않지만요."

미유키는 한껏 허세를 부렸다.

목소리는 대답한다.

"사람을 죽이고 싶다, 저주하고 싶다는 마음은 설령 어떤 이유가 있다 해도 사악해요. 신의 의지에 등을 돌리는 마음인 것은 틀림없지요."

"제멋대로인 논리예요. 그렇게 따지면 사악한 건 그쪽 아닌가요? 나오세요. 얼굴을 보이지 않다니 비겁하잖아요."

목소리는 웃었다.

웃음소리는 여럿이었다.

몇 명이나 있다.

"고마워요. 비겁, 사악, 좋은 말이에요. 고대 그노시스파[39]의 말을 빌리자면 사람은 본래 사악한 존재. 선은 악, 신앙은 타락. 그렇다면 예수야말로 진정한 사악. 야훼야말로 악마."

"그런 건──."

아무래도 좋다. 미유키와는 상관없다.

미유키는 본래는 정토종인지 정토진종인지──그것도 잘 모를 정도이니 전혀 상관없는 이야기다.

"──됐으니까 나와요. 이야기가 안 돼."

"우리와 뜻을 함께하겠다고 하신다면 만나죠. 동지가 되실 마음이 없다면 만날 수는 없어요."

"이쪽은 얼굴을 공개했어요! 불공평하잖아!"

"상관없어요. 이 세계에 공평이라는 것은 있을 수 없거든요. 그보다 당신은 우선 자신 안의 사악함을 인정하셔야 해요. 그렇게 하면 당신은 이미──동지니까요."

"동지, 동지, 대체 무슨 동지인데!"

"후후후후후. 거미를 믿는 동료지요."

"거미? 거미의 악마라는 거? 바보 같아. 애초에 나는 하느님도 진심으로는 믿지 않아. 악마는 더더욱 믿을 수 없어!"

---

39) 영지주의. 2, 3세기 가톨릭교회에 파란을 던진 최대의 이단이다. 이들은 유대교, 플라톤 학설, 그리스도교를 뒤섞어 놓았으며, 그리스도가 일반 군중에게는 쉬운 것을 가르쳤으나 특수한 제자들에게는 참된 지식과 비밀을 계시하였고 그 계승자가 자신들이라고 주장하였다. 그들은 모든 진리를 인간의 이성만으로 알아낼 수 있다고 하였으며, 당시 60여 개의 분파가 있었는데 대개 우주는 영원한 하느님과 물질로 이루어졌으나 물질은 악이기 때문에 하느님과 일치를 원하는 사람은 악인 물질과 손을 끊어야 한다고 주장하였다. 또 구원을 위해서는 정신이 물질을 벗어나야 하기에, 먼저 육신을 괴롭히고 학대해야 한다고 하였다.

"어머나, 하느님을 믿지 않나요?"

유리코가 미유키의 소매를 세게 잡아당겼다.

말리는 것일까. 미유키는 그 얼굴을 보지도 않는다.

"악마가 있다면 증거를 보여줘!"

"어머나. 증거를 원하세요?"

"정말 탐욕스러운 분이네요."

"의심이 많아요."

"죄가 깊네요."

"후후후후."

목소리는 곳곳에서 들린다. 에워싸여 있는 것일까, 반사되어 돌아오는 것일까.

아니면 미유키가 분위기에 휩쓸리고 있는 것일까.

"좋아요. 증거를 보여 드리죠."

즐거운 듯한, 들뜬 목소리였다.

"자, 가세요——."

마치 떠밀린 듯이, 숲 속에서 학생 한 명이 튀어나와 땅바닥에 쓰러졌다.

"뭐예요!"

미유키가 앞으로 나서자마자 목소리는 엄하게 말했다.

"움직이지 말아요! 이쪽으로 오려고 해도 안 돼요. 좋아요, 그 아이가 증거예요. 그 아이가 당신을 이끌 거예요——."

소녀는 땅바닥에 힘없이 주저앉아 있다.

"——이제부터는 그 아이가 당신을 상대할 거예요. 얼른 이 자리를 떠나세요."

미유키는 깜짝 놀란 후, 조금 망설였지만, 곧 그 아이에게 다가가 손을 내밀었다.

유리코와 마찬가지로 제재를 받은 아이가 틀림없다. 게다가 그 폭행의 정도는 유리코와 비교가 되지 않는 것 같다. 내버려둘 수는 없다.

교복은 여기저기 더러워지고 터져 있고, 가슴의 하얀 리본도 느슨해져서 땅바닥을 스치며 흙에 물들어 있다.

소녀는 천천히, 유령처럼 일어섰다.

그 얼굴은 야위고, 세 갈래로 땋아 묶은 머리카락 오른쪽이 풀려 있다. 입가에는 피도 배어 있었다.

소녀는 한숨 같은 목소리로 말했다.

"빨리 —— 가죠. 거역하면 안 돼요."

"너 ——."

초췌한 그 얼굴은 어렴풋한 기억 속의 얼굴이었다.

"뭐야, 정말."

당신들, 이건 꼭 둔갑술사 같잖아 —— 하고 미유키는 큰 소리로 말했다. 어미가 살짝 메아리쳤지만, 대답은 없었다. 멍청하고 일방적인 말이라고 생각했다.

목소리는 일제히 그치고, 기척도 사라졌다.

유리코는 이미 눈물을 뚝뚝 흘리고 있고, 저는 이만, 하고 떨리는 목소리로 말하고 나서 구르듯이 도망쳤다.

가라고 해도 갈 곳은 없다. 소녀의 모습은 그야말로 비참해서, 도저히 남들 앞에 내놓을 수 없었다. 누군가가 수상하게 여기고 캐물어도 대답할 수도 없다. 미유키는 우선 소녀를 껴안다시피 하며 예배당 옆의 돌길이 끊기는 데까지 돌아갔다. 아무래도 많이 약해진 모양이다.

몇 번이나 비틀거렸다.

옆길 입구 부근에 사요코가 걱정스러운 듯이 서 있었다. 거기에서 기다리고 있었던 모양이다. 미유키의 모습을 확인하자마자 허둥지둥 달려왔다.

사요코는 몹시 초췌했다. 혼다와 만난 것일까. 그렇다면 뭔가——있었던 것일까.

"사요코."

"미유키, 괜찮아?"

"너야말로. 괜찮아?"

"아무렇지도 않——아. 그 사람은?"

"아사다——유코야."

"뭐——."

사요코는 한순간 처참한 표정을 지었다.

잠깐 사이에 그녀의 몸에 무언가가 일어난 것은 틀림없었다. 다친 소녀는, 똑같이 다친 소녀를 응시했다. 유코는 미유키에게 기대다시피 하여 힘없는 시선을 사요코에게 보냈다.

"네가——유코."

유코는 고개를 끄덕인다. 축 늘어져 있다. 화상인지, 아니면 심하게 할퀸 흔적인지, 창백한 피부에는 가느다란 상처나 보라색 멍이 많이 나 있었다.

미유키는 손수건으로 유코의 얼굴에서 피와 진흙을 깨끗하게 닦고, 풀린 머리카락을 다시 땋아 주었다. 곱슬기라곤 없는 직모는 스르르 미끄러져서 땋기 힘들었다. 약간 어른스러운, 우아한 생김새다. 도저히,

── 매춘 따위.

유코는 말했다.

"무슨 냄새를 맡고 다니는 건지 모르겠지만 ──."

숨을 헐떡이고 있다.

"── 너희들은 건드려서는 안 되는 걸 건드리려고 하고 있어."

목소리가 제대로 나오지 않는다. 목소리라기보다 숨소리다.

"무슨 뜻인지 ── 잘 모르겠는데."

"그렇겠지. 이 세상에는 사악한 것이 있다는 걸 알아야 해. 저 그럴 듯한 얼굴의 성직자들이 선한 존재의 위대함을 설교하면 설교할수록, 대립 개념으로서의 악한 존재는 그 입장이 확고해지거든. 나도 ── 너희들도 ── 도망칠 수 없게 돼."

헛소리라도 하는 것 같았다.

"너도 ── 동지야?"

"동지 ── 그래. 동지야."

유코는 그렇게 말했지만, 어딘가 분명하지 못한 말투였다. 미유키는 그 검은 머리카락을 단정하게 새로 땋아준 후, 장식끈도 다시 묶고는 괜찮으냐고 물었다.

유코는 그제야 목소리다운 목소리를 내며, 고맙다고 말했다.

미유키는 묻는다.

"그 사람들은 뭐야?"

"말할 수 없어."

"어째서!"

"그러니까 그걸 들으면 너희들도."

"이상하네. 아까는 동지가 되라고 하더니."

"그래. 모두들 너희들을 동지로 삼으려고 하고 있어. 너희들은 비밀을 알아 가고 있으니까. 하지만 비밀을 알아 버리면, 그때가 마지막이야."

"이상해, 유코. 네가 진짜 그 사람들의 동지라면 왜 너는 이렇게 심한 일을 당한 거지? 어떻게 된 거야?"

유코는 입가에만 웃음을 지었다.

"나는 믿을 수가 없게 되었어. 그래서 제재를 받은 것뿐이야. 거짓말도 해 버렸고, 이름도 알려졌고 ── 자업자득이지."

"믿는다고? 그 거미인지 뭔지? 넌 거미를 믿을 수 없게 되었다는 거야?"

그래 ── 하고 유코는 말했다.

"이런 말을 하고 있는 나는 동지들 입장에서 보면 배신자야. 나는 믿을 수 없게 되었어. 아니지. 믿기가 싫어진 거야."

"바보 같아져서?"

"아니야 ──."

유코는 눈을 가늘게 뜬다.

"── 바보 같지는 않아. 왜냐하면."

"사실 ── 이구나?"

사요코가 말했다.

"정말로 ── 저주는 효과가 있는 거 아니야? 넌 그래서 무서워진 거 아니야?"

유코는 참담한 눈빛이 되었다. 그리고 낮은 목소리로, 무서웠어, 무서워, 하고 중얼거리더니 이윽고 거칠어진 말투로,

"무서워. 무시무시해! 사악해!"

하고 고함쳤다. 그리고 난폭하게 얼굴을 돌린다. 사요코는 그 어깨를 움켜쥐고 그 얼굴을 똑바로 들여다본다. 사요코의 눈은 충혈되어 있다. 둘 다 심상치 않다.

"가르쳐줘! 정말 저주는 유효한 거야?"

"아직도 모르겠어? 물어봐선 안 돼. 안 된다고. 지금이라면 아직 늦지 않았어. 그 사람들한테 그만 상관하고――."

"거짓이라면 그럴 생각이었어. 하지만 사실이라면 그럴 수는 없지. 나는 어떻게 해서라도 저주를 걸고 싶어! 가르쳐줘. 가르쳐줘!"

사요코는 유코의 어깨를 격렬하게 흔들었다.

"사요코!"

미유키는 사요코를 붙든다.

"그만해. 너, 아까 이제 됐다고 했잖아. 갑자기 왜 그래."

"되지 않았어, 미유키. 죽여 버릴 거야. 죽여 버릴 거야, 그런 놈 ―― 놔!"

사요코는 몸을 좌우로 흔들어 미유키를 뿌리치고는 다시 유코의 어깨를 움켜쥐었다.

"잠자코 있지 말고 가르쳐줘. 너 저주해서 죽였다며. 알고 있어. 말해!"

"왜 이래! 그건 놀이가 아니야! 반쯤 재미로 손을 댔다간 큰일 날 거란 말이야!"

"너 같은 게 뭘 알아. 아무것도 모르는 주제에. 나도 놀이가 아니야. 놀이로 사람을 죽일 생각은 안 해. 뭐야! 아무하고나 자는 여자 따위가 내 마음을 어떻게 알아!"

사요코는 침이라도 뱉듯이 말했다.

"——이 매춘부."

"——시끄러워!"

유코는 떨면서 팔을 쳐든다. 사요코는 각오하고 얼굴을 돌리며 목을 움츠린다. 그러나 쳐든 손은 떨기만 할 뿐 휘둘러지지는 않았다.

아사다 유코는 참고 있었다. 속눈썹에 맺힌 눈물이 당장에라도 넘쳐날 것 같았다.

사요코는 머뭇머뭇 얼굴을 다시 돌리고, 미안하다고 말했다.

"오늘 밤——."

울음 섞인 목소리다.

"——사실인지 아닌지 알 수 있을 거야. 내일은 보름달이니까. 사실이라면 나는——이제 돌아갈 수 없어. 너희들은——."

유코는 억지로 그렇게만 말하고는 깊이 고개를 숙였다.

왠지 보고 있을 수가 없었다. 미유키에게는 사요코에게도 유코에게도 말을 걸 자격이 없다.

미유키는 안뜰로 시선을 돌렸다.

——시선.

분수 옆에 사람이 있다.

이쪽을 보고 있다.

미유키는 멀리서 바라보는 눈빛을 알아채고 저도 모르게 손을 벌려 두 사람을 감싸다시피 안았다.

"여기는 곤란해. 다른 데로 장소를 옮기자——아니, 안 돼. 시간도 슬슬——아아, 이미 늦었으니까——그러니까 오늘 밤에 어디선가."

다시 한 번 돌아본다.

아무래도 미유키 일행을 발견한 사람은 노부인 같았다. 노부인은 난시성 근시이니 이 거리에서 얼굴은 식별할 수 없을 것이다. 지금 떠나면 늦지 않는다. 노부인은 독특한 걸음걸이로 이쪽을 향해 다가온다. 이 단계에서 문제를 일으키는 것은 상책이 아니다. 미유키는 자리를 정리한다.

"유코, 너 독실 건물이지? 밤에 갈게. 혼자서——돌아갈 수 있어?"

유코는, 괜찮아——라고 말하고, 조금 비틀거리면서 일어서더니 벽을 짚고 예배당 쪽으로 사라졌다.

미유키는 조용히 흥분하고 있는 사요코를 데리고 서둘러 떠났다. 노부인이 도착하기 전에 모습을 감추어야 한다.

사요코의 손을 끌고 성당 뒤를 돌아 달린다. 노부인이 뭐라고 말하고 있다. 뒷모습은 모두 똑같다. 어차피 누구인지는 알 수 없을 것이다. 주방 뒤에서 일단 멈추었다.

사요코의 얼굴에서는 핏기가 사라지고 없었다. 이마에도 땀이 배어 있다. 열이라도 있는 것인지, 가늘게 내쉬는 숨이 몹시 하얗다. 다만 그것은 기온이 낮기 때문일지도 모르고, 그렇게 생각하니 미유키는 왠지 어딘가 외국으로 들어오기라도 한 듯한 묘한 기분이 들었다.

"무슨 일이 있었어? 사요코."

대답하지 않는다.

"혼다를——만났어?"

고개를 숙일 뿐이다.

틀림없이 만났을 것이다.

그리고 사라져 가던 살의가 새로워졌다는 것일까.

아사다 유코는 마지막에 말했다.

── 오늘 밤. 사실인지 아닌지 알 수 있을 거야.

── 내일은 보름달이니까.

무슨 뜻일까. 미유키는 생각한다. 아니, 생각할 것까지도 없다. 그 말은 한 사람 더 저주했다는 뜻이다.

그 저주가 성취되면 ── 그 사람이 죽게되면 ── 저주는 사실이다 ── 믿을 만하다, 그런 뜻이 틀림없지 않은가.

── 믿기가 싫어진 거야.

── 사실이라면 나는, 이제 돌아갈 수 없어.

믿고 싶지 않다. 거짓이라고 생각하고 싶다, 바보 같은 놀이라고 생각하고 싶다. 하지만 사실인 것 같다 ── 사실이라면, 그것이 증명된다면 ── 자신은 살인자다 ── 이제 돌아갈 수 없다 ── 그런 뜻일까.

── 유코의 갈등은 거기에 있는 것일까.

미유키의 심장박동은 그제야 빨라지기 시작한다.

저주도 매춘도, 진실이라는 뜻일까.

사요코의 태도가 변화한 이유는 무엇일까.

미유키는 말했다.

"아무것도 말하고 싶지 않다면 묻지 않을게. 하지만 한 가지만 말해 줘 ──."

사요코는 천천히 얼굴을 들었다.

"── 사요코, 진심으로 혼다를 죽이고 싶어?"

"죽이고 싶어."

공허한 눈. 억양 없는 말투.

"죽여 버리고 싶어. 만일 저주가 효과가 없다면——내 손으로 죽이고 싶어."

"알았어."

그것만 들으면 충분하다.

그렇다면 이제 뒤로 물러날 수는 없다.

마음이 풀리게 해 줄 뿐이다.

저주가 사실이든 거짓이든.

"그럼 오늘 밤에——아사다의 방에서."

미유키는 가능한 단호하게 그렇게 말하고 나서, 사요코를 남겨두고 그 자리를 떠났다. 식사 전에 할 일이 있다. 시시한 일이라도 그것이 일과다.

이 비일상적인 사건의 연속이 모두 일상과 이어져 있다는 것을 재확인하는 의미에서도, 미유키는 그 일을 소홀히 할 수는 없었다.

낮의 길이에 밀린 듯——밤은 곧 찾아왔다. 같은 방을 쓰는 소녀가 잠들기를 기다려, 미유키는 방을 나온다. 정말 잠든 것인지 아닌지는 알 수 없다. 그러나 그녀는 성실하지만 융통성 있는 성격이니, 깨어 있었다고 해도 아마 아무 말도 하지 않을 것이다. 사요코 쪽은 또 교사에게 호출되었다고 하면 속일 수 있을 것이다. 몰래 기숙사를 빠져나가, 미유키는 예배당 앞으로 향했다. 거기에서 만나기로 한 것이다.

숨이 하얗다. 기온이 꽤 낮다.

달은 하얗다.

곧 보름달이다.

교복 위에 망토.

모두 같은 복장.

사요코는 이미 거기에 있었다. 아직도 몸이 상당히 안 좋아 보였다. 아니면 무언가를 고민하고 있어서 그렇게 보이는 것인지도 모른다.

"미유키 ——."

사요코는 등 뒤에서 미안해, 하고 말했다.

천만에, 하고 미유키는 입 밖에 내지 않고 생각한다.

이제 남의 일이 아니다. 미유키의 문제이기도 하다.

두 사람은 돌길에 발소리를 내며 나란히 걷는다.

성좌의 석판이 한 장 보였다.

물고기자리의 표시가 새겨져 있다.

독실 건물의 돌기둥에는 뜻을 알 수 없는 문양이 새겨져 있다. 글자인 듯 보이지만 읽을 수 있는 사람은 누구 하나 없다.

정말로 당당하게, 미유키는 문을 열었다.

얼어붙어 쥐 죽은 듯 조용하고 딱딱한 안뜰에 끼익, 하는 소리가 희미하게 울렸다.

신경 쓸 것까지도 없다.

방은 아마 2층 안쪽일 거라고 사요코가 말했다. 식사 때 물어봐 둔 모양이다. 미유키는 그 이상은 길을 몰라서 뒤를 따랐다.

한동안 나아가다가 사요코가 불안한 듯이 돌아보며, 역시 돌아갈까, 하고 작은 목소리로 말한다. 미유키는 고개를 가로젓는다. 사요코는 잠시 생각하고 나서, 이 방 —— 하고 말했다.

미유키는 문을, 그야말로 가볍게 두드렸다.

문은 곧 열리고 문틈으로 유코가 얼굴을 내밀었다.

머리카락을 풀어헤치고 가운을 걸치고 있다. 목욕이라도 한 것일까. 그래도 몹시 야위었다. 어둡다. 심상치 않다. 낮보다도 더 초췌해졌다.

"들어와——."

자연스러운 태도였다. 독실 건물에서는 이런 밤의 방문은 흔히 있는 일인지도 모른다고, 미유키는 그때 처음으로 생각했다. 미유키라도 만일 혼자 방을 썼다면 방문자는 환영했을 것이다.

방 안도 어두웠다.

"불을 켜면, 여기는 교직원 건물에서 잘 보이거든. 그래서——."

"달빛으로도 충분해. 낮에는 미안했어. 이름도 말하지 않고. 나는 구레 미유키. 이쪽은 와타나베 사요코라고 해. 뭔가 이상해져 버렸지만——."

"——아사다야."

유코는 의자를 권하고, 자신은 침대에 걸터앉았다.

사요코가 계기를 잃어버린 것 같아서 미유키가 말문을 열었다.

"단도직입적으로. 우선 이쪽에서 물어볼게. 기분 나빠하지 마. 나쁜 뜻은 없어. 저기——."

묻고 싶은 것도 하고 싶은 말도 산더미처럼 많다.

하지만. 우선.

"——모독했다는 거, 사실이야?"

미유키는 아무래도 그것을 물어봐 두고 싶었던 것이다. 그것이 거짓이라면 모든 것이 허황된 일이라는 기분이 든다. 묻기 어려운 일이라 어떻게 말을 꺼내야 할지 망설이고 있었지만, 이럴 땐 그냥 말하는 게 최고다.

"정말── 단도직입이네."

유코는 심각한 얼굴이 되었다.

"시치미 떼도 소용없는 거지?"

"말하고 싶지 않아?"

"말하고 싶지는 않지만 알고 있잖아."

"알고── 있어."

"얼마나 소문이 났어?"

"소문은 나지 않았지만. 모두들 알고 있을 거야."

유코는 추운 듯이 가운 자락을 여몄다.

"자세히 알고 있어? 아니면."

"나는 자세히 몰라. 사요코는?"

"나도── 자세히는 몰라. 그런 사람들이 있는 것 같다는 얘기는 들었지만. 하지만 유코, 네 얘기는 들었어. 네가──."

"그렇군. 그럼 그 이상은 몰라도 돼. 모르는 편이 나아. 하지만 나에 대해서 말하자면── 매춘을 했던 건 사실이야. 경멸해?"

"그렇지는── 않지만."

사요코는 우물거린다. 미유키도 할 말을 잃는다.

사실이었던 것이다.

"괜찮아. 경멸해도 돼. 저녁때 네가 말했던 대로. 나는 더러운 매춘부야."

"아니야. 그──."

"무리하지 마. 나는 그런 인간이니까."

"그런 건 이제── 됐잖아."

미유키는 더 이상 유코의 입에서 그 이야기를 듣고 싶지 않았다.

매춘한 이유 따윈 알고 싶지 않다. 사실이라는 것만으로 충분하다. 동조도 동정도 할 수 없고, 유코가 말하는 것처럼 경멸할 수도 없다.

"본론으로 들어가자. 나도 사요코도 딱히 너나 네 동지를 조사하고 있었던 건 아니야. 동지인지 그룹인지 모르겠지만 그런 게 있는 줄도 몰랐고."

"그렇겠지."

"단적으로 말하자면 저녁때 사요코가 물었던 것, 그러니까 우리는 사람을 저주해서 죽이는 방법을 알고 싶었어. 너는 놀이가 아니라는 둥, 묻지 말라는 둥 하지만 우리도 절실해——."

사요코는 창문으로 보름달을 보고 있다.

유코는 탁상 위에 놓여 있던 책——아마 성서——의 등표지 언저리를 바라보고 있다.

"——그러니까 너희들에 대해서는 아무래도 상관없어. 저주 방법만 가르쳐주면, 그걸로——."

유코는 갑자기 흐트러졌다.

"그건——그건 안 돼. 절대로 안 돼. 이건 숨기는 게 아니야. 절대로 안 돼. 그런 걸 알고 싶어 해선 안 돼. 그거야말로 모독이야. 아까 말했다시피. 그러니까 이제 손 떼."

"이제 와서 그럴 수는 없어. 그, 1학년의 사카모토한테 이야기를 좀 듣고, 그런 저주는 거짓이라고 생각했어. 그래서 우리는 더 이상 깊이 파고드는 건 그만둘 생각이었다고. 하지만 네 동지한테 불려 나갔지. 저주는 진실이라고, 동지가 되면 저주해서 죽여주겠다고, 그렇게 말했어. 그리고 이제부터는 너랑 이야기하라고 했단 말이야. 그런데 넌 아무것도 이야기해주지 않아."

"그러니까 나는——."

"진짜야?"

"그건——."

"넌 오늘 밤에 알게 될 거라고 했지. 정말 저주는 있는 거야? 그걸로 사람이 죽어?"

"저주는——."

유코는 입술을 깨물며 생각하고 있다. 그리고 말했다.

"아까도 말했지만, 동지들은 너희들을 동료로 끌어들일 생각이야. 나한테는 그렇게 권하라고 명령했어. 내가 누구보다도, 너희들이 말하는 저주의 유효성에 대해서 잘 알고 있다고, 그 사람들은 그렇게 생각하고 있으니까. 너희들이 동료로 들어오면 나는 동지들에게 용서받을 수 있어."

"용서받다니?"

"나는 동지들의 생각에 의문을 가졌어. 그리고 나서 많은 실수를 했어. 그리고 나는 동지에서 빠져나가려고도 했어. 그 벌이야. 하지만 좀 늦었어. 나는 아마, 이제 빠져나갈 수 없을 거야. 하지만 너희들을 끌어들일 생각은 없어. 이건 내 마지막."

"잠깐. 우리 얘기를 좀 들어 봐, 유코."

미유키는 사요코에게 확인을 하고, 경위를 설명했다.

"너무해——."

매우 느릿한 말투로 유코는 그렇게 말했다. 그리고 흐트러진 머리카락을 묶듯이 뒤로 돌리며 고민하는 표정을 띠고, 이윽고 머리카락을 놓았다.

달빛을 받은 매끄러운 머리카락이 사르륵 떨어졌다.

유코는 잠시 입을 다물고 견디는 것 같았지만, 이윽고 사요코를 보았다. 그리고 이야기의 진위를 물었다. 사요코는 고개를 끄덕인다. 유코는 가엾게도, 하고 말하며 살짝 눈물을 짓고, 그리고 나 같은 매춘부한테 동정받고 싶지 않으냐고 말했다. 사요코는 그저 고개를 숙이고 고맙다고만 말했다.

유코는 무언가를 결의한 것 같았다.

"좋아, 지금부터 이야기하는 건 가능하면 잊어버리는 게 좋을 거야. 너희들의 마음은 알아. 그러니까 이야기하겠지만, 정말로 잊는 게 좋아."

유코는 이번에는 미유키를 보며 말했다.

"좋아. 내 동지들은 '거미의 종'이라는 그룹을 만들었어——."

그 이름은 사카모토 유리코에게서 들었다.

"——어떤 분을 중심으로, 전부 열네 명. 그게 너희가 말하는 저주의 의식을 하는 그룹. 그리고 그건 매춘하고 있는 그룹과 같은 거야."

"뭐?"

"매춘이라니——."

"같다, 니?"

"글자 그대로 같아. 사람을 저주하는 것도 남자와 자는 것도 우리한테는 똑같은 일이야. 알겠어?"

전혀 알 수 없었다.

미유키는 엄청난 기세로 정보를 정리하고 있다. 그리고 비슷한 기세로 자신 안의 상식을 덧쓰고 있다.

"그러니까 너희가 동료로 들어온다는 건——그런 거야. 우선 그걸 알아 둬."

"매춘을 해야 한다——는 거야?"

"잠깐. 잠깐, 유코. 무슨 말인지 모르겠어."

"우리가 매춘을 하는 건 돈이 필요하다거나 놀고 싶다거나, 그래서 가 아니야. 그건 진짜 모독이야. 주님을, 그리스도를 더럽히기 위해서 ——하고 있었던 거야."

"주님을 더럽혀?"

"그래. 의식이라는 건——흑미사야."

"흑미사라고?"

과연——악마숭배자란 액면 그대로의 뜻이었던 것이다.

그녀들의 논리라면 매춘이나 주살(呪殺)이나 뿌리는 같다.

"그래. 우리는 불길한 반항자야. 신앙은 어차피 남자 거잖아. 혼다 가 와타나베한테 말한 건, 정도의 차이는 있겠지만 남자의 본심 아니 야? 기독교는 자애를 가르치지만, 바로 최근까진 여자한테 영혼이 있는지 없는지 진지하게 의논하고 있었던 종교라고. 여자는 태어나 면서부터 창부라고——혼다는 그렇게 말했지?"

사요코는 아무 말도 하지 않고 옆을 향했다.

"여자는 악마의 덫이라느니 여자한테는 이성이 없다느니, 인간으 로서 결함 덩어리라느니, 지금은 아무도 그런 말은 하지 않지만, 그런 역사 속에서 만들어져 온 종교인 셈이잖아? 성부와 성자와 성령, 그 럼 어머니는 어디에 있지? 그런 건 없어. 우리는 그래서——."

미유키는 조금 놀랐다. 동갑내기일 유코가, 몹시 연상으로 생각되 었기 때문이다. 미유키는 자신이 여자라——남자가 아니라——는 것을, 지금까지 거의 의식하지 않고 살아왔던 것이다.

"하지만——."

그렇다고 해서 성(性)을 팔아서 어쩌겠다는 것일까.

항의 행동도 아니고, 저항도 되지 못한다.

"알아. 하지만 매춘을 해서, 남자와 자서 무슨 소용이 있느냐고 생각하는 거지? 그 생각은 나도 했어. 하지만 흑미사라는 건 말이지, 전부 반대의 행동을 하는 거야. 너희가 알고 있는 기독교 의식의 정반대 행동을 하는 거지. 반성찬식(反聖餐式)이니까. 음란하고 더러운 말을 기뻐하고 육욕에 빠지면서, 아버지인 하느님을 더럽히는 거야."

"그런——."

"들어 봐. 처음에는 단순한 놀이—— 였어. 심야에 예배당 뒤에서 모독적인 말을 내뱉는 것만으로도 충분히 자극적이었지. 하지만 그러다 점점 진지해져 갔어. 그분이 어디에선가 마법서를 가져와서, 그대로 하자고——."

—— 그분이란 누구일까.

"—— 하지만 여기에는 남자가 없어. 그래서 어떤 선에 의지해서, 우리는 육욕을 채웠어. 그건 자연스러운 진행이었고, 처음에는 망설였지만 곧 익숙해졌어. 하지만 그러다가 일이 곤란해졌지."

"곤란?"

"약간의 다툼이 있었거든. 그때는 몸이 움츠러드는 기분이었지만—— 하지만 그것도 그분이 해결해 주었어. 그분에게는 마력이 있거든. 악마, 바포메트(Baphomet)[40]와 계약했으니까. 그분은 영혼을 부를 수 있어."

"그분이라는 게 누구야?"

---

40) 바포메트는 기독교의 유명한 악마 중 하나로, 산양의 뿔을 가지고 있으며 흑미사를 관장한다.

"그건 말할 수 없어. 하지만 그분의 방식대로 전부 일은 잘되었어. 매일 경건하게 신앙을 계속해도 기적 따위는 일어나지 않지만, 그분이 말씀하시는 대로 하기만 해도 지옥의 정령은 힘을 빌려주었지. 그 악랄한 매춘부는 죽었어."

"죽었다——저주해서 죽인 거야?"

"정령이 힘을 빌려주었다고, 그때는 믿었어. 하지만——나, 그 무렵부터 무서워져서——."

무서워질 법도 할 것이다. 미유키는 이야기만 들어도 떨린다. 추워서가 아니다. 아래쪽에서 몸 한가운데를 통해 으스스한 것이 치밀어 오른다.

"그리고 나는——빠지고 싶다고 말했어."

배덕의 동료들. 검은 소녀들의 무리에서.

유코는 침대 위에서 무릎을 껴안다시피 했다.

"하지만 잘 안 됐지. 나는 빠져나올 수 없었어. 이제 영원히 빠져나올 수 없어. 난 영혼을 팔아 버렸으니까."

"왜, 왜 빠져나올 수 없었는데?"

"야마모토 사감한테 들켰거든. 매춘 말이야. 빠지려고 했던 나만 ——들켰어. 얄궂지."

"그래서——?"

"진상은 말할 수 없었어. 도저히. 그래서 계속 입을 다물고 있었지만, 점점 입장이 나빠졌어. 그 사람, 열심히 설득하더라. 도덕적인 말들로. 나는 빠지고 싶다고 생각하고 있었을 정도니까 그 말들이 굉장히 와 닿았지만, 말할 수가 없었어. 결국 부모한테 알리겠다고 나와서, 나는 곤란해져서 그분한테 상의했어."

――또 그분이다.

"그리고 나는 책임을 졌어. 나 때문에 다른 사람들을 끌어들일 수도 없었고, 나도 내가 소중했으니까. 그래서 ―― 지옥의 정령에게."

사요코가 입에 손을 댔다.

미유키의 등줄기에 얼음처럼 차가운 오한이 스쳤다.

"난 말이지, 악마한테 혼을 팔고 대신 야마모토 사감의 목숨을 빼앗아달라고 했어. 원한 대로 야마모토는 죽었지. 그러니까 이건 놀이가 아니야. 왜냐하면 정말로, 기도했던 대로 야마모토는 죽었으니까. 죽을 리 없다고 생각하고 있었지만 달리 어떻게 할 수도 없었으니까, 하지만 정말 죽어 버렸어. 그러니까 나는, 정말로――."

유코는 가운을 풀어헤치고 맨살을 드러냈다.

"――악마한테 몸을 판 거야."

왼쪽 어깨에 오도카니 붉은 표식이 되어 있었다.

"――마녀의―― 각인이야. 나는 이제 되돌아갈 수 없어. 알겠어?"

유코의 눈동자에서 눈물이 넘쳐 뺨을 타고 흘렀다.

그리스도의 그림 같았다.

하지만 그것은 먼지 같은 것이 아니라 눈물이었다.

"와타나베, 너한테 이럴 각오가 있다면――그분한테 이야기해 볼게. 없다면 지금 한 이야기는 잊어버려."

미유키는 목소리가 나오지 않는다.

"자, 나는 마녀야. 너도 마녀가 될 생각이야?"

유코는 일어서서 사요코에게 다그치듯이 바짝 다가갔다. 야윈 만큼 박력이 있다. 슬퍼 보이는 만큼 강함이 있다.

사요코는 입을 누른 채 그 붉은 각인을 응시하고, 그리고 말했다.

"좋아—— 될게."

"사요코——."

"무슨 뜻인지 알고 하는 말이야? 마녀라는 건 사람이 아니야. 마녀는 옳은 것을 더럽히고 악한 것을 기뻐해. 몸에 향유를 바르고, 야회(夜會)에서 음란하기 짝이 없는 짓을 해. 악마를 믿는다는 건——."

"좋아. 마녀든 뭐든 될 거야! 혼다를 죽여 준다면—— 정말로 죽여 준다면."

"혼다를 죽이는 일 정도는 틀림없이 간단할 거야. 하지만——."

유코는 거기에서 목소리를 낮추고, 속삭이듯이 말했다.

"——악마를 예배한다는 건 청정한 삶을 부정하고 사악한 삶을 긍정한다는 뜻이야. 다시 말해서."

"좋아. 아무렇지도 않아. 그런 거."

"그렇다면 묻겠는데, 너—— 왜 그렇게 혼다를 죽이고 싶다고 생각하는 거니?"

"미우—— 니까. 죽여 버리고 싶을 정도로 미우니까. 죽을 정도로 괴로우니까. 슬프니까, 괴로우니까——."

"괴로운 일, 슬픈 일, 미워하는 것—— 그건 그 사람들한테는 멋진 일이야."

"멋진—— 일?"

"네가 만일 동지가 된다면, 지금의 고통도 슬픔도 수 배, 수십 배가 돼. 심지어 각인이 찍혀서 마녀라도 된다면, 평생 그건 사라지지 않아."

"지금보다 나빠질 건 아무것도 없어."

"글쎄. 그녀들은 정욕에 몸을 맡기고, 임신에 이르지 않는 모든 타락 행위에 빠져 있어. 치욕의 입맞춤을 하고, 동성애, 수간(獸姦), 자위, 모든 불결한 행위. 그리고 결혼을 경멸해. 악마에게 아이를 만드는 건 최대의 모독 행위거든. 인간의 수를 늘리다니 말도 안 되는 추행이지. 마녀는 음란한 교접 끝에 임신한 아기를, 대체 어떻게 할 것 같아?"

"아기——."

순간 사요코는 현저한 동요를 보였다.

부릅뜬 눈이 말라 있다.

"——어떻게——하는데?"

유코는 가학적으로, 천천히 말했다.

"죽이고, 토기에 넣어 찜 구이를 해서, 먹어."

"그런——."

사요코가 말을 잃는다. 이 세상의 이야기가 아니다. 미유키는 목구멍 깊은 곳에서 뜨거운 위액이 치밀어 오르는 것을 억누르고 있다. 유코도 착란하기 시작했다.

"목을 잘라서 피를 뒤집어쓰기도 해."

"그만해——."

"귀여운 아기의 목에서 새빨간 피가 치솟아. 왈칵왈칵. 왈칵왈칵. 그걸 뒤집어쓰는 거야——."

"그만해——."

"그래도——그래도 너는, 아무렇지도 않니!"

유코는 고함쳤다. 사요코는 귀를 누르며 몸을 웅크린다.

"대가가——너무 크다고 생각하지 않아?"

사요코는 떨고 있다. 미유키는 생각한다.

생각해 보면 사람의 목숨을 빼앗을 정도의 주술에 대한 대가이니, 그 정도는 당연할지도 모른다. 저주하는 쪽도 생애를 걸어야 한다는 뜻이리라. 사요코에겐, 당연히 지나치게 비싼 대가다. 그런 남자 때문에 그런 삶을 강요당한다면 견딜 수 없을 것이다. 그것은 단연코 손해라고 미유키도 생각한다. 유코는 말했다.

"——와타나베, 너, 이런 학교 그만둬 버리지 그래? 그만두면 되잖아. 그만두고 잊어버리는 게 제일이야. 아니면 나처럼 되고 싶어? 평생, 매춘부로 살인자로, 마녀의 낙인을 짊어지고 넌 살아갈 수 있어? 어때!"

울고 있다.

"나는——이제 빠져나올 수 없어. 하지만 너희는 아직 괜찮아. 그러니까."

"바보——야."

"뭐?"

"——바보야. 유코."

미유키는 일어선다.

그리고 가능한 밝은 목소리로 이렇게 말했다.

"무슨 이야기인지는 알았어. 네 고민도, 괴로움도, 이야기하고 싶어 하지 않았던 이유도 알았고 우리를 동료로 삼고 싶지 않다는 네 마음도, 아주 잘 알았어. 고마워. 그래도, 그래도 넌 바보야. 유코, 그런 건 그냥 흉터잖아. 마녀의 각인 같은 게 아니야. 문신 같은 거잖아. 상관없어. 그런 흉터 하나로 평생이 좌우되다니 이상하잖아. 그렇게 생각하지 않아?"

"구레——."

"우스꽝스러워. 뭐가 저주야. 뭐가 악마야. 심각하게 굴지 마. 고작해야 중학생 주제에 무슨 말을 하는 거야. 태어난 아기를 죽여서 먹는다고? 아기가 어디에 있는데? 거짓말이야. 그런 건 말뿐이야. 새빨간 거짓말이야. 태어난 아기도 죽이면 살인이야. 정말로 그런 짓을 하면 살인죄라고. 당장 경찰이 올 거야. 감옥에 들어가야 해. 일본은 법치국가고, 점령도 풀렸고, 평화롭고, 우리는 건전한 여학생이야!"

미유키는 마구 쏘아붙인다. 그러지 않을 수 없다.

"저주도 역시 우연이야. 야마모토 사감은 네가 저주했기 때문에 죽은 게 아니야. 그런 일이 있을 리 없잖아. 그건 불행한 사고야. 그런 게 분명해. 사요코, 너도 그렇게 심각한 얼굴 하면 안 돼. 유코 너도. 너는 그런 거미의 어쩌고 하는 이상한 동료들한테서, 역시 빠져나와야 해."

"네 말이 옳다면—— 좋겠지만."

유코는 힘없이 비틀거리며 침대 옆 책상에 손을 짚었다. 그리고 머리를 흔든다. 긴 머리카락이 흔들린다.

"두 번까지는—— 우연일 수 있겠지. 실제로 나도 몇 번이나 그렇게 생각했는지 몰라. 하지만."

——오늘 밤. 사실인지 아닌지 알 수 있을 거야.

"요전 보름달이 뜬 날 밤. 나는 말했어. 딱 지금의 너처럼. 한계였거든. 나는 이제 믿지 않는다, 저주는 우연이라고. 그랬더니 그분은 이렇게 말했어. 그런 말을 하려면 네가 한 명 더 저주해 달라고—— 거짓이라면 아무렇지도 않겠지."

역시 저주는—— 걸려 있었던 것이다.

"그리고 세 번째 여자가 산제물이 되었어. 그 여자는 처음에 죽였던 여자의 동료라고 했어. 나는 저주의 말을 내뱉었지. 베랄드, 베로알드, 발빈, 가브, 가보르, 아가바, 일어서라, 일어서라, 내가 그대에게 명한다——그 여자는 표적이 되었어."

"그——결과가——오늘 밤?"

"그래. 저주한 여자는 아마 마에지마 야치요라는 이름일 거야. 도쿄에 사는 여자지. 그러니까 그 사람이 만일 정말로 죽으면——."

"죽지 않아."

미유키는 단언한다.

"죽지 않아. 죽을 리 없잖아. 말도 안 돼. 죽지 않으면 유코, 넌 대체 어떻게 할 생각이야? 악마 따윈 새빨간 거짓말이란 뜻이지. 넌 그래도 평생 그런 바보 같은 짓을 계속할 셈이니?"

"뭐?"

"그때는——."

탕, 하고 문이 열렸다.

미유키는 반사적으로 사요코를 감싸듯이 그 앞으로 돌아갔다. 유코는 열린 문 쪽을 향해, 눈을 더 이상 뜰 수 없을 정도로 부릅뜨고 얼어붙고 말았다.

문 맞은편은 이상하게 밝았다.

둥실거리는 빛이 있는 것 같은, 어둠이 있는 것 같은.

목소리가 났다.

"여러분, 뭘 하고 있는 건가요?"

가늘고 아름다운 목소리다.

미유키는 그렇게 생각했다.

촛대가 밀어 넣어졌다. 반딧불처럼 불안하고 둥실거리는 불빛이 방문자의 얼굴을 비추었다.

거기에는 천사가 서 있었다.

곧게 뻗은, 윤기 흐르는 검은 머리카락. 도자기처럼 하얀 피부. 커다란 눈동자에는 둥실거리는 불빛이 비치고 있다.

그 눈동자를 에워싼, 젖은 듯 검고 기나긴 속눈썹.

같은 여자도 넋을 잃을 정도의 미소녀.

이 학교 안에서 모르는 사람은 없다.

이 학원 창립자의 딸——.

——오리히메[41]. 아니

오리사쿠 미도리——였다.

"다투는 듯한 목소리가 들려, 신경이 쓰여서요. 아사다 씨, 이쪽은? 아마 3반 학생 아니던가요? 으음, 흔치 않은 이름——구레 씨. 그리고 와타나베 씨였던가요. 일반 건물의."

"네——기숙사장님, 이, 이 사람들은——."

"죄, 죄송합니다. 당장 돌아갈게요."

"그렇게 당황하지 않아도 돼요."

"어——."

오리히메는 생긋 웃었다.

실제로 미유키가 보아도 천사 같은 얼굴——이었다. 더러움과는 인연이 없는 듯한 얼굴이다. 지금까지 이야기한 지저분하고, 슬프고, 불길한 일은 전부 거짓이라는 생각이 들고 만다. 가늘고 아름다운 목소리는 말한다.

---

41) '히메'는 '아가씨'나 '공주님'을 부르는 호칭.

"자주 있는 일이니까요. 사이좋게 지내시는 건 관대하게 넘어갈 수 있어요. 이 학원 안에서는 그렇게 나쁜 짓은 할 수 없으니까요. 다만 말이 많은 짓이나 격앙하는 짓은 죄랍니다——."

유코는 입을 다물고 있다.

"——게다가 너무 밤늦게까지 깨어 있으면 안 돼요. 아침 예배에 지장이 있을 테니까요. 슬슬 돌아가시는 게 좋겠네요."

"그렇게——할게요."

오리히메는, 그럼 조용히 돌아가세요, 하며 일단 돌아갈 눈치를 보이고 나서, 다시 돌아보았다.

"아, 아사다 씨, 맞아요. 거기 문 밑에, 이런 게 끼워져 있던데요. 이건 당신 건가요?"

"——네——."

"이건 뭐죠? 신문 같은데요. 이 학원에 신문은 배달되지 않죠. 뭘까요. 캐묻는 건 좋지 않겠지요. 자——여기요."

오리히메는 손에 든 종잇조각을 내밀었다.

유코는 그것을 매우 느릿한 동작으로 받아들었다. 오리히메는 미유키를 보며, 돌아가실 때도 모쪼록 조용히 돌아가 주시기 바랍니다, 하며 가볍게 눈인사를 하고, 그리고 조용히 문을 닫았다.

둥실거리는 빛은 차단되고 실내에는 다시 달빛이 지배하는 희푸른 세계가 나타났다.

"유코——?"

유코는 종잇조각을 삼킬 듯이 보고 있다. 그리고 빈혈이라도 일으킨 듯이 크게 흔들리며 침대로 가라앉았다. 사요코가 의자에서 일어서서 다가온다. 손에서 종이가 떨어진다. 미유키는 그것을 주워들었다.

신문을 오려낸 것이었다.

"거——거짓말이지?"

어질어질했다.

『눈알 살인마 암약하다, 네 번째 희생자』

사진 밑에. 피해자의 이름은.

『사망한 마에지마 야치요 씨』

"마에지마——야치요——이건."

저주는——성취되었다.

"싫——어."

사요코는 어린아이 같은 비명을 지르며 일어서서 펄쩍 뒤로 물러나더니 겁먹은 듯이 문에 달라붙었다.

"정말이구나. 정말 죽었어, 미유키."

"진정해! 사요코."

"저주는 있는 거지? 죽었잖아, 그 사람."

"그건——."

"우연일 리 없잖아! 있어. 있는 거야."

사요코는 히스테릭하게 두세 번 고개를 젓고, 문에 등을 기댄 채 미끄러지듯이 바닥에 주저앉아 먼 곳을 보는 듯한 초점이 흐려진 눈을 하고 힘이 빠진 듯이 말했다.

"어떡하지, 나, 거기에서——."

"뭔데."

"나 저주를 걸었어, 미유키."

어제의——그 어린애 장난 같은——.

"그런 건 장난이야. 그렇게 간단한."

"하지만 악마가 있다면 듣고 있었을 거란 말이야, 듣고 있었어, 들었어──."

유코가 천천히 얼굴을 들고 흐트러진 머리카락 사이로 눈을 치뜨고 사요코를 보았다.

"저주──걸었어?"

"장난이야, 유코. 그렇지, 사요코, 응?"

── 처음에는 놀이였어.

똑같은 것일까. 그럴까. 유코는 침묵한 채 사요코를 바라보고, 미유키는 그 시선에서 경악이 섞인 연민을 읽어내고 확신한다. 사요코가 말했다.

"혼다──죽는 거구나."

"바보. 그런 일로──설령 그, 악마가 있고 저주가 효과가 있다고 해도, 의식에 맞게 한 것도 아니고, 그런 걸."

── 뭘 진지하게 받아들이고 있어.

미유키까지 주술의 유효성을 전제로 이야기를 하고 있다. 이것은 뭔가 잘못되었다. 어디에선가 외길로 잘못 들고 말았을 뿐이다──. 미유키는 그렇게 생각한 순간 혼란스러워졌다. 불가해한 현실이라는 것은 받아들이는 게 편할 것이다.

"어쨌든 그런."

"나──임신했어."

"뭐?"

갑작스러운 말의 무거운 의미를 미유키가 이해한 것은 이어지는 몇 마디 말을 들은 후의 일이었다.

"그래서 혼다를 만난 거야."

"사요코, 너 ——."

"말했어. 아이가 생겼다고."

그런 건가. 그래서 ——.

"그 남자는 누구 아이냐고 물었어. 믿을 수 없어. 이 학원에 남자라
곤 몇 명 있지도 않은데, 그런 바보 같은 말이 어디 있어? 말도 안
돼 ——."

그래서 태도가 급변해서 ——.

"그 남자는 지우라고 했어. 나도 그런 놈의 아이 따위는 낳지 않겠
다고 생각했지만 —— 뭔가 아닌 것 같아. 어째서 그 녀석 사정으로
그런 걸 —— 낳는 것도 지우는 것도 나잖아. 싫어, 그런 거. 그랬더니
그 녀석, 내 아이가 아니라고. 그러니까 너 같은 매춘부는 퇴학시켜
주겠다고. 매춘부 같으니, 매춘부 같으니 —— 그래서 ——."

사요코는 —— 살의를 새롭게 다진 것이다.

그때. 미유키가 거미의 종과 대치하고 있는 사이에.

매춘부 —— 울면서 저녁때 사요코가 유코에게 했던 말은, 실은 혼
다가 한 말이었던가.

"하지만 —— 싫어. 나는 싫어. 낳는 것도 지우는 것도 싫어. 낳아서
죽이는 건 더 싫어. 싫어, 싫어. 싫어."

사요코는 그렇게 말하면서 문에 등을 기대고 서서히 몸을 밀어
올리며 소리쳤다.

"마녀가 —— 되는 건 싫어!"

"그러니까, 이제 됐어. 그런 건 ——."

"미유키는 좋겠다! 너는 언제나, 전부 남의 일이잖아. 그만 좀 해!"

사요코는 문을 때렸다. 유코가 몸을 일으킨다.

"와타나베——너."

"시끄러워. 나는 이미 저주해 버렸단 말이야. 하지만 싫어. 너 같은 마녀가 되는 건 싫어!"

"하지만——."

"닥쳐, 마녀! 너희들은 좋아서 한 일이잖아! 똑같이 취급하지 마!"

"사요코."

"그 여자는 마녀야. 아기를 죽여서 먹는다고!"

"바보 같은 소리 하지 마! 유코는 널 생각해서——."

——아아, 통하지 않는다.

눈이 달라졌다. 어둑어둑한 방에서 참담한 이야기를 계속 들어서인지, 아니면 지난 며칠 동안 연달아 일어난 정신없는 일들의 영향인지, 쌓이고 쌓인 슬픈 현실에 짓눌린 것인지, 사요코의 이성은 마멸되고 만 것 같았다.

"진정해!"

"싫어, 싫다고. 싫어 싫어 싫어 싫어! 마녀가 될 바에는——죽어 버리겠어! 죽을 거야!"

사요코는 문을 열고 쓰러질 듯이 뛰어나갔다.

"잠깐——."

순간 미유키는 유코를 본다. 머리를 끌어안고 침대에 엎드려 어깨를 크게 들썩이고 있다. 쫓아갈까, 여기 있을까.

"유코, 괜찮아. 이건 속임수야!"

그런 말을 남기고 미유키는 사요코를 쫓았다.

계단 중간에 오리사쿠 미도리가 떠 있었다. 어두운 어둠 속에서 둥실둥실한 빛을 받으며, 마치 천사가 떠 있는 것처럼 보였다.

미유키가 뛰어 내려가자 미도리는 층계참에 서서 아래를 보고 있었다.

"구레 씨, 지금 와타나베 씨가──."

"오리사쿠 씨, 그 아이 정신적으로 지쳐 있어요. 위험해요. 같이 찾아 주시면 안 될까요?"

"그건── 큰일이네요. 당장 사감 선생님께──아, 그럴 여유는 없겠지요?"

"없어요."

미유키는 뛰어 내려간다.

딱딱한 돌계단은 휘둘러 내리는 긴 다리를 또각또각 튕겨낸다. 문을 열어젖힌다. 차가운 밤공기가 불어 들어온다. 어차피 견고한 건물은 밤의 어둠조차 빨아들이지 않으니, 그것도 또한 바닥이나 벽의 단단한 표면을 미끄러지듯이 어디론가 빠져나갈 것이 틀림없다.

──바보 같으니.

미유키는 몹시 화가 났다.

대상이 명확하지 않은 채로 치밀어 오르는 분노다.

또각또각또각.

발소리가 울린다.

──튕겨내. 나는 아무렇지도 않아!

애초에 생명을 갖고 있지 않은 광물의 안뜰은 글자 그대로 죽은 듯이 조용하고, 젖어 있는 것도 아닌데 징그럽게도 밝게 달빛을 비추고 있다. 불길하다.

──어디가 청정하다고!

"사요코!"

미유키는 소리친다. 친구의 이름은 성당에, 예배당에, 학교 건물에 반사되어 몇 번이고 몇 번이고 반복되고, 이윽고 사라졌다.

"구레 씨!"

미도리가 외친다. 아름다운 목소리가 울려 퍼졌다. 마치 꿈속 같다. 촛대를 들고 있다.

"저기에, 저기에 누군가."

미유키는 발길을 돌린다. 검은 머리카락이 학교 건물 옆의 돌길을 가로질렀다. 미유키는 샘 가장자리를 우회해 달린다. 그리고 미유키는 달리면서 후회한다.

── 건드려서는 안 되는 것.

아사다 유코가 한 말은 옳았다. 저주 같은 것은 말려야 했다.

분명히 사요코는 불행한 일을 당했다. 그렇다고 해도 다른 방법은 얼마든지 있었을 것이다.

── 도와준 건 나야.

"사요코! 어디야!"

발소리. 미유키의 발소리. 미도리의 발소리는 나지 않는다. 천사는 날아다니는 걸까 하고, 미유키는 상관없는 생각을 한다.

그러나 그것은 아니다. 미유키는 돌에 맞서듯이 살아가고 있기 때문에 이렇게 큰 발소리가 나는 것이다.

학교 건물에 다다른다. 사람 그림자는 없다. 옆길로 들어간다.

뿌리치는 듯한 달빛에 떠오르는 밤의 세계는 정적이고, 소리가 없는 이유는 시간이 얼어붙었기 때문이다. 또 시간까지 얼게 할 정도로 처절한 차가움의 이유는 그 창백함, 색온도가 높은 색상에도 기인하는 바가 크다.

그때.

색. 무늬. 모양.

팔랑, 팔랑.

나무들 틈새로 얼핏, 선명한 색이 펄럭인다.

달빛을 받아, 한순간 물새 무늬가 떠올랐다.

검은 나무 사이를 스치고 떠돌고 춤추며 나는 한 장의 천.

"저건——뭐지?"

"여자——여자가——달리고 있어?"

이런 시간. 이런 장소에 가운 자락을 펄럭이며 질주하는 여자가 있을 리도 없다.

찬물을 뒤집어쓴 듯 오싹했다.

"아니에요. 저건——기모노예요."

"기모노? 기모노를 머리에 뒤집어쓰고 있는 거예요?"

선명한 물새 무늬——분명히 기모노가 틀림없다. 어쩌면 이렇게 장소에 안 어울리는——안 어울려?

미유키는 달렸다.

팔랑, 팔랑.

"기다려——."

그 천은 가볍게 바람을 받아 크게 파도치고, 돌아본 그 안은——.

새까맸다.

칠흑의 어둠이 단정하지 못한 여자의 옷을 걸치고 뛰어다니고 있는 것이다. 어둠은 눈을 떴다.

——얼굴이 있다.

검다.

"검은—— 성모님?"

실로—— 검은 성모가 거기에 있었다.

머리에 뒤집어쓴 기모노 앞자락을 여미고,

마치 인도의 여자나 헤이안 시대의 귀족 여자——아니, 귀신처럼,

그 얼굴은 살아 있는 자의 검은색이 아니다.

칠흑이었다.

눈만이 하얗다.

"아——."

비명을 지르는 방법을 잊어버렸다.

성모는 돌아본 채 멈추었다.

기모노가 없으면 어둠에 눈만 떠 있는 것 같다.

미유키는 뱀 앞의 개구리처럼, 완전히 움직임이 막히고 말았다.

등에 목소리가 닿았다.

"무슨 일인가요!"

—— 천사—— 오리히메.

그것을 계기로 미유키는 속박에서 풀려, 두세 발짝 뒤로 물러나

겨우 큰 소리를 냈다.

"검은—— 성모님이——."

"뭐라고요?"

달려온 미도리는 미유키 옆으로 나와서 촛대를 비추었다.

불빛은 어둠을 몰아낸다. 성모는 그 어울리지 않는 의상을 크게

펄럭여 그 얼굴을 가리고, 쏜살같이 달리기 시작했다. 선명한 기모노

의 잔상이 꼬리를 길게 끌며 어둠에 일그러진 낙서를 하고, 사라졌다.

"설마——."

미도리는 아름다운 얼굴을 경직시켰다.

어둠은 어둠 저편으로 사라졌다.

"저건, 저건 뭐죠! 검은 성모님, 그런."

—— 정말로.

"미유키!"

다른 쪽에서 목소리가 났다. 유코가 뒤를 쫓아온 것이다.

"유코——."

"안이야. 학교 건물 안. 지금 2층 창문을 누군가 스쳐 지나갔어."

유코가 학교 건물로 들어간다. 미유키도 쫓는다.

—— 있었다. 검은 성모가 정말로 있었다.

—— 이것이 현실이라는 것일까.

건드려서는 안 되는 것을 건드린 탓에, 이 세상이 아닌 세계의 문이
열린 것이다.

미유키는 검은 어둠에 몸을 던진다.

심야의 학교 건물은 그것만으로 사악함을 품고 있는 것 같았다.
모든 부조도 디자인도, 그 모티브가 무엇이든 모조리 기분 나쁜 괴물
로밖에 보이지 않았다. 어둠 속에서 심상치 않은 기척이 꿈틀거리고
있다.

유코는 가운 위에 망토를 걸쳤을 뿐이다.

그렇게 초췌했는데.

"위——위로 갔어. 뛰어내릴 생각이야!"

비명이 들렸다.

"사요코——의 목소리."

계단을 뛰어 올라간다. 유코와 미도리가 뒤따른다.

옥상으로 나간다.

"뭐야 —— 저게!"

새까만 유기물이 딱딱한 돌 위에 떨어져 있었다.

주위 일대의 돌이 하나같이 달빛을 튕겨내고 있는 가운데, 그 더러운 덩어리는 온몸으로 빛을 흡수하여 더욱더 검다.

그것은 —— 혼다 고조였다.

아니, 얼마 전까지 혼다 고조였던 것이었다.

혼다는 이미 살아 있지 않았다.

사요코에게 모멸의 시선을 보내던 그 눈은 완전히 빛을 잃고, 아무 것도 보고 있지 않았다. 사요코에게 악한 말을 내뱉던 그 입은, 지금은 칠칠치 못하게 벌어져 그저 음란하게 혀를 내밀고 있었다. 팔도 다리도, 마치 거미에게 붙잡힌 곤충처럼 위축되어 구부러져 있다.

그 목은 비틀어 끊기기 직전까지 졸려 있고, 본래 향할 리 없는 방향을 향하고 있다.

더러운 시체 ——.

"싫어. 싫어, 싫어. 나는 이제 싫어 ——."

와타나베 사요코는 그렇게 소리치면서 세상 모든 것을 내던지고, 미유키의 눈앞에서, 견고한 건물에서 몸을 던졌다.

마치 튕겨 나간 듯,

사요코는 허공을 날았다.

*

여자는 뒤를 향하고 있다.

남자는 그 가냘픈 뒷모습을 바라보고 있다.

여자가 고개를 아주 살짝 비튼 것만으로도 남자는 짐승처럼 긴장하고 초조해하며 난폭하게 말을 내뱉는다.

"이쪽을 보지 마. 보지 말라고."

단정한 모양을 한 여자의 귀는 야비한 말 따윈 처음부터 받아들이지 않도록 만들어져 있다. 여자는 아름다운 몸짓으로 돌아보고는 비웃듯이 냉혹한 웃음을 띠며 말했다.

"그렇게——누가 보는 게 싫어?"

"싫어."

"내가 보는 것도 싫어?"

"당신은——달라. 하지만."

남자는 얼굴을 돌린다.

여자는 기계처럼 정확한 리듬으로 웃었다.

그리고 남자의 등 뒤로 돌아가 가느다란 팔을 살며시 뻗는다.

가늘고 낭창낭창한 손가락 끝이 남자의 목에 닿았다.

여자는 남자의 목을 만지작거린다.

남자는 말한다.

"왜——숨겨주지."

"왜일까. 모르겠네."

"경멸하기 위해서냐. 깔보기 위해서냐."

"그러게. 현재 당신은 압도적으로 불리하지. 나는 당신의 보호자이고 주인이기도 해. 하지만 그런 것치고 당신은 꽤 당당하네. 굴복하지 않는 태도는 마음에 들어. 그것도 이런 위험한 물건을 가지고 있기 때문인가?."

여자는 하얀 손가락을 남자의 목에서 가슴으로 미끄러뜨려, 품속 깊이 들어 있는 불길하고도 날카로운 물건을 쥐었다.

"하지 마. 그건."

"이렇게까지 해서——남자이고 싶어?"

남자는 눈을 내리깐다.

"무슨——뜻이야."

"당신이 그런 짓을 하는 건 남자이고 싶기 때문이잖아? 구제하기 힘든 남근주의자지. 하지만 쓸데없는 짓이야. 인정해야지. 당신은 이미 사회에서 튕겨 나온 들개. 남자는 될 수 없어."

"무슨 소리를 하는 건지——모르겠군."

"당신은 이미 이 나라의 구조에서 벗어난 일탈자니까. 그래도 그렇게, 아직 구조의 중심에 있으려고 하는 건 왜지? 남자이고 싶기 때문이잖아. 그래서 당신은 여자를 범하는 대신에——이렇게."

"그만해."

남자는 돌아본다. 그리고 여자를 세게 안는다.

"무서워?"

"무서워."

균형 잡힌 아름다운 몸을 몇 번이나 끌어안는다.

"누군가가 보고 있어. 언제나 나를 보고 있어."

"그래. 당신은 대중 앞에서 창피를 당하는 범죄자야. 모두가 당신을 보겠지. 하지만 지금 당신을 보고 있는 건 나뿐이야."

"당신뿐?"

"그래, 나뿐. 그러니까 내 말을 들어."

"당신의 눈은 가짜야. 유리 세공이지. 그러니까."

"그러니까? 나만은 죽이지 않을 거야?"

"아니야. 당신은 ──."

남자는 눈을 감는다.

그리고 여자의 피부에 뺨을 미끄러뜨리다시피 해서 매끄러운 감촉을 뺨으로 받아들이며, 천천히 무릎을 꿇었다.

"당신은 생물이 아니야. 액자를 통해서 보지 않아도 그 자체가 만들어낸 물건 같아. 이 다리도, 손도 얼굴도."

"내 다리가 좋아? 아니면 팔? 이 손가락?"

여자는 남자의 모습을 유리 같은 눈으로 좇으면서,

"자, 봐. 나를 봐."

하고 말했다. 남자는 고집스럽게 눈을 감았다.

"당신은 내 얼굴을 제대로 직시하지 못해. 당신은, 그래, 사람을 부분으로밖에 이해하지 못하지."

남자는 그래도 좋다고 말했다.

그리고 찰나, 여자와 일체화하는 몽상을 품었다.

그러자 그 순간에만, 세상의 시선은 사라졌다.

3

구지라마쿠[42]가 끝없이 이어져 있는 외길의 막다른 곳에 술렁거리며 불사(佛事)를 집행하는 사람들의 모습이 보이고 있었다.

—— 장례식의 향기.

이사마 가즈나리는 코끝으로 그렇게 생각한다.

생화의 풋내. 선향(線香)의 맑은 향. 사원의 오래된 향. 상복에 따라다니는 장뇌의 미향(微香). 젖은 흙 기운. 모든 불교적인 냄새. 그것이 소위 말하는 장례식의 향기다. 이사마는 아무래도 그것을 맡고 있다. 식장까지는 꽤 거리가 있어서 본래 같으면 그런 냄새는 느껴질 리도 없는데 —— 말이다.

모든 것은 풍경이 환기한 가짜 향기다.

시각의 후각화인 것이다.

—— 흑백흑백흑백.

끊임없는 흑백의 반복. 그 흑과 백, 하늘의 푸른색, 언뜻언뜻 보이는 불구(佛具)의 금색, 그런 색깔에는 냄새까지 배어 있는 것이다 —— 그런 것들은 대개 세트라고, 이사마는 멋대로 납득했다.

---

42) 장례식에 쓰는 휘장. 흰 천과 검은 천을 한 폭 걸러 세로로 이어 대고, 위아래에 검은 천을 가로로 댄다.

"훌륭한 장례식이로군요. 장례도 이렇게 성대하면 경사나 다름이 없지요. 보시오, 저렇게 많은 꽃들이 줄지어 있군. 아깝게."

구레 니키치는 그렇게 말하더니 이사마에게 얼굴을 향하고 이를 드러내며 웃었다.

이가 몹시 희다. 아니면 얼굴이 검은 것인지도 모른다. 볕에 많이 탄 노인이다. 게다가 머리에 두른 수건까지도 찌든 듯한 색깔이다.

"누구의——."

이사마는 많은 것을 생략하고도 정확하게 의도가 전해지는 독특한 화법으로 물었다. 물론 새로 귀적(鬼籍)[43]에 든 자의 이름을 확인하는 것이다.

"아는지 모르는지 모르겠지만, 이 지방에서는 모르는 사람이 없지요. 오리사쿠 유노스케라고 하는데요. 큰 부자랍니다."

"부자."

"하지만 벼락부자는 아니라오."

"유서 있는 집안."

"유서 있는 집안——이라면 집안이지요. 뭐, 원래는 어부겠지만. 그렇군. 그렇다면 벼락부자이기도 하군요."

니키치는 그 부분에서 곰방대를 세게 빨고, 잠깐 멈추었다가 둥글게 입을 벌리고 고리 모양의 연기를 뻐끔 내뱉었다.

"아직 춥군. 집으로 들어가시겠소?"

"아뇨."

"그래요? 그 오리사쿠 나리가 죽다니. 아마 나이도 쉰 정도밖에 안 되었을 텐데. 이 근방에서는 독에 당한 것이 아니냐는 소문도 있지요."

---

43) 저승에 있다고 하는 귀신들의 명부.

"독. 그럼 살인."

"그건 소문이오. 소문은 사실이 아니지. 하지만 불이 없는 곳에는 연기가 나지 않지요."

왠지 에도 시대 사람 같은 말투다. 이사마가 그렇게 말하자 니키치는,

"바보 같은 소리 마시오, 나는 빼도 박도 못할 아와[安房] 촌놈이오."

하고 역시 에도 시대 사람처럼 으스댔다.

"그래서 불이 난 곳은."

"이야기하자면 길다오. 집으로 들어가시지요."

니키치는 그렇게 말하며 일어선다. 서나 앉으나 그리 다를 바가 없는 단신이다. 이사마 쪽은 니키치보다 머리 두 개는 튀어나와 있을 정도로 키가 크지만, 등이 구부정한 탓에 그렇게 차이가 나는 것처럼 보이지는 않는다.

니키치가 노경에 접어든 것은 틀림없고, 이사마 쪽은 말라비틀어진 풍모와 달리 이제 서른이 지났을 뿐이니, 사실 부모 자식만큼이나 나이 차이가 있음에도 불구하고, 두 사람 사이에는 그렇게 큰 격차는 보이지 않는다. 거의 친구 같은 분위기다. 니키치 노인은 몸집이 작고, 때로 치기 넘치는 성질을 보이는 점도 있겠지만, 역시 이사마가 늙어 보이는 것이 가장 큰 이유다.

장소는 보소[房総], 오키쓰초[興津町] 우바라[鵜原], 계절은 춘삼월. 바람이 아직 찬 어항(漁港)의 이른 봄이다.

실제 나이도 관계도 알기 힘든 두 사람은 봉오리밖에 없는 벚나무 아래에서 길가에 방치되어 있던 나무상자에 걸터앉아, 그때까지 사람을 기다리고 있었던 것이다.

이사마는 평소에는 유료 낚시터를 생업으로 삼고 있는데 그러면서 취미 또한 낚시인, 조금 특이한 남자다. 복장도 일반적이라고는 말하기 어려워서, 얼핏 보면 어느 나라 사람인지 잘 알 수 없다. 지금도 터키인이 쓰는 듯한 챙 없는 모자를 쓰고, 러시아인이 입는 것 같은 방한복을 입고 있다. 절조(節操)는 없지만, 통일감은 있다.

무국적의 남자는 또한 대낮의 유령 같다──는 평도 듣는다. 말하자면 눈에 띄는 옷차림에 비해 주위에 강하게 자신의 존재를 과시하는 남자는 아니다──라는 뜻이다. 평소에 있는지 없는지 알 수 없는 이 남자는, 없어진다고 곤란해하는 사람 또한 없으므로 그것을 핑계로 실로 마음껏, 변덕쟁이처럼 여행을 떠난다. 작년 말, 신변에 어수선한 일이 있어서 한동안은 얌전히 지냈지만, 3월이 되어 봄의 징조가 느껴지기 시작하자 또 방랑벽이 꿈틀거리기 시작했는데, 이것은 글자 그대로 충동이라 견딜 수 없게 되어 집을 나왔다.

가 본 적이 없는 바다에서 정체를 알 수 없는 것을 낚고 싶다고, 그렇게 생각했던 모양이다.

그리고 이사마는 지바의 항구를 찾아갔고, 이틀 전부터 니키치 노인의 집에서 묵고 있다.

니치키 노인과는 전철을 우연히 같이 탔을 뿐이라는 사이이고, 왜 이런 전개가 된 것인지는 이사마 자신도 잘 모른다. 그래서 서로 거의 내력을 알지 못하지만, 단편적으로 들은 정보를 조합해 보건대 니키치 노인은 본래 어부라고 하고, 전쟁의 피해로 다리를 다쳐 은퇴한 모양이다.

근근이 건어물 같은 것을 만들고는 있는 모양이지만, 실제로는 아들이 보내 주는 돈으로 생계를 유지하고 있다.

다시 말해서 일을 할 필요는 없는 것이다. 그러나 약간 왼쪽 다리를 저는 것 외에는 지극히 건강하고, 따라서 몸이 몹시 좀 쑤시는 모양이다. 이사마는 그에게 좋은 심심풀이가 된 것 같다.

노인의 집은 녹슨 함석지붕을 덮었을 뿐인 썰렁하고 초라한 단독주택으로, 사실 안에 들어가도 그리 따뜻하지는 않다. 하지만 이사마는 —— 이제 봄이라는 생각 때문인지 —— 그렇게 추위를 느끼지 않았다. 하기야 겨울에 입던 것과 똑같은 방한복을 입고 있으니 춥지 않은 것은 당연할지도 모른다.

"오리사쿠 가는 본래 이 가쓰우라 부근에서는 자산가였다오. 유래는 자세히 모르지만. 어쨌거나 우에무라 영주님이 가쓰우라 성에 입성하셨을 무렵에는 이미 있었다나 어쨌다나 하는 이야기를 들었지요. 자, 방석을 깔아요."

방석인지 걸레인지 확실하지 않은 천 덩어리를 엉덩이에 깔고, 이사마는 앉는다. 그리고 묻는다.

"우에무라라니요?"

"우에무라 다다토모. 도쿠가와 막부(幕府)의 신하. 모르시오?"

"전혀요."

"애초에 이 가쓰우라 일대는, 따져보자면 아와 사토미[安房里見][44], 마사키[正木] 가문[45]의 영지였는데 말이지요. 마사키 가문은 오다와라

---

44) 무가(武家)인 사토미 가는 본성(本姓)이 미나모토 씨[源氏]로, 닛타 씨[新田氏]의 시조인 미나모토노 요시시게[源義重]의 아들 요시토시[義俊]를 시조로 하는 씨족이다. 전국 시대에 이 일족에서는 보소 지방을 다스리는 다이묘, 아와 사토미 씨가 나왔다.
45) 아와 마사키[安房正木]는 일본의 씨족 중 하나로, 아와 남동부 지방을 거점으로 하며 다이묘 사토미 가문을 모시던 중신의 집안이다. 사토미 가에서 다이묘의 딸을 아내로 맞아들여 인척 관계를 맺는 등, 사토미 씨와는 맹우라고 부를 수 있는 관계에 있었다. 도쿄만 연안 지역의 마사키 씨족 중에는 호조 가문을 모시며 사토미 씨족과 대립하던 일족도 존재했다.

호조[小田原北条][46]와 명운을 함께해서 멸망했다오. 대신 성에 들어온 사람이 우에무라 ──."

"언제의 이야기인지요?"

"그건 만지[万治] 2년(1659년)."

"오래되었군요."

"당연하지요."

맞아떨어지지 않을 법도 하다. 그것은 상당히 옛날이야기다.

만지 시대라면 1600년대이니, 니키치 노인의 이야기는 단숨에 300년이나 건너뛴 것이다.

"오리사쿠 씨도 무장(武將)인가요?"

"아니오, 아니오. 아마 아닐 거요. 그러니까 농가나 어부일 것 같은데. 이 부근은 모두 그러니까."

"하지만 오래되었잖아요."

"그렇지요. 뭐, 다른 마을 사람과 다르다고는 ── 모두 생각하고 있었지만. 처음부터. 그것에 대해서는 묘한 이야기도 옛날에는 들었지만, 지금은 별로 듣지 못했소. 이 지방의 명사이니 겉으로는 아무도 거역하지 않고."

"묘한 이야기라뇨?"

"뭐 옛날이야기지요. 오리사쿠 가문은 옛날에 나쁜 짓을 해서 돈을 벌었기에 대대로 천벌을 받아서 데릴사위는 모두 일찍 죽는다 ── 는 둥. 돈이 많은 것은 천벌을 받을 만한 나쁜 짓을 했기 때문일 거라는, 뭐 촌사람들의 시기랍니다. 가난뱅이의 비뚤어진 근성이지요."

---

46) 관동 지방의 전국 시대 다이묘 가문 중 하나. 본성(本姓)은 다이라 씨[平氏]로, 거성(居城)을 오다와라에 두고 있었기 때문에 그 지명을 따서 오다와라 호조라고 불렸다.

"그——옛날의 나쁜 짓이라는 건?"

"들어봐야 부질없어요. 옛날이야기니까."

더더욱 흥미가 생겼다.

이사마는 니키치에게 꼭 이야기해 달라고 청했다.

"취향도 독특하시구려."

하며 노인은 이를 드러내고 웃었다.

"언제부터 있었던 이야기인지, 정말 할머니가 밤에 자기 전에 해주는 그런 이야기였소. 그 왜, 천녀(天女)의 아내, 그거 말이오."

"날개옷을 감추었다는, 그 이야기?"

"그거, 그거. 알고 있구려. 숨겼다더군요. 오리사쿠의 조상이, 날개옷을."

그것은 나쁜 짓일까.

이사마가 기억하는 천녀의 아내 이야기는 이렇다.

어떤 남자가 목욕 중인 천녀를 발견하고, 나뭇가지에 걸려 있는 날개옷을 숨긴다. 천녀는 돌아갈 수 없게 되어 그대로 남자의 아내가 된다. 아이를 낳은 후, 숨겨 두었던 날개옷을 발견하고 아내는 하늘로 돌아간다——후일담이 더 이어지는 이야기도 있고, 결말이 다른 이야기도 있었던 듯한 기분도 들지만——대강은 그랬던 것 같다. 분명히 간계를 써서 여인을 농락하는 것이니 나쁜 짓이라면 나쁜 짓이지만, 그것도 파국을 맞이하는 셈이고, 대대로 천벌을 받을 정도의 일도 아닌 것 같다. 이사마가 그런 감상을 말하자 니키치는 그게 말이오, 조금 다르다오, 하고 말했다.

"오리사쿠의 조상은 날개옷을 숨겨 천녀를 아내로 맞이한 후에, 하필 그 날개옷을 어느 영주님인지 부자한테 팔아 버렸다는 거요."

"팔았다 ──."

"팔았소. 아주 비싸게 팔았다는군. 그래서 천녀는 영원히 돌아갈수 없게 되었지요. 큰돈과 절세 미녀를, 오리사쿠의 조상은 손에 넣은거요. 그래서 부자가 되었다는 이야기. 그러니 경사로다, 경사로다,라고는 ── 할 수 없지요."

"그럼 천벌을 내린 존재는 ──."

"물론 마누라님이오. 나중에 비밀을 알고 속았다며 미친 듯이 화를내지만, 날개옷은 이미 없으니 돌아가려야 돌아갈 수 없는 게지요.화를 내며 돌아가 버린 것이 아니고. 돌아갈 수가 없으니. 그게 다른이야기와 다른 점이라오. 천녀, 랄까 아내는 분했던 것이지요. 분해서자신을 속인 오리사쿠의 혈족을 끊으려고, 데릴사위를 죽이는 것이오. 태어나는 사람은 전부 여자, 이건 천녀의 혈족이에요. 하지만들어오는 사위마다 족족 죽여 버린다오. 그러니까 오리사쿠 가를 저주하고 있는 존재는 오리사쿠 가의 여자들이다, 이런 결말입니다.시시하지."

"하지만 ── 가문은 끊기지 않았잖습니까."

"당연하지 않습니까. 옛날이야기라고 여러 번 말했지 않소. 그런것은 지어낸 이야기가 분명해요. 도대체가 일찍 죽었다고 해도 유노스케 씨는 쉰 몇 살이잖습니까. 선대도 예순둘까지 살았고. 그러니그 이야기는 옛날이야기라기보다 그냥 악담이지. 밑도 끝도 없어요.지금은 아무도 이야기하지 않는다오. 뭐, 그렇다고 해도 오리사쿠가문은 확실히 선주(船主)인 것도 아니고 호농(豪農)인 것도 아니지만,옛날부터 부자인 것은 사실이오."

"거참 희한할 세."

"희한할 새라니, 그렇지. 새는 아니지만. 조상은 어땠는지 모르겠지만, 오리사쿠 선대와 그 선선대는 그 이름대로 직물로 돈을 벌었거든——."

노인의 이야기에 의하면 아무래도 오리사쿠 가는 메이지 시대에서 다이쇼 시대에 걸쳐 역직기(力織機)를 생산해서 크게 돈을 벌었던 모양이다. 역직기란 동력으로 가동하는 베틀 짜는 기계를 말하는 모양이다. 이사마는 자세하게는 모르지만, 국산 역직기가 완성된 시기는 1897년 전후의 일이라고 하고, 오리사쿠 가는 그 대량 생산에 관여했다고 한다.

"어째서 가쓰우라의 촌사람이 그런 것에 손을 댔는지는 모르겠지만. 오리사쿠 방직기——이게 회사 이름인데 말이오. 궤도에 올랐나 보지, 큰돈을 벌었다오. 1902년 무렵일까. 저택까지 지었소."

"저택?"

"우리는 어렸을 때부터 그렇게 불렀어요. 입이 거친 녀석은 거미줄 저택이라고 불렀지만. 거미는 엉덩이에서 실을 내뿜지 않습니까. 방직기로 돈을 벌어 지었으니 그렇게 말한 것이겠지. 저, 묘진 곶 끝의, 절벽에 서 있는 서양식 저택이랍니다. 뎃파쓰 저택 말이오."

"뎃파쓰?"

"크다는 뜻이오."

"아, 크다."

이사마는 그 저택이 매우 보고 싶어졌다.

"이 부근에는 전혀 없겠지요, 그런 건물은. 돈을 많이 번 것이라오. 그러니까 아까 그 옛날이야기도 옛날부터 있던 이야기가 아니라 저택이 지어졌을 무렵에 생긴 것이 아닐까요. 나는 그렇게 생각하는데."

확실히 조상이 날개옷을 팔아 돈을 벌었다는 일화는 오리사쿠(織作)
가문이 직(織)조기를 만들(作)어 돈을 벌었다는 사실——그것 자체가
이미 끼워 맞추기 같은 냄새가 나지만——을 반영하는 것 같다고
——생각하면 생각하지 못할 것도 없다. 그렇다면 그 이야기는 고전
일 수는 없다는 뜻이 될 것이다. 당연히 돈을 번 시기 이후——메이
지 후기 이후에 만들어진 이야기일 것이다. 이사마가 그렇게 말하자
니키치는 그래요, 그래요, 하고 진지한 얼굴로 고개를 끄덕이고, 하지
만 천을 짜는 이야기에 갖다 붙이려면 은혜 갚은 학 이야기도 괜찮지
않았을까, 하고 말했다. 괜찮지 않았겠냐고 물어도 이사마도 대답하
기 곤란하다.

"그러니까 당시에는 역시 마을 전체가 의아하게 여기고 있었던
거겠지요. 하지만 오리사쿠의 선대 가주(家主)라는 사람은 배짱이 두
둑한 사람이라, 이 지방에 이래저래 공헌하기 시작했소. 당신, 옆
동네 산 쪽에 있는 여학교를 알고 있소?"

"전혀요."

"내 손주가 다니는 학교라오. 전원 기숙사제인데, 아주 훌륭한 학
교지요. 그 학교를 지은 사람도 선대 오리사쿠 가주 나리고요. 선대
나리는 예수교였다고 들었소만."

"예수——."

기독교를 말하는 것이리라.

선대 가주만 크리스천이었다는 뜻일까.

아무래도 이상한 이야기다.

"그런 경위도 있어서, 그때까지 색안경을 끼고 보곤 했던 오리사쿠
가문은 그 선대 때 완전히 이 지방의 신용을 얻어내고 만 거예요."

기부나 기증은 계속하고, 심지어 학교까지 지어 주었으니 공동체
로서도 인정하지 않을 수는 없게 되었다――는 뜻인가 보다.

확실히 일차산업에 종사하고 있는 견실한 지방민들의 눈으로 보면
사업으로 한탕 크게 번 벼락부자는 수상쩍게 비칠 것이 틀림없다.
묘한 소문이 날조되는 것도 이해가 간다.

하지만 지역의 이익을 물리치면서까지 그런 풍문을 계속 퍼뜨린다
면 역시 어리석은 행동이라고 하지 않을 수 없다. 그래서 자연스럽게
멈추었을 것이다. 미신보다 경제력이 더 중요한 시대가 되었다는 뜻
일까.

"그리고 지금의 유노스케 나리 대가 되어서――."

거기에서 니키치는 팔짱을 끼고 고개를 갸웃거렸다.

"으음, 뭐라고 했더라, 그 대단한 재벌. 원래는 실가게였는데, 그,
작년에 죽은 거물이 있었잖아요. 시, 시바――."

"시바타 요우코우?"

"그거요. 알고 있구려. 그, 시바타 씨가 뒷배가 되었으니, 뭐."

왜――시바타가 나오는 걸까?

이사마는 생각에 잠긴다.

시바타 재벌의 수장 시바타 요우코우는 재계의 흑막이라는 말까지
들었던 거물이다. 낚시터지기 나부랭이도 이름을 알고 있을 정도이
니 거물인 것은 우선 틀림없다.

그 거물은 그러나, 작년 여름에 갑자기 죽었다. 그 갑작스러운 죽음
은 각계에 여러 파문을 가져왔다고 한다. 어쨌거나 이사마 주위에까
지 그 여파가 미쳤으니, 그의 영향력은 절대적이었다고 할 수 있을
것이다.

이사마 자체는 늘 그렇듯이 변경의 땅을 어슬렁거리고 있었기 때문에 난을 피했지만, 이사마의 친구들은 그 거인의 죽음과 관련된 사건에 휘말려 매우 어려움을 겪었던 것이다.

——죽은 후에도 여운이 긴 남자로군.

거물이었으니까. 어쩔 수 없다고 이사마는 생각했다.

다만 그런 말은 입 밖에 내지 않는다.

"그런데 시바타가 왜."

"아니, 선대 오리사쿠 나리랑 그 시바타라는 사람하고는 아무래도 일 관계상 밀접한 관련이 있었던 모양이오. 그래서——."

회사 이름을 들어 보면 오리사쿠에서는 방직기도 만들고 있었던 모양이다. 제사업(製絲業)으로 성공한 시바타 요우코우와의 접점도 그 부근에 있었을 것으로 생각된다. 유노스케의 대가 되어 오리사쿠 방직기는 시바타 그룹 산하에 들어갔고, 시바타의 경영상 전략인지, 아니면 본인이 수완이 좋았던 것인지, 유노스케 자신도 시바타의 측근으로서 조직의 중심이 되었던 모양이다.

"——돌아가신 유노스케 나리는 그러니까, 생전에는 시바타의 오른팔이라는 말까지 들었던 분이지요."

"세상에."

그렇다면 지방의 명사라기보다 그물을 들고 재계에 검은 막을 치고 있던 남자——라는 뜻이 된다.

"뭐, 대단한 물건이었지요. 유노스케 나리는. 그 사람은 에치고[47] 출신인 것 같은데. 미쿠니 고개[48]를 넘어온 보람이 있었다는 거요."

---

47) 현재의 니가타 현을 가리키는 옛 지명.
48) 군마 현과 니가타 현의 경계에 있는 미쿠니 산맥에 있는 고개. 해발 1244m.

"에치고? 유노스케 씨는 양자인가요?"

"그렇지. 데릴사위라오. 오리사쿠 가는 여계(女系)니까."

"여계——라고요?"

"그래요. 이것도 소문인데. 그러니까 미신이겠지요. 사실 몇 대인가 전에는 남자 당주도 있었다고 하니까. 여자밖에 태어나지 않는 것은 아니었다오. 하지만——."

장녀 상속은 아니지만 오리사쿠 가문이 데릴사위를 많이 들인 것 또한 사실이라고, 니키치는 말했다. 선대도, 선선대도 데릴사위라고 한다. 그리고 이사마는 납득한다.

그렇다면 선대가 갑자기 크리스천이었던 것도 이해가 간다. 또 데릴사위가 일찍 죽네, 운운하는 옛날이야기도 말이 된다. 이사마는 아들이나 며느리가 아니라 데릴사위를 일찍 죽게 한다는 표현에 어딘가 석연치 않은 점을 느끼고 있었다.

게다가 생각해 보면 여계가 아니라면 천녀의 저주인지 뭔지는 끊기고 만다.

"지금의 나리가 데릴사위로 들어왔을 때는, 그게 1925년이었나. 정말 시끌벅적한 잔치가 사흘 밤낮 열렸다오. 나는 조금, 조금 말이지. 분했지만 말이오."

"분해요?"

"헤, 그 오리사쿠의 마님 말이오. 당시에는 아가씨셨지요. 마사코 씨라고 하는데. 윤기 흐르는 검은 머리카락에, 비칠 듯이 피부가 하얀, 참말로 아름다운 사람이었거든. 진짜 천녀의 피라도 물려받은 게 아닐까 싶었다오. 그때만은 그 소문을 믿었지요. 나도."

니키치 노인은 햇볕에 탄 갈색 대머리를 긁적였다.

"후후후, 짝사랑했던 거요."

수줍어한다.

"미망인이 되셨네요. 고백하시겠습니까?"

물론 이사마는 농담으로 말한 것이지만 니키치는 약간 진지하게 받아들인 것 같다.

아직 얼마쯤 수줍어하고 있다.

"하하하, 바보 같은 소리. 이제 노파일 거요. 나도 노인이고. 침실로 숨어들 기운도 없지."

니키치는 수줍음을 감추려는 듯이 영차, 하고 큰 기합 소리를 내며 일어서서 창가로 비틀비틀 다가가더니, 소리를 내어 창을 열었다.

휘잉, 하고 차가운 바람이 불어 들어왔다.

하지만 3월의 바람에는 몸을 에일 듯한 차가움은 없다.

문밖의 풍경을 바라보며 니키치는 중얼거리듯이 말했다.

"전쟁 전, 전쟁 중, 전쟁 후. 어떤 장사를 하고 있었는지 모르겠지만, 오리사쿠 가문은 재산을 불릴 대로 불렸습니다. 유노스케라는 사람은 타고난 상재(商材)도 있었겠지만, 그 시바타 어쩌고 인가? 그 사람과 손을 잡고 나서는 겉으로는 조용했지만, 지역 사람들은 알지요. 돈을 많이 벌었다는 건, 어쩌면 욕심 사나운 짓도 했을지도 모르지만. 하지만 유노스케 나리는 선대 가주보다 훨씬 더 기특한 데가 있었으니——."

"그래서——."

애초에 그 죽은 사람의 독살 혐의 이야기였다는 것을, 이사마는 그제야 떠올렸다.

"——독살이 어쨌다느니."

"맞아요, 맞아. 오리사쿠 가문의 소문은, 애초에 작년에 났던 것이지요. 그 긴 구지라마쿠는 작년 봄에도 거기에 쳐졌다오. 상중의 불행이지."

"누군가?"

돌아가셨습니까——라는 부분을 이사마는 생략했다.

"맞아요, 맞아. 그건 딱 벚꽃이 필 계절이었지. 장녀 유카리 님이. 갑자기. 아직 스물여덟이었는데. 아깝지요."

"사고?"

"글쎄. 어떨까요. 나쁜 소문은 그때도 났지요. 소문은 사실이 아니라오."

"하지만 불이 없는 곳에는."

"맞아요, 맞아. 그러니까——오오, 여기에서는 잘 보이는군. 잠깐 이쪽으로 와 보시겠소?"

니키치는 짧고 투박한 손바닥을 파닥거리며 이사마를 불렀다. 이사마는 용수철처럼 벌떡 일어서서 노인 옆으로 다가가, 지시하는 대로 고개를 앞으로 내밀고 창틀을 들여다보았다.

귓가에서 니키치가 투덜거리듯이 말했다.

"좀처럼 나오질 않네. 밀장(密葬)[49]은 어제인가에 끝났거든요. 그러니까 보통 같으면 금세 끝나는데, 문상객이 많아서. 이 동네 인구보다 더 많지 않을까요. 절에서도 한 말짜리 통 하나 가득 정도는 향을 준비해야 하지 않았을까. 이거 보통 일이 아니지요."

묘한 걱정을 하는 노인이다.

---

49) 비밀리에 시신을 땅에 묻음, 또는 공식적인 장례를 치르기 전에 집안끼리 장례를 치르는 것.

그렇게 향을 피우면 연기가 뭉게뭉게 나서 불이 난 것처럼 되어
버릴 것이 틀림없다.

이사마는 작게 웃었다.

그리고 이사마는 깨닫는다. 노인의 초라한 집의 창문은 길을 사이
에 두고 딱——그 절까지 일직선으로 트여 있었다.

조금 전까지 이사마와 노인은 이 집 바로 앞에 자라고 있는 벚나무
밑에 있었다. 벚나무 너머로 흑백의 띠가, 안쪽으로 갈수록 반복되는
무늬의 폭이 좁아지면서 일직선으로 이어져 있다. 그 유카리라는 사
람의 장례식 때는 분명히——만개한 벚꽃이 이 흑백의 풍경에 부드
러운 색을 더하고 있었을 것이 틀림없다.

——그래도 역시 장례식의 향기는 났으려나.

또 다른 향기가 느껴졌을지도 모른다.

지금은 봉오리밖에 없어서 실로 멋이 없다.

니키치는 오른손을 들어 이마 위로 그늘을 만들며,

"오, 이제야 분향이 끝났군. 우르르 나오고 있어요. 꼭 개미가 이사
하는 것 같구려. 오오, 저 한가운데. 자, 보시오."

하고 말했다. 이사마는 몸을 더 앞으로 내밀고, 결국에는 창문에서
얼굴을 내민다. 니키치는 말한다.

"저걸 보면 말이지. 전설도 꼭 거짓말은 아니라는 느낌이 든다오.
봐요, 저분이 마사코 님이라오——."

자세히 본다.

장례식 향기가 난다.

문 앞에 사람들이 모여 있다.

상복을 입은——우아한 부인이 있었다.

상주다. 머리카락을 단정하게 틀어 올린 것 같다. 얼굴까지는 똑똑히 판별할 수 없었지만 멀리서 보아도 의연한 분위기가 엿보인다.

"어때요. 저런데 올해로 마흔일곱이라오. 그런 나이로는 보이지 않지요. 아직 서른이라고 해도 통할 거요."

이사마한테는 거기까지는 보이지 않는다.

"그 옆. 위패를 들고 서 있는 아가씨. 저분은 셋째 딸인 아오이 님이라오——."

니키치는 시력이 상당히 좋은 모양이다.

그 말에 이사마는 눈에 힘을 준다. 눈에 힘을 주어도 그것이 양장 차림의 부인이라는 것 정도밖에 알 수 없었다.

"그 옆, 교복을 입은 여학생이 있지요. 저분은 넷째 딸 미도리 님이오——."

이것은 비교적 빨리 확인할 수 있었다. 색깔이 약간 달랐기 때문이다. 검은색이 아니라 회색이다. 가슴에 하얀, 커다란 리본이 달린 교복이다.

"조금 떨어져서, 저기, 고개를 숙이고 있는 여자가 차녀인 아카네 님이오——."

그렇게 되니 어디에 있는 것인지 전혀 알 수가 없었다. 조문객인지 도우미인지, 많은 검은 옷들 사이에 섞여 있다. 소위 말하는 캄캄한 밤의 까마귀다.

이사마가 모르겠다고 말하자 니키치는 말한다.

"아카네 님은 그림자가 엷지요, 소극적인 분이라서."

이사마가 모르겠다고 하자, 그런 것은 전혀 아랑곳하지 않고 자랑이라도 하듯이 말했다.

"세 사람 다 천녀 못지않은 미인이지요."

"그렇게 예쁜가요?"

"그래요, 그래. 마사코 씨의 딸이니까요. 세 사람 다 닮지는 않았지만, 각각 미인이라오. 하지만 잘 들어요. 저들은 역시 모두 여자지요. 남자는 없지 않습니까. 그게 싸움의 원인이에요. 나쁜 소문의 원흉이지."

"유산──상속 때문에?"

장례식의 싸움이란 그런 것이리라. 그러나 니키치는, 그건 아니라오, 굳이 말하자면 후계 다툼일까, 하고 말하며 그것을 물리쳤다. 어떻게 다른 것인지 이사마는 모른다.

"재산을 나눈다거나, 더 많이 내놓으라거나, 그런 골육상쟁은 없소. 그런 것은 없어요. 상속이라는 것은 순서가 있잖소? 우선 마사코 마님, 그러고 나서 아이들. 뭐, 유산 분배 때문에 싸우지는 않겠지."

"그렇다면──권리라든가?"

유노스케도 시바타 재벌의 중추에 있었을 정도의 걸물(傑物)이라면 사장이거나 회장이거나 이사장일 테고, 그렇다면 유산도 형태가 되어 남는 것만 있었으리라는 보장은 없다. 요컨대 재산 분배 싸움은 없지만, 선대, 선선대, 그리고 유노스케가 구축한 시스템을 누가 계승할 것인가로 싸우고 있다──이사마는 그렇게 이해했지만──그것도 조금 아닌 것 같았다.

"그런 것도 있겠지만, 문제는 당주의 자리라오."

"당주라니요?"

"오리사쿠 가문에서 가장 높은 남자는 누구인가, 하는 거요."

"높은? 남자."

"그래요. 가장(家長). 오리사쿠 가문을 물려받을 남자 말이오."

"남자는 없잖아요."

"그렇지. 그게 불씨예요. 소문의 연기가 나는 곳이지."

니키치는 잠시 검은 얼굴을 이사마 쪽으로 향하고, 진지한 눈빛을 한 채 입가에만 웃음을 띠었다. 이만 하얘서 기분 나쁘기 짝이 없다.

말하자면 구폐적인 제도—— 인습의 문제인 것일까. 니키치의 이 야기를 들어보면 오리사쿠 가는 오래된 가문이라고는 해도 신분이 높은, 유서 깊은 가문인 것도 아닌 모양이다. 그래도 그런 것은 있는 것일까. 아마 그것은 엄연히 있을 것이다.

"아가씨들은—— 모두 미혼입니까?"

"그게, 그렇지가 않아요. 재재작년에 차녀 아카네 님이 혼인을 했지요. 고레아키라고 하는데, 물론 데릴사위라오. 뭐, 적자가 없는 경우 오리사쿠 가는 대대로 데릴사위가 가문을 물려받아 왔고, 작년에 돌아가신 유카리 아가씨는 미혼이었으니 순서대로 간다면 새로운 오리사쿠 가의 당주는 그 고레아키가 되고 말겠지요."

"되겠군요."

"그거요. 고레아키는, 본래는 고용인의 아들이거든. 이 녀석이 유노스케 나리의 눈에 들었어요. 어릴 때부터 귀여워하고, 눈여겨보아서 회사에도 넣어 주고. 그래서 아카네 씨에게 반했다고 하니 사위로 들인 거요. 여기에 마사코 마님은 크게 반대했지만."

"신분이 다르다고?"

"하하하, 말도 안 돼요. 마님은 그렇게 시대에 뒤떨어진 말은 하지 않으십니다. 신분 계급은 없어졌어요. 지금은 사민평등, 민주주의의 세상이 아닙니까. 신분 같은 것은 상관없어요."

"그럼."

"인간이 되지 않았다고요."

"되지 않았다."

"맞아요, 맞아. 뭐, 고레아키가 유카리 아가씨에게 반했다면 사위로 들어오지는 못했겠지요. 아카네 씨는 차녀예요. 어차피 가문을 물려받을 사람은 장녀 유카리 씨의 남편이니까. 그랬기 때문에 마님도 마지못해 승낙한 거겠지요."

"아카네 씨 본인은?"

"그건 몰라요. 결정한 사람은 유노스케 나리와 마사코 마님이거든. 그런데 보세요. 그 유카리 님이 —— 덜컥."

"아아."

니키치는 그 후부터가 파란이었지요, 라고 말하더니 벌리고 있던 입을 다물고, 얌전한 얼굴로 이사마를 보았다.

"사업 감각은 어떨지 몰라도, 사람을 보는 눈에 관해서는 나리보다 마님이 더 정확했다는 뜻이 되겠지요."

"나리가 잘못 보았다?"

"맞아요, 맞아."

혼인을 한 이후, 고레아키는 형편없어졌다고 한다.

입적 후, 고레아키는 시바타 그룹의 임원으로 승격해 산하 회사의 경영을 맡았다고 한다. 애초에는 의욕이 매우 넘쳤던 모양이지만 본래 장사하는 재주가 뛰어나지 못했는지, 아니면 시바타와 오리사쿠라는 간판에 짓눌린 것인지, 아니면 운이 따르지 않았을 뿐이었는지 —— 원래 계열회사에서 실력을 인정받았던 것이라면 정말로 운이 따르지 않았던 것인지도 모르지만 —— 하는 일마다 재수가 없었다.

오히려 엉뚱하게 나쁜 결과만 나온다. 실패해서 심한 일을 당한다. 한 번 실수하기 시작하자, 그 후에는 언덕을 굴러떨어지듯이 눈 깜짝할 사이에 내리막길에 접어들었다. 경영은 순식간에 악화되어 회사는 도산 위기를 맞았던 모양이다.

고레아키는──글자 그대로 형편없어진 것이다.

신임하고 있었기도 해서, 처음 1년은 유노스케가 직접 이것저것 보살펴 주었다고 한다.

자금도 상당액을 원조했던 모양이니 그래도 한동안은 어떻게든 버텼지만, 어차피 언 발에 오줌 누기였던 것 같고, 위기적 상황은 피할 수 없어서 고레아키의 회사는 2년째 봄에 도산했다.

아무리 간부의 가족이라고 해도 사업상의 실패는 어떤 형태로든 대가를 치러야 한다. 고레아키는 임원에서 해임되고 다른 자회사로 발령이 났지만, 결국 다른 사람 밑에서 일하는 것에 저항하며 회사를 그만두고, 그 후로 울적한 매일을 보내고 있었다고 한다.

"술에 취하면 나쁜 짓을 했소. 도박도 하고, 여자와 놀아나기도 하고, 게다가 폭력까지. 손을 댈 수가 없었지요. 나리도 곤란해져서, 작년 가을부터 학교 쪽의 경영을 돕게 한 모양이지만 그것도 표면적으로는 무직이면 체면이 상하니 그렇게 했을 뿐이라오."

"학교."

"그래요, 학교. 한직이고 하니, 생활은 똑같았지요──."

고레아키의 좌절과 유카리의 죽음이 앞뒤로 일어난 것은 오리사쿠 가문에 실로 심각한 상황을 만들어냈다.

장녀에게 무슨 일이 있는 경우에도 차녀의 남편이 야무지면 집안은 편안하다.

반대로 차녀의 남편이 아무리 형편없어도 장녀가 있는 한은 가독(家督)을 양보하는 일은 없으므로 큰 문제는 될 수 없다.

양쪽의 안전밸브가 한꺼번에 풀렸다.

오리사쿠 가의 남자가 된다는 것은 시바타 재벌의 중추에 들어가는 것과 같은 뜻이고, 또 일본 재계의 핵심이 되라는 뜻이기도 하다. 가독을 양보하는 일이 없어도, 고레아키는 이미 일족으로서 실격이었다.

유노스케는 고레아키에게 —— 절망했다.

"이혼은."

"아카네 님은 아주 훌륭한 사람인가 보더군요. 아무리 괴로운 일을 당해도 참기만 할 뿐이고, 그런 얼빠진 남편이라도 내세워 주는 것을 잊지 않아요. 한 번 부부의 연을 맺었으면 평생 따라가겠습니다, 이런 여자지요. 아내의 귀감이오."

"귀감."

"귀감이지요. 이 사람을 집에서 쫓아낸다면 저도 따라가겠습니다, 그렇게까지 말했는데도 정신을 못 차리는 고레아키라는 놈은——."

니키치는 무뚝뚝하게 거기에서 말을 끊고,

"—— 남자 축에도 못 끼지."

하고 으스대듯이 말했다.

"뭐, 나리도 마님도 고레아키를 그냥 내버려둔 것은 딸을 아끼는 마음 때문이었지요. 하지만 나리가 돌아가신 지금은 —— 어쩌실지."

"하지만 아직 다른 따님이."

"미도리 아가씨는 아직 열세 살이오. 우리 손주랑 동급생이니까. 아오이 님은 올해 스물둘 정도지만, 곤란한 아가씨라, 결혼은 하지 않겠다고 말씀하셨다고 하더군요."

"그건 또."

"글쎄요. 어려운 것은 모르겠소. 남자를 싫어하나 보지. 엄청난 논리가인 모양이니, 남자 쪽도 경원시하는 것이 아닐까. 가까이 가지 않는 게지요. 도대체가 이 아오이 님이라는 사람은 유노스케 나리와 마음이 맞지 않았습니다. 반발만 하고 있었던 모양이더군요. 그래서 더더욱 아카네 씨가 귀여웠던 거겠지요."

"그래서——."

독살은 어떻게 된 것일까.

"그래서? 아아, 독살 말이로군. 나리는 말이지요, 패전 후부터 지금까지 벌써 4, 5년 동안 심장이 나빠서 자주 앓아눕곤 했습니다. 뭐, 마음도 약해져 있었는지, 그게 고레아키 같은 놈을 눈여겨보고만 이유일지도 모르지만요. 유카리 씨가 돌아가시고, 그 후에 후견자이자 존경하던 시바타 어쩌고가 세상을 떠나고 말았잖습니까. 상심이 컸던 게지요. 앓아눕고 말았어요. 작년 가을부터."

그 시점에서 고레아키가 독을 썼다는 소문은 나 있었다고 한다.

단 한 명의 아군이라고 생각하고 있던 유노스케도 아무래도 자신을 단념한 것 같다, 멍하니 있다가는 내쫓기겠지, 그 전에 셋째 딸이 사위를 들일지도 모른다——그렇다면 얼른 죽여 버리자——.

"뭐, 앞뒤가 맞는 것 같으면서도 이상한 이야기지요."

"이상?"

"그래요. 그런 것은 수지가 맞지 않거든요. 나라면 얌전히 꼬리를 흔들고 머리를 숙이며, 다시 한 번 나리의 비위를 맞추겠소. 그편이 편하고 이득도 많고, 무엇보다 확실하다고 생각하는데. 방해된다, 죽여라, 그런 대담한 남자라면 처음부터 그런 입장은 되지 않았을

겁니다. 사실, 나리가 죽은 지금도 고레아키의 입장은 계속 나빠질
뿐이고, 아까 말했듯이 셋째 딸은 결혼은 하지 않겠다고 말하고 있으
니까요. 그러니까 이건 우선 그냥 소문이오. 하지만 소문은 더 있지
요. 그쪽 소문의 범인은 그 셋째 딸——아오이 님이고요."

"그건 또 어째서."

"사이가 나빴으니까——라는 건 아닙니다. 그, 아버지의 권력이
어쨌다는 둥, 고리타분한 관습이 이렇다는 둥, 복잡한 이야기를 하거
든요, 아오이 님은. 어려운 이야기는 나는 잘 모르지만, 아버지를
쓰러뜨리는 것이 여성의 어쩌고라는 둥——음, 시골 영감한테는 익
숙하지 않은 일이지요. 반감을 사고 있었어요. 젊은 여자들은 맞다,
맞다고 하고 있는 모양이지만, 아무래도 말이지. 그래서 수상하게
여겨진 겁니다. 가사는 어엿한 노동이라는 둥, 아이를 낳는 일은 여자
마음이라는 둥——그건 알겠지만요. 남자가 으스대는 것이 좋지 않
다고 해도, 으스대는 것 정도밖에 사는 보람이 없거든, 우리는."

"예에."

이사마와는 인연이 없는 이야기다.

이사마는 그런 본질적인 싸움을 피하듯이 살아가고 있다.

"사내놈들 중심의 세상이라고는 해도, 우리는 물고기를 잡고 있을
뿐이니까. 세상을 만들고 있는 건 누군가 다른 사람이라고 생각하고
있었고. 하지만 그건 그거요."

니키치는 팔짱을 낀다.

"그렇다고 해서 독을 쓸까? 자식이 부모를 죽일까요. 죽이지 않을
것 같은데. 논리로 정을 끊어낼 수는 없지 않습니까. 그러니까 소문은
소문이다, 이 말이오, 나는."

이 노인은 선량한 사람이라고──이사마는 생각한다.

순박하다고 해도 좋을지도 모른다.

세상에는 사악한 바람도 부는 법이다. 논리 같은 게 없어도 정이 끊길 때도 있다.

하지만 이 지방의 소문에 관해서만 말하자면, 그것은 역시 노인의 말이 옳을 것이다.

성별의 벽은 문화나 사회를 깊이 파고들어 생각해 나가다 보면 반드시 부딪치게 되는 벽이다. 생각하지 않으면 부딪치지 않고, 부딪쳐도 깨닫지 못할 때가 있다. 다만 그 벽을 깨는 데 있어서, 살인이라는 행위는 가장 어울리지 않는다. 아무것도 해결되지 않고, 애초에 그런 논리에 다다를 만큼 사려 깊은 사람이 그런 사고로 내달릴 만큼 사려 깊지 못하다는 것은 모순되어 있다고, 이사마는 생각한다.

그러니 소문은 노인의 말대로 중상일 것이다.

──반대라면 알겠지만.

눈엣가시라는 듯이, 혁신파가 보수파의 탄압을 받고 결국에는 사라진다──그런 일은 있을 것이다. 새로운 방식으로 사고하는 사람은 대개 소수파이니 구심력을 가진 중심인물을 없애면 혁신의 불이 꺼질 때도 있다. 그 경우는 살인이라는 간단한 폭력 행위도 유효하긴 할 것이다. 오히려 낡은 것을 지키려고 하는 사람은 종종 이권과 유착되어 있기 때문에, 그런 의미로도 범죄와의 궁합은 좋을 것 같다.

──꼭 그런 법도 없으려나.

곧 생각을 고친다.

체제를 뒤집으려고 살육을 되풀이하는 소수파 테러리스트도 많이 있는 것이다.

애초에 일반론을 내세우는 것이 얼마나 무가치한 일인지, 이사마는 잘 알고 있다. 어차피 대립하는 두 항이 서로 싸우는 듯한 이원론적 가치관을 이사마는 아무리 해도 가질 수가 없고, 아무리 심각한 문제라도 폭력적 해결을 행사하는 상황은 이사마의 이해 밖에 있다.

"음——."

이것저것 생각하다가, 결국 입에서 나오는 말은 무의미한 감탄사다. 확실한 사견을 갖고 읽지 않은 탓도 있지만, 니키치를 상대로 이야기해 봐야 어쩔 수 없다는 체념도 약간 섞여 있다.

니키키는 팔짱을 낀 채 몸을 젖히고 바깥을 보고 있다. 그리고 얼굴에 쪼글쪼글하게 주름을 짓는다.

"장례를 치르는 사람들도 힘들겠군. 우리 할망구가 죽었을 때와는 사정이 달라요. 동장, 촌장, 현의 높은 분들에서부터 심지어 나라의 높으신 분들까지 와 있으니. 회사 관계자만으로도 난리겠어요. 이다음에도 사장(社葬)인가 하는 걸 가나가와 쪽에서 하는 모양이니, 그쪽으로 가면 될 텐데. 굳이 이런 시골에서 말이오. 빨리 묻어 버릴 것이지."

"아직 묻지 않았나요."

"묻지 않았어요. 게다가 저기에 묘지가 있는데, 또 저택으로 가져가서 그 옆에 묻는 거요. 귀찮기 짝이 없지. 엄청난 수고지요. 일부러 절로 옮기지 말고, 자기 집에서 장례식이든 뭐든 하면 될 텐데. 어라."

니키치가 손가락으로 가리킨다.

"아아, 신여(神輿) 같은 관이군요. 보시오."

이사마는 그 말대로 흑백의 길을 바라본다.

긴 행렬이 이사마를 향해 나아왔다.

등롱. 기. 용머리. 횃불에 꽹과리.

관을 묶은 줄을 끌고 가는 사람.

신여 같은 관.

천개(天蓋). 손장(孫杖)[50]. 꽃바구니.

그 뒤로 줄줄이 따르는 상복 차림의 사람들.

관 옆에 위패를 든 아가씨──아오이다.

──이런, 이런.

밀랍인형 같다. 아니, 도자기 같은 질감의, 만든 것 같은 여자였다. 예쁘다고 한다면 엄청나게 예쁘겠지만, 놀라게 되지는 않는다. 예쁜 것이 당연하다는 느낌이다. 그림으로 그린 여자나 잘 만든 인형이 아무리 단정해도, 아무리 예뻐도, 그렇게 만드는 것이니 그것은 당연하다. 그러나 이 경우, 오히려 그것이 살아 있는 것이 더 이상하다.

결코, 남성적이지는 않지만 중성적이지도 않다. 남자도 여자도 아니라──그것은 그냥 예쁜 것이다.

짧은 머리와 양장이 그 인상을 더욱 강하게 한다.

그 옆에는 상을 든 교복 차림의 소녀가 있다.

사랑스러운 소녀다. 긴 머리카락이 살랑살랑 나부끼고 있다.

이쪽도 확실히 예쁘지만 니키치의 말대로 언니와는 전혀 닮지 않았다. 창백하기는 하지만 슬퍼 보이지는 않고, 마음이 딴 데 가 있다는 표정이다.

눈이 이상하게 크게 느껴진다.

여자가 아니고 소녀다.

이사마가 물끄러미 바라보노라니 소녀는 뺨을 살짝 경련시켰다.

---

50) 장례 행렬에서 죽은 사람의 손자가 드는 지팡이.

아주 사소한, 희미한 경련이었다.

──웃었다.

착각이 틀림없다. 그러나 그렇게 보였다.

그 뒤에 그녀들을 낳은 어머니가 있었다.

위엄──존재감──긍지──그런 단어가 뇌리를 오간다.

어느 것도 정확한 표현은 아니다.

──강하다, 일까.

다가가기 어렵다──일지도 모른다. 니키치가 짝사랑하고 있었던 것도 이해가 간다. 실제로 절세 운운이라고 평하기에 어울리는 용모일 것이다.

이사마는 미인이나 미녀 같은 진부하고도 잘 알 수 없는 표현은 싫어하지만, 그녀──오리사쿠 마사코──에 관해서 말하자면 우선 절세라는 부분만은 들어맞는다. 미추(美醜)는 별도로 치더라도 이 분위기는 어부 마을에는 어울리지 않는다.

절세의 미망인은 머리카락 한 올도 흐트러뜨리지 않는다.

검은 눈동자는 날카롭게 앞을 응시하고 있다.

마치 대대를 이끄는 장교 같다.

장례 행렬 대대는 엄숙하게 길을 꺾어, 창틀 앞을 가로질러 나아간다.

등롱. 기. 용머리. 햇불에 꽹과리, 관.

사람이라고도 생각되지 않는 아름다운 여자들도 말없이 이사마의 눈앞을 지나쳤다.

천개. 손장. 꽃바구니.

그리고 많은, 검은 상복 차림의 병사들.

"여왕벌 —— 인가요."

"벌은 저렇게 예쁘지 않지."

"그럼."

"무당거미 —— 일지도."

"예쁘지만."

"가까이 가기 어렵지."

니키치는 그렇게 말하면서 창가를 떠나, 이로리 옆에 나른한 듯이, 떨어져 내리듯이 앉았다.

이사마도 창가에서 떠난다.

검은 옷을 입은 일행의 행진은 좀처럼 끊이지 않았지만, 모두 똑같은 얼굴로 보여서 바라보고 있어 봐야 소용없을 것 같은 기분이 들었다. 과자에 꼬이는 개미의 수를 세는 것이나 마찬가지다.

—— 그러고 보니.

차녀라는 사람은 있었을까.

"저어, 그 차녀인 ——."

"아카네 씨? 여전히 정녀(貞女)의 귀감 같은 얼굴을 하고 있었지요. 조심스럽고요. 왠지 안됐습니다."

"있었습니까?"

"그야 있었겠지요. 아버지의 장례식인걸요."

"행렬 중에?"

"마사코 마님의 대각선 뒤에 있었지요. 순서로 하자면 아오이 씨보다 앞이어야겠지만, 남편의 일이 있으니 조심스러워하는 거요. 자신의 처지를 잘 헤아리는 것이지요."

전혀 몰랐다. 섞여 있었던 것일까.

241

"있었습니까?"

"있었어요, 있었어. 한가운데에 있었소. 관 뒤에."

"있었다 ——."

그렇다면 있었을 것이다. 미처 보지 못한 모양이다.

니키치는 차라도 끓여야겠다며 다시 일어서더니, 그 친구는 정말로 오는 거냐고 물었다.

"글쎄요, 어제 이야기로는 아침 일찍 출발하겠다고."

"왠지 미안하구먼. 헛걸음이 되지 않았으면 좋겠는데."

"괜찮습니다. 그쪽에서는 물건 자체가 없어서 큰 손해였던 모양이지만, 여기에는 물건이 —— 있으니까요."

"잡동사니인데요. 걱정이군. 음?"

찻장 서랍에 손끝을 대었을 때 니키치는 창을 보고, 오오, 하며 멈추었다. 그리고 돌아보자마자 갑자기 물었다.

"어떠시오, 형씨. 나는 오리사쿠 가문의 사정을 잘 알지요, 너무 잘 안다고는 생각하지 않으시오?"

"예? 잘 아시는군요."

"어째서 잘 아는지 아시오?"

"글쎄요. 아낙네들의 잡담이라도."

"그건 여편네들이나 할망구들이 하는 거지요. 나는 한가해도 영감이니 그런 짓은 하지 않아요. 그, 비결을 밝히자면 간단한 거라오. 오리사쿠의 집안 이야기에는 출처가 있거든. 그 근원이 지금 이쪽을 향해 오고 있는 것 같군요."

"근원?"

미리 짜기라도 한 듯 널문이 덜컹거리며 삐걱거렸다.

이사마가 문 쪽을 보니 덩치 큰 노인이 미닫이문을 열려고 하는
참이었다. 얼굴이 반쯤 보이는데, 그 반쪽의 눈이 이사마를 보았다.

"오오, 손님이 있었나――니키치, 들어가도 되나?"

굵은 목소리다. 니키치는 주전자를 한 손에 들고,

"상관없네. 추우니 얼른 들어오게."

하고 말했다. 이쪽의 목소리는 쉬어 있다.

더 이상 문이 열리지 않는 것인지, 손님은 몸을 옆으로 돌려 틈새로
서툴게 봉당에 발을 들여놓고, 손을 뒤로 돌려 문을 닫으려고 했지만
닫히지 않자, 고전해 가며 닫은 후 그제야 정면 전부를 보이며 후우,
하고 크게 숨을 내쉬었다.

"무슨 일인가. 장례식은 지키지 않아도 되나?"

"괜찮네. 아니, 오히려 저택에는 있기 불편해."

손님은 약간 고개를 숙이고 마룻귀틀에 걸터앉았다. 어깨 폭이 상
당히 넓다. 약간 작은 상복을 억지로 껴입었다. 전혀 어울리지 않는
다. 옷이 날개라는 말은 거짓말이다.

나이는 니키치와 비슷한 정도일까. 깎은 것인지 벗겨진 것인지,
머리에는 한 올의 머리카락도 없다.

복장이나 말투로 추측해 보건대 오리사쿠 가의 장례식 관계자일
것이다.

니키치는 차를 끓이면서 욕설이라도 퍼붓듯이 말했다.

"있기 불편하다니, 자네, 집안일은 어쩌고."

"회사 사람들도 있고, 세쓰와 장례회사가 해 준다네. 원래 나는
바깥 일만 하니까 필요 없어. 할 일이 없거든. 그보다 니키치, 이분은
누구신가?"

커다란 노인은 이사마를 수상하다는 듯이 훑어본다. 그것은 무리
도 아닌 것이, 도쿄에서도 겉돌아 보이는 옷차림이다.

"최근에 알게 된 사람일세. 이름은——."

"이사마입니다. 이가[伊賀]의 이(伊), 사쿠라[佐倉]의 사[佐], 봉당[土間]
의 마[間]."

"맞아, 맞아. 이사마 씨일세. 이사마 씨, 이쪽은 데몬 고사쿠라고
하는데, 그, 오리사쿠 가의—— 고용인이라오. 고용인이지."

"고용인?"

"아까 이야기했던, 남자 축에도 못 낄 방탕한 바보 녀석의 아비라
오."

고레아키의 아버지—— 라는 뜻이리라. 고사쿠 노인은 약간 외국
인 같은, 버터 냄새가 나는 얼굴을 일그러뜨렸다.

머리가 벗겨지기 전에는 제법 인기가 있었을 거라고, 이사마는 생
각한다.

"니키치, 자네 또 조잘조잘 떠들어댔나. 가족의 수치를."

"바보 같은 소리. 자네한테는 가족이라도 나는 남일세. 남의 입에
문을 달 수는 없는 법이야, 고사쿠. 싫으면 나한테도 입을 다물고
있지 그러나. 자네가 입을 다물어도 온 마을이 다 알고 있지만."

"어쩔 수 없지——."

고사쿠 노인은 다시 한 번 얼굴을 일그러뜨리고, 그러고 나서 힘들
게 몸을 일으켜 객실로 들어오더니 이사마 맞은편에 앉았다.

"—— 머리가 아파. 창피하기도 하고."

"그야 자네가 뎃파쓰니까 그렇지. 이사마 씨, 이 녀석과 나는 벌써
60년이나 된 사이라오. 신경 쓰실 것 없습니다. 자업자득이에요."

신경 쓰지 말라고 해도 본인 앞에서 아들을 나쁘게 말할 수도 없다. 이사마는 생각한 끝에, 그냥 잘 부탁드린다고 말했다. 고사쿠 노인은, 안녕하시오, 데몬입니다, 부끄럽습니다, 하며 커다란 몸을 약간 움츠렸다.

"바보 아들은 어쩌고 있나. 아까 슬쩍 보았는데 장례 행렬에는 보이지 않던데."

"없네. 어제부터."

"또 어디 여자한테라도 굴러 들어간 건가."

"모르지. 안 그래도 거북한데 회사 사람들이 줄줄이 오고 있네. 도시 사람의 눈은 무섭지. 대(大) 오리사쿠의 데릴사위가 회사를 말아먹고 장례식에도 나가지 않다니, 출신이 비천하면 어쩔 수 없다고, 그렇게들 말하고 있네."

"바보 같으니. 비천하고 말고 할 것이 어디 있나. 오리사쿠도 데몬도 옛날에는 같은 어부 아닌가."

"지금은 주인과 고용인이지."

"신분이 —— 격이 다른가."

니키치는 옛 친구에게 차를 권하면서 쓴웃음을 지었다.

"하지만 니키치 씨, 아까 신분 같은 건 상관없다고."

분명히 그렇게 말했다.

"물론 이사마 씨, 가문, 집안, 신분은 이제 없겠지요. 다만, 그렇지, 분명히 격이 다르다오. 상대는 재벌의 엄청난 부자인걸요. 우리는 가난뱅이입니다."

니키치는 자조라도 하듯이 그렇게 말했다.

이사마는 몹시 복잡한 기분에 사로잡힌다.

무사나 농민 같은 신분의 상하가 없어지고, 가문과 격식에 구애되는 풍조도 사라져 가고 있는 현대에도 어찌 된 셈인지 사람은 평등해질 수 없는 모양이다.

어쩌면 계급사회에서 자란 사람은 계급이 없어지면 대상과의 관계를 인식할 수 없는 것인지도 모른다. 그렇기 때문에 그 제도가 무너져도 다른 무언가에 계급을 위탁하는 것이다. 자신이 어느 계층에 속해 있는지를 확인하지 않으면 불안한 것이다. 아니, 자신과 자신 이외 대상과의 관계 자체가 곧 계급이 되고 마는 것이다.

이곳에서도——경제력의 크기가 간단히 신분 계급으로 바뀌어 있다. 부자와 가난뱅이는 부자 쪽이 더 높다는 도식이 암묵 중에 성립하고 있는 것이다.

부자는 성공한 사람이고 성공한 사람은 높다, 자본주의의 자유경쟁사회에서 그것은 당연하다——고 말해 버리면 그뿐이지만, 이것만은 자본주의 탓으로만 돌릴 수는 없다.

왜냐하면, 경제력 이외에도 그런 계급주의적인——순위를 매겨 차별하는 의식은 많이 있기 때문이다. 그것은 모든 장소에서 일상적으로 따라다닌다. 예를 들면 아름다운 것과 추한 것은 아름다운 쪽이 위라든가, 똑똑한 것과 바보 중에서는 똑똑한 것이 좋을 거라든가, 세상 사람들은 무턱대고 순위를 매기고 싶어 한다. 그러고는 상위는 하위를 깔보고, 하위는 상위를 올려다보며 당연한 듯이 살아가는 것이다.

랭크를 매긴다는 것은 애초에 무의미하고도 천박한 짓이다. 그런 것을 아무렇지도 않게 받아들이는 것은 어리석고, 그걸로 일희일비하는 것은 더욱 어리석다고 이사마는 생각한다.

그때 문득 깨닫는다. 그것을 어리석다고 생각하는 자신은 어리석은 계급신봉자를 깔보고 있는 것은 아닐까.

──그렇게 사는 게 편할지도 몰라.

그렇게 생각을 고친다. 결국 이사마는 강한 주장을 갖지 못하고, 결국은 응, 이나 흐음, 이라는 말밖에 하지 않는다.

"──그렇, 군요오."

응, 보다는 조금 길다.

"맞아요, 맞아. 세상은 돈을 가진 놈들한테는 당해낼 수 없거든. 우리 어부들도 꽤 달라졌고. 바다를 볼 줄 아는 사람보다 물고기를 한 마리라도 많이 잡는 사람이 더 소중히 여겨집니다. 돈이 있으면 쉽게 선주도 될 수 있고요. 그렇지?"

"음. 그러니 우리 촌놈들은 도시 사람들을 당해낼 수 없지. 돈 씀씀이가 다르거든. 오리사쿠 나리는 같은 촌놈 주제에 도시 사람들을 누르고 입신출세하셨으니, 격이 다르지. 그에 비해서 그 얼간이 고레아키는──어차피 촌놈이라는 말을 들어도 어쩔 수 없네."

고사쿠는 어깨를 늘어뜨리고 한층 더 작아졌다.

"그건 그렇고 니키치. 이쪽은 어디의, 어떤."

"하하하. 이사마 씨는 머물 곳도 정하지 않고 떠도는 풍류 낚시꾼일세. 그저께부터 우리 집에 묵고 있지. 가다랑어나 참치를 잡고 싶다고 해서, 웃어 버렸다네."

가다랑어, 참치를 그렇게 쉽게 바닷가에서 잡을 수 있다면 고생할 일은 없지, 하며 노인들은 유쾌하게 웃었다.

어부의 얼굴이었다.

"그래서, 무엇을 낚았소?"

"돌돔. 뱅에돔."

"훌륭하시군. 어떻소? 먹었소?"

"예. 먹었습니다."

아주 맛있었다.

니키치는 소리를 내어 차를 홀짝이며 자랑스럽게 말한다.

"내가 좋은 장소를 가르쳐주었거든. 당연히 잡혀야지."

"시게우라 쪽인가?"

"비밀 장소일세. 안 가르쳐줘."

"그게 니키치. 시게우라 변두리의 요시에 집 말일세."

"요시에? 아아, 목매다는 오두막 말인가."

"목매다는── 오두막이라고요?"

또 묘한 것이 나왔다.

"아아, 그런 오두막이 있습니다. 그래서?"

"내가 어제 볼일이 있어서 그곳 앞을 지나갔다네. 그런데 거기에 말일세, 불이 환하게 켜져 있더군."

두 겹, 세 겹으로 쌍꺼풀이 진 눈꺼풀을 크게 뜨고, 고사쿠 노인은 실로 기묘한 표정을 지었다. 무뚝뚝한 것 같지만 아무래도 무서워하는 것 같다.

니키치는 그 하얀 이를 드러내며 난폭하게 말했다.

"바보 같은 소리. 요시에는 죽고 가족도 다 끊기고, 거기는 폐가 아닌가. 벌써 8년이나 폐허였는데. 불이 켜져 있었다면 밤이었나? 아니, 밤에 대체 누가 그런 폐가에 들어가겠나, 기분 나쁘게. 착각이겠지."

"무슨 착각이란 말인가."

"그럼 요시에가 귀신이 되어 나왔단 말인가? 남자한테 버림받고, 아이도 빼앗기고, 원한에 찬 나머지. 이 사람아, 귀신이 되어서 나올 거라면 더 빨리 나왔겠지. 이제 와서 누구한테 원한의 말을 늘어놓겠나."

"저어——."

이사마는 사정을 알고 싶어졌다.

니키치는 장난을 친 어린아이 같은 웃음을 띤다.

"당신은 그런 이야기를 좋아하시는구려. 바닷가를 주욱 돌아가면 맞은편에 있는 마토이시 곶 쪽, 시계우라라고 하는데, 거기에 옛날에 요시에라는 여자가 혼자 살고 있었소."

"원래는 떠돌이였지. 성이 뭐라고 했더라."

"교류가 있는 사람은 없었습니다. 그곳에 살기 시작한 것은 1932, 3년이었으니 그래도 12, 3년은 거기에 있었으려나요. 그러다가 7, 8년 전의 일이었는데, 그 무렵이 서른 일고여덟이었던가. 살고 있던 오두막에서 목을 매어 죽었습니다."

"왜."

"이유는 모르겠소. 뭐, 행복과는 거리가 먼, 외로운 여자였던 모양이오만. 처음에는 남자아이와 둘이서 살고 있었어요. 아무래도 사생아였던 모양인데. 첩이었던 게지요. 누군가의 원조를 받고 있었소. 그러다가 거기 산 지 3년쯤 지났을 때였나, 그 아이가 보이지 않게 되었지요."

"그것은 1935년일세. 누가 데려간 게지. 나는 보지 못했지만 유노스케 나리가 그러셨네. 요시에를 첩으로 두고 있던 어느 나리가, 그 아이를 후계자로 삼을 마음이라도 들었나 보다고."

"그런가. 그래서 혼자가 되어서, 계속 살고 있었다오."

"목을 매단 시기가 패전한 해이니 10년은 살았지. 목을 매달기 전까지는 매춘부 오두막이라고 부르고 있었다네. 그 오두막. 요시에 는 손님을 받고 있었던가?"

"받지 않았을 걸세. 마을이 이렇게 좁다 보니 그냥 첩이라는 이유만 으로 험담을 들은 게지. 그러니 표면적으로는 아무도 그 여자와 사귀 지 않았지만, 다만 혈기왕성한 남자들은 모두 요바이[51]를 하러 가곤 했다오. 오두막으로 가자, 가자, 하면서. 참 제멋대로였지."

"흥. 자네도 갔잖나, 니키치."

"그러는 자네도 다니지 않았나. 나는 마누라도 자식도 있었으니 그런 곳에는 가지 않네. 자네는 그 무렵에 이미 홀아비였지. 밤이 외로워서 찾아간 게 아닌가."

"이보게. 고레아키가 있었단 말일세. 안 갔어."

"그──."

기억이 불확실한 데다, 자신에게 유리하게 덧칠된 과거를 가진 두 노인의 이야기는 점점 이사마의 질문에서 멀어져 간다.

"── 거기에 불이?"

"환하게 켜져 있었소. 덧문은 닫혀 있었지만, 판자 지붕을 얹은 허술한 판잣집이니, 지붕이고 벽의 옹이구멍이고 할 것 없이 흔들리 는 빛이 새어 나오고, 뒤틀린 문에서도, 이렇게── 환하게."

고사쿠 노인은 약간 취기를 띠고 충혈된 눈을 크게 부릅뜨고, 손짓 을 섞어가며 귀기(鬼氣) 넘치는 연기를 펼친다.

"죽은 지 8년이나 되었네. 이상하군."

---

51) 밤에 남자가 애인의 침소에 숨어들어가 정을 맺던 일.

니키치가 찬물을 끼얹는다. 모처럼의 열연에 찬물이 쏟아지자 덩치 큰 노인은 자그마한 몸집의 노인을 불만스러운 듯이 바라보았다.

"이상하니 이상하다고 하는 게지. 알 수 없는 영감이로군."

"그래서, 안은 들여다보았나?"

"들여다보기는. 무섭게."

니키치는 무릎을 치며 웃었다.

"하하하. 안에서 요시에가 유혹하고 있었을지도 모르네. 그리운 고사쿠 님, 잠시 놀다 가셔요, 하고. 아까운 짓을 했구먼, 고사쿠. 엔초[圓朝]도 새파랗게 질릴 모란등롱이었을 텐데.[52] 아니, 아니, 괴담 이야기를 하기에는 아직 계절이 이르지. 고작해야 들킨 이야기일 거야."

"이 변태 영감이. 사람이 진지하게 이야기하는데."

"뭐가 진지한가, 다 늙어서 이렇게 겁이 많은 영감이. 자네는 바다에 나가지 않아서 그런지, 패기가 없어 큰일일세. 덩치는 그렇게 큰 사람이, 간이 작아도 정도가 있지. 내 간을 절반 잘라줄까? 내가 젊었을 때는 훨씬 더 무서운 일을 얼마든지 당했다네. 바다 위에는 그런 괴담은 흔해 빠졌으니."

"흔해 빠졌나요?"

"흔해 빠졌지요. 이사마 씨, 당신 정말 이런 이야기를 좋아하시는군요."

---

52) 엔초는 산유테이 엔초[三遊亭圓朝]를 가리킨다. 산유테이 엔초(1839~1900)는 에도 시대의 만담(라쿠고)가 산유파(三遊派)의 창시자로, 현대 일본어의 조상이기도 하다. 명작으로 꼽히는 신작 라쿠고를 다수 창작하였으며, 현대까지 계승된 작품들도 많다. 에도 시대 이후의 라쿠고를 집대성하기도 하는 등, 존경받는 만담가이다. 이 엔초가 창작한 괴담 라쿠고 중에서 '모란등롱'이라는 것이 있는데, 이는 중국 명나라 때의 소설집에 수록된 '모란등기'에서 착상을 얻어 창작한 것이다. 젊은 여자의 유령이 남자와 연애를 하게 되어 만남을 되풀이하던 중 유령이라는 사실을 들키게 되고, 유령을 퇴치하려고 한 남자를 원망하여 죽인다는 것이 대략적인 줄거리이다.

"뭐——."

"이 부근에는 우미뉴도[海入道]라는 것이 나옵니다. 밤에 배를 타고 바다에 나가면, 흐릿하게 사람 그림자가 해원(海原)에 떠오르지요. 그리고 국자를 빌려다오, 국자를 빌려다오, 하고 무서운 목소리로 말하는 거요. 국자를 빌려다오."

"그만하게, 니키치."

"하하하, 겁쟁이 영감 같으니. 그리고 자칫 실수해서 빌려주었다간, 우미뉴도가 국자로 바닷물을 퍼 넣어서 배는 가라앉게 되오. 하지만 빌려주지 않으면 바다는 거칠어져서 이 또한 가라앉지요."

배 유령——이라는 것이리라. 이사마도 이전에 어디에선가 들은 적이 있다.

친구 중에 요괴를 잘 아는 남자가 하나 있으니, 그 녀석에게서 들은 것인지도 모른다.

"그래서 이 부근에서는 반드시 밑바닥이 없는 국자를 준비해 둔답니다. 우미뉴도용으로."

"거짓말 말게. 그런 것을 준비하는 배가 요즘 세상에 어디 있나?"

"배도 탄 적이 없는 남자가 뭘 아는 척 지껄이나. 분명히 있네."

"그럼 자네는 본 적이 있나?"

"옛날에 우리 아버지가 만났어."

"흥. 거짓말이 분명해."

"우리 아버지를 거짓말쟁이라고 부르는 겐가? 바다 위에는 수상한 일은 얼마든지 있네. 밤중에 해원이 이렇게, 환하게 밝아지거나, 바람도 없는데 휘잉휘잉 소리가 나거나, 그런 것은 매번 있는 일이지. 나도 몇 번이나 당했네. 우미뉴도는 조난당한 사람의 망령이라고들

하지만, 그런 것이 아닐세. 바다가 마물(魔物)인 거야. 그건 바다가 요괴가 되어 나오는 것일세."

그때까지 굳이 말하자면 장난스러운 편이었던 니키치가 갑자기 입에 거품을 물며 역설하기 시작했다. 이사마는 당혹스러워지고 말았다.

"그렇게——무섭나요?"

"무섭지요. 배 밑이 빠지면 무한한 물지옥이오. 밤바다는 밑바닥이 없고, 거칠어진 바다는 괴물이지요. 이건 어부가 아니면 모를 거요. 그런 곳에 조각배를 타고 나가는 것이니까. 자신의 의지로는 어떻게도 되지 않는다오. 바다의 생각대로지. 그 왜, 그 부처님도 그렇소. 바다의 인도로 우리 집에 온 거요."

"아아——그 부처님."

고사쿠가 의아한 얼굴을 한다.

"부처님? 누구의."[53]

"사람이 아닐세. 상이지. 불상. 20년쯤 전에 보여 주었잖은가. 잊었나? 그, 아름다운 얼굴의 부처님 말일세."

"자네, 아직도 그런 쓰레기를 갖고 있나?"

"쓰레기라고? 나는 물건을 소중히 여기는 사람일세."

그것은——니키치의 컬렉션이다.

그저께 밤——이사마는 그 수집품을 보고 약간 놀랐다. 그것은 헛간에 들어 있었다. 그리고 헛간을 거의 가득 메울 정도로, 그 수는 많았다.

---

53) 일본에서는 죽은 사람의 사체도 부처라고 한다. 여기서는 '누구의 시체인가'라는 뜻의 질문.

그것들은 아무래도 해안에서 주워 모은 표착물이나 그물에 걸린 이물, 해상에서 회수한 표류물 등인 것 같았다. 작은 것은 토기나 도자기 파편, 신기한 조개껍질, 오래된 동전들. 큰 것은 청동으로 만들어진 세발솥이나 침몰선의 부품, 그중에는 종류를 알 수 없는 짐승의 뼈까지 있었다.

　　——나는 열두 살 때부터 바다에 나가서, 쉰여섯에 다리를 다쳐
　　　배에서 내릴 때까지,
　　——44년 동안 어부였습니다.
　　——그동안에 모은 것이지요.
　　——아무래도, 다가오는 것에는 인연이 있는 듯한 기분이 들어서
　　　요. 버릴 수가 없다오.
　니키치는 그저께 밤에 그렇게 설명해 주었다.
　이사마는 타고나기를 무의미하고 무가치한, 게다가 기묘한 형태를 가진 것을 매우 좋아하고 자신도 그런 오브제를 만들 정도로 예술적 자질을 가진 남자이기도 해서, 매우 흥미롭게 그것들을 관찰했다.
　실제로 좋은 형태를 가진 것도 많았다.
　그중에서도 한층 이사마의 눈을 끈 것이 그 불상이다. 좌상(座像)인데, 파도에 씻기기는 했으나 아직 도료도 남아 있고, 무엇보다 형태가 좋았다.
　얼굴 생김새가 우아하고 청초한, 불상치고는 보기 드문 미인으로
——아니, 불상인데 미인이라고 하는 표현은 이상하다. 게다가 그것은 이사마의 어휘가 아니라.
　　——아오이 씨.
　니키치가 말한 것은 그 불상일 것이다.

"그 부처님은 바다에 떠 있었던 것이네. 하지만 떠밀려온 것은 아니야. 그때가 1927년이었던가 8년이었던가, 신여가 바닷가에 내리기 전날 밤이었으니 9월 12일인 것은 틀림없네——."

"신여가 바닷가에 내려요?"

"축제입니다. 도미사키 신사의."

고사쿠가 설명했다. 니키치는 말을 잇는다.

"——축제 전날 밤에 배를 띄운 나도 나지만. 어둡고 까매서, 왠지 모르게 무서운 바다였소. 묘진 곶을 돌아, 하치만 곶 쪽으로 배를 저었지요. 무슨 볼일이었더라. 그런데 무언가 떠 있는 것이 보이더군요."

"아아, 그 이야기인가. 옛날에 들었네. 그러니 그만하게."

덩치 큰 노인은 니키치의 말대로 탄탄한 체구에 어울리지 않는 상당한 겁쟁이인 모양이다.

"자네에게 이야기하는 것이 아닐세, 고사쿠. 이사마 씨에게 이야기하는 걸세. 그, 이렇게 새까만 수면에 무언가 떠 있었소. 에비스[惠比壽]일 거라고 생각했지."

"에비스?"

"익사자 말이오. 에비스는 고기가 많이 잡힐 전조라고 해서, 그래서 가까이 끌어당기려고 했는데, 파도가 쳐서 좀처럼 잘되지 않았소. 포기하고 앞으로 가려고 했더니——."

"그만하게."

"——따라오는 거요. 이렇게, 파도에서 얼굴만 내밀고 익사체가. 계속. 부푼 얼굴로, 흰자위를 드러내고."

"우와아."

꽤 무서웠다.

"나는 갑자기 무서워졌지요. 도망쳤소. 아야카시[54]다. 하지만 생각 대로 되지 않는 법이지요, 바다 위는. 그 익사자도 파도나 물살 때문에 따라온 것일 겝니다. 바다의 기세에 거스르지 않으면 도망칠 수 없어요."

"그렇군요."

유령이나 망령이라는 두려움이 아닌, 좀 더 다른 두려움이라고 이사마는 생각했다. 니키치는 죽은 사람이 배 뒤를 따라온다——고는 했지만, 유령이라고는 하지 않았다. 오히려 노인은 유령 따위는 없다, 없지만 무서운 것은 있다고, 그렇게 주장하고 있는 것이리라.

"그래서 이, 배 가장자리까지 그 커다란 얼굴이 다가왔어요. 역시 무서웠지요. 아직도 기억납니다. 그래서 열심히 기도했소. 후나다마 [船靈] 님, 하치만 님, 도미노다이묘진[富大明神], 살려주십시오——그리고 도움을 청했소."

"누구에게."

"잘 기억나지 않지만, 아마 마누라의 이름일 거요. 큰일 났다고 생각했지요. 후나다마 님은 여자니까요."

"음——질투하나요?"

"그래요. 신이란 대개 질투를 하는 법이지요. 그래서 큰일 났다, 하고 생각한 거요. 하지만 그랬더니, 파도를 스윽 피하듯이 무언가가 흘러왔소. 그 순간에 시체는 가라앉더군요. 그때 흘러온 것이 그 부처님이오. 나는 그것을 건져 올리고, 지켜주셔서 고맙습니다, 하고."

"불렀더니 바다에서 온——부처님?"

---

54) 배가 조난했을 때 나타난다는 바다의 괴물.

영험한 것 같기도 하고, 불길한 것 같기도 하고.

"그래요. 신비로운 일이지요. 신비롭지요? 그러니 무슨 빈집에 불이 켜져 있었던 일 정도는 이상할 것도 없단 말일세. 수상하다고 생각하면 들여다보면 된다, 내 말은 이걸세. 알겠나?"

고사쿠 노인은 알았네, 알았네, 하고 귀찮다는 듯이 말하고 머리카락이 없는 뒷머리를 찰싹찰싹 때렸다.

"그건 그렇고, 그──이제."

니키치는 거기에서 기지개를 켜듯이 목을 쭉 빼고 창밖을 보았다. 이사마도 니키치와 같은 동작으로 바깥을 보았다.

"──도착할 때도 되었는데. 선생님은."

"슬슬──도착하지 않으면 이상하려나요."

"누가 더 오나?"

고사쿠 노인이 물었다.

"이 이사마 씨의 친구인데, 골동품 전문가가 와 줄 걸세. 내 보물을 감정하러."

"전문가──라기보다 신출내기 골동품상, 아니, 그냥 골동품상입니다만──."

"어째서 그런 분이 여기에 온단 말인가?"

그것은 이사마가 불렀기 때문이다.

이사마는 어제 친구인 골동품상에게 연락을 취했다.

니키치의 쓰레기 수집품의 감정을 의뢰한 것이다.

그저께 밤, 수집품을 설명하면서 니키치는 조금 쓸쓸한 듯이, 잡동사니이지만 마지막으로 당신 같은 사람이 봐 주어서 다행이오──라는 말을 했다.

처분이라도 할 거냐고 이사마가 묻자, 근자에 돈이 필요해서 넝마
장수한테 내놓을 거라고 한다. 이사마는 잠시 생각하고 나서 그것을
말렸다. 쇠나 청동으로 만들어진 것은 그렇다 치더라도, 그것을 제외
하면 넝마장수가 가져갈 거라고 생각되는 것은 없었기 때문이다. 다
합쳐도 액수는 얼마 되지 않을 것이다.

게다가 수집품 중에 가치 있는 물건이 섞여 있을 가능성도——
없지는 않았다. 쓰레기로 보인다고 해서 뭉뚱그려 넝마장수에게 판
다면, 혹시 알지 못한 사이에 큰 손해를 보게 될 수도 있다. 쓰레기로
취급하면 돈 몇 푼이지만, 골동품으로 취급할 수 있는 것이라면 경우
에 따라서는 놀랄 만한 값이 붙을 때가 있는 것이다.

니키치가 어느 정도의 돈을 필요로 하는지 이사마는 몰랐고, 자세
한 사정을 묻기도 꺼려졌다. 사실은 그냥 방해가 되어 처분하려고
했을 뿐인지도 모르지만, 적어도 한 번 누군가 아는 사람에게 보여줄
가치는 있다고 생각했다.

이사마는 강하게 감정을 권하며, 알고 지내는 골동품상을 소개하
겠다고 말했다.

재워주고 먹여준 것에 대한 은의(恩義)다.

사정을 설명하자 고사쿠는 웃었다.

"하하하, 이 욕심쟁이 영감, 저승 문턱에 발을 걸쳐놓은 영감이,
이제 와서 무슨 돈이 필요한가. 무덤에 돈은 가져가지도 못한다네.
유노스케 나리도 죽을 때는 몸뚱이 하나에 저승길 노자 여섯 푼을
가져가셨을 뿐이야. 그런, 넝마장수도 안 가져갈 이 빠진 그릇이며
밀똥 같은 것이 몇 푼이나 되겠나."

"시끄럽네. 나한테는 내 사정이 있어."

니키치는 진지한 얼굴이 되어 입을 다물었다.

고사쿠는 당황한 것 같기도 하고 조금 쓸쓸한 것 같기도 한 얼굴을 하고 이렇게 물었다.

"니키치. 자네는 내 이야기는 소상히 묻지만 자기 이야기는 아무것도 하지 않지. 정말로——돈 때문에 곤란한가?"

"곤란하지는 않네. 하지만 나도 이제 예순셋이야. 언제 저승사자가 와도 이상하지 않지. 자신의 뒤처리 정도는 자기 손으로 하자고 생각했을 뿐일세. 아들한테 뭔가 해 준 것도 아니고. 마을에는 아무 공헌도 하지 못했네. 마을 사람들한테 폐를 끼치는 건 질색이야. 장례비 말일세."

고사쿠도 왠지 신음하며 침묵했다. 먼지가 많고 축축한 바다 내음 섞인 바닷가의 공기가 창문으로 조용히 스며들어왔다. 늙은 어부와 그 늙은 친구는 더욱 과묵해지고 말았다. 이렇게 되면 이사마도 노인들의 나른한 슬픔에 감화되어, 얌전한 얼굴을 하지 않을 수 없다.

확실히 니키치는 어젯밤에도 이사마에게 며느리와 사이가 나쁘다는 불평을 흘리기는 했다.

그렇다고 자신의 장례비를 비축해 두고 싶어서 돈을 필요로 하는 것이라고는, 이사마는 도저히 생각할 수 없었다. 니키치는——조만간 돈이 좀 필요할 테니——라고 말했던 것이다. 사용할 기일이 정해져 있다. 자신이 죽을 때가 되었다는 것을 깨달았다고도 생각할 수 없고, 이사마의 느낌으로는 이유는 분명 따로 있다.

그러나 말하지 않는다. 묻지 않는다. 상관이 없기 때문이다.

니키치는, 축축한 이야기는 재미가 없군, 괴담이 더 재미있어, 하고 말하며 크게 기지개를 켰다. 팔이 짧다.

"나는 그렇다 치고 고사쿠, 자네까지 울적한 얼굴 할 건 없네. 자네
는 나보다 두세 살 젊고, 아직 죽지는 않을 거야. 그 멍청한 아들을
어떻게든 할 때까지는 말일세."

고사쿠는, 그런 말 하지 말게, 빌어먹을 영감, 하고 말했다. 그러고
나서 이사마를 보며 잠시 물끄러미 응시하고 나서,

"그렇지──당신, 그 골동품상인가? 그런 분이 이 마을에 와 있다
면, 이참에 오리사쿠의 저택에 들러달라고 할 수는 없겠소?"

하고 말했다.

"그건 또 어째서."

"뭐, 죽은 유노스케 나리는 서화와 골동품을 좋아하셔서, 그런 게
많이 있거든. 마님이 그걸 처분하고 싶은데 어떻게 좀 안 되겠느냐고,
어제 말을 흘리셨다오. 이 부근에 골동품점 같은 것은 없으니까요."

"처분──왜요?"

설마 돈이 없어서 곤란한 것은 아닐 것이다.

"마님은 싫어하시거든. 그런 짜증스러운 물건은. 가치가 있으면
있는 대로, 곰팡이니 먼지니 신경 쓰는 것도 못할 짓이고, 아가씨들도
흥미 없는 것 같고, 갖고 싶어 하는 자들은 회사 사람들인데 그쪽도
팔아치우려는 속셈인지 눈에 불을 켜고 물색하고 있소. 굳이 그놈들
에게 줄 의리는 없지요. 기분 나쁘니 처리하고 싶다고 하셨소."

"하지만 팔면 파는 대로, 시바타 씨의──."

시바타 그룹의 재력이나 조직력을 이용하면 굳이 시골 골동품상에
게 의지할 필요는 없을 것이다. 얼마든지 처분할 길이 있을 것이다.

"그러니까 마님은 회사 놈들에게 빚을 지고 싶지도, 지우고 싶지도
않으신 겁니다."

고사쿠는 무뚝뚝하게 말했다.

"애초에 시바타인지 뭔지 모르겠지만, 마님은 마음에 들어 하지 않았어요. 시바타와 오리사쿠는 어디까지나 대등하다, 오리사쿠는 시바타의 부하도 가신도 아니다, 그러신다오. 유노스케 나리가 오리사쿠를 시바타 산하에 편입시켰을 때도 매우 반대하셨소. 곤란한 것도 아닌데 뭐가 제휴냐, 실가게 밑으로 들어가지 않아도 오리사쿠는 오리사쿠라며. 회사 이름도 원래는 시바타 방직이 되어야 했지만, 그것만은 안 된다고 오리사쿠 방직기로 밀어붙이신 것도 마님의 의지였지요."

겉모습대로 다부진 여성일 것이다. 어느 모로 보나 할 법한 말이다. 그 의연한 모습을 떠올리면 엄격한 말투까지 쉽게 상상할 수 있다.

"마님은, 그래서 작년에 돌아가신 큰 시바타에게는 한 수 접어 주셨지만, 후대는 전혀 신용하지 않으십니다. 요우코우 씨는 선대 이헤에 나리의 맹우(盟友)였으니까요. 하지만 추종자들은 실제로 수상쩍은 놈들입니다. 이오코 도지[刀自][55]의 찬성이 없었다면 없었을 제휴지요."

"이오코? 도지."

"선선대이신 가에몬 님의 배우자입니다."

"증조할머님."

"아가씨들 입장에서 보면 그렇지요. 도대체가, 시바타 가의 도련님인 유지 님과 돌아가신 유카리 아가씨의 혼담도, 그것 때문에 깨진 것이나 마찬가지니까."

"혼담?"

---

[55] 집안일을 관장하는 여성. 주로 연배의 여성을 경의를 갖고 부를 때 이름 뒤에 붙여서 사용한다.

"그렇습니다. 그때 시바타 측이 뜻을 꺾었다면 나도 이런 일은 당하지 않아도 되었을 텐데."

금세 불평이 된다.

고사쿠는 입술을 일그러뜨렸다. 확실히 장녀가 사위를 들였다면, 설령 고레아키가 아무리 무능하고 방탕하더라도 이렇게까지 입장이 나빠지지도 않았을 것이다.

니키치가 얄밉다는 듯이 말했다.

"멍청이. 상대는 일본 제일 부자의 후계자일세. 게다가 자네 이야기로는 원래 양자라고 하지 않았는가. 후계자가 없어서 양자를 들였는데, 그걸 또 남의 집 데릴사위로 주는 바보가 어느 세상에 있겠나. 처음부터 억지를 쓴 건 오리사쿠 쪽이 아닌가."

과연——.

오리사쿠 쪽은 혼담의 조건으로 데릴사위를 꼽았을 것이다. 그것은 확실히 분수를 모르는 짓이다. 니키치의 말대로, 후계자가 없어서 들인 양자를 일부러 데릴사위로 보내는 바보는 없을 것이다. 게다가 설령 그것이 양자가 아니라고 해도 시바타 가와 오리사쿠 가라면 역시 격이 다르다는 뜻이 될 테고——.

——아아, 빠졌다.

계급 차별의 함정은 곳곳에 뚫려 있다.

격은 무슨 격이냐고 이사마는 자문한다.

"아무래도 상관없지만, 그 사람은 내 보물을 감정하러 오는 것이니 그게 끝나고 나서일세. 뭐, 오리사쿠 가의 물건이라면 틀림은 없겠지. 생각해 보면 내 것이 형편없어도 그걸로 여비는 메울 수 있으려나. 손해는 보지 않겠구먼."

니키치의 말이 옳다.

그 후로 잠깐 최근의 위험한 세상 이야기가 나왔다.

눈알 살인마에 교살 살인마 등 소란스럽기 짝이 없다.

약 한 시간 정도 이야기한 후, 고사쿠는 오늘 밤이든 내일이든 좋으니 저택에 들러달라고 말하면서 일어서서, 아아, 어쩔 수 없지, 돌아가겠네, 하며 봉당으로 내려가더니, 그럼 니키치, 부탁하네, 하고 무기력하게 말하고 나서 좁은 듯이 몸을 구부려 작은 문을 통해 나갔다.

"저 친구는 상당히 힘들어하고 있소, 세상의 눈이 어지간히 신경 쓰이는 게지요."

니키치는 그 커다란 등을 눈으로 좇으면서, 혼잣말처럼 말했다.

이사마는 친구가 신경 쓰여서 역까지 상황을 보러 가겠다고 말했지만, 좁은 곳이니 도착했다면 반드시 알 수 있어요, 보러 간다고 빨리 도착하는 것도 아니지요, 라는 말을 들었다. 그 말이 옳다고 생각했다.

저녁이 가까워졌을 때 겨우 골동품상은 니키치의 집에 도착했다.

골동품상의 가게 이름은 마치코안, 주인의 이름은 이마가와 마사스미라고 한다.

이마가와는 이사마의 전우다. 복원(復員)하고 나서 소식을 듣지 못해 살았는지 죽었는지도 몰랐지만, 엉뚱한 일로 근황을 알게 되었다. 지난달, 2월 말의 일이다. 이사마의 친구가 여느 때와 마찬가지로 ──정말로 여느 때와 마찬가지인데── 사건에 휘말렸고, 그때 같이 휘말려 심한 일을 당한 사람이 바로 이마가와였던 것이다.

그 후로 한 번 만나, 골동품상을 시작했다는 말을 본인에게서 직접 들었다.

그때는 묘한 일을 시작했다고 생각했지만, 이사마 쪽도 하는 일은 낚시터지기이니 남에 대해서 이러쿵저러쿵할 수는 없다. 만난 날은 겨우 일주일쯤 전이라, 이사마는 수집품 감정을 생각해낸 시점에서 바로 이마가와를 떠올렸던 것이다. 아니, 그것은 반대로, 오히려 그 재회가 있었기 때문에 이사마는 감정을 생각해낸 것인지도 모른다. 어제 역에서 전화를 빌려 연락하자 이마가와는 두말도 없이 쾌히 승낙했다. 한가한가 보다고 생각했다.

니키치는 이마가와의 모습을 보고 조금 놀란 것 같았다.

——무리도 아니다.

이마가와는 실로 기괴한 용모의 소유자다. 눈도 코도 입도 크고, 입술도 두껍고 눈썹도 수염도 짙다. 귀도 복귀인데, 다만 턱만은 빈약하다. 그래도 얼굴의 토대가 큰 것은 아니라서 전체적으로 밀집해 있는 화려한 생김새가 된다. 게다가 입매는 느슨하고, 물기가 많으면서 거기다 기름지기도 하다. 뚱뚱하지는 않지만, 체격은 좋다. 서양 풍자만화 같은 남자다.

이마가와는 흉내 내기가 어려운, 수분이 많은 말투로 늦어서 죄송합니다, 이마가와라는 사람입니다, 하고 몹시도 정중하게 인사했다. 니키치는 니키치대로 묘하게 긴장해서 조금 말을 더듬으면서, 구레라고 합니다, 잘 부탁드립니다, 하고 말했다. 아무래도 에도 사투리가 섞여 있는 듯한 기분이 든다.

차를 한 잔 마시고 세 사람은 헛간으로 향했다. 겨울에 비하면 해가 길어져서 아직 조금 밝다. 다만 바깥은 꽤 추워져 있었다.

"재미있군요."

이마가와는 입을 열자마자 말했다.

"재미있소? 나는 이 버릇 때문에 할망구한테 야단을 많이 맞았습니다. 멱살을 잡고 싸운 적도 있지요."

"그거 안 되셨군요. 하지만 무엇이든 계속하면 힘이 된다는 말도 있습니다. 이것은 일종의 작품이에요. 그렇지?"

"음——뭐."

그렇지, 라고 물어도 대답할 수는 없다.

다만 듣고 보니 하나하나가 이상하기는 하지만 전체적으로 보는 것이 더욱 이상하고 박력도 있다.

"그래서 가격은?"

이마가와는 공벌레처럼 둥글게 몸을 웅크리고, 거적 위에 단정하게 늘어놓은 도자기 파편 같은 것을 관찰하기 시작했다. 개가 냄새를 맡는 듯한 몸짓이다.

"아아, 이것은 고카라쓰[古唐津]56)의 파편일지도 모릅니다. 이쪽은 ——하아, 꽤 어렵네요."

"어렵소?"

"파편이니까요."

그것은 그럴 것이다.

"만일 고카라쓰라면, 가치는 있습니다."

"얼마?"

"값은 매길 수 없습니다. 이것은 연구 대상은 되지만 매매 대상은 되지 않지요. 아주 진귀하지만, 파편이니까요."

---

56) 경장(慶長)(1596~1615)에서 원화(元和)(1615~1624) 시대에 구워진 가라쓰야키[唐津燒]. 가라쓰야키는 근세 초기부터 현재의 사가 현 동부, 나가사키 현 북부에서 구워진 도자기의 총칭으로 일상 잡기에서부터 다기까지 여러 종류가 있으며 작풍과 기법도 다양하다. 현재는 일본 전통공예품으로 지정되어 있다.

"아아. 그렇군요."

니키치는 약간 낙담했다. 조금이라도 기대하고 있었다면 바람을 넣은 쪽은 이사마이니 이사마도 기가 죽는다.

"이——세발솥은 팔 수 있을지도 모릅니다. 최근에 알게 된 것인데 골동품은 사용할 수 있기 때문에 가치가 생기는 것이거든요. 진귀하기만, 오래되기만 해서는 골동품이 아닙니다. 보존 상태가 좋은 것이 훨씬 비싼 이유는, 미술품으로서 완성되어 있다거나 희소가치가 있다기보다 제대로 쓸 수 있기 때문입니다. 그것뿐이에요."

"그것뿐?"

"그것뿐입니다. 그러니 여기에 있는 물건들 중에서 팔 수 있는 것은 쓸 수 있는 것뿐입니다."

그 말을 들으니 더더욱 나누어 파는 것은 안 될 것 같은 기분이 든다. 전부 갖추어져서 이 헛간에, 이 형태로 있어야 비로소 이 물건들은 수상쩍은 매력을 내뿜는 것이 아닐까. 하나하나는 고사쿠 노인의 말처럼 그냥 잡동사니다. 그러나 이 형태로 합쳐져 있는 한, 이마가와의 말처럼 니키치의 작품인 것이다.

이마가와는 오래된 동전이나 네쓰케[57] 등의 소품을 선별하고 능숙하게 값을 매겼지만, 대단한 액수는 되지 못했다.

니키치는 약간 어깨를 늘어뜨리며 말했다.

"저——부처님은——어떻습니까? 부처님은 원래 사용하는 물건은 아닙니다. 그렇다면——."

"아아. 불렀더니 바다에서 온."

---

57) 담배쌈지, 돈주머니 등을 허리에 찰 때 허리띠에 두르는 끈의 끝에 매달아, 허리띠에서 미끄러져 내리지 않도록 하는 조그만 세공품. 산호, 마노, 상아, 뿔 등으로 만들며 정교한 조각이 되어 있다.

믿을 구석이라곤 불상밖에 없다. 어제도 문외한이 값을 매기기로
는 이게 제일이겠지요——라고 이야기했던 것이다.

"부처님? 이것 말입니까. 이건——."

이마가와는 이상한 불상을 집어 들었다.

"이건——."

"특이하지요."

"이건 불상이 아닙니다."

슥 그늘이 졌다. 갑자기 해 질 무렵이 찾아왔다.

불상 아닌 불상은 방으로 들여졌다.

이마가와는 혼이라도 빠져나간 듯, 또는 익사체 같은 칠칠치 못하
고 멍청한 얼굴로 불상을 둘러보았다. 실제로 이마가와의 기묘한 생
김새나 부은 듯한 몸매는 익사체를 연상시킨다. 익사체가 인연이 되
어 그 상을 회수했다는 이야기를 들은 후라서, 이사마는 그게 우스웠
다.

익사체는 혀짤배기소리로 말했다.

"이것은—— 신상(神像)입니다. 이런 부처님은 없어요. 불상은 양식
(樣式)이 있어야만."

"신상이라면, 신?"

"그렇습니다. 본래 일본의 신은 모습이 없었지만, 불교가 전래되면
서 많은 불상이 들어오고, 그것에 영향을 받아서인지 비슷한 상이
만들어졌지요. 이것은 그러니까, 시대는 덴표[天平][58] 시대 이후인 것
은 틀림없을 것 같지만—— 글쎄요, 신상은 양식이 정해져 있지 않아
서——."

---

58) 나라 시대 쇼무[聖武] 천황 때의 연호. 729~749년 사이에 사용되었다.

듣고 보니 연화좌(蓮華坐)[59]도 광배(光背)[60]도 없다. 그런 것은 부품이 따로라고 해도, 머리 모양도 단발머리 같고, 인(印)을 맺고 있는 것도 아니다. 석가나 아미타(阿彌陀)라면 곱슬머리일 테고, 지장보살이라면 대머리다. 아무리 봐도 여성이나 명왕이나 인왕 종류는 아니고, 관음보살님도 단발머리는 아니다.

"신상은 불교의 자극을 받아 제작된 것이기 때문에 애초에 습합불(習合佛)이라고 부르는 것이 좋을 듯한 절충 양식의 상이 우선 있고, 그 외에는 귀족의 모습이 많습니다. 하치만 신 같은 상은 승려의 모양이지만 대부분은 헤이안 귀족처럼 의관 속대를 갖추고, 가슴 앞에서 손을 포개어 잡고 있는 모습입니다. 머리카락을 미즈라[61]로 묶은 동자의 모습을 한 상도 있어요. 이것은 여신이니—— 그렇지, 우지의 평등원(平等院)[62] 탑두에 안치되어 있는 내력을 알 수 없는 신상과 비슷합니다. 으음, 이 근처에 신사는 없습니까?"

"아, 있습니다. 도미사키 신사. 하치만 곳에 있지요."

"제신(祭神)은 하치만 신?"

"하치만 신도 있지만, 신은 도미노다이묘진입니다."

"저는 그 신을 모릅니다. 그 신사는 계속 그곳에 있었습니까?"

"글쎄요. 아마 게이초(慶長)[63] 무렵 해일에 쓸려가서, 지금 있는 곳에

---

59) 불상을 안치하는 연꽃 모양으로 만든 대좌.
60) 불신(佛身)의 배면(背面)에 광명을 표현한 원광(圓光).
61) 고대의 남자 머리 모양 중 하나. 머리털을 가운데서 좌우로 갈라 양쪽 귀 언저리에서 끝을 고리 모양으로 하여 묶음.
62) 교토 부 우지 시에 있는 천태·정토계 단위 사원. 1052년 후지와라노 요리미치가 별 징을 절로 창건했다. 이듬해에 건조되어 공양된 봉황당(鳳凰堂)은 헤이안 세대에 건조된 아미타 사당의 대표적인 유적으로, 조초[定朝]가 만든 아미타여래좌상이 안치되었다. 사방의 벽과 문에 그려져 있는 그림도 헤이안 시대 회화의 기준이 되는 작품으로 의의가 크다.
63) 1596~1615년 사이에 사용된 일본의 연호.

모신 사람은 우에무라 영주님이라고 들었는데요."

"우에무라 도사노카미[植村土佐守][64]입니까. 그럼."

"1659년."

"오래되었군요."

나도 아까 똑같은 반응을 했지, 하고 이사마는 생각한다.

이마가와는 우에무라인가 하는 영주님을 알고 있었던 모양이다.

"그럼 역시 그 신사에 모셔져 있던 신상일지도 모릅니다. 다만 이건 저보다 오히려 교고쿠도 씨의 분야입니다."

"아아, 추젠지 군."

추젠지라는 사람은 그 요괴에 대해 잘 안다는 이사마의 친구 이름 이며, 이마가와가 말하는 교고쿠도라는 것은 그가 경영하는 고서점 의 이름이다. 추젠지는 대개 가게 이름으로 불리는 남자다. 그는 요괴 이외에도 각지의 민간신앙이나 신사, 불각의 고사(故事), 내력 등에 정통하다.

이마가와는 다시 멍한 듯한 못생긴 얼굴로 돌아가, 넋을 잃은 듯이 신상을 바라보다가 결국,

"이것을 부르시는 값으로 사지요."

하고 말했다.

---

64) 우에무라 야스타다[植村 泰忠](1539~1611)를 말함. 오다 노부나가와 도요토미 히데요 시가 중앙 정권을 쥐고 있었던 아즈치 모모야마 시대의 무장이며 에도 시대 초기의 하타 모토이기도 하다. 어린 나이에 아버지를 여의고 봉래사(鳳來寺)에 있던 친척의 손에 자랐 으며, 봉래사 약사별당(薬師別当)이 되었다. 다케다 신겐과 도쿠가와 이에야스가 싸웠던 미카타가하라의 전투 때 승병을 이끌고 도쿠가와 이에야스 측에 가세하였으며, 전쟁이 끝 난 후 환속하여 영지를 받았다. 오다와라 정벌에도 참전하여 무공을 세우는 등 여러 전투 에서 크게 활약하며 지위를 올렸고, 가쓰우라를 영지로 받아 그때까지 있었던 가쓰우라 성을 폐성하고 가쓰우라의 도시로서의 기초를 쌓았다. 영지민들에게 시장을 열게 하였는 데, 이것이 일본 3대 아침 시장으로 꼽히는 가쓰우라 아침 시장의 시초이다.

니키치는 부르는 값이라고 해도 시세를 모르는데, 물고기나 건어물과는 다르고요, 하며 매우 당황했지만 이마가와는,

"필요하신 액수면 됩니다, 이런 것은 최저가도 없고 최고가도 없습니다."

하고 말했다.

니키치는, 생각 좀 하게 해 주시오, 하며 팔짱을 끼고,

"팔고 싶다고 불러놓고 이제 와서 이런 말을 하는 것은 뭣하지만──사서 어쩌실 거요. 파실 겁니까."

하고 걱정스러운 듯이 물었다.

"팔린다면 팔아도 좋지만, 아마 팔리지 않을 테고, 경우에 따라서는 그 신사에 봉납할 수도 있지요. 그렇게 생각합니다."

"그럼 손해를 보시지 않소."

"저는 이 신상의 내력을 확인하고 싶습니다. 이것도 무슨 인연이라는 생각이 들어요. 그것뿐입니다."

니키치는 조금 어이없는 얼굴을 하고 이사마를 보았다.

"당신 친구는 특이하구려. 당신도 그렇지만, 도쿄에도 세상 물정 모르는 양반이 있긴 있구먼."

이사마는 그저──음, 하고 말했을 뿐이다.

니키치는 당혹을 숨기지 못하는 것 같았지만, 그러다가 납득한 듯한 얼굴이 되어 이마가와에게 금액을 귓속말로 말했다. 이마가와가 지갑을 꺼낸다.

이사마는 왠지 못 들은 척, 못 본 척을 했다. 금액을 아는 것은 니키치에 대한 무례에 해당하는 것 같은 기분이 들었던 것이다. 그래서 신상에 얼마의 값이 매겨졌는지, 이사마는 몰랐다.

다만 이사마의 생각에 니키치가 당혹을 극복할 수 있었던 이유는 아마 오리사쿠 가의 일을 떠올렸기 때문일 것이다. 오리사쿠 유노스케의 유품이라면 모두 고가의 상품으로 취급할 수 있을 테고, 그렇다면 이마가와도 손해는 보지 않을 것이다.

이사마는 그때 이마가와에게 그 일에 대해 말했다.

이마가와는 기꺼이 지금 찾아갈 수도 있지만, 우선 오늘 중에는 방문하지 않고 일단 돌아갔다가 다시 날을 정해서 찾아뵙겠습니다, 하고 말했다. 확실히 어중간하게 늦은 시간이고, 장례식 당일에 유품을 감정할 수도 없을 것이다.

그러나 이마가와가 막상 물러갈 때가 되자, 니키치는 저녁을 먹고 가라, 술을 마시고 가라고 끊임없이 붙들었고, 먹고 나자 먹은 대로 자고 가려면 자고 가라고 매우 끈질기게 권했다. 그래서 결국 이마가와는 돌아가지 못하게 되고 말았다. 어차피 묵을 거라면 오리사쿠의 저택 —— 거미줄 저택에는 내일 아침에 가자는 것으로 이야기는 정해졌다.

그러고 나서 또 말린 오징어니 생선 조림이니 하는 것을 안주로 실컷 먹고 마시다가, 정신이 들었을 때는 아침이었다.

어느새 잠들어 버린 모양이다.

추워서 잠에서 깨었다.

못생긴 골동품상과 자그마한 노인은 글자 그대로 한데 뭉쳐 마루방에 쓰러져서 코를 골고 있다. 초봄에 맨바닥에서 자기에는 춥다고 생각하며 자신을 돌아보니, 자신만은 왠지 낡은 이불을 덮고 있었다. 무의식중에 벽장에서 멋대로 끌어내 덮은 것일까. 아니면 이사마가 먼저 잠들어서 니키치가 덮어준 것일지도 모른다.

아마 이사마는 세 사람 중에서 제일 술이 약할 테니, 그것은 충분히 생각할 수 있는 일이다. 어쨌거나 이 집에 침구는 두 개밖에 없으니 한 사람은 밀려난다는 계산이 나오지만.

이사마는 외투처럼 이불을 몸에 두르고, 그대로 상반신을 일으켰다.

둘러보니 추운 것도 당연한 듯, 창문이 활짝 열려 있었다. 이사마는 큰맘 먹고 뱀이 탈피하듯이 이불에서 빠져나가 창문을 닫으러 갔다. 자신이야 어쨌든, 바닥에 누워 있는 두 사람이 감기에 걸리지 않을지 걱정이 되었기 때문이다.

창가에 선다.

구지라마쿠는 깨끗이 치워져 있다.

화환도 없다. 상복을 입은 개미들의 행렬도 없다.

장례식 냄새도 사라졌다.

그곳은 단순히 절로 이어지는 외길에 지나지 않는다.

아무런 특징도 없는, 그냥 길에 지나지 않았다.

어스름 녘은 끝나 가고 있다. 하늘은 이미 밝다.

문을 버티어 두는 나무막대를 치운다. 쓰러지는 판자문을 누른다.

──응?

이사마는 손을 멈추었다.

삿갓을 쓰고 도롱이를 걸친 남자가 한 명.

외길을 따라 이쪽으로 걸어온다.

도롱이가 반짝반짝 빛난다.

지푸라기가 머금은 수분이 먼 햇빛을 반사하는 것일까.

반짝. 반짝.

── 어부일까.

아침 시장에라도 가는 것일까. 그런 것치고는 아직 시간이 이르다. 아니면 원래 이런 것일까. 이사마는 아침 시장이 몇 시에 서는지 모른다.

── 여자 ── 인가.

그렇게, 생각했다.

생각한 순간 오싹했다.

감기의 오한과는 다르다.

저런 여자는 없다. 저 사람은 남자다. 하지만.

── 무늬인가 ──.

도롱이 사이로 보이는 기모노의 무늬가,

── 기분 탓.

기분 탓이다. 완전히 잠이 깨지 않았다. 지각(知覺)이 혼란스럽다. 도롱이 사이로 보이는 발은 남자의 것이다. 기분 탓이 아니라면 남자는 화려한 무늬의 기모노를 입고, 옷자락을 걷어지르고, 그 위에 도롱이와 삿갓을 걸치고 있는 것이 된다.

그런 묘한 옷차림이 있을까.

잠시 멍하니 있었을까. 정신이 들어 보니 도롱이를 입고 삿갓을 쓴 남자는 이미 이사마 앞을 지나 옆길로 꺾었다. 지금은 뒷모습밖에 보이지 않아서 이미 확인할 방법도 없다. 남자는 빠른 걸음으로 순식간에 작아져, 이사마의 시야에서 사라졌다.

"왜 그러시오."

니키치의 목소리가 들렸다. 이사마가 돌아보니 니키치도 이마가와도 일어나고 있다.

어린애 같은 노인과 기괴한 용모의 골동품상이 나란히 마루방에 책상다리를 하고 앉아 있는 모습은 아무래도 우스워서, 이사마의 오한은 금세 사라졌다.

"——음."

"숙취라고는 하지 않겠지. 냉큼 잠들어 버렸으면서. 술이 참 약하시군. 안 그런가, 골동품상."

니키치가 친근하게 부르자 이마가와는 순순히 예, 하고 대답했다. 이사마가 자고 있는 사이에 두 사람은 꽤 친교가 깊어진 것 같다.

"자, 얼른 아침밥을 먹고 거미줄 저택으로 가시게. 볼일을 마치지 않으면 낚시도 할 수 없으니."

니키치는 이사마에게도 친근한 말투를 쓰게 되었다. 뭔가 심경의 변화라도 있었던 것일까. 아니면 만난 지 나흘이나 지났으니 그저 노인의 본성이 나왔을 뿐인지도 모른다.

"하지만 아직 어둡잖아요."

"바보 같은 소리. 어디가 어둡나. 이 부근에서는 벌써 대낮일세. 자네, 낚시할 때는 얼마든지 일찍 일어나면서 이제 와서 무슨 소리인가."

"그렇——습니까? 지금 몇 시?"

"다섯 시 반입니다."

이마가와가 회중시계를 보며 대답했다.

그러면 이사마는 상당히 시간을 잘못 생각하고 있었던 모양이다. 아직 세 시쯤일 거라고 생각하고 있었던 것이다.

"오늘은 흐려서 어둡게 느껴지는 걸세."

니키치는 그렇게 말하며 물을 끓이기 시작한다.

이마가와는 얼굴을 씻고 오겠습니다, 하며 일어선다. 이사마는 무언가 불안거리를 속에 품고, 자신의 수염을 문지른다.

── 여자. 아니, 남자.

이사마와 이마가와가 니키치의 집을 나선 시각은 일곱 시 조금 전의 일이었다. 아직 이르지 않은가 하는 생각도 들었지만 니키치의 이야기로는 고사쿠 노인은 아침 다섯 시 전에는 일어나니 걱정할 것 없다고 한다. 두 사람은 반쯤 니키치에게 쫓겨나다시피 출발했다.

그래도 이사마의 감각으로는 상당히 일러서, 일단 해수욕장 쪽으로 나가 해안을 우회하면서 느긋하게 풍경이라도 바라보며 가자고 제안했다.

꽃흐림[65]이라고 하기에는 아직 시기가 이르지만, 장마철 하늘과도 비슷한, 잔뜩 흐린 하늘이다. 바다도 하늘의 우울함을 비추며 잔뜩 흐린 점착질(粘着質)의 납빛으로 물들어 있다. 도저히 액체라고는 생각되지 않는다. 그것은 하늘도 마찬가지여서 이쪽도 대기라고는 말하기 어려운 답답함으로 가득 차 있다. 바다와 하늘은 절대로 양립하지 않는 이질적인 사이임에도 불구하고 언제나 이렇게, 마치 거울에 비춘 듯 동질이니 이상한 일이다.

이사마는 이마가와에게 묻는다.

"당신 집은 ── 아마 유서 깊은 가문이었지요."

"그렇습니다. 형은 14대 당주지요."

"격 ── 높겠지요?"

"격?"

"격."

───────────────

65) 벚꽃이 필 무렵에 하늘이 엷게 흐려지는 날씨.

듣자 하니 이마가와의 본가는 대대로 이어져 내려온 마키에[蒔絵][66] 화가의 가문이라고 한다. 이마가와는 차남인 모양이지만 만일 장남이었다면 잘 생각도 나지 않는 엄격한 이름을 물려받게 되었을 거라고, 이사마는 그렇게 들었다.

명문가의 차남은 형용하기 어려운 불가사의한 얼굴을 했다.

"왜——그런 걸 묻습니까."

"음——오리사쿠 가문 말인데——."

이사마는 말이 극히 부족한 설명으로 어제 느낀 것을 말했다.

신분이니 격이니 계급이니, 사람은 그런 것에서 도망칠 수 없는 것일까——.

골동품상은 어디를 보고 있는 것인지 잘 알 수 없는 얼굴로 갑작스러운 이야기에도 흠흠 하며 귀담아듣다가 갑자기,

"인간은 관계가 있어야만 살아갈 수 있지요."

하고 한층 더 갑작스럽게 말했다.

"예?"

자신의 말이 부족한 것은 잘 알고 있었지만, 예기치 못한 의미 불명의 대답에 이사마는 당혹스러워진다.

"이상한 말이지만, 저는 교고쿠도 씨처럼 언변이 좋지는 못해서요. 그, 사람은 혼자서 오도카니 살아가는 게 아니라는 뜻입니다."

"——음."

이마가와는 변명을 하고, 이사마는 납득했다. 이마가와의 말대로 추젠지는 있는 일이고 없는 일이고, 검은 것을 희다고도 주워섬길

---

66) 칠공예의 일종. 옻칠을 한 위에 금, 은의 가루나 색 가루를 뿌려 기물의 표면에 무늬를 나타내는 일본 특유의 공예.

수 있는 남자이고, 통상 좀처럼 그렇게는 하지 못하는 법이다. 이사마가 말을 삼키고 생략해 버리는 것처럼 이마가와는 명확한 말을 고르지 못하는 것이리라.

이마가와는 이어서 말했다.

"격이라는 것은 대상이 몇 가지 있고, 그 대상에 어떤 가치관을 부여하기 때문에 생기는 거잖아요. 다시 말해서 비교할 대상과 가치를 결정하는 척도가 없으면 성립하지 않는 것이 아닙니까."

"그렇, 겠지요."

"사람이 한 명밖에 없다면 격이고 뭐고 없다고, 그렇게도 생각할 수 있습니다."

"없겠지요."

"하지만――그렇게는 되지 않습니다. 사람은 혼자 있어도 자신과 자신을 둘러싼 자신 이외――세상으로 나뉘고 말거든요. 세상에 대한 자신의 위치 설정――격이라는 것은 반드시 생겨날 겁니다. 그러니까 인간이 이 세상에 존재하는 한은, 격이라는 건 없어지지 않을 거라고, 저는 우선 이렇게 생각합니다."

"호오――."

계급사회에서 자랐다――는 세대의 문제가 아니라 더 근본적인 문제라는 뜻이리라.

"하지만 앞에서 말했다시피 사람은 혼자가 아닙니다. 비교할 대상은 주위에 많이 있어요. 개인 대 세상이라는 근본적인 대립 항을 의식하기 전에, 더 비교하기 쉬운 게 산더미처럼 많은 겁니다. 그리고 비교할 척도가 되는 논리 같은 것도, 가까이에 많이 있습니다."

"예를 들면?"

"그러니까 예를 들면, 시계열(時系列) 속에서는 자신에게 격을 부여할 수 있을 거라고 생각합니다. 이 경우는 역사와 자신의 관계를 잰다는 뜻이 되지요. 그러면 가문이나 성씨 같은 것이 척도가 됩니다. 조상이 있고, 부모가 있고, 자신이 있으니까요."

"과거라는 덩굴이 이어져 있다."

그 덩굴에서 가치를 찾아낸다는 뜻일까.

"면면히 이어지는 순서의 마지막에 자신이 있는 겁니다. 하지만 그 경우, 자신이라는 건 자손으로 이어지는 중계점에 지나지 않습니다."

"그렇군요."

"반대로 이 세상에서 평면적으로 자신의 격을 부여한다면, 이건 사회와 자신의 관계를 잰다는 뜻이 될 거라고 생각합니다. 그렇게 되면, 가령 현재 자신의 관직이나 재력이나 기술이나 용모, 그런 게 척도가 될 것 같거든요."

"이번에는 세속의 꼬리가 붙는다."

그 꼬리에서 가치를 찾아낸다는 뜻일 것이다.

"이 경우에는 조상도 자손도 상관없습니다. 전부 현재의 문제이지요."

"──그렇군요."

이사마의 질문과는 논점이 미묘하게 어긋나 있는 것 같은 기분도 들지만, 그것은 그것대로 좋지 않을까 하고 이사마는 생각한다.

이마가와는 혀짤배기의 답답한 말투로 말을 이었다.

"다만, 양쪽 다 본인과는 상관없는 곳에 척도 기준이 있습니다. 한쪽은 역사, 한쪽은 사회──."

듣고 보니 그것은 본인과는 상관없다.

용모는 개인적인 것인가 하는 생각도 들지만 판단 기준인 미의식 등도 시대나 사회에 따라 크게 달라진다.

"——현재 일컬어지는 격은, 이 두 가지가 섞여서 정해지는, 그 정도의 것이 아닌가 하고 저는 생각합니다. 예를 들어 실적은 나쁘지만 찬란한 역사를 가진 전통 있는 회사는 그 역사를 자랑스럽게 여깁니다. 반대로 창업은 최근이지만 경기가 아주 좋은 회사는 규모나 상재(商才)를 자랑하지요. 하지만 그것과 그 회사의 업무 내용이나 경영 방침과는 무관합니다."

"그야 뭐 그렇겠지요."

"하지만 그런, 격을 정하기 위한 가치의 척도를 역사나 사회에서 찾는 것은 무의미한 일이라고도 생각합니다."

"무의미?"

"무의미합니다. 그건 반석 같은 사회나 국가, 민족이 있어야만 유효한 격이거든요."

"하지만 개인은 사회 안에 있고 사회는 역사 끝에 있잖아요? 그래도 무효?"

"그게 아닙니다. 지금은 세력을 떨치고 있지만, 앞으로 이런 가치관은 의미를 잃게 될 거라고, 저는 그렇게도 생각하거든요."

"비교하지 않게 된다고요?"

"그렇지 않습니다. 처음에도 말했지만, 인간이 존재하는 한 격이 없어지는 일은 있을 수 없어요. 다만 비교할 때의 판단 기준을 사회나 역사에서 찾을 수 없게 되는 시대가 언젠가 올 거라고, 저는 말하고 싶은 겁니다."

몹시 이해하기 어려웠다. 원래부터 이마가와는 발음 훈련이 필요
할 정도로 말투가 좋지 않기 때문에, 말이 매끄럽게 진행되지 않는
만큼 한층 더 이해하기 어려운 것이다. 이사마는 고개를 쭉 빼고,
말없이 이해할 수 없다는 의사표시를 했다.

"그러니까."

입이 돌아가지 않는 주제에 웅변적인 친구는 곧 이해했다.

"개인 대 세상――개인의 안쪽과 바깥쪽 세계의 관계를 재고, 세
상에 대한 자신의 절대적인 격을 정하지 않으면 안 되게 되는, 그런
본질적인 시대가 도래할 거라고, 저는 생각합니다."

더 이해하기 어렵다.

"예를 들면 인류의 역사는 고작해야 뻔하잖아요. 가문을 거슬러
올라가도 고작해야 수백 년. 혈통이니 가문이니 하면서 으스대 봐야
원숭이한테는 당해낼 수 없습니다."

"원숭이――."

"또 사회라는 건 흔들리는 환각 같은 것이어서, 실제로 백 년 전의
상식조차 통용되지 않게 되거든요. 그런 사회 속에서 아무리 강고한
자신을 확립한다고 해도, 그건 신기루 속에서 으스대는 것이나 마찬
가지라고 생각합니다."

"신기루――."

"현재, 격을 결정하는 척도라는 건 그것뿐입니다."

"그것뿐?"

"그것뿐입니다. 하찮고, 상대적인 것이지요. 그렇다면 그것은 본
질적이지도, 원리적이지도 않아요. 절대적인 격을 추구한다면 기준
이 되는 척도 또한 절대적인 것이어야 한다고 생각하는 겁니다."

"——그래요?"

"물론 아닐지도 모르지만요——."

이마가와는 거기에서 조금 수줍어하는 몸짓을 보였다.

"——만일 절대적인 가치관이라는 게 있다면, 그건 개인의 내부에만 있을 수 있다고, 저는 생각합니다. 그리고 그게 개인의 내부에서밖에 통용되지 않는 이상, 비교할 수 있는 대상도 대립하는 단 두 항, 개인과 세상——우주라는 것이 되지 않습니까?"

"——되나?"

이사마에게는 알 듯 모를 듯한 이야기다.

"그거, 대립시키지 않으면 안 되나요?"

"시키지 않아도 하는 겁니다."

"그래요——."

그럴지도 모른다.

자신이 실감하고 있는 이 세계와 자신을 둘러싼 현실의 세계라는 것은——마치 하늘과 바다처럼——쌍둥이처럼 닮았으면서도 절대 양립하지 않는 사이일 것이다. 그렇다면 그것은 내버려두어도 대립하는 것일까.

그리고 그 개인의 내부와 외부라는 대립하는 두 항은 이마가와의 원리원칙에 따르자면 비교할 최소 단위가 되는 모양이다.

그것이야말로 격을 설정할 때 가장 어울리는 것이라고, 친구는 말하는 것이다.

그것에 대해서는, 어렴풋하게나마 이사마도 납득할 수 있을 것 같은 기분이 든다.

그것 이외의 대상은 번잡하고 너무 어중간해서 단위는 될 수 없다.

그렇다면 역사나 사회는 고작해야 참고 자료 정도의 부차적인 기능 밖에 갖지 못하니, 가치판단을 할 때의 확고한 판단 재료는 될 수 없다는 뜻이 될 것이다.

어차피 상대적인 것에서는 절대적인 진리는 끌어낼 수 없다는 뜻일까.

그것은 아마 그렇겠지만,

──그럴까.

이마가와의 말대로── 역사는 아지랑이처럼 덧없고 사회는 아지랑이처럼 흐릿하다. 그에 비해 인간의 안과 밖의 분리는 훨씬 확고한 것이다.

그것은 이사마도 그렇게 생각한다.

그러나 이사마는 어디에선가 안과 밖은 치환 가능할 것 같은 기분이 들어서 견딜 수가 없다. 이사마이니 그것을 뒷받침하는 논리가 있는 것은 아니다. 기분에 가깝다.

이사마는 사고를 전환한다.

"남자와── 여자는?"

이것도 대립하는 두 항이 될 수 없을까.

"저는 그 구별을 모르겠습니다."

"예?"

"물론 자웅(雌雄)의 구별은 되지만, 그것 이외 남녀의 차이라는 것은 사회나 역사라는 불확실한 척도로 나뉘는 것에 지나지 않는 듯한 기분이 듭니다. 그 둘을 떼어내 버리고, 어디가 또 다르냐고 물어도 저는 구별이 되지 않습니다. 하기야 저는 여성이 된 적은 없으니까 모르지만요."

―― 여장만은 하지 말아 주었으면.

이사마는 이마가와의 여장 모습을 상상하고 속으로 웃는다.

그리고 거기에서도 계급의식의 편린(片鱗)을 느끼고 만다.

이마가와의 의견을 듣고 일시적으로 납득하려는 기분은 들었지만, 역시 그것은 기분 탓이었던 모양이다. 그것도 어쩔 수 없는 일인 것이, 이마가와의 의견을 따르자면 어차피 이마가와와 이사마는 다른 인간 이고, 이사마의 입장에서 보자면 이마가와는 단순히 세상의 일부에 지나지 않는다는 결론이 되고 말기 때문이다.

―― 남자일까 ―― 여자일까.

도롱이에 삿갓을 쓴 남자.

이사마는 떠올린다.

왜 자신은 그 남자를 여자라고 생각했을까.

그것은 그 남자가 이사마 안의 남녀를 나누기 위한 척도에 걸맞지 않은 무언가를 갖추고 있었기 때문이다. 그렇다면 그것은 무엇일까.

역사적 척도일까. 사회적 척도일까. 아니면 이사마의 개인적인 척 도일까 ――.

―― 척도라기보다 논리 ―― 이치일까.

그 남자에게는 어딘가 이치에 맞지 않는 데가 있었을 것이다. 그래 서 오한이 스친 것이다.

물론 이마가와는 도롱이에 삿갓을 쓴 남자에 대해서는 모르고, 이 사마의 경우는 슬퍼하든 화를 내든, 극단적인 변화는 외견상으로는 거의 나타나지 않으니 그런 불안인지 의문인지 알 수 없는 표정이 전해질 리도 없었다.

이마가와는 묘하게 상쾌한 얼굴을 하며 이렇게 말을 맺었다.

"그러니까 저희 집은 역사도 오래되었고 사회적으로도 예술 공예가의 집안이지만 그런 것은 저와는 상관이 없고, 상관이 있다고 해도 격이 높다고 할 것도 없습니다. 옛날부터 마키에 일을 해 온 집안이라고, 그저——."

"그것뿐?"

"그것뿐입니다."

"음——."

이사마는 그것에 대해 더는 깊이 생각하지 않기로 했다. 이사마의 성미에는 맞지 않기 때문이다.

니키치가 가르쳐준 길을 따라, 해변을 떠나 인가(人家) 옆을 지나쳐서 경사가 가파른 옆길로 들어선다. 빈약한 숲을 빠져나가자 언덕 위쪽에 커다란 실루엣이 나타났다.

그것이 거미줄 저택이었다.

저택은 시커멓게 보였다. 배경은 그렇게 밝지도 않은 납빛의 구름 낀 하늘뿐이다. 역광이 비치고 있는 것도 아닌데 건물은 그 납빛의 캔버스 중심에 시커멓게 우뚝 솟아 있었다. 실루엣만으로 판단하기에 서양식 저택임은 틀림없는 것 같았지만, 디자인도 벽의 색깔조차도 확인할 수 없어서 무슨 양식의 건축인지 이사마로서는 알 수 없었다. 저택 앞뜰에는 더부룩하게 나무가 우거져 있다. 아마 벚나무일 것이다. 하지만 저택으로 이어지는 길의 양쪽은 황량해서, 키 작은 적갈색 나무가 드문드문 자라고 있는 정도다. 이마가와는 아아, 저 건물에는 뒤가 없군요, 하고 말한다. 곶의 끝, 절벽을 등지고 서 있다는 뜻일 것이다.

과연, 배경이 하늘밖에 없는 것도 이해가 간다.

이사마는 구체적인 감상을 가질 수가 없었다.

건축물에는 흥미가 없는 것이다.

분위기가 전부다.

문 앞에 다다른다.

마치 그림에 앉은 파리가 된 것 같은 기분이 들었다.

현실의 그림자는 광원(光源) 쪽으로 돌아들어 가면 사라진다. 엄폐물을 치우면 사라진다. 명암의 대비도 비교 대상을 은폐하면 사라져 없어진다. 그러나 그림 속의 그것은, 무엇을 어떻게 해도 언제까지나 그대로 검다. 시간과 공간을 그 표층에 정착시켜 버린 그림에서, 그림자는 질량을 갖고 있다. 바탕에 칠해진 그림자는 빛과 동질인 것이다.

그 건물을 물들인 암흑 또한, 아무리 옆으로 다가가고 방향을 바꾸어도 사라지지는 않았다.

그것은 그림자도, 그늘도 아니었기 때문이다.

하늘과 대비되어 검게 보이는 것도 아니었다.

건물은 그림자 색으로 칠해져 있었던 것이다.

거미줄 저택은 정말로 검었다.

검게 도장된 목재. 검게 구워진 벽돌. 검게 변색된 놋쇠. 검게 시대를 새긴 돌.

──꼭 무대 장치 같군.

따라서 이곳은 그림의 표면이고, 이사마는 파리인 것이다.

이마가와를 본다. 무슨 생각을 하고 있는지, 이사마 이상으로 그 표정은 읽을 수 없다. 속을 알 수 없는 남자이기는 하다.

골동품상은 말했다.

"특이한 저택입니다. 저택이라기보다 성 같은 인상이군요."

"성?"

"아뇨. 서양식 저택인데도 전국시대의 성 같은 느낌입니다. 단순히 장소 때문일지도 모르지만——맞은편의 묘진 곳에는 옛날에 가쓰우라 성이라는 견고한 성이 있었다고 하는데요——마치 침입을 거부하는 듯한 입지 때문에 그렇게 생각되는 것뿐인지도 모르겠습니다."

감상은 사람에 따라 다르다.

녹슨 쇠문은 닫혀 있다. 검은 돌로 만들어진 문기둥에는 오리사쿠라고 적혀 있다.

마찬가지로 검은 벽돌로 만들어진 담장으로 에워싸인 앞뜰 안은 역시 온통 벚나무였다. 조금 더 시간이 지나면 검은 그림자의 그림 표면에는 벚꽃색 물감이 대량으로 칠해질 것이다.

출입문을 찾아, 두 사람은 담을 따라 조금 걸었다. 정문으로 당당히 들어갈 마음이 들지 않았기 때문이다. 왜 그렇게 생각한 것인지, 이사마는 생각하기를 그만두었다.

측면으로 돌아들어 가도 풍경은 그리 달라지지 않았고, 그림자 같은 저택은 더부룩한 벚나무를 배경으로 조금씩 모양을 바꾸면서, 역시 흐릿한 그림자의 위용을 지키고 있다.

출입문 같은 것이 있었다.

이마가와가 들여다보았다.

순간 골동품상은 뒤로 벌렁 넘어졌다.

이사마가 당황할 새도 없이 큰 소리가 들렸다.

"꼼짝 마라. 도, 도둑놈!"

"도, 도둑이."

"닥쳐!"

문에서 갈퀴 같은 것이 튀어나와 이마가와를 후려쳤다. 이마가와
는 아야아, 하면서 빙글 회전해 양손을 짚고 사죄라도 하는 듯한 자세
가 되었다. 동작이 짐승 같다.

이어서 문 안에서 한눈에도 알아볼 수 있는 옷차림을 한 메이드가
튕기듯이 튀어나왔다.

"얼굴이 도둑이야, 뻔뻔스러운 놈. 이런 아침 댓바람부터 뭘 어쩌
겠다는 거야. 이것, 봐."

거기에서 메이드는 이사마를 알아차렸다.

"도, 동료가 있었어. 다, 당신 동료지."

"──예. 뭐어."

도둑은 아니지만, 동료이기는 하다. 그러나 이 경우 도둑이 아니라
는 부분을 생략하고서 나머지 부분을 긍정해 버리면 신분은 도둑이라
고 인정한 것이나 마찬가지다.

메이드는 갑자기 겁을 먹었다.

공포가 얼굴에 달라붙어 있다. 경련이라도 일으킨 듯한 상태다.
나이는 열 일고여덟 정도일까. 약간 눈이 치켜 올라가 있는 것을 제외
하면 전체적으로 자그마하고 귀여운 생김새를 한 아가씨다. 양장을
했고, 머리 모양도 파마라도 한 듯 꽤 세련되었고, 전체적으로 서양풍
이기는 하지만 이사마는 왠지 그 메이드를 보고 중국의 ── 도자기
등에 그려져 있는 그 변발의 ── 어린아이의 그림을 떠올렸다.

"나, 나를 어쩌려는 거야. 아, 아, 아저씨, 고사쿠 아저씨이!"

메이드는 이사마와 이마가와를 응시한 채 뒤로 물러서며 큰 소리를
질렀다. 그리고 도망치려고 몸을 돌리자마자 ── 넘어졌다.

메이드는 꺄아, 하고 이상한 목소리를 냈다.

"뭐야, 세쓰, 또 넘어졌어?"

벚나무 뒤편에서 굵은 목소리가 들리고, 몸집이 큰 남자가 느릿느릿 나왔다. 데몬 고사쿠였다.

메이드는 쓰러진 채, 도둑, 문 안을 엿보고, 분위기를 살피고, 날 죽일 거야, 허억허억, 하고 지리멸렬한 말을 외치고 있다.

"도둑? 오, 어제 그 이사마──씨였지요. 잘 와 주었소. 그래서? 그 사람이──도둑인가?"

"저는 도둑이 아닙니다."

"아니에요?"

메이드는 벌떡 일어났다.

"저는 골동품상입니다. 그것뿐입니다."

"아니면 아니라고 말해요, 진짜. 내가 때려 버렸잖아요."

"너, 이 사람을 때렸느냐."

"때렸어요."

메이드는 부루퉁한 얼굴로 일어섰다.

"거참, 괜찮소? 이 처녀는 세쓰라는 이 집 하녀인데, 위세는 좋지만 아무래도 덜렁대서 큰일이랍니다. 실례가 있었다면 사과하겠소."

이마가와가 뭔가 말하려고 하기 전에 세쓰가 말했다.

"덜렁댄다니, 너무하잖아요. 누구나 도둑이라고 생각할 거예요. 정문에서부터 계속 안을 들여다보면서 뒤로 돌아왔는걸요. 게다가 이런 수상한 옷차림을 하고 있고요. 보통 그렇게 생각하잖아요?"

"그건, 그."

"게다가 또 넘어졌다니, 그야 저는 자주 넘어지지만요. 넘어진 정도로 그렇게 큰 소리는 내지 않아요."

"하지만 세쓰."

"하지만이라니 작년 가을 일을 말하는 거라면, 그때는 계단 한가운데에서 아홉 계단이나 굴렀다고요. 그래서 큰 소리를 낸 거예요. 그냥 넘어지기만 한 게 아니고요. 무엇보다 저는 하녀가 아니라 가정부예요. 젊은 미모의 가정부지요 ──."

실로 ── 말이 많은 처녀다.

이사마도 이마가와도 전혀 언변이 좋지 않아서 압도될 뿐이다. 다만 이런 영문을 알 수 없는 상황에는 두 사람 다 나름대로 익숙하다. 그래서 허둥거리지는 않는다. 이런 엉망진창의 상황을 자주 일으키는, 공통의 친구가 한 명 있기 때문이다.

"세쓰. 어쨌든 오해였으니 사과해."

세쓰는 볼멘 얼굴을 했다.

"하지만 ── 하지만 실례지만, 정말 아닌가요? 어제부터 엿보고 있었잖아요?"

"어제? 어제, 언제."

"장례식 중에요. 저 혼자 있는 것 같아서 조심하고 있었거든요. 다들 돌아간 후에도 누군가 있었던 것 같았고. 그리고 오늘 아침에도 보고 있었어요."

"장례식 때 이 사람은 니키치의 집에 있었다. 내가 끝난 후부터 함께 있었지. 이쪽에 있는 사람은 그때 아직 도착하지 않았어."

"그래요? 그럼 오늘 아침에는?"

"오늘 아침에는 일어나서 곧장."

"그게 ── 지금?"

"맞아요."

세쓰는 심드렁한 얼굴을 했다.

"눈알 살인마니 교살마니, 요즘 이 부근도 위험하니까 조심성이 많아졌어요. 죄송해요."

부끄러움을 감추려는 듯이 머리를 숙이고, 세쓰는 약간 고개를 숙인 채 나무 안쪽으로 사라졌다. 고사쿠는 그 모습을 눈으로 좇으면서, 아아, 안내해 달라고 하려고 했는데 가 버렸군, 저 덜렁이, 하고 투덜거렸다.

결국, 이사마도 이마가와도 거의 말을 할 수 없었다.

"마님께는 이야기해 두었소."

하고 고사쿠는 말했다.

다만 자신은 집 안에 들어갈 옷차림이 아니니까, 라고 한다. 분명히 고사쿠는 목장갑을 끼고 작업복 위에 소매 없는 솜옷을 껴입은 데다 낫까지 들고 있다.

늙은 고용인은 잠시 생각한 후, 잠깐 여기서 기다려 달라고 말하고는 달려갔다. 옷을 갈아입고 올 생각일까. 그가 사는 곳은 정원 어딘가에 있기라도 한 것일까.

고사쿠는 곧 돌아왔다. 별것도 아니다. 솜옷을 벗고 목장갑을 벗었을 뿐이었다. 그리고 이사마와 이마가와는 고사쿠의 안내를 받으며 거미줄 안으로 들어갔다.

안은 대개의 사람들이 떠올릴 산뜻한 서양식 저택의 내부 그대로였다.

다만 회반죽 이외의 목재 부분은 전부 검게 칠해져 있다. 디자인도 공을 들일 대로 들인 세밀한 것으로, 그 지나칠 정도의 섬세함이 건물이 얼마나 오래되었는지를 상징하는 것처럼 이사마에게는 여겨졌다.

똑같이 만든다고 해도 지금의 건축 방식으로는 조금 더 힘 있게 완성될 것 같은 기분이 드는 것이었다. 완성되어 있는데도 어딘가 불안정한 느낌——이라는 것은 이사마에게는 아무래도 메이지 시대의 분위기 때문이다.

특이한 구조네요, 하고 이마가와가 말한다. 이사마는 어디가 특이한 것인지 잘 모른다.

복도를 꺾자 위층까지 천정이 뚫려 있는, 홀 같은 큰 방이 나왔다. 바닥 중앙에 값비싸 보이는 페르시아 융단이 깔려 있고, 그 위에 커다란 고양이 다리 테이블과 의자 여덟 개가 놓여 있다.

홀을 가로지르면 나선계단에 이르게 된다. 계단 끝은 좁아지니 주의하시오, 하고 고사쿠가 말한다. 보니 계단은 분명히 가느다란 부채 모양의 판자로, 중앙을 향해 서서히 폭이 좁아진다. 방심하고 발을 디뎠다간 헛디뎌서 넘어질 것이다.

폭이 넓은 쪽을 향해 신중하게 발을 올려놓자 끼익 하고 판자가 삐걱거리는 소리가 났다. 조금 불안해져서 장식적인 난간을 붙잡자 난간까지 끼익 하고 소리를 냈다.

2층의, 홀을 빙 도는 회랑을 돌아 안쪽으로 이어지는 복도로 꺾는다. 빙글빙글 회전하느라 이사마는 이미 어느 쪽이 건물 정면인지 알 수 없게 되었다. 복도 좌우에는 수많은 검은 문이 있다. 도중에는 아래층으로 이어지는 계단도 있었고 위로 올라가는 계단도 있었다. 3층도 있는 모양이다. 미로 같다.

고사쿠가 말한다.

"안은 복잡하지만 익숙해지면 아무렇지도 않다오. 부지에 네모나게 지었지만 둥글게 지었다고 생각하면 길을 잃지 않지."

요컨대 입체적이면서도 방사상으로 방이 있는 거로군요, 하고 이마가와가 말했다.

네모난 건물에서 어떻게 하면 방사상으로 만들 수 있는 것인지 이사마로서는 전혀 알 수가 없었지만, 각 층의 각 방을 복도나 계단이 종횡무진으로 연결하고 있다는 것만은 잘 알 수 있었다. 실로 거미줄 같다.

틀림없이 어딘가에 중심이 있을 것이다.

검은 문을 열자 초등학교 교실 같은 방이었다.

크게 나 있는 창문 바깥은 온통 봉오리가 맺힌 벚나무고, 그 창에 등을 돌리고 절세의 미망인이 서 있었다.

자신의 바로 정면——이사마 일행을 날카롭게 응시하고 있다.

싫을 정도로 콧날이 오뚝하고 어이없을 정도로 피부가 하얀 부인이다. 정면에서 보니 위엄이 있다기보다 고귀하다는 느낌이 든다. 고사쿠는 눈을 마주치지 않도록 아래를 향하며 고사쿠답지 않은 공손한 목소리로,

"마님. 골동품상을 모셔 왔습니다."

하고 말했다.

미망인은 눈썹 하나 움직이지 않고,

"알겠습니다. 물러가세요."

하고 말했다.

이사마가 상상하고 있던 엄격한 말투와는 다르다. 둥글둥글한 음색의, 생각했던 것보다 훨씬 부드러운 말투였다.

고사쿠는 비굴할 정도로 몸을 굽히고 예에, 하고 낮은 목소리로 말하고는 그대로 나가려고 했다.

여주인은 그 비굴함을 나무라듯이 약간 눈썹을 찌푸리더니 오른손을 스윽 들었다.

"잠깐만요. 고레아키 씨는——?"

그 물음에 고사쿠는 몸을 굽힌 채 돌아보지도 않고 더욱 숙이며 다시 예에, 하고 한층 더 힘없이 대답했다. 여주인은 그 몸짓에서 모든 것을 이해했는지, 이마 언저리에 살짝 근심을 띤 채, 그래요, 하고 작게 말하더니,

"——알겠습니다. 고사쿠, 물러가지 말고 거기에 계세요."

하고 말했다. 고사쿠는 커다란 몸을 가능한 한 작게 움츠리고, 역시 고개를 숙인 채 세 번째로 예에, 하고 말했다.

미망인은 그제야 무언가를 떨쳐내듯이 이사마와 이마가와에게 시선을 향했다.

"이거 실례가 많았습니다. 처음 뵙겠어요. 저는 오리사쿠 마사코라고 합니다. 상중이라, 이런 볼꼴 사나운 차림새로 뵙니다. 오늘의 갑작스러운 청을 들어주셔서 진심으로 감사드립니다."

보니 부인은 아직 상복 차림이다. 위화감도 없이 너무나 잘 어울려서 이사마는 알아차리지도 못했다. 이마가와는 조금은 이런 자리에 익숙한지,

"정중한 인사 말씀에 몸 둘 바를 모르겠습니다. 아오야마에서 마치코안이라는 골동품 매매 장사를 하고 있는 이마가와라는 사람입니다. 보잘것없는 골동품상이지만, 모쪼록 잘 부탁드립니다——."

하고 혀짤배기 이마가와치고는 꽤 유창한 인사를 했다. 그리고 이사마를 가리키며, 이쪽은 소개해 준 친구입니다, 하고 말했다. 이사마는 그저 이름만 말하고 목례했다.

마사코는 깊이 고개를 숙인 후, 저희 사정은 아시는지요, 하고 물었다. 일단은 알고 있습니다만, 하고 이마가와가 대답하자 미망인은 희미하게 미소를 지으며, 그럼 무엇보다도 우선 봐 주시는 것이 좋겠지요, 하며 전원을 옆방으로 안내했다.

옆방으로 이어지는 검은 문은, 들어온 문의 정면에 있었다. 복도가 아니라 실내에 있다. 아무래도 옆방으로는 이 방을 통해서만 갈 수 있는 모양이다.

문을 연 순간, 이마가와가 우우, 하고 신음했다.

오래된 종이 냄새. 먹의 향기. 곰팡이나 먼지의 냄새.

똑같이 벚나무가 보이는 커다란 창이 있다. 그 창을 제외한 벽에는 줄줄이 족자나 편액이 늘어서 있다. 중앙의 커다란 테이블 위는 전부 가늘고 긴 나무 상자와 종이 묶음으로 가득 메워져 있었다.

이 방은 서화의 방이다.

이마가와는 당장 벽의 그림을 본다.

"이것은 셋슈(雪舟)[67]의 세 폭짜리의 그림——아니, 이것은 모사한 것입니다. 하지만 대단한 화력(畵力)이군요. 아마 어딘가 절의 본존 옆이나——아아, 큰일이로군."

이마가와는 마치 개처럼 감정을 시작했다.

본래 느슨한 입매가 더욱 느슨해져 칠칠치 못하기 짝이 없지만 눈만은 매우 진지했고, 운코쿠(雲谷)니 산라쿠(山樂)니 슈분(周文)이니, 진짜니 위작이니 중얼거리고는 점차 흥분하기 시작하는 것 같더니 결국에는 큰 한숨을 쉬었다.

---

67) 무로마치 후기의 화승(畵僧). 1467년에 명나라로 건너가 수묵화 기법을 배우고 1469년에 일본으로 돌아왔다. 송·원·명의 수묵화 양식을 개성화하였으며 산수화, 인물화 및 장식적인 화조화(花鳥畵)도 많이 그렸다.

"이 달마는 모, 못케이[牧谿]——입니다. 설마, 필사——아니, 분본
(粉本)——은 아닙니다. 진품입니다. 아니아니, 진품인 것 같습니다."

"대단한 건가, 그거?"

"못케이는 중국 남송의 선승(禪僧)입니다. 만일 진품이라면 처음 보
았습니다. 진품일까."

"그거, 감정이 아니잖아요."

감탄하고 있을 뿐이다. 이마가와는 변명한다.

"이런 건 좀처럼 없습니다. 게다가 만일 진품이 아니더라도, 이
정도의 그림은 별로 없습니다."

흥분한 듯한 감정인과는 대조적으로, 상복을 입은 의뢰인은 침착
한 말투로 말했다.

"대부분은 돌아가신 남편이 좋아해서 모은 것이지만 그 달마 같은
것은 옛날부터 저희 집에 전해져 오는 그림입니다. 도지 님의 이야기
로는 아시카가 쇼군 가에서 누군가가 선물한 것이 돌고 돌아 영주
우에무라 님에게 들어왔고, 1751년 6대 번주 쓰네토모 님이 영지에
서 쫓겨나실 때 오리사쿠 가에 하사하셨다고——."

"하아, 진품입니다."

이사마는 일말의 불안을 느낀다. 친구로서 이마가와라는 남자의
사람 됨됨이는 알고 있다고 생각하지만, 골동품상으로서의 감정안이
얼마나 정확한지는 전혀 모르기 때문이다.

아무래도 수상한 감정인은 이어서 뭔가 글씨가 적혀 있는 액장(額裝)
을 집어 들었다.

"그 글은 남편이 데릴사위로 들어올 때 에치고에서 가져온 것으로,
료칸[良寬]⁶⁸⁾이 쓴 글이라고 전해지고 있습니다."

"아아, 료칸의 작품은 에치고에서 종종 생겨납니다. 이것은 아마
—— 위조품일 겁니다."

즉시 위조품인 줄 안다는 것은 나름대로 신용도 할 수 있는 것이리
라고, 이사마는 조금 안심한다. 대강 훑어보고 나자 마사코는 다음
문을 가리킨다. 앞의 방과 완전히 똑같은 구조다.

"이쪽에는 도기와 자기 같은 것이 놓여 있습니다."

역시 새까만 문을 열자 비슷한 구조의 방이 있고, 비슷한 테이블이
놓여 있다.

그 위고 아래고 할 것 없이 —— 의자 위며 바닥까지도 어마어마한
수의 항아리와 찻종과 나무 상자 등이 산더미처럼 쌓여 있다. 이렇게
수가 많으면 진귀한 느낌도 사라지고, 굉장하다면 굉장하지만 아무
래도 니키치의 헛간에 있는 잡동사니와 비슷한 굉장함이 되고 마는
것이 우습다.

"저는 전혀 모르지만, 이 상자의 화기(花器) 같은 것은 아마 60만
엔인지를 내고 구한 것이라고 하더군요."

"좀 보겠습니다."

이마가와는 조심스럽게 상자를 받아들어 공손하게 살펴보고 나서
뚜껑을 연다. 얼굴을 가까이 한다. 아무래도 이마가와의 몸짓은 이사
마의 눈에는 코로 감정하고 있는 것처럼 보인다.

"청자 —— 봉황 귀의 꽃병? 아아 —— 이건 속은 겁니다. 아니, 청
자는 알아보기가 어렵지만, 이건, 아무리 뭐라 해도 알 수 있지요.
진짜라면 국보입니다. 상자는 —— 아아, 하지만 속이는 쪽도 속이는
쪽이군요. 이건 잘해 봐야 10엔 정도입니다."

---

68) 1758~1831. 에치고 출신의 조동종 승려, 시인, 서예가.

"10엔──."

이사마는 저도 모르게 말한다. 실로 6만 배다. 놀라는 김에 마사코를 보니, 이쪽은 태연하다. 게다가,

"그 사람은 눈이 좋지 못했군요. 진짜라고 믿은 채 죽었으니 다행입니다."

라고 말하고 있다.

좀처럼 할 수 있는 말이 아니다.

그건 그렇고 유노스케라는 사람은 아내의 말대로 도자기에는 별로 보는 눈이 없는 양반이었는지, 이마가와의 감정에 의하면 절반은 위조품이라는 것이었다.

"하지만 위조품이라고는 해도 대단한 물건입니다. 그건 그렇고 곤란하군요. 이걸 전부 사들일 만한 돈을, 저는 갖고 있지 않습니다."

"괜찮아요."

"예?"

"헐값이라도 상관없습니다. 돈이 필요해서 팔려는 것이 아니에요. 이대로 놔두면 제대로 될 것이 없습니다. 타당한 분의 손에서 타당한 곳에 보관해 주셨으면 하는 것이지요."

"하지만──."

"솔직히 공짜라도 괜찮습니다. 다만, 그래서는 이치에도 맞지 않지요. 부르시는 값에 팔겠습니다."

이마가와는 더없이 기묘한 얼굴을 했다. 어젯밤의 니키치와 같은 입장에 서게 된 것이다.

"실례되는 것을 여쭙겠습니다만, 그, 제대로 될 것이 없다는 말씀은 무슨──."

"제대로 될 것이 없지요. 이것을 돈으로 바꾸려고 하는 괘씸한 자가 있거든요. 지금 하신 말씀으로는 절반은 모조품. 하지만 돈에 눈이 먼 장사치가 팔면 전부 진품——아닌가요."

옆에서 아래를 보고 있던 고사쿠 노인이 순간 흠칫 떨었다.

괘씸한 자란, 즉 그의 아들을 말하는 것일 거라고 이사마는 금세 알아차렸다.

"오리사쿠의 이름을 꺼내면, 아니, 시바타의 이름을 꺼낼지도 모르지만——설령 한눈에 알 수 있는 위조품이라도 진품이 되겠지요. 우리가 속아서 비싸게 사는 것은 상관없습니다. 하지만 오리사쿠 가에서 모조품이 유출되는 것만은——참을 수가 없어요."

"예에."

이마가와는 몹시 곤란한 듯이 잉어 그림처럼 둥근 눈으로 이사마를 보았다.

이사마는 눈썹을 위아래로 움직여 그에 답했다. 바보 취급하는 것으로밖에 보이지 않았을 거라고, 움직이고 나서 생각했다.

"서화와 골동품만이 아닙니다. 서재에는 고금의 서적도 많이 있어요. 역사가 오래되었으니 좋은 물건도 있지 않을까 합니다. 하지만 그것들은 모두 지금의 오리사쿠 가에는 필요 없는 것. 좋은 물건이 있으면 있을수록, 가져야 할 분이 가져야 할 물건이겠지요. 그것을 무뢰한 놈들의 유흥에 허비할 생각은 없어요."

의연하지만,

——쓸쓸해 보인다.

그렇게 느꼈다. 이사마는 이, 도저히 불혹을 넘겼다고는 생각되지 않는 부인에게 조금씩이기는 하지만 호감을 갖기 시작했다.

이사마는 그대로 창가로 이동해 창틀로 잘려 있는 아래 세상을
바라보았다. 정원은 넓다. 그것이 건물의 어느 면에 해당하는 정원인
지, 아니면 안뜰인지, 어쨌거나 이 창문이 어느 쪽 방향을 향하고
있는 것인지 이사마로서는 짐작도 가지 않았다. 벚나무가 이어지는
그 사이, 그 너머에,

—— 묘지.

비석들이 보였다.

—— 유노스케 씨라는 사람도 저 밑으로 들어갔을까.

검은 창틀. 봉오리가 맺힌 벚나무. 비석. 반짝.

—— 빛났다?

도롱이의 빛이다. 오늘 아침에 본 빛이다.

그것은 곧 벚나무와 비석 사이로 흐르는 이른 봄의 안개에 섞이고
말았다. 아무리 눈에 힘을 주어도, 어디를 보아야 할지 알 수 없게
된다. 창문 안은 어디나 벚나무라 좌표가 확실하지 않다. 다시 오한의
예감이 이사마를 스친다.

잠깐, 잠깐, 안 됩니다.

우당탕거리며 버둥거리는 듯한 소란이 예감을 흐트러뜨린다.

창틀 속을 떠돌고 있던 불안한 시선은 그 소리가 나는 쪽으로 억지
로 끌려간다. 아아, 작은 나리, 하고 귀에 익은 메이드의 목소리가
났다. 방해된다, 비켜, 하는 고함 소리도 들린다. 마사코가 날카롭게
시선이 향한다.

검은 문이 난폭하게 열렸다.

"멋대로 구시는군요——."

검은 틀 속에 남자가 서 있었다.

칠칠치 못한 옷차림의 상복.

와이셔츠 단추를 세 개까지 풀고, 넥타이를 가슴주머니에 쑤셔 넣고, 오른손에는 작은 위스키 병을 들고 있다. 그 안에 들어 있는 액체의 몇 배나 되는 양을 남자가 이미 섭취했다는 것은, 그 얼굴을 보아도 명백하다. 남자는 비스듬히 서서 왼쪽 팔꿈치를 문의 검은 틀에 걸치고, 난폭하게 말했다.

"──상주면 상이나 치를 것이지."

아마 ── 이 자가 고레아키일 것이다.

마사코는 천천히 몸의 방향을 바꾸어 불초 사위와 대치했다.

이사마도 저도 모르게 긴장한다.

고레아키의 어깨 너머로, 큰일 났다는 듯이 곤란한 얼굴로 아까 그 세쓰가 머뭇거리고 있는 모습이 보였다. 그 메이드를 밀쳐내다시피 하며, 마사코와 똑같은 기모노 상복 차림의 부인이 나타나 남자에게 매달렸다.

"여보, 진정하세요."

고레아키는 건드리지 마, 하며 그 팔을 난폭하게 뿌리친다. 부인은 납작 엎드리다시피 하면서도 그만하세요, 하고 말했다.

"마누라가 남편한테 의견을 말하는 거냐!"

"그런 게 아니에요. 술이 과하세요."

"시끄러워, 멍청아."

하고 고함치며 고레아키는 부인을 걷어찼지만 부인은 웅크린 자세로 그것을 견디고, 얼굴을 숙이다시피 하며 앞으로 돌아가더니 야만적인 데릴사위에게 납작 엎드렸다.

"여보, 어머님은 아무것도 ──."

"비켜. 네 어머니는 나를 우습게 여기고 있단 말이다. 남편이 바보
가 되었는데, 너는 분하지도 않은 거냐!"

"하지만——."

말대꾸하지 마, 하고 또 걷어차려고 하는 그 다리에 매달린 상복
차림의 부인의, 그 너무나도 가련한 모습을 차마 더 볼 수가 없었는지,
마사코가 일갈했다.

"그만하렴, 아카네. 됐다. 이런 사람이라도 할 말 정도는 있겠지.
물러가 있어."

——아카네.

이사마가 장례 행렬에서 확인할 수 없었던 유일한 딸.

아카네는 어머니의 말에 그제야 얼굴을 들고 돌아보았다.

머리카락은 흐트러지고, 화장기 없는 얼굴에는 핏기도 없다.

——이 사람이 아카네——이것이 아내의 귀감?

보기 드문 미인인 것은 확실할 것이다. 다만 동생들과는 현저하게
다르다. 아오이 같은 인공적인 아름다움은 없다. 미도리 같은 신비로
운 분위기도 아니다. 하물며 어머니 같은 숭고함도 그녀에게는 없었
다. 아직 어린 데가 남아 있는, 온화하고 얌전해 보이는 얼굴이다.

커다란 눈이 물기를 띠고 있다. 긴 속눈썹은 젖어 있다.

——어울리지 않아.

이런 상황은 이 사람에게는 어울리지 않는 것이 아닐까. 이사마는
그렇게 생각한다. 명랑하게 웃어야 빛나는——이 여성은 그런 종류
의 인간이다. 그녀는 눈에 띄지 않는 것도, 소극적인 성격도 아니다.
이렇게 야위고 시들어서 눈물에 젖어 있는 상황이 바로 그녀 본래의
매력을 깎아내고 있는 것에 지나지 않는 것이 아닐까.

그렇다면.

그런 그녀에게서 웃는 얼굴을 빼앗은 고레아키라는 남자는 니키치의 말대로 남자 축에도 못 끼는──사내일 것이다. 이사마도 그렇게 생각한다. 그것은 그렇겠지만, 그렇다고 해도 이런 심한 일을 당해야만 아내의 귀감이라고 불린다면, 그런 귀감은 엿이나 먹어라, 다.

아카네는 조금 떨면서 일어섰다.

고레아키는 그런 아내의 모습에는 전혀 흥미가 없는 듯, 좋은 마음가짐이에요, 장모님, 하고 이죽거리며 비틀비틀 나아가 테이블에 턱 하고 양손을 짚었다.

"한 가지 묻겠는데요. 이 골동품을 어쩌려는 겁니까? 당신의 죽은 남편이 그랬다고요. 자신은 가장이다, 내가 눈 시퍼렇게 뜨고 있는 동안에는 먼지 하나 티끌 하나에 이르기까지 허락 없이는 가지고 나가지 마──라고. 뒈져 버리면 그뿐인가? 장례식이 끝난 다음 날에, 유품도 나누어주지 않고 팔아치우겠다는 거요? 이 집의 가장은 누구지? 나 아닌가? 그렇다면 이 집의 물건은 내 허락 없이는 움직일 수 없는 거 아닌가요? 어때요!"

고레아키는 사갈(蛇蝎) 같은 무서운 얼굴로 마사코를 노려본다.

고사쿠가 아래를 향한 채 쥐어짜내듯이 외쳤다.

"고, 고레아키! 네, 네 이놈──."

굳게 눈을 감고, 두 주먹을 움켜쥐고 있다.

"──뉘 앞이라고 그런 말을 지껄이는 게냐!"

고사쿠는 간신히 그렇게만 말하고, 충혈된 눈을 부릅뜨며 아들을 응시했다. 고레아키는 곁눈질로 그 모습을 보며,

"시끄러워."

하고 작게 말했다. 그리고 고사쿠가 뭔가 말하려는 것을 방해하듯이,

"닥쳐. 닥쳐——고용인!"

하고 큰 소리를 질렀다.

"너야말로 뉘 앞이라고 그런 말을 지껄이는 거야! 너는 고용인이잖아. 지금 한 말이야말로 고용인이 주인님한테 할 말이냐, 이 자식!"

고레아키는 자신의 말에 분노가 증폭되었는지, 서서히 흥분이 심해지며 격렬한 기세로 그 얼굴을 고사쿠에게 향하며 팔을 쳐들었다.

"도대체가 네가 지저분한 고용인이니까 나까지 낮게 보이는 거야. 이 할망구가 나를 싫어하는 것도, 회사 놈들이 나를 흰 눈으로 보는 것도 전부 너 때문이라고!"

"고레아키 씨!"

쳐든 손을 마사코가 움켜쥐었다.

고레아키는 갑자기 겁먹은 듯한 눈빛이 되어 장모를 보았다.

마사코는 역시 의연한 태도로 결연하게 말했다.

"당신이 형편없는 건 당신 탓이에요——."

침착한 목소리였다.

고레아키는 그 자세 그대로 굳어지고 말았다.

팔을 잡혔기 때문이 아니라 장모의 말과 그 곧은 시선에 움츠러든 것 같았다.

마사코는 이어서 이렇게 말했다.

"——아버님께 사과하세요."

"마님——."

고사쿠가 놀란 듯이 마사코를 본다.

고레아키는 눈을 가늘게 뜨며 얼굴을 일그러뜨리고, 마사코에게서
시선을 피했다. 잠시 테이블 위의 골동품을 바라보고 있다가 잡힌
팔을 뿌리치고 말없이 방을 나갔다.

싸움에 진 개 같았다.

관록에 진 것이다.

아카네가 걱정스러운 듯이 뒤를 쫓으려고 하는 것을, 마사코는 말
렸다. 아카네는 잠시 망설이고 있었지만, 이윽고 고개를 숙이고 그
자리에 멈추었다.

"――소, 송구합니다."

고사쿠는 무너지듯이 바닥에 몸을 가라앉히며 조금 전의 아카네처
럼 납작 엎드렸다.

울고 있는 것 같았다.

"당신 탓이 아니에요. 손님들 앞입니다. 그만하세요."

"하지만――."

마사코는 뭔가 말을 이으려고 하는 고사카를 마치 잘라내듯이 무시
하고, 이사마 일행을 향해 말했다.

"보기 흉한 모습을 보였습니다. 이마가와 님, 이사마 님, 이제 아시
겠지요. 제대로 될 것이 없다고 말씀드린 건 이것 때문입니다. 저자는
거기 있는 딸의 남편이자, 그 고용인의 아들――고레아키라는 무례
한 자입니다. 집안싸움이니, 모쪼록 잊어 주십시오."

예, 잊겠습니다, 라고 말할 수도 없어서 몹시 거북한, 불편한 상황
에 빠진 이사마는 몰래 친구를 바라보았다. 그러나 이마가와 쪽은
그리 동요한 기색도 없이, 겉모습만으로 말하자면 평소와 전혀 다름
없는 분위기다. 전혀 읽을 수 없는 남자다.

우물거리며 아무 말도 하지 못하고 있는 사이에 아카네가 머뭇머뭇 입을 열었다. 가느다란 목소리였다.

"정말 죄송했어요. 저어——."

"정말—— 보기 흉하네."

모처럼 입을 열었지만 전부 다 말하기도 전에 방해를 받고 만 모양이다. 아카네는 도중에 입을 다물었다.

멍하니 서 있는 세쓰를 옆으로 밀치고, 양장 차림의 소녀가 방 안으로 들어왔다.

아오이——다. 가까이에서 보아도 흠 잡을 데가 없는 미인이다. 다만 아무래도 인간 같지 않다. 장식 인형처럼 단정하다. 자세가 좋은 건 어머니에게 물려받은 것일까. 위협하는 듯한 강한 시선은 어머니 이상이다.

인간의 모조품은 기계적인 말투로 말했다.

"언니. 이제 그만 좀 해 주었으면 좋겠네요. 방금 그 태도는 뭐죠? 그래서는 이 오리사쿠 가가 마치 구태의연한 제도에 얽매인 전근대적인 가문인 것처럼 오해를 받고 말겠어요. 대체 뭔가요, 그 꼬락서니는."

"아오이——, 잠깐."

가로막는 말도 약하다.

"아오이. 손님 앞에서 무슨 짓인가요."

마사코가 타일렀다.

"손님 앞이니까 확실히 해 두고 싶은 거예요. 저런, 꼴사나운, 시대를 백 년이나 거슬러 올라간 것 같은——."

"아오이, 미안해. 내가 잘못했어."

"그래요. 언니가 잘못했어요. 조금은 긍지를 가져 주시지 않겠어요? 그렇게 당하고도 아직도 언니는 저 남자가——."

"그래——조심——할게."

아카네는 슬픈 듯이 눈을 내리깔았다. 이 여성에게 이런 쓸쓸한 표정을 강요하는 것은 아무래도 방탕한 남편만이 아닌 것 같다. 이사마의 시선을 알아차렸는지, 아오이는 약간 말투를 누그러뜨리며 말했다.

"그러시면 제가 언니를 나무라는 것처럼 보이잖아요. 나무라는 게 아니에요. 다만, 제 입장이라는 것도 있다는 거예요."

"그만들 하렴."

마사코가 다시 타일렀다.

아오이의 입장——이란 어떤 입장일까. 짐작할 수가 없다.

니키치의 이야기로는 이 인간다움이 손상될 정도로 단정한 용모의 아가씨는 여성의 지위 향상을 부르짖고, 가부장제를 타도하려고 결혼조차 거부하고 있는 아가씨라고 한다. 그 고레아키가 가독을 물려받으려는 절박한 상황 속에서, 그 입장이란 게 어떤 것인지 이사마로서는 역시 잘 모르겠다.

수정처럼 딱딱한 눈동자에 벚나무의 색깔을 비추며, 아오이는 잠시 어머니와 언니를 번갈아 보다가 갑자기,

"——점심 준비가 되었어요. 식당으로 오세요."

라고 말하더니 발길을 돌려 방을 나갔다.

세쓰는 서둘러 왼쪽으로 피해 아오이를 지나쳐 보내고는, 그렇습니다, 준비는 다 끝났습니다, 하며 꾸벅 머리를 숙였다. 그녀는 본래 그저 그것을 알리러 왔을 뿐이었을 것이다. 벌써 점심때가 된 것이다.

마사코는 다시 정중하게 무례를 사과하고 나서, 괜찮다면 식사를 같이 하시지요, 하며 세 번째로 검은 문을 열었다.

　이사마는 되돌아갈 줄 알았기 때문에 약간 놀랐다.

　예상 밖으로 문 너머에는 방이 없고, 아무래도 복도인 것 같았다. 이 저택의 구조는 이사마로서는 전혀 알 수가 없다. 어떻게 된 걸가 ——하고 이마가와에게 물어보았지만 대답에는 두서가 없었는데, 그도 그럴 것이 어떻게 된 거냐는 말만으로는 무엇을 묻는 것인지 알 수 없었을 것이다.

　복도로 나가자 곧 아래층으로 이어지는 계단이 있고, 그것을 내려가자 또 복도였다. 복도를 나아간다. 정원이 보이는 창이 끝없이 이어진다. 선두는 마사코다. 이어서 이마가와, 이사마, 그 뒤에 아카네, 그리고 고사쿠가 뒤따른다. 세쓰는 아무래도 다른 경로로 간 모양이다.

　이사마는 정원에 시선을 보낸다.

　아까 그 빛이 신경 쓰였던 것이다.

　그러나 묘지는 확인할 수 없었다.

　2층에서 본 것과 같은 정원——일 것이다.

　1층에서는 잘 보이지 않는 장소에 있는 것인지도 모른다.

　게다가 이 정원이 안뜰이라면 묘지가 있는 것 자체가 묘하다는 기분도 든다.

　이사마는 시선을 이리저리 옮긴다.

　아무래도 안뜰이 아닌 것 같다.

　그저 건물 전방이 옆으로 튀어나와 있어서, 그 일부가 보이는 것이다. 그래서 건물에 에워싸인 정원 같은 기분이 들었을 것이다.

튀어나와 있는 부분의 창에서는 서재가 보인다.

아까 마사코가 말했던 서재인 것 같다.

그 창문에 사람 그림자가 보였다.

── 고레아키 씨?

틀림없을 것이다. 불만이 가득한 채 서재에라도 틀어박힌 것일까.
서재가 주인의 방이었다면 있을 법한 일이기는 하다. 고레아키는 정
원을 보고 있다.

무늬.

뭐지?

이사마는 발을 멈추고 창을 들여다본다.

── 지금, 얼핏 보인 것은 ── 무엇일까.

무언가 색깔을 띤 것이 창문 끝에 ──.

여성용 ── 기모노?

기모노의 무늬다.

손.

"손이다."

"손?"

이마가와가 알아듣고 걸음을 멈추었다.

"손이오. 기모노 소매에서 손이 나와 있어요."

그렇게 표현할 수밖에 없다. 어딥니까, 하고 말하며 이마가와가
발돋움을 한다.

"저기, 저기는 서재입니까? 저건 ── 고레아키 씨지요?"

고사쿠도 걸음을 멈춘다.

아카네가 얼굴을 든다.

마사코가 돌아본다.

창가에 있는 사람은 고레아키가 틀림없다.

창문 끝에 선명한 기모노의 소매가 보인다.

그 소매에서 창백한 손이 쑤욱, 뻗고,

그 손이 고레아키의 목에 달라붙었다.

고레아키가 버둥거리고 있다.

"사, 살해된다──고레아키 씨가."

"뭐?"

"누군가가 고레아키 씨의 목을──목을 조르고 있어요."

"싫어어!"

아카네가 비명을 지르며 달려갔다. 고사쿠도 뒤따른다.

이사마는 이마가와와 얼굴을 마주 보고 나서 뒤를 쫓았다.

어디를 돌아서 어디로 향하고 있는 것인지, 이사마는 전혀 알 수 없었다.

그저 뒤를 쫓아, 하얀 벽과 검은 기둥의 복도를 무작정 달려서 몇 번인가 꺾고 나자 갑자기 시야가 트이고 그 커다란 홀이 나왔다.

한가운데의 테이블을 둘러싸고 아오이와 미도리가 앉아 있었다.

아카네는 두 동생에게는 눈길도 주지 않고 홀을 가로질러 나선계단 아래쪽의 복도로 향했다. 두 동생들은 뒤따르는 고사쿠에게 왜 그러는지 물으려고 했지만, 고용인도 언니 이상으로 필사적인 형상이라 붙잡지도 못했다. 결과적으로 고사쿠도 지나쳐 보낸 아오이가 이사마를 불러 세웠다.

"무슨 일이──무슨 일이 있었던 건가요!"

"손──손이."

"네?"

"고레아키 씨가, 서재에서, 습격을 받고 있습니다."

이마가와가 대신 설명해 주었다.

"서재? 습격을 받고 있다니 누구한테?"

물어도 모른다. 놓치면 길을 잃을 테니 이사마는 대답하지 않았다. 등 뒤에서 귀에 익지 않은 목소리가 들렸다.

"아버님일까? 아니면——교살마인가?"

순간 돌아보니 소녀——미도리가 웃고 있었다.

아직 어린 목소리였다.

또 몇 번인가 흑백의 복도를 돌았다.

막다른 골목 같은 복도 끝에, 아카네가 있었다.

오른쪽의 검은 문을 격렬하게 두들기면서 여보, 여보, 이 문을 열어주세요, 하고 외치고 있다. 절규다. 거기가 서재 문이고, 문은 잠겨 있는 모양이다.

고사쿠의 모습은 보이지 않았다.

이사마는 아카네 옆으로 가서 한 마디,

"잠겼습니까?"

하고 물었다. 아카네는 순간 멈추고 이사마를 바라보며,

"네? 네, 안에서."

하고 말했다.

"열쇠는?"

"아아, 열쇠——열쇠는——."

"열쇠는 여기 있다. 허둥거리지 마. 정신 차려라."

마사코가 이마가와를 밀쳐내고 앞으로 나섰다.

"고사쿠는?"

"정원에서——."

정원 쪽에서 들어오려고 한다는 뜻이리라.

아카네는 어머니에게서 열쇠를 받아들고 문을 열려고 애썼지만, 움츠러든 것인지 겁을 먹은 것인지, 아무래도 열쇠 구멍에 잘 넣지 못하고 넣어도 부들부들 떠느라 전혀 열지를 못한다.

그러다가 실내에서 쨍그랑, 하는 소리가 들렸다. 고사쿠가 창유리를 깼을 것이다.

이사마는 보다 못해, 제가 하지요, 하며 반쯤 빼앗듯이 아카네에게서 열쇠를 받아들고는 신중하게 문을 열었다.

찰칵하고 느낌이 오고, 무거운 문은 열렸다.

열자마자, 먼저 아카네가 뛰어 들어갔다.

문가의 이사마를 추월해 아오이가 뒤따르고, 마사코가 들어갔다.

이사마와 이마가와는 문 부근에 서서 들여다보듯이 실내를 보았다.

커다란 서재였다.

문과 창문을 제외하면 모든 것이 서가(書架)다.

창은 문의 맞은편에 있다.

이사마가 본 것은 이 창이 틀림없다.

벚나무 너머로 조금 전까지 있었던 긴 복도가 보였다.

창유리는 깨져 있었지만 고사쿠는 안에는 없다.

깨진 유리 아래쪽에, 상복을 입은 남자는 쓰러져 있었다.

아니——.

고레아키는 죽어 있었다.

다가가서 맥을 짚어볼 것까지도 없다. 절명했다는 것은 멀리에서
보아도 확실했다.

목은 검붉게 변색되어 칠칠치 못하게 부자연스러운 각도로 꺾여
있다.

그 각도는 직각에 가깝고, 조금 비틀려 있기도 했다.

크게 뜨인 안구는 튀어나올 것 같고, 코에서 피, 입에서는 거품을
뿜고 있으며 손끝은 힘을 준 듯, 무언가를 움켜쥐려다가 실패한 듯한
묘한 형태를 한 채 경직돼 있다. 축 늘어진 다리의 모양도 도무지
불가능한 방향으로 구부러져 있다.

실금이라도 한 것인지, 아니면 술이 쏟아진 것인지 바닥은 흥건히
젖어 있다.

전원이 잠시 정상적인 시간을 잃었다.

순간의 정적을 깬 사람은 시체의 정숙한 아내였다.

"여——여보, 여보. 아아, 여보, 아아."

아카네는 울음소리인지 비명 소리인지 모를 약한 비명을 지르면
서, 무너지듯이 바닥에 손을 짚었다. 그대로 시체에 매달리려고 하자
이사마는 당황해서 발을 들여놓으며 그것을 말렸다.

건드려서는 안 된다.

——이것은.

"사, 살인사건이오. 현장을——혁."

——범인은?

정원을 본다.

불빛.

"우후후후."

어린 목소리.

"천벌이 당장 내렸군요──."

어린 목소리가 이사마의 등 뒤에서 그렇게 말했다.

＊

　남자는 공손히 앉아 있다.

　딱딱한 석판의 바닥은 얼음처럼 차갑고, 데워도 데워도 온기를 띠
지 않아 무릎이며 정강이에서 자신의 체온만 두근두근 방출된다. 결
국에는 자신도 이 돌처럼 무기질이 될 수 있지 않을까 하고 생각하면
남자는 덧없는 듯한, 어딘가 신성한 기분이 든다.

　여자는 달빛을 받으며 조용히 서 있다.

　가늘고 낭창낭창한 사지는 반짝이는 달빛을 띠고, 셀룰로이드 같
은 푸른 인광(燐光)을 내뿜고 있었다. 도저히 살아 있는 생물이라고는
생각되지 않는다.

　여자의 성대는 아직 발달하지 않아, 그 목소리는 앳되다.

　"아직 —— 무서워?"

　"무섭지는 —— 않아."

　"거짓말 마. 어깨가 떨리고 있어."

　여자는 남자를 세게 때렸다.

　"무섭 —— 습니다."

　"근성 없기는."

　비웃는다.

　"노예 ——."

　남자는 머리를 숙여 차가운 돌에 바싹 댄다. 여자는 그 머리에 발을
올려놓는다.

그리고 힘껏 짓밟는다.

여자는 경멸하듯이 말했다.

"너는 신을 잃었어. 너를 구할 수 있는 건 이제 하느님 아버지가
아니야. 나뿐이지. 너는 내 사역마. 노예야. 시키는 대로—— 해."

여자는 발에 힘을 준다. 남자는 고통을 누린다.

"지저분한 죽은 자의 옷을 걸치고, 너는 이제야 겨우 제 몫을 하는
구나. 그렇게라도 하지 않으면 호흡조차 하지 못해. 오오, 얼마나
형편없는 인간인지. 쓰레기로군. 쓰레기야."

"네—— 저는 형편없는 인간입니다."

"내가 그 옷을 주지 않았으면 벌써 죽었겠지. 재미있어. 재미있어."

여자는 발을 치우고 유쾌한 듯이 웃었다.

"그 옷을 입고 있는 넌 뭐지?"

남자는 대답한다.

"옷에서 나오는 손은 전부, 명계에서 나온 여자의 팔."

그것이 남자가 알고 있는 유일한 진실이다.

"웃기는군. 바보 아니야? 그 지저분한 팔이, 여자의 팔이 된다는
거야? 좋아. 멋지군. 그럼 너는 뭐지? 그 옷을 걸친 너는 여자——
아니면 남자?"

"어느 쪽도—— 아닙니다."

여자는 한층 더 크게 웃는다.

"그게—— 재미있지. 참으로 배덕적이야. 데빌리시(악마적), 다이아
볼리컬(마성), 인퍼널(무도), 어바미너블(불길한), 아아, 얼마나 멋진 말들
인지. 남자도 여자도 아닌 생물—— 완전무결한 안드로지너스(양성구
유자)—— 우후후후. 당신은 그렇게 해서 세상을 이길 거야?"

그리고 진지한 얼굴로 돌아온다.

"웃기지 마. 넌 벌레야. 수컷도 암컷도 아니지."

여자는 남자를 세게 걷어찼다.

"──여자는 좋아해?"

남자는 그저 떤다. 대답할 수가 없다.

"싫어하는군. 무서운 거지. 그래. 그럼 남자는?"

남자는 그저 떤다. 대답할 수가 없다.

"우후후후후. 무서운 거로군. 근성도 없어서. 그럼 나는──나는 어때? 좋아해? 아니면 무서워?"

"다──당신은──."

남자는 구원을 청하듯이 양손을 뻗는다.

여자는 남자의 얼굴을 짓밟는다.

"나를 좋아하다니, 이 분수도 모르는 것! 너 같은 남자도 여자도 아닌 괴물이 날 좋아한다는 말을 들으면 소름이 돋아! 나를 숭배하기나 해!"

여자는 남자의 얼굴을 걷어찼다.

"두려워해!"

다시 때린다.

그리고 천천히 두 개의 그림자는 겹쳐진다.

불길한 많은 말들이 성당에 메아리친다.

4

　먼지가 약간 실린, 그것도 약간 봄기운을 띤 바람이 뺨에 닿아 간질거려, 차분하지 못한 기분이 든다. 그래서 시선을 들어보니 고서점 아저씨가 짙은 밤색으로 변색된 종이 뭉치의 먼지를 털고 있는 중이었다.

　마스다 류이치는 작은 재채기를 연달아 세 번 정도 하고 나서, 걸음을 멈추고 주위를 둘러보았다.

　──거참, 내가 무모했나.

　주소도 길도 전혀 듣지 못했다. 진보초라는 동네 이름만은 얼핏 들었기에 그 이름을 가진 역에서 내린 데까지는 좋았는데, 돌진하듯이 나아가다 보니 히토쓰바시 방면이었고 방금 그것을 알고 되돌아온 참이었다.

　마스다는 지금 길을 잃은 것이다.

　마스다는 몇 년인가 전에 이 근처에 한 번 온 적이 있다. 몇 년 전의 일인지는 확실하지 않다. 언제 왔었는지도 기억나지 않을 정도이니, 꽤 예전 일일지도 모른다. 그래서인지 어디가 어딘지 전혀 모르겠다. 그러나 그것이 몇 년 만이든, 전혀 지리감이 없다는 것은 마찬가지이니 생각해 봐야 소용없었다.

다만 그렇게 유유히 서 있으니, 옆에서 보기에는 그가 길을 잃은 것으로는 도저히 보이지 않는다.

—— 하코네 산처럼은 안 되는군.

동네의 규모가 다르다.

등 뒤에 산도 없다.

아니, 면적 문제가 아니라 복잡함에 있어 이곳은 역시 도시인 것이다.

무작정 옆길로 들어간 게 잘못이었나 보다. 어디가 어딘지 전혀 모르겠다. 가끔씩 표시되어 있는 번지수도 전혀 엉뚱한 번지다. 지저분한 상점들이 처마를 나란히 하고 있는 가운데 비교적 큰 빌딩이 눈에 띄어서, 마스다는 우선 거기까지 가 보기로 했다.

빌딩 1층은 양복점이었다.

윈도에 비친 자신의 그림자를 보고 마스다는 조금 안도했다. 낯선 풍경 속에 낯익은 얼굴이 떠올라 있다. 이제 어쩌나 하며 얼굴을 들고, 마스다는 아아, 하고 목소리를 낸다.

—— 에노키즈 빌딩.

의도치 않게 마스다는 목적지에 도착해 있었던 것이다.

간유리가 끼워져 있는 금테두리의 야단스러운 문을 열자, 넓은 난간이 달려 있는 화강암 계단이 보였다.

안은 바깥보다 기온이 낮아서, 마스다는 다시 한 번 재채기를 하고는 몸까지 부르르 떨고 나서 계단을 올라갔다. 계단의 층계참에는 작은 채광창밖에 없어서 아직 낮인데도 어둑어둑하다. 2층에는 뭔가 점잔 빼는 듯한 이름의 회사가 몇 개 들어와 있을 뿐이고, 목적지는 아무래도 더 위에 있는 것 같다.

3층에 다다랐다.

거기에는 그럴듯한 문이 있고, 유리 부분에는 금색 글씨로,

'장미십자탐정사'

라고 적혀 있다.

마스다는 문손잡이에 손가락을 대고, 잠시 망설이다가 망설임을 잘라내듯이 그 문을 열었다.

딸랑, 하고 종이 울렸다.

안에는 눈썹이 짙고 입술이 약간 도톰한 청년이 있었다.

청년은 입을 약간 벌리고, 눈을 부릅뜬 채 마스다를 바라보았다.

"아——아니, 스기우라 씨——는 아니시죠? 아아, 혹시 잡상인 이라면——."

"저——저는 마스다라고 합니다. 에노키즈 선생님 계십니까?"

"네? 우리 선생님께 용건이 있으십니까? 별일이군요. 오늘은 어떨 는지. 정말 용건이 있으신 겁니까? 여기는 탐정사무소라고요. 호오, 진짜군요. 잠시만 기다리세요. 아아, 들어오세요."

왠지 서생 같은 분위기의 청년은 그렇게 말하더니 일어서서 안쪽으로 들어갔다. 청년은 마스다에게도 들릴 정도의 큰 목소리로 소리쳤다.

"선생님, 선생님, 손님 오셨습니다."

아무래도 틀림없이 이곳은 그 탐정——에노키즈 레이지로——의 사무소가 맞는 것 같았다. 마스다는 순간 안도감이 차올라, 입구에 들어서면 바로 설치되어 있는 응접용인 듯한 의자에 몸을 가라앉혔다.

잠시 후 귀에 익은 목소리가 들렸다.

"어떤가, 가즈토라. 오늘은 일찍 빨리 준비를 마쳤지? 나는 이미 옷도 다 갈아입었고 세수도 했네. 불평할 것이라곤 없을 거야. 자, 그 시답잖은 부인의 불평을 들어 주겠네. 말해 두겠는데 나는 듣는 척만 할 뿐이고, 그 후에 어떻게 되든 자네 탓일세, 멍청한 친구. 앞으로 이런 의뢰를 받아들이면 자네는 해고야. 해고."

가즈토라라고 불린 청년이 대답할 새도 없이, 이어서 우햐아 하는 하품인지 포효인지 알 수 없는 목소리가 들린 후, 칸막이 그늘에서 장신의 남자가 모습을 나타냈다.

인형처럼 단정한 얼굴. 햇빛을 비추면 그대로 투과해 버릴 듯한 엷은 색깔의 피부와 머리카락. 커다란 다갈색 눈동자.

다만 지금은 잠에 취한 듯 눈을 반쯤 감고 있다. 파란색 셔츠에 줄무늬가 차분하게 들어간 검은색 바지를 입고 있다. 전혀 탐정으로는 보이지 않지만, 그렇다고 해서 다른 어떤 직업으로 보이는 것도 아니다.

마스다가 아는 탐정 에노키즈 레이지로, 바로 그 사람이었다.

그건 그렇고 이만큼 겉모습과 언동에 낙차가 큰 사람도 보기 드물지 않을까.

마스다는 새삼 그렇게 생각한다. 용모와 행동거지가 완전히 동떨어져 있다. 입을 다물고 있으면 귀공자인 척하는 주제에 ── 실제로 옛 화족 집안이라고 하지만 ── 하는 행동이나 말을 보면 모두 상식에서 벗어나 있어, 기인(奇人)이라고밖에는 평할 수가 없다. 어쨌거나 에노키즈는 살인사건 현장에 소리 높여 웃으며 등장하는 남자다. 그런 탐정은 어디를 찾아보아도 그렇게 흔하지 않을 거라고 마스다는 생각한다.

에노키즈는 마스다를 보지도 않고 나른한 듯이 곧장 커다란 책상으로 걸어가 자리에 털썩 앉았다. 아무래도 그곳이 그의 정위치인 모양이다. 책상 위에는 삼각추가 놓여 있고, 거기에는 야단스럽게도 '탐정'이라고 씌어 있다.

마스다는 일어서서 인사하려고 폼을 잡고 있었지만, 완전히 타이밍을 놓치고 말아서 어중간하게 멈출 수밖에 없었다. 에노키즈는 그래도 여전히 마스다를 보려고도 하지 않고 칠칠치 못한 목소리로 말했다.

"가즈토라, 커피."

마스다는 엉덩이를 약간 든 채로 목소리를 냈다.

"저어."

"네, 무슨 일이십니까. 마음대로 얘기해 보시지요, 아가씨."

목소리를 듣고도 남자라는 것조차 알아차리지 못하는 모양이다.

"에노키즈 씨. 접니다. 하코네에서 신세를 졌던 마스다입니다. 기억——나시죠?"

"네?"

에노키즈는 그제야 마스다를 보았다.

가즈토라 청년이 즉시 설명을 덧붙인다.

"선생님, 이쪽은 그, 스기우라 씨가 아니라——보면 아실 텐데 왜 그러세요. 남자 분입니다. 조금 전에 갑자기 오셨어요. 스기우라 씨와 약속한 시간까지는 아직 한 시간이나 더 남아 있습니다."

"뭐야. 그 말을 빨리 했어야지. 나와서 손해 봤잖나. 약속이 없다면 나는 모르는 일일세. 좋아, 다시 자야지."

에노키즈는 그렇게 말하며 기지개를 켰다.

"잠깐만요, 에노키즈 씨. 저어, 역시 잊어버리셨군요. 그——."

"잊어버리긴."

"네?"

"하코네에서 돌아온 지 아직 보름도 안 지났네. 하기야 나는 자네 이름 따윈 처음부터 몰랐지. 모르니까 잊어버릴 리가 없잖나. 하지만 아무리 기억한다고 해도, 이제 와서 가나가와 현의 형사 따위에게 볼일은 없네. 잘 거야."

에노키즈가 일어서자, 마스다는 더욱 곤혹스러워져서 의자에서 일어나 탐정의 책상 앞으로 가 콧소리로 빠르게 지껄였다.

"에노키즈 씨. 그, 저는 이제 형사가 아닙니다. 경찰은 그만뒀어요. 그래서 말인데요——."

마스다의 당황한 기색에, 어지간한 에노키즈도 일단 움직임을 멈추었다. 멈추기는 했지만, 탐정은 여전히 눈을 반쯤 감고 아무 말도 하지 않은 채 그저 마스다를 힐끗 한 번 쳐다보았을 뿐이었다. 그때 가즈토라 청년이 커피를 들고 나타나,

"자, 선생님, 그러지 마시고요."

하고 무의미한 말을 하며 분위기를 수습했다. 탐정은 흥 하고 코웃음을 치고는, 간신히 다시 자리에 앉았다.

마스다 류이치는 에노키즈의 말처럼 지난달까지는 국가경찰 가나가와 현 본부 수사1과의 형사였다. 2월에 일어난 '하코네 산 승려 연쇄살인사건'을 담당했을 때 에노키즈와 아는 사이가 되었다. 하기야 마스다 쪽은 이름도 기억되지 못한 것 같으니, 아는 사이가 되었다는 표현은 정확하지 않을지도 모른다. 마스다가 일방적으로 안 것이다.

그때도 이 기묘한 탐정은 마음껏 현장을 휘저었고, 꼭 그것 때문도 아니겠지만 수사는 난항을 겪었다. 결국, 사건은 해결되었는지 해결되지 않았는지 알 수 없는 채로 반쯤 흐지부지 막을 내렸다. 그 결과, 마스다는 잘 알지도 못한 채 실수에 대한 책임을 지고 감봉된 데다, 방범과로 쫓겨나는 쓰라린 체험을 했다.

그것이 마스다가 경관이라는 직업을 그만두게 된 계기이기도 했다.

그러나 딱히 그 처분에 불복했던 것은 아니다. 마스다는 자신이 중대한 과실을 저질렀다는 생각은 없었지만, 결과적으로 수사는 크게 실패한 셈이니 그것에 대해서 책임을 지는 것은 당연하다고 생각했다. 애초에 현장에 붙어 있었던 마스다의 배속이 바뀌는 정도로 끝난 것은 상사들이 이래저래 책임을 뒤집어써 준 덕분이기도 하다. 사실 수사주임은 견책 처분에 감봉, 격하까지 당한 모양이고, 부장까지 훈고 처분을 받고 시말서를 써야 했다고 들었다. 그러니 자신의 처분에 승복하지 못하겠다는 마음은 조금도 없었지만, 그래도 여전히 석연치 않은 마음은 남았다.

고민 끝에, 자신은 경찰이라는 조직 자체에 맞지 않는 사람이 아닐까——하고 마스다는 생각하기에 이르렀다.

생각건대, 마스다는 법의 파수꾼이나 공복(公僕)이 되어 사회에 공헌한다느니 하는 종류의 고매한 뜻을 품었던 적은 과거에 한 번도 없었던 것이다. 뜻이라면 마스다는 민간인에게 친근한 경찰관이라는 단순한 목표를 가지고 있었는데, 그 정도의 소소한 목표는 자신의 입장을 관철할 강한 근거는 될 수 없었다.

역시 자신에게는 맞지 않았던 거라고 마스다는 생각한다.

가즈토라 청년은 마스다의 이야기에 그때그때 일일이 고개를 끄덕이며, 그것참 안됐네요, 하고 동정하더니 잠시 침묵하고 나서, 그래서 마스다 씨, 우리 선생님께 원한을 품고 복수하러 온 건가요, 하고 말을 이으며 약간 경계했다.

"어, 어째서 제가 에노키즈 씨한테 복수를 해야 한단 말입니까?"

"그야 그 사건은 우리 선생님이 가는 바람에 엉망진창이 되었으니까요. 어쨌거나 그때 우리 선생님은 지명수배되었어요. 사무소에까지 형사가 쳐들어왔다고요. 저는 원 조마조마해서."

"이 바보 토라. 경찰이 어리석은 것뿐일세."

에노키즈는 무뚝뚝하다.

"그건 그렇고, 그래서 잘렸군."

"잘린 게 아니라 그만둔 겁니다."

"어느 쪽이든 상관없지. 그래서 무슨 일인가, 마스야마 군."

"마스다입니다. 그, 저는——."

마스다는 단도직입적으로 말했다.

"——탐정이—— 되고 싶어서요."

본심이었다.

마스다는 에노키즈를 만날 때까지 탐정이라는 직업은 타인의 비밀을 몰래 냄새 맡고 다니는 비굴한 직업이라고 멋대로 생각하고 있었다. 그러나 하코네 산중에서는, 몰래 비굴하게 돌아다닌 것은 탐정 쪽이 아니라 항상 자신들—— 형사 쪽이었다.

하지만 그래서 경찰이 싫어진 것이냐고 한다면, 그것은 조금 다르다. 마스다는 지금도 형사는 존엄하고 훌륭한 직무라고 확신하고 있다.

게다가 애초에 형사나 탐정이나 하는 일은 대개 비슷하다. 행위만 따져보면 차이는 거의 없을 것이다. 어디가 다른가 하면 그 행위를 뒷받침하는 논리가 다르다, 오직 그것뿐이다. 그 경찰 측의 논리라는 것이 자신에게는 맞지 않게 된 것이라고, 마스다는 생각한다.

경찰은 수수께끼를 해명하는 것 자체를 목적으로 하지 않는다. 사회질서를 회복하고 치안을 유지하는 것이 가장 근본이다. 법에 따른 사회정의를 관철하는 것이 중요하다. 그 근본을 수행하기 위해, 수수께끼를 풀어야 하는 것뿐이다.

따라서 사회는 흔들리지 않는 것이다――라는 사고방식이 근간에 있지 않으면 경찰관 일은 할 수 없다.

하코네 사건을 통해, 마스다 안의 사회는 흔들리고 말았다. 그런 마스다에게는 사회질서의 회복이니 사회악의 추방이니 하는 대의명분은 너무 무겁다. 너무 무겁고, 그것이 있기 때문에 단순하게 직업으로 치부할 수 없게 된다. 그런 치부할 수 없는 마음이 바로 그 비굴함으로 나타나는 것이 아닐까 하고, 마스다는 그런 생각도 한다. 하코네 사건 중 상사들의 행동을 상세히 관찰했을 때, 그것을 절절하게 느꼈다.

그렇다고 마스다는 경찰에 환멸을 느낀 것은 아니다. 세상에 대한 자신의 인식에 의문을 갖고 만 것에 지나지 않는다.

한편 탐정은 직업이다. 직업으로 딱 잘라 생각할 수 있기 때문에 그런 대의명분은 없다.

없을 것이다.

돈을 받고 비밀을 해명(解明)한다――그것이 탐정이라고 마스다는 생각한다.

탐정은 순수하게 수수께끼를 해명하는 것만이 목적이고, 해명할 수 있으면 그에 걸맞은 보수를 받는다. 그것은 그것뿐이다.

따라서 사회니 윤리니 하는 것 —— 경찰을 지탱하는 논리 —— 은 탐정이라는 직업을 성립시키는 데 있어서 그리 중요한 위치를 차지하지 않는다. 물론 사건은 사회 안에서 일어나고 탐정도 그 사회에 속해 있는 장치라는 것은 다르지 않겠지만, 설령 사회의 방식이 어떻든 그건 탐정이 관여할 일이 아니다. 그런 대의명분은 탐정의 존재 이유와 직접 관련된 개념이 될 수는 없는 것이다.

특히 눈앞의 남자는 철저히 그렇다. 대의명분은 고사하고 논리도 도리도 없다. 보수도 제대로 받지 않는 모양이고, 자신 안에서 수수께끼가 해명되면 그것이 의뢰인에게 전달되지 않아도 전혀 상관없다는 호쾌함을 가지고 있다. 시비는 어쨌거나 확실하다. 다만 거기까지 가면 이것을 탐정이라고 부를 수 있을지 없을지도 의문이지만 ——.

그렇다면 마스다는 탐정이라는 직종에 끌렸다기보다도 이 에노키즈라는 남자의 유례없는 성질에 동경을 품은 것인지도 모른다. 그렇지 않다면 상경하자마자 곧장 이리로 오지는 않았을 것이다.

하지만.

당사자인 탐정은 마스다의 얼굴을 보지도 않고 과장된 몸짓으로 양손을 벌리며 놀리듯이 이렇게 말했다.

"어리석기는."

"예?"

"어리석은 자로군, 자네도, 라고 말했네, 마스야마 군. 자네 같은 사람이 탐정이 될 수 있을 리가 없지 않은가, 마스야마 군."

"마스다입니다. 그, 안 되는 —— 걸까요."

"안 돼. 탐정은 직업이 아닐세. 선택된 사람에게만 주어지는 칭호 같은 것이지. 자네는 아무리 봐도 주인공을 맡을 그릇이 못 되지 않나. 벽에 부딪혀 고뇌하고 싶지 않다면 관두게, 마스야마 군."

"마스다입니다. 그만두는——게 좋을까요."

"당연하지. 알겠나? 탐정이란 신(神)과도 같은 존재일세. 그런 자각이 필요하지. 도저히, 나 정도쯤 되지 않으면 할 수 없는 일이야. 자네 같은 소인배는, 될 수 있다고 해도 고작해야 탐정 조수일세."

"그래도 좋습니다."

"내 제자가 되겠다는 말이렷다."

"제자——면 됩니다."

"흐음."

에노키즈는 반쯤 뜬 눈을 더욱 가늘게 뜨며 마스다를 보았다.

이 별난 남자는——무언가 사람에게 보이지 않는 것이 보이는 모양이다.

마스다는 잘 모르지만 보이는 것은 아무래도 상대방의 과거라든가 기억 같은 것인가 보다. 사실 여부는 알 수 없지만 어쨌든 꿰뚫어보는 것 같아서 도무지 기분 좋은 일은 아니었다.

에노키즈는 갑자기 물었다.

"자네는——악기를 다룰 줄 아나?"

"예에? 뭐, 건반악기를 조금. 탐정이 안 된다면 재즈 밴드에라도 들어갈까 생각하고 있을 정도지요."

"그래? 그렇군. 그거 좋아. 좋았어. 이 가즈토라는 말일세, 아무리 기타를 가르쳐도 나아지지가 않거든. 나는 천재라서 엄청나게 잘하는데, 이 사람은 도무지 형편없다네. 슬슬 싫어진 참이야——."

에노키즈는 곁눈질로 날카롭게 가즈토라 청년을 보고는 한쪽 뺨에 주름을 지으며 희미하게 웃음을 띠었다.

"── 게다가 사람을 찾아달라는 시시한 의뢰를 아무렇지도 않게 받아들인단 말이야, 이 녀석은. 좋았어, 알았네."

에노키즈는 아주 유쾌하다는 듯이 말했다.

"가즈토라를 해고하고 자네를 채용하겠네."

"서, 선생님, 그럴 건 없잖아요."

가즈토라 청년은 눈에 띄게 불만스러운 얼굴을 했다.

"그런가? 좋아, 그럼 이렇게 하지. 이제 이곳에 시시한 의뢰인이 올 걸세. 자네는 그 사람의 시시한 이야기를 듣고, 시시한 사람 찾기를 하는 거야. 그러면 어떻겠나. 사람을 찾아낸다면 조수. 가즈토라 해고."

"그러니까 ──."

"찾아내지 못하면 안 되네. 그럼 가즈토라는 목숨을 건지는 거지."

"그런 ──."

"하겠습니다."

이래봬도 전직 형사다. 그 정도는 할 수 있을 거라고, 마스다는 대수롭지 않게 여기는 마음이었다. 가즈토라 청년은 두꺼운 입술을 내밀며 불만스러운 듯이, 그럴 거 없지 않느냐고 되풀이해서 말했다. 탐정은 그런 불초 제자의 심중에는 전혀 흥미가 없는 듯, 그에게 두 잔째의 커피를 요구했다.

짤랑, 하고 종이 울렸다.

마스다가 시선을 돌리니 입구에 양장 차림의 여성이 바른 자세로 서 있었다.

나이는 스물 일고여덟, 화장기는 없지만 또렷한 얼굴 생김새다. 눈썹도 먹으로 그린 듯이 또렷하고 눈매도 선명하여, 소위 말하는 미인일 것이다.

"조금 일찍 도착해 버렸는데 괜찮으실까요. 스기우라인데요."

"아, 예에, 스기우라 씨. 이번에야말로 스기우라 씨군요. 으음, 여자 분이시네요. 어, 아니, 말씀은 들었습니다. 자, 안으로 들어오시지요."

가즈토라는 몹시 허둥거리며 일어서서 바쁘게 손을 움직여 들어오라고 재촉했다. 마스다도 따라서 응접용 의자에서 일어서서 재빨리 옆으로 비켰다. 에노키즈만은 변함없이 깍지 낀 손등에 턱을 올려놓고 상관없는 방향을 보고 있다.

스기우라라고 자신을 소개한 여성은 군더더기 없는 동작으로 외투를 벗어 꼼꼼하게 반으로 접더니, 가볍게 탐정을 노려보다시피 하고 나서 방으로 들어와 가즈토라가 권하는 대로 그때까지 마스다가 앉아 있던 자리에 매끄럽게 앉았다.

"저어 ──."

스기우라 여사는 신경질적으로 스커트 자락의 매무새를 고치고, 더욱 불안한 듯이 눈썹을 찌푸리고 나서 시선으로만 방 안을 둘러보며 가즈토라에게 물었다.

"어느 분이 ── 탐정이신 ──."

거기에서 말은 끊기고 시선도 멈추었다. 아무래도 그녀는 탁상의 삼각추 ── 탐정의 주장(主張) ── 를 발견한 모양이다. 바보 같지만, 꽤 도움이 되는 물건인가 보다. 가즈토라가 보충하듯이 말했다.

"예, 눈치채셨다시피 이분이 우리 회사의 탐정, 에노키즈 레이지로 선생님이십니다. 저는 ──."

"곧 잘릴지도 모르는 재주 없는 고용인입니다. 그리고 이쪽이 전직 형사이고 조금은 재주가 있는 탐정 조수 마스야마 군이지요. 이 사람이 전적으로 이야기를 들을 테니 이야기해 주십시오."

에노키즈는 익살스럽게 그렇게 말했다.

"스기우라——스기우라 미에라고 합니다."

의뢰인은 이름을 말하고는 마스다를 향해 정중하게 인사를 했다.

마스다는 순간 당혹스러웠지만, 곧 자신이 처해 있는 상황을 파악했다. 이 단계에서 이미 에노키즈의 탐정 조수 채용 시험은 시작된 것이리라. 그래서——마스다는 마스야마입니다, 하고 자신을 소개했다. 이 경우 어쩔 수가 없다.

그때 가즈토라가 홍차를 가져왔다. 익숙한 손놀림으로 차를 내밀 때, 해고 직전의 급사는 힐끗 마스다를 노려본 것 같았지만 마스다는 신경 쓰지 않기로 했다.

"그래서——그, 사람을 찾으신다고 들었는데, 어떤 분을 찾으시는지요."

꽤 능숙하다고 자신도 생각한다. 형사 시절에 배우고 익힌 일방적인 심문이나 사정 청취보다 적성에 맞는 것 같다. 스기우라 여사는 조금 안심했는지 후우, 하고 한 번 숨을 내쉬고 말했다.

"스기우라 다카오. 제 호적상의 배우자입니다."

"바깥주인?"

"저는, 딱히 다카오를 주인으로 섬기고 있는 것은 아니에요. 다카오와는 혼인 관계를 맺기는 했지만, 어느 쪽이 주인도 종도 아닙니다. 입장은 대등하지요."

딱딱한 말투다.

"하지만 부인, 그."

"부인이라고 부르지도 말아 주세요."

"예에, 그럼 뭐라고 부르면."

"그냥 스기우라라고 불러 주시면 안 될까요? 남자는 기혼이든 미혼이든 모두 성으로 부르시면서, 왜 여자한테만——."

"알겠습니다, 스기우라 씨."

의외로 까다롭다. 그러나 논리는 충분히 이해가 가서 마스다는 따르기로 했다. 가즈토라는 어이가 없는 모양이었다.

"그럼 스기우라 씨, 그 바깥주——아니, 남편, 이 아니라 다카오 씨는 그."

"실종되었어요."

"그게 언제입니까?"

"아마 작년 여름쯤인 것 같아요."

"아마——라니요?"

"저는 집을 나와서——별거하고 있었기 때문에 정확하게 언제 실종되었는지는 모르겠어요."

의뢰인이 결혼한 시기는 재작년——1951년 4월의 일이라고 한다.

중매결혼으로, 배우자인 스기우라 다카오는 당시 초등학교 교사였다고 한다.

결혼 생활을 이야기하는 스기우라 미에의 말투는 실로 담담했고, 마스다는 그 말 구석구석에서 배우자에 대한 그녀의 경멸인지 혐오인지 모를 감정을 읽을 수 있었다. 요컨대 이 스기우라 미에라는 여성은 다카오라는 남자에게 완전히 정나미가 떨어진 것이리라.

격앙하지는 않았지만, 아무래도 발언에 가시가 있다.

──독도 약도 되지 못하는 사람으로,

──이상을 내걸지도 않고, 반발하지도 않고,

──그냥 고분고분 흐르는 대로,

반려자의 인격을 설명할 때에 그런 수식어를 일부러 사용할 필요는 없다. 악의가 있다고까지는 하지 않겠지만 적어도 애정을 읽어낼 수는 없다.

듣자 하니 그 다카오라는 인물은 특별히 좋은 점도 없고 나쁜 점도 없는, 실로 평범하기 그지없는 남자였던 모양이다. 그 인격과 성질에 대해서는 비난의 대상으로 삼을 정도는 되지 않을 것 같아 마스다의 귀에 미에의 말은 약간 심하게 들렸다.

그러나 부부가 결별한 이유는 곧 판명되었다.

스기우라 다카오는 아무래도 결혼하고 나서 겨우 두 달 만에 심한 노이로제에 걸리고 만 모양이다.

6월 모일. 방과 후, 담임을 맡고 있는 학생들과 교정에서 놀고 있던 다카오는 어쩌다가 아동 몇 명에게 부상을 입히고 말았다고 한다. 그것이 애초의 발단이었다──고 미에는 말했다.

"부상이라고 해도 고작해야 찰과상이었으니까 사과할 것까지도 없는 것이었어요. 그런데 너무 겁을 먹기에──제가 대신 보호자의 집에 머리를 숙이러 갔는데요──."

다카오는 완전히 망가지고 말았다.

"──그 후로 아이들이 무섭다는 거예요. 직업이 교사이니 그래서는 일을 할 수가 없지요. 직장을 포기해야 해요. 제가 사정을 설명하고 휴직원을 내서 그때는 어떻게든 무마가 됐지만, 간병하고 설득한 보람도 없이 다카오는 회복하지 못했어요."

대인공포증이라는 것일까.

마스다는 그렇게 자세히는 모르지만, 그런 병도 있다.

"예에, 그래서 —— 의사한테는."

"의사한테 보인다고 낫는 병이 아니에요."

"그렇습니까?"

"그래요. 모든 건 마음 때문이에요. 무언가 물리적인 원인이 있는 거라면 모를까, 아무것도 없으니 어리광을 부리며 토라져 있는 것과 다를 게 없지요. 어린애가 떼를 쓰는 것이나 마찬가지예요."

"하지만 그, 그런 정신에 관련된 병은 ——."

그렇게 단순한 것이 아닐 것이다.

마스다가 적절한 말을 고르며 말꼬리를 흐리고 있는 사이에, 날카로운 말투가 그 발언 자체를 방해하고 말았다.

"약을 먹으면 낫나요? 주사나 수술로 낫는 거라면 얼마든지 시도했을 거예요. 의사한테 보인들 이것저것 논리를 늘어놓고 환자를 설득할 뿐이잖아요. 설득해서 나을 것 같으면 고쳤을 거예요. 그럴 거라면 의사가 설득하게 하는 것보다 반려자인 제가 애정을 갖고 설득하는 편이 효과가 있겠지요."

"예에. 하지만 낫지 않았지 않습니까."

"저는 제 방식이 틀렸다고는 지금도 생각하지 않습니다. 성심성의를 다했어요. 정신이 아픈 거라고 생각하면 다소의 부조리는 참을 수 있어요. 그야말로 다정하게, 어린아이를 보살피듯이 대했지요. 이 세상에 말로 해서 알 수 없는 것은 없잖아요. 열심히 격려하고, 위로했지만, 그래도 아무것도 통하지 않았어요. 논리가 통하지 않는 거예요. 그건 정말 지옥 같은 매일이었습니다 ——."

다카오는 누구와도 말을 하지 않고, 누구도 만나지 않고, 식사도 제대로 하지 않은 채 방에 틀어박혀 있었다고 한다. 무슨 말을 해도 무엇을 물어도 패기가 없고, 그저 무섭다, 무섭다며 겁에 질려 있었다고 한다. 종국에는 시끄럽다, 당신이 뭘 아느냐고 거칠게 말하고는 다시 입을 다물어 버린다——그런 일을 반복하는 매일이었다고 한다. 증상은 나아졌다 심해졌다 했고, 그런 상황이 반년이나 계속되었다고 한다.

"——내일은 나아지겠지, 내일이야말로 돌아오겠지, 그런 생각이 들어야 계속할 수 있지요. 본인에게 병을 고칠 마음이 없는 것이라면 낫지 않을 것이고, 낫지 않는다면 계속할 수가 없어요."

다카오가 발병하고 나서 대략 반년 후인 1952년 7월 2일, 미에는 견디다 못해 집을 나왔다고 했다.

"병든 바깥주——다카오 씨를 두고서 말입니까?"

"데려가 봐야 아무 소용도 없으니까요."

"하지만 당신이 돌봐주지 않으면 그, 식사도 제대로 하지 않는다고 ——그렇다면 위험하지 않습니까."

"마스야마 씨. 당신은 제 고생을 이해하고 하시는 말씀인가요? 논리가 통하지 않는 사람과 둘이서 사는 게 얼마나 힘든 일인지, 아세요?"

"그건——모릅니다만."

"짐승도 아껴주면 사물의 도리 정도는 깨우쳐요. 그 사람은 틀림없이 알고 있으면서도 알려고 하지 않는 거예요. 애정을 쏟을 수가 없었어요. 저는 그런 처지에서 반년이나 헌신적으로 참았다고요."

"그래서 뭡니까."

그때, 줄곧 침묵하며 커피를 홀짝이고 있던 에노키즈가 다른 쪽을 향한 채 끼어들었다.

"뭡니까, 라니 저는."

"저는, 저는, 하시는데 병에 걸린 건 당신이 아니잖아요. 아시겠습니까, 반년이든 50초든 마찬가지입니다. 도중에 그만두면 처음부터 아무것도 하지 않은 것과 다를 게 없지요."

"그런 말씀이 어디 있어요. 그러니까."

"조금만 더 했으면 나았을지도 모르잖아요. 낫지 않을 거라고 단정을 내린 건 단순히 당신이 좌절했기 때문일 테고요. 그 외에 대단한 이유도 근거도 없어요."

탐정의 폭언에 의뢰인의 얼굴은 순식간에 빨개졌다.

"그, 그런 말을, 그때까지 제가 얼마나 고생을 했는지."

"물거품이네요."

에노키즈는 되풀이해서, 태연하게 지껄였다.

"게다가 고생한 건 그 남자도 마찬가지잖습니까. 오히려 괴로워하고 있었던 건 그 사람 쪽이고, 당신은 그냥 귀찮고 싫었을 뿐이에요. 무엇보다 고생, 고생, 하시는데, 결과가 나오지 않는 고생은 그냥 헛수고예요. 노력이 반드시 보답 받는 것은 아니고, 보답 받지 못하는 노력은 칭찬할 가치가 없지요! 그것은 무능과 같은 뜻입니다. 헛되고 무능해요!"

에노키즈는 한층 더 큰 목소리로 말을 이었다.

"노력하지 않아도 성적이 좋으면 칭찬받고, 노력해도 목표에 도달하지 못하면 칭찬받지 못한다, 그것이 세상의 이치입니다. 노력만으로도 상을 받는다면 일본은 올림픽에서 반드시 금메달을 땄겠지요!"

"그런 —— 심한 ——."

미에는 아랫입술을 가볍게 깨물며 날카롭게 에노키즈를 노려보았다.

마스다는 에노키즈의 주장도 미에의 마음도, 양쪽 다 어중간하게 이해할 수 있었지만, 어느 쪽의 이치도 자신의 이치와 정확하게 합치하는 것은 아니어서 잠자코 상황을 지켜보기로 했다. 보니 가즈토라는 어이없어하며 머리를 긁적이고 있다. 추측하건대 아무래도 이런 거북한 전개는 이곳에서는 의외로 많을 것이다. 확실히 탐정의 변(辯)은 심정을 완전히 무시한 논지이고, 당사자로서는 도무지 납득할 수 없는 말일 거라고도 생각하지만, 한편으로는 핵심을 찌르고 있는 것 같기도 하다. 에노키즈는 거만하게 앉아 창밖을 바라보면서 말을 이었다.

"내가 하고 싶은 말은, 그런 건 아무래도 상관없다는 겁니다. 그 남자의 실종과 당신의 고생 이야기는 상관이 없잖아요. 고생 자랑을 하러 온 게 아니라면 얼른 중요한 부분을 이야기해야지요."

그것은 —— 그 말이 옳다.

어지간한 미에도 그 의견에는 납득이 간 모양이다.

갈 곳 없는 분노를 삼키듯이, 의뢰인은 다시 담담하게 입을 열었다.

"당신의 견해 자체에는 승복할 수 없지만 —— 확실히 말씀하신 대로 쓸데없는 이야기일지도 모르겠네요. 어쨌든 저는 병든 다카오를 버리고 집을 나갔어요. 그리고 그 사이에 다카오는 실종되고 만 거예요."

"실종되었다는 걸 어떻게 아셨습니까?"

"지난달에, 1년 만에 돌아가 보았어요."

"그, 돌아가신——건 혹시."

"집에서 죽어 있지는 않았으니까요. 그렇다면 실종이지요."

"사라진 시기가 작년 여름쯤이라는 건 어떻게?"

"이웃 사람들의 이야기로는 8월 말까지는 있었던 모양이에요. 덧문이 열렸다 닫혔다 했던 모양이고, 장을 보러 나가는 일도 있었던 것 같으니까요."

"수입은——없었던 게 아닙니까?"

"돈은 있었을 거예요. 다카오는 1, 2년은 놀면서 먹고살 수 있을 정도의 저금을 갖고 있었어요. 본인은 증조부의 유산이라고 설명해 주었지만요."

미에는 식은 홍차를 만지작거리면서 약간 자포자기한 말투로 이렇게 말을 맺었다.

"다카오는——돌봐주는 사람이 없으면 없는 대로 꽤 잘 지내고 있었던 거예요. 제가 집을 나가도, 정말로 곤란하면 어떻게든 할 수 있었던 거예요. 그렇기 때문에 아까 어리광을 부리고 있었을 뿐이라고——말씀드렸던 거지요. 저에 대한 의존심이 회복을 더디게 하고 있었던 거예요."

그렇게까지 말하니 어딘지 모르게 변명처럼 들린다.

어떻게든 할 수 있었으니 망정이지, 어떻게든 되지 않았다면 어떻게 할 생각이었던 것일까——하고 마스다는 생각한다. 상황을 보러 갔는데 굶어 죽어 있었거나 했다면, 이 여성은 아까처럼 자신만만하게 나는 틀리지 않았다고 말할 수 있었을까.

"그래서, 그——."

관계 회복을 바라는 것이라고는 생각되지 않았다.

"──왜 다카오 씨를 찾으시는 겁니까? 그 후에 어떻게 지내고 있는지 걱정이 되십니까?"

"별로 걱정하지는 않아요. 아무렇지도 않을 테니까요."

그렇다면 왜, 하고 마스다가 묻자 에노키즈가 대답했다.

"그건 말일세, 마스야마 군. 이혼하고 싶기 때문일세. 뻔한 일이지."

미에는 즉시, 그것에 관해서는 그쪽이 말씀하시는 대로예요, 라고 말하고 마스다 쪽을 응시하며 매우 단호하게, 마치 선언이라도 하듯이 말했다.

"저는 다카오와 이혼하고 싶어요. 상대가 없으면 절차도 의논도 할 수 없잖아요."

"예에. 하지만 실제로 다카오 씨는 없지 않습니까──."

마스다는 의아하게 생각하며, 그렇게까지 해서 이혼할 의미도 없지 않느냐는 듯한 발언을 했다. 상대가 실종되었으니 이제 와서 이혼을 하든 하지 않든 상황은 똑같다고, 그렇게 생각한 것이다.

가즈토라는 마스다의 발언을 듣고, 어딘가 바보 취급하는 듯한 눈빛으로 마스다를 보고 나서,

"그야 이것 봐요, 이분은 재혼하고 싶으신 거겠지요. 그렇지요?"

하고 에노키즈를 흉내 내듯이 말했다.

순간 미에는 창백해지더니 분연히 말했다.

"바보 취급하지 마세요!"

그리고 쨍그랑 소리를 내며 잔을 내려놓았다.

가즈토라는 작게 숨을 들이쉬더니 입을 다물었다.

"똑같은 실수를 두 번이나 되풀이할 정도로, 저는 어리석지 않아요. 멋대로 억측하시는 건 불쾌합니다."

"실수? 결혼이 실수—— 입니까?"

"당연하지요. 여자는 항상 남자에게 의존하지 않으면 살아갈 수
없다——그런 환상을 갖고 계신다면, 실례지만—— 경멸하겠어
요."

경멸하겠다는 선언을 듣고, 가즈토라는 짙은 눈썹을 일그러뜨리고
두꺼운 입술을 내밀며,

"하아."

하고 말했다. 달리 대답할 수도 없을 것이다.

"저는 여자로서가 아니라, 우선 인간으로서 자립하고 싶어요. 서로
기대고, 서로 속박하면서 사는 생활은 이제 지긋지긋해요. 저는 고생
을 자랑하고 싶은 것도, 다카오의 험담을 늘어놓고 싶은 것도 아니고,
그쪽이 싫으니까 이쪽으로 갈아타겠다는 절조(節操) 없는 인간도 아닙
니다. 분명히 다카오와 결혼한 건 실수였어요. 하지만 그 실수는 저희
들 개인 사이의 문제로 간단하게 수습할 수 있는 게 아닙니다."

"예에."

"애초에 서로 의존하고 서로 속박하기만 할 거라면, 일방적으로
여자를 남자에게 예속시키는 듯한 고루한 혼인 제도는 근본적으로
고쳐져야 해요. 남녀는 항상 대등해야 하고, 연애는 제도에 속박되는
일 없이 자유로워야 하지요. 아닌가요?"

"예에."

"이건 좋아한다 싫어한다, 만났다 헤어졌다 같은 치정 싸움 이야기
가 아닙니다. 저는 법률상 계속 스기우라 다카오의 반려자로 있는
상황을 참을 수가 없어요."

"호적의 문제입니까? 그, 상속이나 세금 같은 게 귀찮아서 ——."

그렇게 말하고 나서 마스다는 끼어든 것을 후회했다. 그런 세속적인 이야기가 아닌 것은 명백하다. 아니나 다를까, 미에는 마스다를 향해 싸늘한 시선을 던졌다. 선언은 하지 않았지만, 가즈토라와 마찬가지로 경멸받고 만 모양이다.

"저는——분명히 스기우라 다카오와 결혼은 했어요. 했지만, 딱히 스기우라 가문의 사람이 되고 싶었던 건 아니에요. 혼인은 어디까지나 개인과 개인의 대등한 계약입니다. 그런데 현재 이런 사태에 빠지고도 저는 스기우라라는 성을 써야 해요. 그래서 우선 호적을 분리하고, 옛날 성으로 돌아가서 본래의 이토 미에라는 개인으로서 살아가는 게 선결이라고 생각했습니다. 그런 후에, 만일 제게 다카오의 발병에 관해서 얼마쯤의 책임이 있다고 한다면 간병도 할 거고, 치료비도 내겠어요. 그건 다른 문제예요."

마스다는 뭐라고 대답해야 좋을지 알 수 없게 되자, 에노키즈를 보았다. 탐정이란 의외로 어려운 것이다. 경찰 내에서 이런 전개는 우선 없다.

에노키즈는 의욕이 없어 보이는, 그러면서도 약간 즐거운 듯한 말투로,

"마지막 부분은 쓸데없지만, 그것만 빼면 당신은 아주 훌륭해요. 존경스럽군요. 다만, 조금 틀렸네요."

하고 말했다.

미에는 허를 찔린 듯한 얼굴을 했다.

"틀렸다고요?"

"그래요. 틀렸습니다."

"어디가——틀렸나요?"

"그러니까. 이름 같은 건 아무래도 상관없습니다. 진정으로 자유를 얻고 싶다면 이름에 대한 집착 같은 건 당장 버려야 해요. 호적에 어떻게 씌어 있든 상관없는 일입니다. 스스로 긴타로라고 생각하면 긴타로고, 그래도 다른 사람이 구마키치라고 부르면 구마키치가 되지요. 그것뿐입니다. 거기 있는 마스야마 군도, 본명은 고탄다인지 후타고야마인지 하는 이상한 이름인 모양이지만, 귀찮아서 마스야마라고 부르고 있어요. 그래도 아무런 불편할 것이 없지요!"

마스다는 마스다라는 이름이 마스야마보다 간단하다고 생각한다.

미에는 약간 당황한 빛을 띠었다.

"하지만 성이라는 건 집안 그 자체이기도 하고——."

"와하하하. 옛날 성으로 돌아가도, 그건 본래 당신 아버지 집안의 성일 텐데요. 성을 없애거나 자기 마음대로 성도 만든다면 이야기가 다르겠지만, 그렇지 않다면 도망칠 수는 없지 않습니까."

"그건 그렇지만——."

에노키즈는 그렇지, 예명으로 하는 게 좋겠어요, 하고 말하며 웃었지만 역시 거기까지 가니 미에는 발끈한 표정이 되었다.

"어쨌든 저는 그렇게 하기로 결심했어요. 앞길에 문제는 산적해 있지만, 조금이라도 여자에게 이상적인 현실을 얻어내기 위해서 우선은——."

"저어, 실례지만 스기우라 씨, 당신 무슨—— 그, 여성운동이라도 하고 계십니까?"

마스다는 머뭇머뭇 물었다. 그렇게밖에 생각되지 않는 말투다.

"네? 네. 운동이라고 말씀드릴 만한 거창한 것은 아니지만, 동지들이 모여서 공부 모임 같은 걸 열고 있어요."

"아아——."

마스다는 마음속으로 약간 당황했다.

요즘 세상이 현저하게 여성에게 불리한, 남성 중심의 사회인 것은 틀림없다고, 그 점은 마스다도 그렇게 생각한다. 따라서 여성의 지위 향상 운동이 일어나는 것도 필연이라고, 그것도 그렇게 생각한다. 진지하게 생각한 적은 없지만, 그녀들이 말하는 논리도 나름대로 알 것 같은 기분이 든다.

대개 국가니 사회니 하는 것이 그렇게 견고하고 절대적인 것이 아니라는 점을 깨달은 마스다로서는 더욱 그 논리를 잘 이해할 수 있는 것이다. 그래서 마스다는 적어도 옛 동료——형사들——중에서는 누구보다도 여성의 사회 진출이나 지위 향상에 대한 이해심이 있다고 생각하고 있었다. 다만 그 마음을 어떻게 표현하면 좋을지를 모르겠다. 여자라면 소리 높여 외치면 된다.

그러나 마스다는 어차피 남자다.

전쟁이 끝난 후, 여자와 양말은 튼튼해졌다고 한다. 그것도 그럴 것이, 그때까지 너무 약했으니 이것은 당연하다. 그러나 그 말은 액면 그대로 통용되는 것이 아니다. 비판적이라고까지는 하지 않더라도, 항상 얼마쯤의 비아냥을 섞어 사용되는 경우가 많다.

따라서 강하군요, 라든가 대단하군요, 라는 말은 역시 그만큼 솔직한 칭찬의 말은 될 수 없다.

그렇다고 해서 동정적인 발언을 하는 것도 금지된 일이다. 아무래도 동정이라는 것은 우위에 있는 사람이 하위에 있는 사람을 향해서 내뿜는 감정인 모양이다. 따라서 동정하는 것은 간접적으로 차별하는 것과 같은 뜻이 된다.

지켜 주겠다거나 감싸 주겠다는 것도 마찬가지인데, 왜냐하면 그런 종류의 말 앞에는 반드시 여자는 약하니까, 라는 전제가 붙을 것이기 때문이다.

여자 같다거나, 여자 썩은 것 같다[69]는 욕은 벌써 말 자체가 틀려먹었다. 그뿐만 아니라 여자답다거나 사랑스럽다거나, 예쁘다거나 미인이라거나, 그런 칭찬의 말조차 마음껏 말할 수는 없다. 설령 진심으로 그렇게 생각했다고 해도, 그것은 해서는 안 되는 말이다.

그런 이유로, 어설픈 이해심을 가진 마스다는 그런 생각을 하는 여자 앞에 나서면 할 말을 잃고 마는 것이다. 남자라는 것 자체가 죄악인 듯한——그런 기분이 들고 만다.

마스다는 복잡한 마음으로 의뢰인을 보았다.

단정한 얼굴이다. 입술에 연지라도 바르면 필시 잘 어울릴 거라고 상상했다.

그리고 마스다는 즉시 후회했다. 험악한 눈빛이, 말을 하지 않아도 그렇게 생각했을 뿐인 마스다를 모멸하고 있는 듯한 기분이 들었기 때문이다.

"그——."

"네?"

"그 모임이라는 게 제 고향, 지바의 어항(漁港)인데요——아와 가쓰우라에서 열린답니다."

"네에?"

"여성과 사회를 생각하는 모임이에요."

"네."

---

69) 뜨뜻미지근한 남자를 비유할 때 쓰는 말.

"거기에서 소문을 들었어요 ——."

"무, 무슨 소문입니까?"

"그러니까 다카오의 소문 말이에요."

"아아."

필요 없는 생각에 흠뻑 잠겨 있다 보니, 마스다는 하마터면 탐정 일을 잊어버릴 뻔했다.

"아무래도 오키쓰초[興津町]에 있었던 모양이에요 ——."

오키쓰는 가쓰우라 옆 동네쯤 되는 모양이다.

"그 부근은 항구도시라 어항 특유의 문화와 풍토도 있고, 봉건시대 가 아직 계속되는 듯한 고루함도 많이 남아 있어요. 뭐, 악습과 인습 같은 것도 있고, 시골이라고는 해도 저속한 가게 같은 것도 다소는 있지요. 하지만 도쿄 같은 곳과는 또 달라서 풍기가 문란하다는 느낌 은 아니에요. 그런데 —— 이건 소문이지만, 그 일대에 아무래도 비밀 매춘 조직 같은 게."

"매춘? 그게 다카오 씨와 관련이 있습니까?"

"있어요. 그, 공창 제도가 폐지될 때 그곳으로 흘러들어온 어떤 여자가 그 지역 무뢰한과 손을 잡고, 뒤로 부유한 선주 등의 지원을 받으면서 사창가 포주 같은 짓을 시작했다는 소문이 났어요. 물론 원래 사창 같은 건 없었으니까 대부분은 여염집 여자가 갑자기 창기 가 된 것일 거라고요."

"그건 문제군요."

마치 형사 같은 술회다.

마스다는 이러니저러니 해도 전직의 버릇이 가시지 않은 자신이 우스웠다.

"맞아요. 여염집 여자의 매춘이 만연하는 건 큰 문제예요. 아무리 불경기라도 날마다 돈이 들어온다는 이유만으로 몸을 팔다니 당치도 않은 일이니까요. 이건 인간의 존엄과 관련된 문제예요. 아니, 애초에 성을 상품화하는 짓은 본래부터 바람직하지가 않지요."

장광설이 시작될 것 같아 마스다는 당황했다.

"그, 그것과 다카오 씨가 어떻게 관련이 있다는 겁니까?"

미에는 꿈에서 깬 듯한 얼굴을 했다.

"아——실례했어요. 그, 매춘의 포주라고 소문이 난 여성은——이건 확실한 증거는 없지만요——오키쓰의 바를 경영하는 사람으로 가와노 유미에라는 이름의 여자였어요. 우리는 그 가와노 씨한테 몇 번 항의하러 간 적이 있지요."

"항의?"

"물론 그런 사실이 있다면 당장 그만두라고 말하러 간 거예요. 경찰을 부르기 전에, 같은 여자로서 이해를 청하고 싶었던 거지요. 뭐, 그때마다 뺀둥뺀둥 피하곤 했지만요——거기에서."

다카오를 보았다는 사람이 있었다고 한다.

작년 10월 초의 일이라고 한다. 목격한 사람은 같은 운동가인 미에의 여학교 동창으로, 그녀는 결혼식 때 다카오의 얼굴을 보았다고 한다.

그건 분명히 결혼식 때 본 얼굴이다, 미에 네 반려자인 다카오 씨가 틀림없다——.

그 여자는 그렇게 말했다고 한다.

"그——부끄러운 이야기지만, 다카오는 아무래도 그, 가와노 유미에와——."

"사귀고 있었다——아, 실례. 전직 형사라서 그런 표현에는 그 아무래도."

"괜찮습니다. 맞아요, 사귀고 있었다고, 이것도 물론 아무런 확증도 없어요. 저 자신은 전혀 믿을 수가 없었지만, 그런 일이 있지만 않았어도 이렇게 빨리 확인해 보려는 기분은 들지 않았을지도 모르지요."

"그런 일이라니요?"

"가와노 유미에 씨가 살해되고 말았거든요. 작년 10월 중순이 지나서, 그 눈알 살인마의 손에."

뭔가 터무니없는 것이 튀어나왔다.

"누, 눈알 살인마라니, 그 히라노 어쩌고 말입니까?"

"글쎄요, 최근의 신문 기사에는 다른 남자라던데요."

"어쨌든 그 요쓰야와 시나노마치의 눈알 살인마 아닙니까. 그러고 보니 지바 현 본부의 관할서에서 어떻게 했다나 하는 이야기를 들은 기억이 있는데. 아무래도 지역 의식이 강했기 때문에 관할 외의 사건에는 흥미가 없어서요."

"어쨌든 가와노 씨는 살해되고 말았고, 사창 조직은 적발되지도 않은 채 매춘 소문도 사라지고 말았어요. 그래서 가와노 씨를 죽인 용의자로 제일 먼저 떠오른 사람이 우선 남자관계——라고 하나요, 그 가와노 씨의——."

"아아, 정부(情夫) 말입니까. 어? 그게 다카오 씨인가요."

"네, 뭐, 여러 명이었던 것 같지만요, 아무래도."

"그래서 경찰은 당신한테도?"

"아뇨. 용의자 중에 신원을 알 수 없는 남자가 한 명 있었던 모양인데, 아무래도 그 사람이 다카오가 아닐까 싶어서요."

"하아."

다채로운 내용이다. 마스다는 한숨을 쉬었다.

"그래서 당신은 집으로 돌아가 보았고, 예상대로 다카오 씨가 사라진 것을 확인하고 이혼의 의지가 강해져서, 그래서 여기에 온 거라는 말씀이군요."

"네. 진주군(進駐軍)[70]에서 통역 일을 하던 친구한테 이곳 평판을 들었어요. 여기서는 그, 작년 여름의 구온지 가 사건을 취급하셨다면서요."

"구온지? 아아, 구온지 씨의. 네, 네."

그 소문은 마스다도 들었다.

"저는 그 사건으로 돌아가신 구온지 료코 씨와는 면식이 있거든요. 딱 한 번이었지만요."

"예에. 그분도 여기에 오셨지요."

가즈토라가 어느 모로 보나 놀랐다는 말투로 말했다. 다만 표정은 마스다를 처음 보았을 때와 그리 다르지 않다. 눈을 부릅뜨고 입을 약간 벌리고 있을 뿐이다.

한편 미에는 할 말을 다 하고 나자 갑자기 마음을 터놓은 듯한 분위기다.

"아무래도 범인은 다카오와는 다른 인물인 것 같지만, 그렇다고 해도 아까 말씀드렸다시피 우선은 다카오와 만나서 제대로 이야기를 하고, 정식으로 이혼하고 싶다고ㅡ."

"그래서? 그 여자가 당신에게 강하게 권하던가요? 이혼을."

에노키즈가 갑자기 큰 소리로 물었기에 마스다까지 놀랐다.

---

70) 제2차 세계대전 후 일본에 진주한 연합군.

"네, 뭐──네? 여자?"

미에는 눈을 휘둥그렇게 뜨고 탐정 쪽을 보았다. 여우에게 홀린 것 같다.

마스다도 그 시선을 더듬듯이 에노키즈를 본다. 보니 계속 얼굴을 돌리고 있던 탐정이 어느새 미에 쪽을 응시하고 있다. 다만 마스다에게는, 그 색깔이 옅은 커다란 눈동자의 초점은 아무래도 미에의 머리 위 약간 뒤쪽에 맺혀 있는 듯 보였다.

아연실색한 채 미에가 되물었다.

"여자라니──누구 말인가요?"

"그 여성 말입니다. 당신이 감화되어 있는."

"오리사쿠 씨를 아시나요?"

"자꾸 같은 말을 되풀이하는 것 같지만 이름 따위는 아무래도 상관없습니다. 그보다 당신은, 정말로 자신의 의지로 이혼하고 싶어진 겁니까? 설마 그 사람이 권해서 이혼할 마음이 든 건 아니겠지요."

"어──."

미에는 다시 허를 찔린 듯 입을 다물었지만, 이번에는 금세 정신을 차린 것 같았다.

"──무, 물론 제 의지예요. 확실히 이혼하라는 권유를 받기는 했지만, 결정한 건 저예요."

"그렇다면 됐습니다."

에노키즈는 무뚝뚝하게 그렇게 말하고, 다시 얼굴을 홱 돌려 버렸다.

마스다는 별수 없이 물었다.

"그, 오리사쿠 씨라니요?"

"오리사쿠 아오이 씨라고 하는데, 여성과 사회를 생각하는 모임의 중심인물이에요. 나이는 저보다 훨씬 어리지만, 매우 총명하고 정열적인 여성이지요. 동조하는 사람도 많아요. 그, 돌아가신 오리사쿠 유노스케 씨의 따님 되시는데, 저택이 상당히 넓어서 늘 회합 때 그곳을 사용하고 있답니다."

"돌아가신 그분은 그, 유명한 사람인가요?"

"그 지방의 명사(名士)예요. 그저께가 장례식이었는데 아오이 씨가 어찌나 훌륭하게 인사를 하시던지 ──."

그 오리사쿠라는 여성의 존재가 미에의 수다 너머에 있는 것은 명백하다. 더 이상 그 방향으로 관심을 유도해서 캐물었다가는 갑자기 불편한 분야로 돌입할 것 같아서, 마스다는 이야기를 짧게 끝내기로 하고 사실관계를 재확인한 후 연락처 등을 물었다.

스기우라 부부가 살고 있던 곳은 도쿄 시내의 고가네이초[小金井町], 미에의 현재 주소는 지바 현 후사노무라[總野村]이고 여기가 미에의 친정이라고 한다. 오키쓰초에 있는 가와노 유미에가 경영하는 가게는 '나기사'라는 이름으로 ── 당연하지만 ── 지금은 닫혀 있는 모양이다.

또 다카오가 근무하던 초등학교나 그의 친척에 관해서도 확인했다. 다카오의 부모는 이미 타계했다고 하지만, 도치기 쪽으로 시집을 간 두 명의 누나는 건재한가 보다.

교류는 전혀 없었지만요, 하고 미에는 억양 없이 말했다. 그리고 봉투에서 빛바랜 사진을 꺼내, 다카오예요, 하고 말하며 마스다에게 건넸다.

찍혀 있는 사람은 평범한 생김새의 신통찮은 남자였다.

인화지에 새겨진 다카오는 웃지도 않고 정색하지도 않고, 그저 공허한 눈빛으로 마스다를 보고 있었다.

대화가 끊기자 마스다는, 제가 가지고 있겠습니다, 하고 말하며 사진을 집어넣고 정중하게 감사 인사를 하고 나서, 그럼 진전이 있으면 알려 드리겠습니다, 하고 말을 맺었다. 미에는 끊임없이 사례금 액수에 신경을 썼지만 가즈토라는 필요경비를 포함해서 모든 것이 끝나고 나서 상담하자며, 뭐 그렇게 많이 받지는 않습니다, 하고 묘하고 쾌활하게 마무리를 지었다.

미에는 아직 더 이야기하고 싶은 눈치였지만 미적지근한 태도로 자리에서 일어나 약간 불안한 듯이 목례를 한 후, 얼굴을 들고 에노키즈를 보았다. 뭔가 말하고 싶은 듯 보였지만 탐정이 명랑하게, 그럼 또 뵙지요, 라고 말했기에 결국 의뢰인은 그대로 아무 말도 하지 않고 돌아갔다.

가즈토라는 후우, 하고 소리가 날 정도의 기세로 숨을 내쉬고, 그때까지 미에가 앉아 있던 곳에 자리를 잡았다.

그리고 약간의 당혹을 머금은, 비꼬는 듯한 엷은 웃음을 띠면서 마스다를 보고는,

"여어, 이거 힘든 일이네요, 저 의뢰인은. 초보한테는 무리겠지요."

하고 말하더니, 그렇지요, 선생님, 하고 에노키즈를 돌아보았다.

에노키즈는 가즈토라의 물음에 대답했다기보다는 오히려 무시하는 듯한 타이밍으로 마스다에게 물었다.

"마스야마 군! 자네는 설마 고가네이인가 하는 곳에 갈 생각은 아니겠지."

"아. 예에——."

마스다는 물론 그럴 생각이다. 실종 당시의 상황은 가능한 상세하게 알아둘 필요가 있을 것이다. 정보를 수집하기 위해서는 고가네이에 가 볼 수밖에 없다.

에노키즈는 이어서 이렇게 물었다.

"그리고 그 오큐인지 옥시폴[71]인지 하는 곳의 망한 술집에 갈 생각은 아니겠지."

"네? 그건."

그것은 아마 오키쓰초를 말하는 것이겠지만, 마스다는 물론 그쪽에도 갈 생각이었다. 다카오는 용의자까지 된 모양이다. 가지 않고서는 아무것도 할 수가 없다.

에노키즈는 짙은 눈썹을 시옷자 모양으로 늘어뜨려 상당히 한심한 표정을 짓고 나서 이렇게 말했다.

"이보게, 그런가? 그렇다면 바보로군."

"바보——라고요?"

"당연하지. 그런 바보는 탐정 실격이야. 그 이전에 척추동물로서도 실격일세!"

"어째서요?"

가즈토라가 역시 처음과 똑같은 표정으로 물었다. 생각건대, 이 가즈토라라는 남자는 안면의 표정이 빈곤한 사람인가 보다.

에노키즈는 가즈토라를 내려다보며 한껏 경멸하듯이 말했다.

"그래서 자네는 안 되는 거야, 가즈토라. 애초에 내가 그런 것까지 일일이 설명할 거라고 생각하나!"

---

71) 옥시돌의 상표명. 옥시돌은 2~3%의 과산화수소에 안정제를 섞은 약품으로 살균, 소독제나 표백제로 쓰인다.

가즈토라는 아아, 하고 신음하며 납득했다. 아무래도 설명은 해 주지 않을 모양이다.

마스다는 별수 없이 물었다.

"하지만 에노키즈 씨, 점쟁이도 아니니까 아무리 그래도 탐문 정도는 하지 않으면 아무것도 알 수가 없지 않습니까."

"하지만이고 뭐고 마스야마 군. 내가 사람을 잘못 봤군. 잘 듣게, 탐문이라는 시시한 짓을 하는 건 개나 형사나 변태 정도일세. 도대체가 자네들은 군더더기가 너무 많아. 어째서 그렇게 시간이 걸리는 겐가?"

"그야 이야기가 복잡하니까 그렇겠지요, 선생님. 저는 아직도 잘 모르겠어요. 그렇지요?"

가즈토라는 마스다에게 동의를 구했다.

마스다는 이야기 자체를 모르겠다는 것은 아니었지만, 생각해 보면 다카오가 대인공포증에 걸린 명확한 이유도, 그것이 완치되었는지 아닌지도 알 수 없고, 왜, 언제 실종되었는지도 알 수 없는 셈이니 그런 의미로는 모르는 부분이 많은 것은 틀림이 없으므로 고개만 끄덕여 건성으로 대답했다.

에노키즈는 반쯤 뜨고 있던 눈을 그제야 완전히 뜨며 말했다.

"어디가 복잡한가? 전혀 복잡하지 않은데. 잘 듣게, 작년 여름쯤 고가네이에서 이 사람이 없어졌습니다——와, 여기에서 사진을 내밀며, 지바의 살인사건에 관련되어 있을지도 모르는데 찾아 주십시오——잖나. 20초도 안 걸리는군. 대체 어째서 사람을 찾는 데에 의뢰인의 주의와 사상을 들어야 한단 말인가, 멍청하기는. 상관없는 일 아닌가."

"그건 그 사람이 멋대로 이야기한 거잖아요."

"자네들이 들어 주니까 이야기하는 걸세. 의뢰인이 무정부주의자이든 국가파괴주의자든 우리한테는 상관없는 일이야. 계산대에서 주의와 사상을 과시하지 않으면 목욕을 할 수 없는 목욕탕이 있다면 사흘 만에 망할 걸세!"

그것도 그렇다고 마스다는 생각했다. 그런 것은 전혀 상관없는 일이고, 그렇기 때문에 이 남자는 탐정이다, 그렇게 말하는 것이리라.

가즈토라는——생각해 보면 마스다는 아직 정식으로 소개받지 못했기에 이 서생 같은 청년의 이름이 사실 무엇인지는 모르고, 마스다가 마스야마가 되어 버릴 정도이니 사실은 전혀 다른 이름일 가능성도 크지만——약간 곱슬거리는 짙은 머리카락의 뿌리 언저리를 검지로 긁적이면서, 뭐, 그건 그렇고 참으로 무서운 여자였지요, 선생님은 칭찬하셨지만 저는 경원(敬遠)하게 되던데요, 하고 투덜거리듯이 말했다.

"뭐가 무섭단 말인가? 귀엽잖아."

"그야 미인이기는 했지만요."

"그 여자분한테 외모를 칭찬하면 안 됩니다. 혼날 거예요."

마스다는 가즈토라를 타이르는 척하면서, 에노키즈를 견제했다. 에노키즈의 감상도 미에의 용모에 대해서 말한 것일 거라고 생각했기 때문이다.

그러나 그것은 마스다의 착각이었다.

"미인? 그랬나? 나는 얼굴을 제대로 보지 않아서 몰랐는데. 그러면 그렇다고 좀 더 빨리 말했어야지."

"어? 그럼 선생님은 뭐가 귀엽다고."

"귀엽잖아. 기특할 정도로 열심히 공부한 걸 이야기하던데. 내용은 천박하고 확실히 남의 주장을 그대로 이야기할 뿐이지만, 요컨대 문제는 태도일세. 존경스러워. 그래서 칭찬한 걸세. 나는 사람을 좀처럼 칭찬하지 않는다네!"

"그렇습니까."

그럴 것이다. 마스다는 납득했다.

에노키즈의 말대로 설령 그것이 본심이 아니더라도, 또는 몸에 익은 이론이 아니더라도, 따라서 약간 모순점이 있더라도, 태도 자체가 일종의 지침 표명 같은 것이 되고 있었던 점은 확실할 것이다. 마스다 조차 민감하게 느꼈으니 나름대로 유효했던 셈이다.

논거가 되는 사상에까지는 이르지 못하더라도, 적어도 외모로 판단하지 말라거나, 여자라는 이유만으로 얕보지 말라는 주장만은 확실히 전해진다.

그리고 그런 주장을 나타내 보이는 것은 어떤 의미로 용기가 필요한 일이기도 할 것이다. 그것은 확실히 이유 없는 편견과 차별 행사에 대해서는 억지력(抑止力)으로 작용하겠지만, 반대로 여자니까 봐 달라거나, 외모가 괜찮으니 봐 달라는 일종의 특권——특권이라고 생각하고 있지는 않겠지만——을 포기하는 것도 되기 때문이다. 에노키즈는 그 점을 칭찬한 것인지도 모른다.

"나는 교고쿠처럼 시시한 걸 열심히 해설할 정도도 아니고, 탐정은 까다로운 일에 논평을 가하는 역할이 아니니 딱히 아무 말도 하지 않겠네. 하지만 그 여자는 우선 대단하지 않은가. 권위주의에 빠지지 않는 오만함이야말로 중요한 것일세. 자, 마스야마 군, 훌륭한 여성의 의뢰이니 얼른 처리해 주게. 이삼일만 있으면 되겠지."

에노키즈는 기분 좋은 듯이 말했다.

뜻을 알 것 같기도 하고 모를 것 같은 말을 지껄이고 나서 명탐정은 튕기듯이 벌떡 일어나, 외출할 테니 사무실을 지키고 있으라고 명령하는 투로 말하고는 그대로 나가 버렸다.

탐문도 조사도 하지 않고, 어떻게 하면 이삼일 안에 해결할 수 있을까──마스다는 전혀 알 수가 없었다.

가즈토라는 홍차와 커피 잔을 치우면서,

"가끔 따라갈 수가 없게 되지요, 저 대(大)선생님은. 저는 이렇게 보여도 고생하고 있다니까요. 뭐, 당신도 정도껏 하는 게 좋아요. 조만간 분수를 알게 될 겁니다."

하고 불평인지 충고인지 모를 말을 마치 보호자 같은 말투로 늘어놓았다.

마스다는 우선 그 말에는 대답하지 않고, 먼저 청년에게 본명을 물었다. 가즈토라는, 저는 야스카즈 도라키치라고 하는데요, 하고 대답했다. 그의 경우는 말 바꾸기나 변형이 아니라 줄임말이었던 모양이다.

"가즈토라──아니, 도라키치 씨. 당신은 그──탐정님의."

"저는 조수라고 하는데 스스로는 비서라고 생각합니다."

비서라는 말은 탐정 조수의 자리를 둘러싼 라이벌 사이──는 아니었다는 뜻이다.

그러나 경제적으로 궁핍한 것도 아닐 텐데 조수를 고용하기 위해 비서를 해고하겠다고 하는 것도 묘한 이야기다.

"그러니까 그, 탐정이라는 건 알 수가 없네요."

"알 수 없습니까?"

"알 수 없지요. 저는 애초에 일반적인 탐정의 방식도 모르니까 그 사람이 하는 일을 보고 있으면 그냥 기이한 술법이나 마법 같더군요. 뭐, 그래도 직업이라는 것 정도는 아니까, 저는 손님을 얻으려고 노력하지만요. 그게 안 된대요. 대체로 그 사람은 돈이 없어서 고생한 적이 없어요. 아니, 돈이 많은 게 아니라, 돈이 없는 걸 고생이라고 생각하지 못하는 거지요. 뭐, 정말로 먹고살기가 힘들 정도로 가난했던 적은 없는 것 같지만요. 그렇다고 해도 그런 자세로 버티고 있으면, 이상하게도 가난이 찾아오지 않는단 말이지요. 어떻게든 됩니다. 그런 느낌은 저는 잘 모르겠어요."

마스다는 뭐, 그렇지요, 라고 말하고 도라키치에게 에노키즈식 탐정술의 방법이라도 물어볼까 생각했지만, 기대가 빗나갔다.

도라키치는 식기를 다 치우고 나서 다시 차를 끓여, 그것을 마스다에게 권하면서 말했다.

"뭐, 하지만 이번만은 선생님의 말도 이해가 안 가는 건 아닙니다. 왜냐하면, 그 사람, 그 살인사건인가요? 그런 사건의 용의자가 되어버렸는데 운 좋게 혼자만 신원이 알려지지 않은 거잖아요. 일부러 수상하게 여겨질 만한 짓은 하지 않을 겁니다. 저라면 절대로 그 나기사인가 하는 바에 가까이 가지 않을 거예요. 마을도 떠날 거고요. 그런데 아직 원래 살던 집으로 돌아오지 않았다면, 그 근처에 있다는 것도 묘하잖아요."

"돌아오지 않았습니까? 원래 집으로."

은둔하기 위해서 돌아올 때도 있다.

"돌아오지 않았잖아요. 이웃 사람들은 작년 여름 이후로 그 사람을 보지 못했다고 말했다고요."

"목격자라. 하지만 그렇다면."

남의 눈을 피해서 ―― 라는 건 아닐까.

그렇게 말하자 도라키치는 얌전한 얼굴로 이렇게 대꾸했다.

"하지만 그 의뢰인은 지난달쯤에 그 집에 가 보았고, 반년쯤 전에 사라졌다는 이웃 사람들의 이야기를 믿고 있어요. 그렇다면 ――."

"그런 상황이었다 ―― 는 뜻입니까."

즉 최근에 드나든 흔적은 보이지 않았다는 뜻일 것이다. 사건이 일어난 시기가 작년 10월 중순이 지나서이니, 만일 다카오가 도망쳐 돌아왔다면 그것은 지난 서너 달 ―― 안의 일일 것이다.

자주 드나들었다면 모를까, 사실 반년 동안 방치돼 있었다면 ―― 가령 서너 달 안에 드나든 사람이 있었다면 오히려 알 수 있을 것이다.

"그렇군요. 하지만 그럼, 뜬구름 잡는 듯한 이야기네요."

"그래도 포기하지 않을 겁니까?"

"뭐, 어려운 문제이긴 하군요."

"앞으로 그분하고 같이 해 나가는 게 더 어려운 문제입니다."

도라키치는 그렇게 말하며 크크크 하고 웃었다. 그리고 마스다 씨도 하코네 사건을 담당했다면 알고 있겠지요, 고서점 선생님이나 소설가 선생님한테라도 상담해 보면 되지 않을까요, 하고 말했다.

마스다도 그 생각을 하고 있었다.

그 두 사람은 모두 에노키즈의 친구이고, 하코네 사건의 관계자이기도 하다. 에노키즈가 줄곧 저런 상태여서, 실질적으로 하코네 사건의 막을 내린 사람은 그 고서점 주인 ―― 추젠지 아키히코였다. 그러나 그가 탐정 같은 일을 하느냐 하면, 이 사람은 에노키즈보다 더 아무것도 하지 않는다. 오직 생각하고 말할 뿐이다.

마스다가 생각하기에 추젠지는 수수께끼를 해명하지는 않는다. 추젠지는 수수께끼에 대해서 해답을 내놓는 것이 아니라 수수께끼 쪽을 일반 사람들이 이해할 수 있는 수준까지 해체하는 것이다. 수수께끼가 수수께끼가 된 배경을 흔들어, 수수께끼 자체가 무효화되어 버리는 듯한 상황을 유사하게 만들어낼 뿐이다. 다시 말해서 현실을 일단 못 쓰게 만들어 버리고, 속임수이든 궤변이든, 수수께끼가 수수께끼가 될 수 없는 또 하나의 현실을 표출시키는 것이 그의 방식이다. 관계자의 세계관을 파괴하고 재구축해 준다는 수법은 치유로서는 확실히 유효하지만, 형사의 잣대로 재자면 대단히 성가신 수법이기도 하다. 범죄를 범죄로 만드는 것은 사회이고, 형사가 지키는 것은 그 사회이다. 사회에 의심의 응어리를 품는 것은 범죄의 무효화마저 예감하게 하고, 그러면 형사 노릇은 할 수 없다.

그렇게 보면 마스다가 경관일 수 없게 된 이유도 그의 언질에 인한 부분이 크다고도 할 수 있다.

다만 그것은 탐정의 방식이 아니다. 그도 그럴 것이, 그것은 아무래도 귀신 들린 것을 떼어내는――소위 말하는 불제(祓除) 종류의 방식이라고 한다. 그렇다면 해 달라는 부탁을 받아도 흉내도 낼 수 없고, 마스다 같은 사람이 보자면 그 위치는 고단할 것 같다. 게다가 불가해한 사건에는 유효하지만 사람 찾는 일에 유효할지 어떨지는 알 수 없다.

한편 소설가 쪽은, 이름은 세키구치 다츠미라고 한다. 이 자는 사람은 좋지만 탐정적 소양은 전혀 없어서, 이런 종류의 일에는 아무런 도움도 되지 않을 테니 상담해도 소용없다. 그러나 마스다는 왠지 세키구치에게 공감을 갖고 있다.

마스다가 생각에 잠겨 있는데 딸랑, 하고 종이 울렸다.

도라키치는 마스다가 왔을 때와 완전히 똑같은 반응을 했다.

손님은 마스다가 얼굴을 확인하기도 전에, 아아 야스카즈 군 에노키즈 군은 어디 있나 뭐야 없는 건가 그거 곤란하군──하고 맹렬한 기세로 말했다. 멍하니 있으면 알아들을 수 없을 정도로 빠른 말투였지만 전부 이해할 수 있었던 것은, 모범적인 표준어에 발음도 좋고 발성법도 확실했기 때문일 것이다.

새삼 얼굴을 본다.

말처럼 얼굴이 긴 신사였다.

눈썹도 짙고, 눈도 코도 입도 큼직하고, 그것이 그 긴 얼굴의 밑바탕을 유효하게 사용해 늘어서 있다. 머리카락은 정확하게 3대 7로 갈랐고 은테 안경과 값비싸 보이는 천의 양복이 지적 계급이라는 것을 과시하고 있다. 남자는 코를 벌름거리며 큰 한숨을 내보냈다.

"아니, 변호사 선생님 아니십니까. 갑자기 오셨네요. 그건 그렇고 오늘은 손님이 많이 오는 날이군요."

"에노키즈 군은 없나? 자고 있나?"

"실 끊긴 연입니다. 자, 앉으시지요."

도라키치는 일어서서, 선생님 먼 길을 오셨지요, 차라도 드시고 가십시오, 하며 착석을 권했다. 남자는, 그래 그럼 한 잔 주게, 하며 바삐 들어와 마스다 맞은편에 앉았다.

"야스카즈 군, 이분은?"

"탐정을 지망하는 전직 형사님인데, 마스다 씨입니다."

"탐정을 지망하는 전직 형사라고? 그런 이치에 맞지 않는 코스를 나아가는 인간이 있단 말인가? 농담이겠지. 농담은 관두게."

"있습니다. 접니다. 저는 국가경찰 가나가와 현 본부 1과 형사로 있었던 마스다 류이치라고 합니다."

"가나가와? 가나가와라고요. 우리 집도 요코하마인데. 그런데 마스다 군, 공무원을 그만두고 사회적 신뢰성도 보장도 전혀 없는 직업을 얻으려는 반사회적인 생각은 사회를 위해서도 당신을 위해서도 도움이 안 돼요. 충고해 두지요. 나는 이런 사람입니다."

활기차게, 민첩하고 공손한 척하지만, 사실은 무례한 태도로 내밀어진 명함에는 마스오카 노리유키라고 적혀 있었다. 직함은 변호사 외에도 몇 가지가 더 있다.

마스오카는 아무래도 세상에는 특이한 놈들이 많군, 곤란한 일이야, 하고 투덜거리고 나서, 말한다.

"가나가와라면 이시이 군은 잘 지내나? 봄부터 가마쿠라인지 어딘지의 관할서 서장이 될 거라고 들었는데."

이시이는 마스다의 전 상사다.

"예에, 이시이 씨를 아십니까?"

"잘 알지요."

도라키치가 새 찻잔을 내면서 설명한다.

"마스다 씨, 이 선생님은 그 유명한 시바타 재벌 고문변호인단의 한 분으로, 그 '무사시노 연쇄 토막 살인사건'의 관계자 변호나 '즈시 만 금색 해골 사건' 범인의 변호 같은 일도 하신 분이에요. 자, 선생님, 차 여기 있습니다. 시즈오카 산(産)이에요."

"예에, 이거 몰라 뵈었습니다."

모두 가나가와 관할 내에서 작년에 일어난 참담한 사건으로, 마스다도 수사를 맡았다.

에노키즈는 그 두 사건에 모두 관련되어 있었던 것 같으니, 마스오카도 사건을 통해서 알게 된 사람일 것이다.

변호사는 화려한 얼굴을 흐리며, 다시 투덜거리듯이 말했다.

"즈시 사건이 말이지, 번거로워졌다네. 용케도 그런 비상식적인 사건이 일어났단 말이야. 일본 법조계의 역사를 돌이켜봐도 그런 사건을 취급한 건 내가 처음일세. 판례고 뭐고 없어. 해외의 예도 없다네. 이번 재판 기록이나 판결이 앞으로 그런 종류의 범죄를 다루는 데 있어서 규범이 되는 셈이니, 긴장을 풀 수가 없네."

"그러고 보니 토막살인 쪽은 어떻게 되었습니까? 끝났습니까? 재판은."

"안 끝났네. 그 공판도 이제 겨우 시작되었을 뿐이야. 게다가 그건 사건 자체의 재판도 아니고. 아아, 그쪽도 있지. 나는 정말 다망하다네."

마스오카는 차를 기세 좋게 입으로 가져가더니, 뜨겁군, 이건, 하고 빠른 말투로 말했다.

"그 다망하신 선생님께서 무슨 일로 오셨습니까?"

"자네한테 이야기해 봐야 소용없다네, 야스카즈 군. 에노키즈 군은 언제 돌아오나?"

"일찍 돌아오실 때는 2분이면 돌아오시지요. 책방 선생님한테 갔다면 반나절은 돌아오지 않으시고요. 본가에 가셨다면 일주일은."

"이보게. 자네는 비서 아닌가. 예정 일정 관리는 하지 않나? 직무 태만이야."

"세상 사람들의 예정이니 일정이니 하는 것을 어떻게 우리 선생님께 맞추느냐가 제가 하는 일입니다. 차 한 잔 더 드시겠습니까?"

여기에서는 아무래도 지구는 에노키즈를 중심으로 움직이고 있는 것 같다. 그렇지 않고서는 탐정 일은 할 수 없다는 뜻일까 하고 마스다는 생각한다.

"하지만 말이지. 추젠지 군한테 갔을까?"

"그렇지 않더라도 상담하실 게 있다면 그쪽으로 가는 게 빠르지 않겠습니까? 우리 선생님보다 훨씬 이야기하는 보람이 있을 겁니다."

"그렇군. 뭐, 그이 쪽이 더 적임이기는 하지만, 그 남자는 움직이지 않을 테고."

"가시겠다면 모시겠습니다."

마스다가 그렇게 말하자 마스오카는 눈을 부릅떴다.

"당신이? 어째서?"

"사정이 있어서——이삼일 안에 사람을 좀 찾아야 합니다. 에노키즈 씨가 없어져서 곤란해하던 참이라서요."

"사람을 찾는다고? 그런 일은 추젠지 군에게 상담해도 소용없을 거요. 당신이 전직 형사라면 직접 찾는 게 빠르겠지. 구두 밑창이 닳도록 탐문을 하고 다니는 게 당신들 공복의 유일한 특기 아니오. 설령 국가권력의 뒷배를 잃고 특기인 고압적인 수사를 할 수 없게 되었다고 해도 착실한 기술은 유효할 테지."

"수사는 금지되어 있습니다."

마스오카는 그게 뭐요, 하며 의아한 얼굴을 했다.

도라키치가 권한 것도 있어서, 결국 마스다는 마스오카와 함께 추젠지의 집을 찾아가게 되었다. 추젠지의 집은 나카노에 있다고 했지만, 도쿄에 익숙하지 않은 마스다는 어디가 어딘지 알 수 없었다.

차창으로 벚나무가 보였다. 만개하려면 아직 좀 더 기다려야 한다.

끝없이 완만한 경사가 어중간하게 이어져 있는 언덕길을 끝까지 올라가면 목적지인 교고쿠도——추젠지가 경영하는 고서점——가 있었다.

언덕 양옆에는 오래된 유토(油土) 담장이 길게 이어져 있다. 마스다의 생각에 그 안은 묘지 같았다. 매화나무나 벚나무처럼 묘지에 흔히 있는 수목들이 보이고, 무엇보다 기척이 묘지다.

언덕의 경사는 실로 미묘해서 걷는 사람을 일종의 불안에 빠뜨린다. 이것은 일종의 결계이고 이 언덕을 넘으면 거기에 다른 세계가 있을 거라는 몽상을 해 보기도 하지만 그것은 당연히 그렇지도 않고, 빈약한 대나무 숲 옆에는 지극히 평범한 건물이 있을 뿐이었다.

——교고쿠도.

달필인 것 같기도 하고 제멋대로 쓴 것 같기도 한 이상한 글씨로 적혀 있는 편액을 올려다보며 문을 드르륵 열자, 곰팡내 나는 서가 안쪽의 계산대에 추젠지가 앉아 있었다.

마치 일본이 멸망해 버린 듯한 불쾌한 얼굴의 기모노 차림인 주인은 무언가 어려워 보이는 책을 읽고 있었던 모양인데, 마스오카가 말을 걸자 문을 날카롭게 노려보며,

"이거 신기한 조합이로군."

하고——잘 울리는 목소리로 말하더니 시옷자로 휘어 있던 입매를 약간 누그러뜨리고, 실로 기묘하다고 말을 잇고 나서 웃었다.

마스다는 왠지 조금 안도한다. 하코네의 추억 때문이다. 모두가 세계를 잃고 허둥지둥 당황하고 있던 하코네 산중에서, 이 남자만은 묘하게 침착해서 불안했던 마스다에게 안도감을 주었다.

그도 그럴 것이, 이 남자는 지금 있는 세계를 향수하는 것이 아니라, 설령 속임수라 해도 세계를 만드는 데 집착하는 남자인 것이다.

추젠지는 자, 안으로 드시지요, 어차피 간단한 용무도 아닐 테고, 하며 서가를 빠져나오더니 입구에 나무 팻말을 걸었다. 팻말에는 '쉼'이라고 적혀 있다.

손님이 왔다는 이유만으로 가게를 닫아 버리는 모양이다. 전혀 장사할 마음이 없다.

"우처(愚妻)가 외출 중이라 대접은 할 수 없어요."

추젠지가 퉁명스럽게 말한다.

"그거, 유감이로군."

하고 마스오카는 대답했다.

방은 도코노마[72]와 장지문을 제외한 모든 벽이 서가였다. 이래서는 점포인지 주거 공간인지 알 수 없다. 주인은 도코노마를 등지고 자리를 잡고, 마스오카는 어떻게 해야 할지 아는 것인지 얼른 좌탁을 사이에 두고 그 맞은편에 자기 자리를 확보했다. 마스다는 조심스러운 마음도 있지만 약간 겁이 나기도 해서, 조금 떨어진 곳에 바르게 앉았다.

차라도 끓일까요, 하고 주인이 말하자 변호사는 마스다의 의견은 묻지도 않고, 방금 마시고 왔으니 괜찮다고 즉시 사양하더니 방을 둘러보며,

"에노키즈 군은 오지 않았나."

하고 빠른 말투로 물었다.

---

72) 다다미방 객실의 정면에 바닥을 한 층 높여 만들어 놓은 곳. 대개 벽에는 족자를 걸고 바닥에는 도자기나 꽃병 등을 장식한다.

"그런 것은 오지 않았습니다. 왔다면 근처 어디에 떨어져 있을 테지만——없는 것 같군요."

추젠지는 일단 좌탁 밑을 확인했다.

"그런가. 실은 추젠지 군, 아니 자네가 하고 싶은 말은 알지만 조금만 잠자코 들어주게. 나는 딱히 자네한테 나서 달라고 부탁하러 온 건 아니거든. 다만 나는 다망해서, 오늘도 우다가와 사건의 공판을 준비하고 조서를 읽어 봐야 하는 등 사무 처리가 산적해 있는데도 불구하고——."

마스오카는 거기에서 숨을 골랐다. 꽤 많이 말했는데 시간으로 치면 아주 잠깐이다.

"——에노키즈가 없네. 그래서 자네가 중개를 맡아 주었으면 해. 내용만 전해 주면 되니까."

"그건 곤란한데."

"그렇게 말하지 말고."

마스오카는 콧김을 거칠게 내뿜으며, 싫어하는 추젠지를 달랬다.

"원래는 무사시노 사건에 그 발단이 있는 이야기이니 자네도 무관하지는 않단 말일세. 그 사건의 정확한 전말에 대해서는 일부 사람들 밖에 모르지만——."

그것은 아마 도라키치가 말했던 '무사시노 연쇄 토막 살인사건'을 말하는 것이리라.

마스다도 그 대사건에 관련해서 파생된 사건의 수사에 관여하고 있었지만, 그런 마스다도 진상은 모른다. 다만 보도된 내용이 전부 표면상의 사실일 뿐이라는 것만은 눈치챌 수 있었다. 암묵 중에 함구령 같은 명령이 내려진 것 같았다.

아무래도 그 처참한 사건은 어느 재벌 거두의 신변에 얽힌 사건이기도 했던 모양이다.

마스다는 그 부분에 대해서도 자세히는 모르지만, 마스오카는 아무래도 그 거두——시바타 요우코우의 관계자인 모양이고, 역시 관련이 있었을 것이다.

"분명히 경찰 관계자를 제외하면 시바타 그룹의 상층부, 그것도 시바타 요우코우와 어떤 인척 관계에 있는 사람 이외에는 알리지 않았다고 들었는데요."

"그렇다네. 즉 상속에 직접 관련된 사람한테만 알렸다는 뜻이지. 보고서는 내가 작성했네. 그때는 자네한테도 꽤 신세를 졌네만—— 그 보고서 덕분에 나는 지금 이렇게 곤란에 처한 것일세."

"비상식적인 사건의 해결을 부탁받았다는 거로군요. 게다가 당신한테 의뢰한 사람은 현재 시바타 그룹의 사실상의 정점——시바타 유지 씨——인가요."

"알겠나?"

"그야 뭐. 당신이 거절할 수 없는 사람이라면 이 사람 말고는 없지요."

"역시 이해가 빠르군. 그렇다네. 뭐, 그렇게 복잡한 사건을 우선 정합성 있는 형태로 수습시킨 셈이라, 그는 에노키즈를 지나치게 높이 평가하고 있어."

——에노키즈를?

그렇게 들렸는데 잘못 들은 것일까.

"죄송합니다, 저어, 그 사건은 에노키즈 씨가 해결한 겁니까?"

그런 바보 같은——하고 마스다는 생각한다.

그것은 어려운 사건이었을 것이다.

마스오카는 즉시 대답했다.

"그 사건에 관해서는 시바타 측이 처음에 조사를 의뢰한 게 그 남자였다는 것뿐일세. 그리고 여기에 있는 이 비뚤어진 친구는 자신의 이름이 나가는 것을 좋아하지 않는다는 특이한 성질을 갖고 있고, 그리고 그 소설가를 필두로 한 관계자 일동은 죄다 그 남자의 부하로 여겨지고 있네. 그것뿐일세."

마스오카는 마지못한 듯이 설명하고 앉은 자세를 바로 했다.

"실은 말일세, 추젠지 군. 보소 반도 끝자락의 외진 곳에 다이쇼 시대에 창립된 전원 기숙사제 미션계 여학교가 있네. 뭐, 미션계라고 해도 실제로 배후에 기독교 단체가 있는 것은 아니지만, 일단 기독교 정신에 기초한 교육이념을 내걸고 있지. '성 베르나르 여학원'이라는 이름의 학교인데."

"들은 적은 있습니다. 아니, 최근에 보았군요. 교사가 연속으로 살해된 학교지요."

"그래. 눈알 살인마에 교살마. 말도 안 되지."

"눈알 살인마!"

마스다는 저도 모르게 말했다. 오늘은 그 이름을 자주 듣게 된다.

마스오카는 어깨 너머로 마스다를 노려보고, 뭐야, 자네는 눈알 살인마한테 마음이라도 있는 건가, 관할도 아니었을 텐데, 하고 말했다. 그리고 추젠지 쪽을 보며, 알고 있나, 이 남자는 형사를 그만두고 탐정이 되겠다고 하는군, 하고 일러바치는 듯한 말투로 말했다.

"바보라고 생각하지 않나, 그렇게 생각하지?"

마스오카는 순간적으로 웃었다.

추젠지는 거의 흥미를 보이지 않고, 얼른 다음 이야기를 해 보라는
식의 말을 했다.

서툰 충고는 귀에 거슬리지만, 무관심도 쓸쓸한 법이다.

마스오카는 말을 이었다.

"시바타 요우코우의 양자이자 상속인이기도 한 시바타 유지 씨는
요우코우 씨가 돌아가실 때까지는 그렇게 중요한 위치에 있지는 않았
지. 뭐, 양자가 된 게 1945년이고 당시 그는 아직 스물두 살이었으니
까. 그래도 명예직 같은 형태로 여러 임원 직함은 갖고 있었고, 상속
이 결정되고 나서 그런 한직은 전부 그만둬 버렸는데, 그중 하나가
그 '성 베르나르'의 이사장직이었단 말일세――."

"시바타 그룹이 학교 법인을?"

"아니야. 그 학교는 시바타 산하의 제휴 회사인 오리사쿠 방직의
선대 주인이 만든 것인데――."

"오리사쿠?"

그것도―― 미에가 말했던 여성의 이름이다.

"뭐야, 마스다 군. 자네는 알고 있나? 이상한 추임새는 넣지 말아
주게. 오리사쿠라면 시바타 그룹 중에서는 특별 취급이지. 오리사쿠
방직기의 창시자, 오리사쿠 가에몬이라는 사람은 시바타 요우코우가
시바타 제사(製絲)를 창업했을 때 자금을 원조해 준 사람이고, 말하자
면 대(大)시바타의 은인일세. 2대 사장인 오리사쿠 이헤에 씨도 요우
코우 씨와는 막역한 사이였고, 뭐 제사업과 방직기 제작 회사니까.
그 이헤에 씨가 창설한 게 그 학원일세. 그리고 3대 사장 오리사쿠
유노스케 씨의 대에 와서, 합병인지 제휴인지를 하게 되었네. 2대에
걸친 은혜도 있고, 그 무렵에는 이미 시바타는 단순한 제사업자가

아니게 되었으니까. 결국, 명칭은 그대로 둔 제휴라는 것을 하게 되어서, 이후 오리사쿠 유노스케는 그룹의 중추로서———."

추젠지는 손을 내밀어 기관총처럼 쏟아져 나오는 마스오카의 이야기를 막았다.

"이제 알았습니다. 마스오카 씨."

"어떻게 알았단 말인가?"

"그러니까 저도 오리사쿠라는 이름은 들어본 적이 있거든요. 돌아가신 시바타 요우코우 씨의 오른팔, 시바타 그룹의 심복이라는 말까지 듣던 사람이지요. 하지만 아마 사나흘 전에 돌아가시지 않았습니까?"

"죽었네. 요우코우 씨의 뒤를 따르듯이 죽었지. 심근경색일세. 그것에 대해서는———."

"마스오카 씨, 저는 그런 이야기에는 전혀 흥미가 없고, 따라서 듣고 싶지도 않습니다. 가령 억지로 그 이야기를 듣고 그것을 에노키즈에게 설명한다고 해도, 그자도 하나도 듣지 않을 겁니다."

마스오카는 그것도 그렇군, 하고 말했다.

"어쨌든 간추려서 말하자면 지금 시바타 그룹의 총수는 요우코우 씨가 타계한 작년 가을까지 시골 여학교의 이사였다, 이런 뜻이군요. 그 학교에서 교사가 살해되었다. 왠지 형세가 수상한데요, 마스오카 씨."

추젠지는 한쪽 눈썹을 치켜세운다.

불쾌함 덩어리 같은 표정이다.

"그러니 자네한테는 부탁하지 않겠네."

하고 마스오카는 못을 박았다.

"그, 유지 씨의 후임 이사장이 오리사쿠 일족의 고레아키라는 사람인데 말일세. 이 남자가 구제불능으로 무능한 친구라네. 이 사람은 차녀의 남편인 모양인데, 오리사쿠 가는 여계 가족이라 적자(嫡子)가 없고, 장녀가 작년에 죽는 바람에 이 고레아키라는 사람이 사실상의 후계자라네. 이 사람이 데릴사위로 들어오자마자 시바타 관련 회사 사장에 취임했는데, 그 순간 업적이 악화되어서 경영 파탄, 결과적으로 도산시키고 말았네. 보통 같으면 책임을 지고 물러나야 할 테지만, 사위라서 쫓아내지도 못하고 한직을 내어준 거지. 그런데 이 녀석이 이사장에 취임한 순간, 또 문제가 분출했네."

마스다가, 아가씨 학교에 살인은 안 됩니다, 하고 말하자 추젠지는, 아가씨 학교가 아니어도 살인은 안 된다네, 마스다 군, 하고 차갑게 말했다.

"그래. 안 되지. 우선 작년 말에 여교사가 눈알 살인마의 마수에 걸렸네. 이건 묻지마 범죄이니 사고 같은 것이지만, 지난달, 이번에는 남자 교사가 교살마에게 목이 졸려 죽은―― 것으로 되어 있네."

"아니군요."

"아닐―― 지도 몰라. 신문에는 어떻게 발표되어 있던가?"

"아마―― 영어인지 뭔지를 가르치던 장년의 교사가 산속에서 타살된 채 발견되었다던가. 시체의 모습으로 추측해 보건대 일련의 교살마 손에 의한 세 번째 범행으로 생각된다――나, 뭐, 그렇게 나와 있었던 것 같은데요."

"거짓말일세. 그 교사는 타살이 맞고, 사인도 교살임은 틀림없지. 하지만 죽어 있었던 장소는 학교 건물 옥상일세. 게다가 시체를 발견했을 때 학생이 그 옥상에서 투신자살했다네."

"호오."

추젠지는 품에서 담배를 꺼내 입에 물었다.

"난처한 일이라도 있었나."

"있었겠지."

"그렇다고 해서 은폐할 수 있습니까?"

"싫은 말이지만, 시바타가 압력을 가하면 신문 발표 내용을 바꾸고 날조하는 정도는 가능하네."

"하지만 허위 보도로는 납득하지 않는 사람도 있잖아요. 자살한 아이가 있다면, 그 가족이라든가."

"아니, 죽은 그녀의 아버지는 어느 정치가일세. 스캔들은 오히려 적극적으로 싫어하지. 표면적으로는 사고사로 취급될 걸세."

마스다가, 왠지 싫은데요, 하고 말하자, 마스오카는, 물론 그건 세간에 그렇게 발표했을 뿐이고 경찰은 사실에 기초해서 제대로 수사하고 있을 걸세, 하고 성의 없게 말했다.

"괜히 세상을 교란하는 기괴한 정보를 퍼뜨리는 건 안 된다는 게 경찰 발표의 입버릇 아닌가. 게다가 보도하지 않을 자유라는 것도 있겠지."

"교살마의 짓이라고 보도하는 게 더 선동적이잖습니까."

추젠지가 전혀 감정이 담기지 않은 평탄한 발음으로 그렇게 말하자, 마스오카는 인중을 약간 늘이며,

"그런가. 그럴지도. 다만 나는 그 교살마라는 게 어떤 건지, 실은 잘 모르는데."

하고 변명 같은 말을 했다.

추젠지는 즉시 해설을 시작한다.

"교살마라는 건 기사라즈 부근에서 일어난 연쇄살인사건의 범인에게 붙여진 별명입니다. 물론 앞서서 눈알 살인마라는 게 있었으니 그렇게 불리게 된 것인데, 이것은 지나치게 안이해서 받아들일 수가 없군요."

"안이한가?"

"안이합니다. 신문 기사만 보고 하는 이야기지만, 눈알 살인마 쪽은 지금까지 발생한 네 건이 모두 같은 흉기로 눈을 뭉갠다는 것 이외에 관련성을 찾아낼 수가 없어요. 마치 눈알을 뭉개는 걸 목적으로 한 범행 같다고 받아들일 수도 있고, 즉 '눈알 살인마'라고 불려도 이건 어쩔 수 없겠지만——반면에 교살마 쪽은 교살이 목적이라고는 생각되지 않아요. 그 교사 이전에 살해된 사람은 두 명인데, 이 두 명은 아는 사이라고 하더군요. 둘 다 동기는 같고, 아마 원한일 겁니다. 추측이지만요. 교살을 목적으로 하지 않았다면 '교살마'라고 부르는 건 이상하다고, 저는 그 교사 살인사건이 일어나기 전까지 줄곧 그렇게 생각하고 있었습니다. 역시 마지막 사건만은 별건일 가능성이 있었다는 거지요."

"논지는 알겠네. 그 교살마의 수법이라는 건 뭔가?"

"소위 말하는 요령 없는 교살입니다. 허리띠 같은 것으로 목을 졸라서 죽였다고 하더군요."

마스오카는 몇 번인가 고개를 끄덕였다.

"그렇군. 즉 교살마라는 잘 알려진 이름의, 그것도 아직 체포되지 않은 아주 편리한 살인자가 때마침 있었기 때문에, 일단 죄를 덮어씌워서 눈을 가리고 이것저것 시간을 벌려는 속셈이었나——."

마스오카는 혼자서 납득했다.

"——그 살해된 교사는 혼다라는 이름의 46세 영어 교사로, 원래는 중앙관청에서 일하던 사람이라고 하는데, 이것은 교살이랄까 액살(扼殺)일세. 이렇게, 손으로 목을 꺾다시피 해서——."

마스오카는 양손으로 무언가를 조르는 듯한 시늉을 했다.

"——실제로 경추도 손상되어 있었다고 하는데, 엄청난 힘으로 조른 거지. 졸랐다기보다 비틀었다거나 부러뜨렸다는 느낌인 모양이 더군. 끈도 사용하지 않았네. 맨손이야, 맨손. 게다가 아까도 말했지만, 그는 산속이 아니라 학교 건물 옥상에서 죽어 있었네. 이 부분을 덮어 버리면 꽤 의미가 달라지니까."

"학교 내부에 범인이 있다——는 가능성을 한껏 낮추어서 발표한 거로군요?"

마스다가 그렇게 말하자 마스오카는, 과연 전직 형사로군, 의심이 많아, 하고 말했다.

"하지만 뭐 그런 뜻이겠지. 학교는 마을에서는 꽤 떨어져 있고, 인가가 있는 곳까지는 한두 시간쯤 걸어가면 갈 수 있기는 하지만, 사건이 있었던 시기가 2월 후반이니까. 추웠을 거야. 신문에 발표된 대로 부지 바깥에서 발견되었다면 무뢰한이 산속을 돌아다니고 있었다고 생각할 수밖에 없지만, 안에서 발견되면 보통은 내부 범행설을 채용할 테지."

"그게——난처한 일입니까."

추젠지가 묻는다.

아직 담배에 불은 붙이지 않았다.

"그것도 난처한 일일세. 문제는 그 투신자살을 한 소녀야. 그 소녀는——임신 3개월이었네."

마스다는 흥미를 느꼈다. 전직 형사의 습성일까.

"전원 기숙사제 여학교에서 임신이라고요?"

"열세 살일세. 놀랐나?"

"아뇨."

요즘 세상에 그 정도 일로 놀랄 수는 없다.

"자살 동기는 아무래도 그 혼다에게 있었던 것 같다――고, 목격 자인 동급생 소녀들은 증언한 모양일세. 무언가 다툼이 있었는데, 착란상태에서 시체를 발견하고 충동적으로 뛰어내린 거라고, 그녀들 은 증언하고 있네."

"배 속 아이의 아버지가 그 혼다였습니까?"

"그렇다고 말하고 있지만, 증거는 아무것도 없지."

"그럼 그 자살한 소녀가 치정 싸움으로 교사를 살해한 끝에 투신 ―― 했을 가능성도 있다?"

"열세 살짜리 소녀가 40대 남자의 목을 졸라서 죽인다―― 거기까 지는 못할 것은 없네. 내가 지금 변호를 담당하고 있는 사례도 비슷한 일이지. 화재 현장에서 괴력을 발휘하는 경우도 있고, 여자니까 무리 일 거라는 천박한 선입관은 지금은 무시해도 되지만, 다만 목뼈가 부러져 있으니 말일세. 목울대의 뼈는 뭉개져 있었다고 하네. 거기까 지 가면 말이지. 무리일 것 같은데."

"무리겠지요. 상식적으로는――."

마스다는 이미 형사의 말투가 되어 있다.

"하지만 말입니다. 그 목격자라는 사람은 여러 명입니까?"

"현장에 있던 학생은 세 명일세. 모두 열세 살이야."

"어린 소녀라도 셋이서 덤비면 어떻게든 되지 않을까요?"

"끈이라도 사용했다면 못할 것도 없겠지만 맨손이니까. 그런 억센 팔뚝을 가진 소녀는 없네."

"맨손이라면 그렇지요. 학교 내에 그런 괴력의 호걸이 있습니까?"

"없네. 노인과 여자들뿐이야. 혼다는 가장 젊은 축에 드는 교사였네. 나머지는 모두 여자들이야. 그러니 외부 범행일 가능성 쪽이 높고, 그런 이유도 있기 때문에 발견 장소를 바깥으로 변경한 것이겠지."

"엉뚱한 의심을 받고 싶지 않았다는 거군요."

마스다가 그렇게 말을 맺자 마스오카는 복잡한 표정이 되었다. 추젠지는 그때까지 말이 없이 두 사람의 대화를 듣고 있었지만, 갑자기 생각난 듯이 담배에 불을 붙이며,

"그래서 어쨌다는 겁니까. 저는 에노키즈에게 어떻게 전하면 될까요?"

하고 말했다.

"뭐, 그렇게 서두르지 말게. 나도 오늘 아침에 전화로 들었을 뿐이라 아직 생각이 정리되지 않았어. 그 말이지, 첫 번째 발견자이자 자살 현장에 있었던 학생의 증언이, 이 또한 도저히 믿을 수 없는 말이라고 하더군."

"어떻게 믿을 수 없다는 겁니까?"

"있는 일 없는 일 전부 다 이야기하는 주제에, 가장 중요한 건 아무것도 말하지 않는다는군. 그 소녀도 그랬는데——어째서 그 연령대의 여자아이들은 모두 그런 걸까."

그 소녀라는 건 누구냐고 마스다가 묻자 마스오카는 긴 얼굴을 더욱 늘였다.

"어? 아아, 자네와는 상관없네."

그것은 그렇겠지만, 그 대답은 너무 노골적이다. 마스오카는 안경 테를 만지작거리며, 내가 이전에 관여했던 사건에 그런 소녀가 있었 다네, 하고 무뚝뚝하게 대답했다.

"그런데 그 증인 중 한 명이 혼다를 죽인 범인은 요괴다, 라고 주장 한다고 하네."

"요괴?"

"글쎄, 뭐라고 하는지 모르겠네. 육법전서에는 요괴에 대한 기록은 없으니까. 사법시험에도 안 나오고 나한테는 관할 외일세. 악마라는 것일지도 모르지."

"어떤?"

"검은——잠깐 기다려 보게——아아, 검은 성모."

"검은 연말?"

마스다에게는 그렇게 들렸다.[73]

"내 억양이 잘못되었군. 그게 아닐세. 뭐라고 하나, 그 교회 같은 데 있는 마리아 님 말일세. 마돈나(聖母)."

"그 '도련님'에 나오는?"

"마스다 군, 마스오카 씨가 말하는 검은 성모는, 다크 아워 레이디 일세. 하지만 그런 걸 숭배하는 풍습은 일본에는 없을 텐데. 없겠지. 설마 십자군이나 뭐 그런 게 가져온 것이 이런 섬나라로 흘러들어왔 다거나——아니, 조각상이 있어도 신앙의 대상은 될 수 없을 테지. 그렇다고 해도 베르나르 학원에 검은 성모라니, 지나치게 잘 만들어 진 느낌이로군——."

---

73) 일본어로 '성모'는 '세이보'라고 읽는데 이는 연말(歲暮)이라는 한자와 발음이 같다.

추젠지는 턱을 문질렀다.

"——이단 심판관 쪽일까. 아니겠지. 역시 벌꿀박사[甘蜜博士][74] 쪽이겠지."

마스다는 무슨 소리인지 전혀 알 수가 없다.

"베르나르라는 건 무슨 뜻입니까?"

"글쎄, 나는 그 학원에 대해서는 모르니까. 대체 어떤 베르나르인지는 알 수 없네. 내가 아는 성 베르나르라는 사람은 12세기의 프랑스 성인일세. 당시의 수도원 계율이 느슨하다고 한탄하여 기강을 바로잡기 위해서 설립된, 엄격한 규율을 가진 시토 수도회의 세력을 확대한 성인, 뭐, 중흥의 시조지. 템플 기사단의 회칙을 기안한 사람으로도, 성모 신앙의 창시자로도 유명하네. 소년 시절에 검은 성모의 유방에서 세 방울의 젖을 받아먹고 영감을 얻었다고 하네——."

"잠깐만, 추젠지 군. 검은 성모는 요괴가 아닌가?"

마스오카가 이상하다는 듯이 물었다.

"검은 성모는 요괴가 아닙니다, 마스오카 씨. 신앙의 대상이에요. 글자 그대로 여신입니다. 다만 색깔이 검지요."

"잠깐. 나는 법률가이지 종교가가 아니라서 자세히는 모르지만, 기독교의 신은 하나일 텐데."

"그렇습니다. 하지만 신앙의 대상은 신으로만 한정되지는 않고, 기독교 자체도 그렇게 오래된 종교는 아니에요."

"모르겠군. 마스다 군은 알겠나?"

아는지 모르는지로 말한다면 마스다는 무엇 하나 이해할 수가 없었지만, 그러나 짐작은 갔기 때문에 물었다.

---

74) 클레르보의 베르나르도를 말함. 베르나르도는 라틴어, 베르나르는 프랑스어식 이름.

"저는 신앙이 없지만——그, 예를 들어 신과 그리스도는 다르지요? 그러면서도 그리스도 자체도 신앙의 대상이 된다고——실제로 되는지 안 되는지 저는 모르지만, 그런 뜻입니까?"

"그렇다네. 그리스도의 어머니인 마리아 님, 그 또 어머니까지 신앙의 대상이 될 정도니까."

"할머니까지? 그렇군요. 그리고 그, 이것도 추측이지만——그건 가령, 가까운 예로 말하자면 다이코쿠[大黑][75] 님 같은 게 아닙니까?"

어째서냐, 검다는 말이 붙기 때문이냐고 마스오카는 역시 빠른 말투로 말했다.

"다이코쿠 님이라는 신은 이름에 검다는 말이 들어가 있을 뿐 검지 않지 않나."

검습니다, 하고 추젠지가 대답했다.

"검어? 그러고 보니 검나?"

"그건 본래 인도의 무서운 신이라고 들었는데요. 아마 일본에 오고 나서 칠복신이 되었죠?"

"그렇지. 마스다 군의 말대로 다이코쿠 님은 마하 카라라는 마신인데——응, 가깝다면 가까운 것 같기도 하네만——그렇지, 하지만 굳이 말하자면 검은 성모는——귀자모신(鬼子母神)에 가까우려나."

"그, 조시가야나 이리야의?[76] 검은 성모가?"

마스오카는 검지로 안경을 밀어 올린다.

---

75) 대흑천(大黑天). 칠복신 중 하나로, 오른손에 요술 망치를 들고 왼쪽 어깨에 커다란 자루를 둘러메고 쌀섬 위에 올라앉은 복덕의 신.
76) 불교를 수호하는 야차이며 여신인 귀자모신은 일본에서는 법화경의 수호신으로서 일련종(日蓮宗)이나 법화종(法華宗)의 사원에서 모셔지는 경우가 많은데, 특히 도쿄 이리야에 있는 진원사(眞源寺)의 귀자모신과 조시가야에 있는 법명사(法明寺)의 귀자모신이 유명하다.

"글쎄요. 검은 성모라고 불리는 글자 그대로 색깔이 검은 성모상은 세계 각지에서 몰래 신앙의 대상이 되고 있습니다. 그 수는 백이나 이백 정도가 아니에요."

"그렇게 많나?"

"많지요. 그게 왜 검은지, 교회 측은 아직 제대로 설명하지는 못해요. 촛불의 그을음이 묻었다느니, 햇볕에 탄 것을 표현했다느니, 실로 조잡한 해설을 하고 있지요. 다만 그녀들의 기원이나 원형을 무언가에서 찾으려고 한다면 그건 비교적 간단한 일이에요. 예를 들면 막달라 마리아처럼 '죄의 여인'이라고 불리고 그녀와 사적이 혼동되는 경우가 많은 이집트인 마리아라는 여자가 있고, 거기에서 동방의 여신 릴리트[77]나 라미아[78], 시바의 여왕, 켈트의 모신들, 그리스, 로마의 신들——아르테미스, 이시스. 싱크레티즘(syncretism)[79] 끝에 복합적으로 증식해 버려서 이제 수도 알 수 없을 정도예요. 너무 많아서 일일이 셀 수가 없을 정도로 생각나는군요."

---

77) 유대 민담에 나오는 여자 마귀. 그녀의 이름과 특징은 릴리트(Lilit) 또는 릴루(Lilu)라고 하는 바빌로니아와 아시리아의 마귀에서 유래한 것이다. 랍비 문학에서는 릴리트를 아담이 이브와 헤어진 후 얻은 악마 자식의 어머니로, 또는 불화로 헤어진 아담의 첫 아내로 다양하게 묘사하고 있다. 세 천사가 이 마녀를 돌아가게 하려 했지만 실패했다고 한다. 그러나 전설에 따르면 이 천사들의 이름이 적힌 부적을 몸에 지니고 있으면 릴리트가 몰고 오는 재앙, 특히 어린아이에게 닥치는 재앙을 막을 수 있다고 한다. 릴리트와 관련된 미신 숭배는 7세기까지 일부 유대인들 사이에 남아 있었다.

78) 그리스 신화에 등장하는 인물. 제우스의 수많은 연인 중 하나로 탁월한 미모로 소문이 자자했다. 그러나 질투심이 강한 제우스의 아내 헤라 여신은 라미아가 낳은 아이를 모두 죽이고 이후에 태어나는 자식들도 모두 죽일 것이라고 선언했다. 라미아는 절망으로 제정신을 잃고 다른 어머니에게서 어린아이를 납치해 산 채로 잡아먹는 식인 괴물로 변해 버렸다. 그리스에서 라미아는 이처럼 무서운 괴물로 여겨졌지만, 그보다 오래전인 바빌로니아 시대의 리비아에서는 여자의 머리를 한 뱀으로서 사람들로부터 숭배를 받고 있었다. 그녀는 바빌로니아의 대지모신 라마슈투의 화신 가운데 하나였으며 풍요와 번영을 관장하는 여신이었다.

79) 제설 통합. 종교 변천 도중에 볼 수 있는 현상으로, 서로 다른 신앙 또는 숭배가 서로 섞이고 절충되거나 서로 다른 교의와 의례가 첨가되는 것을 말한다.

그런 것이 생각나는 사람은 추젠지 씨 정도일 겁니다, 하고 마스다가 말하자 마스오카도 그 말에는 격하게 동의했다.

"적어도 나는, 하나도 생각나지 않으니 마스다 군의 말이 옳군."

생각나지 않는 쪽이 이상한 거라고 저는 생각합니다, 하고 추젠지는 똑같은 말투로 말했다.

"아니, 추젠지 씨, 그건 그렇다 치고──요컨대 검은 성모 신앙이라는 건 기독교 이전 신앙의 잔류, 또는 그 이외 신앙의 혼입(混入)이다, 그런 뜻입니까?"

"그 정도로 단순한 것은 아니네만. 어차피 기독교라는 견고한 구조를 가진 종교가 완성되지 않았다면 그런 형태로는 양성되지 않았을 테고, 불교의 그것과는 조금 다르다네. 원형이 된 선행하는 신앙이 그대로 흡수된 것인가 하면 그런 것도 아니야. 실제로 그들 원형이 된 고대의 초월자들 자체는 대부분 신과 적대하는 소위 악마로 간주되어 버린 셈인데, 검은 성모는 그렇지는 않으니까."

"원형은 어디까지나 원형일 뿐이다?"

"그렇지. 색깔이 검은 여신상이라는 형태는, 역시 그런 선행하는 다른 신앙의 잔재겠지. 하지만 거기에 가탁(假託)하는 형태로 검은 성모는 독특한 주장을 하고 있네. 거기에서 딱 한 가지 말할 수 있는 것이 있다면 검은 성모 숭배가 일반적으로 확립되는 것은, 예를 들어 아까 말한 템플 기사단이나 그노시스파, 카타리파[80]와 같은 이단파가

80) 중세 유럽 여러 지역에서 발흥했던 마니교 분파의 총칭. 카타리파라고 불리는 이유는 자신들을 '순결한 사람'(Katharoi)이라고 불렀기 때문. 9세기경 발칸반도와 그 주변 섬에서 형성되었고, 12세기경 상인들이나 십자군 참가자들에 의해 서구에 도입되어 독일, 영국, 이탈리아, 프랑스 등지로 빠르게 퍼져 나갔다. 이들의 주장으로는 세계에는 창조신이 둘 존재하는데, 그중 하나는 선의 창조신이고 다른 하나는 악의 창조신이다. 인간이 사는 현세는 악의 창조신에 의해 지배되는 곳으로 인간의 순수한 영혼도 악의 창조신에 의해 지배되는 육체와 결합함으로써 악을 저지르고 죄악에 빠지게 된다. 이에 선의 창조신인

탄압을 받고 멸망한 이후인 것 같다——는 것이지."

"어떤 의미가 있습니까?"

"그전까지도 이단자들의 그늘에는 검은 성모가 엿보이고 있었네. 그리고 이단파가 멸망한 후, 그때까지 그들이 한 몸에 끌어안고 있던 검은 성모 신앙은 민간신앙으로 모습을 바꾸어 일반 신자들 속으로 확산되었지——."

마스오카는 진지한 얼굴로 이야기를 듣고 있다.

의외로 이런 이야기를 좋아하는 것인지도 모른다.

"——프랑스의 비밀결사 노트르담 드 시옹 프리외레[81]는 검은 성모를 이시스 신과 동일시해서 '빛의 성모'라고 부르며 숭배했는데, 그들은 메로빙거 왕조의 부흥을 목표로 함과 동시에 여성의 인권 획득, 지위 향상을 위해 싸웠다고 하네. 시옹 프리외레는 소위 말하는 기독교의 이단과는 다르지만, 최대의 이단이라고 불리는 카타리파든 그노시스파든, 이단은 대개 기독교가 잘라내 온 것——여성 원리를 신앙 이념의 어딘가에 갖고 있네. 그 때문에 이단이라고 불리는 경우도 많지만, 그렇다고 해도 그것은 검은 성모 신앙과 무관하지는 않지."

"여성——원리라고요? 하긴, 기독교는 부권 체제라고 하지요. 잘 모르지만요."

마스다의 뇌리에는 미에의 얼굴이 어른거렸다.

하느님은 인간이 죄악에서 해방되는 방법과 참된 고향인 천국에 들어가는 방법을 가르치기 위해 그의 천사 중 하나인 예수 그리스도를 세상에 파견하였다. 그러므로 인간이 죄악의 사슬을 깨고 천국으로 들어가기 위해서는 죄를 짓게 하는 나쁜 물질(결혼, 성교, 육식, 물질, 재산의 소유 등)과의 접촉을 금해야 한다. 이와 같은 카타리파의 주장은 복음적이고 청빈한 교회를 꿈꾸던 많은 급진적인 개혁가들에게 공감을 불러일으켰고, 순박한 민중들에게 그리스도교적 금욕주의의 이상형을 제시함으로써 많은 추종자들을 확보하였다.

81) 우리나라에는 시온 수도회로 흔히 알려져 있다.

"한정해서는 안 되겠지. 즉 검은 성모라는 건 고대 타향의 신들이 기독교에 편입되었다는 단순한 이야기가 아니라 기독교에서 빠진 부분——예를 들어 여성 원리 같은 것을 보충하는 장치로서 필연적으로 탄생한 걸세. 견고한 교의에 짓눌려서 분출할 곳을 잃은 작은 모순이 엉뚱하게 검은 이형(異形)의 조각상에서 배어 나온 것이지. 이것은 철벽의 구조를 구축해 버린 교회 측에서 보자면 당연히 공식적으로 인정할 수는 없는 이물질이겠지만, 종교로서 균형을 잡기 위한 안전장치로서 묵인하지 않을 수 없는 것이기도 했을 거야. 공격의 대상이 되어야 마땅한 사악한 것으로부터 검은 성모는 조금 떨어져 있었고, 결과적으로 용인된 것일세."

"용인된 것이군요. 보고도 못 본 척."

"뭐, 용인되었다고 생각해도 되지 않겠나. 그 대신 검은 성모 이외의 검은 성모적인 것은, 예를 들어 마녀나 사바트(Sabbat)[82] 같은 것도 그렇지만, 철저하게, 히스테릭하게 탄압되었지."

"마녀사냥 같은 것 말이군요."

"그냥 한 마디로 기독교라고 해도 여러 가지니까. 구교, 신교, 정교 모두 다르네. 여성 원리의 재검토도 최근에는 자주 이루어지고 있고. 게다가 검지 않은 쪽의 성모 신앙도 어떤 의미로 비슷한 구조를 갖고 있는 셈인데, 이쪽에 대한 사고방식도 천차만별일세. 다만 검은 쪽의 성모는 그중에서도 버려진 감이 있네. 검은 성모들은 신이 되지도 못하는 신이고, 악마가 되는 것도 허락되지 않는 악마야. 당연히 좋은 소문도 나쁜 소문도 나지."

---

82) 마녀들이 밤마다 모여서 벌인다는 파티. 보통 흑미사를 치른 뒤 난교 파티를 벌인다는 묘사가 많으며, 여기서 태어난 아이들은 다음 사바트에서 제물로 바친다고 한다.

"그 나쁜 소문이 나고 있는 것이로군."

"바로 그겁니다, 마스오카 씨. 일본에 검은 성모가 건너왔다는 이
야기는 듣지 못했어요. 그것은 좋은 것이든 나쁜 것이든, 검은 조각상
이 우선 있어야, 거기에서 비로소 생겨나는 신앙이고 전승입니다.
그런 어중간한 것을 굳이 좋아서 가져올 리가 없지요."

"아니, 그런 조각상이 사실 있다고 하네."

"그거 —— 신기하군요."

추젠지의 눈에 호기심의 빛이 떠올랐다.

"한번 보고 싶다는 생각은 들지 않나, 추젠지 군."

"그 수법에는 넘어가지 않습니다, 마스오카 씨."

"조심성이 많군. 뭐, 좋네. 자네의 해석은 재미있어서 나도 모르게
정신없이 듣고 마네만 ——."

역시 마스오카는 재미있어하고 있었던 모양이다.

"——그런 건 제쳐 두고, 그 검은 성모가 범인이라고, 목격한 소녀
중 한 명은 증언했네."

"목격자는 세 명이지요?"

"요괴 —— 범인 같은 자를 본 소녀는 한 명일세. 정확하게는 둘이
서 본 모양이지만 두 사람 중 한 명은 부정하고 있지. 나머지 한 명은
보지 못했네."

"어느 쪽인가가 거짓말을 하고 있다?"

"그게 양쪽 다 거짓말을 하고 있지는 않은 모양이야. 요괴를 목격한
두 명 중 한 명은 열렬한 기독교 신자거든. 그런 모독적인 것은 존재할
리가 없으니 자신이 잘못 본 것이다, 착각이다, 그렇게 말하고 있는
모양이야."

"과연."

"경찰은 부정하고 있는 소녀의 증언을 채용한 모양일세. 당연하겠지. 요괴가 범인이면 수사도 체포도 할 수 없네. 게다가 그 소녀는 학교의 학생 총대표 같은 우수한 소녀라고 하고, 게다가 놀랍게도 —— 오리사쿠의 넷째 딸일세."

"오리사쿠 가의 —— 아가씨가?"

넷째 딸. 미에가 말했던 여자의 동생이라는 뜻이리라.

"어떻게 생각하나?"

마스오카는 긴 얼굴을 내밀었다.

"제게 의견을 구하지 마십시오, 마스오카 씨. 에노키즈에게 부탁하실 거잖습니까? 뭐라고 부탁할지는 이쪽이 묻고 싶을 정도입니다."

"그 친구한테는 뭐라고 부탁하나 마찬가지일세. 맡아 준다고 해도 어차피 제멋대로 할 뿐이니까."

그렇다면 부탁하지 않으면 되지 않느냐고 마스다는 생각한다.

"범인을 잡고 싶은 겁니까?"

"아닐세. 학교를 덮고 있는 불온한 공기를 일소하고 싶다, 는 것이 유지 씨의 의향일세."

"마찬가지입니다."

"마찬가지 —— 인가."

"마찬가지입니다. 그렇다고 하더라도 저는 납득이 가지 않는군요. 시바타 유지 씨는 이제 그 학원의 이사장이 아니잖습니까? 시바타 재벌의 수장씩이나 되는 양반이 그런 학교 일에 왜 그렇게 집착하는 겁니까? 오리사쿠 가에 대한 배려입니까?"

"거기에는 몇 가지 이유가 있네."

마스오카는 거기에서 검지를 세웠다.

"첫째. 우선 유지 씨는 그 입장에 어울리지 않게——이런 표현은 조금 곤란한가. 그 입장에 안주하지 않고, 아직도 대단히 성실한 인품이라는 것. 실제로 그는 의리와 인정이 두텁고 책임감도 강하네. 그 성실한 성격은 재벌의 수장으로서 어울리지 않는, 즉 장사에 적합하지 않다고 걱정하는 목소리가 일부에서 있었을 정도지. 그래서 설령 몇 년 동안 의무적으로 일했던 직장이라도 인연이 있다고 하시네. 그 학교에는 특히 애착이 강한 모양이더군. 내버려둘 수 없다고 하셨네——."

"호오."

마스오카는 손가락을 하나 더 세웠다.

"둘째. 성 베르나르 여학원은 일단 명문으로 알려져 있네. 학원에는 정재계 요인들의 따님도 많이 재학하고 있지. 즉 그중에는 시바타 그룹과 깊이 관련된 사람의 가족도 꽤 있다는 뜻일세. 게다가 창립자는 그룹의 중추인 오리사쿠 가의 선대 당주이고, 현재 경영에는 시바타 본체가 관여하고 있네. 그런 학원 내에서 일어난 이런 불상사는 결과 여하에 따라서는 중대한 문제로 발전할 수도 있거든——."

"흠."

마스오카는 세 번째 손가락을 세운다.

"셋째. 유지 씨의 후임 이사장인 오리사쿠 고레아키는 무능했네. 이만큼 큰 사건이 발생했는데도 불구하고 경찰, 매스컴, 학생 가족에 대한 대응은 정말이지 엉망진창의 연속이었다고 하더군. 그래서 유지 씨가 직접 학원에 찾아가, 일의 선처를 맡게 된 것이지."

"조사는 어떻게 할 겁니까?"

"유지 씨의 이야기로는 고레아키는, 독자적인 정보를 쥐고 있기 때문에 사건은 금방 해결될 거라고 호언장담했다고 하지만, 뭐, 허세지. 그런 와중에 오리사쿠 유노스케까지 죽고 말았네——."

"큰일이군요."

추젠지는 무뚝뚝하다.

마스오카는 거기에서 살짝 입 끝을 끌어올리며, 웃는 듯 위협하는 듯 알 수 없는 표정을 짓고 아니, 아직 더 있네, 하고 말하더니 뜸을 들이고 나서,

"여기서부터가 중요하다네. 음, 이건 아직 발표되지 않은 일인데 ——."

라고 말하고, 거기에서 한 번 마스다를 곁눈질로 보았다. 그리고 드물게 느릿하게 이렇게 말을 이었다.

"——어제, 오리사쿠 고레아키가 교살마에게 살해되었네."

"어디에서."

"자택일세."

"사인은."

"혼다와 똑같네. 경동맥 파열, 경추 골절, 질식."

"하!"

추젠지는 갑자기 자포자기한 듯이, 양손을 뒤로 짚으며 위를 보았다.

"왜 그것을 먼저 말하지 않았나요, 마스오카 씨."

"바로 어제 일어난 일이야. 시바타 측도 고레아키 살해에 관해서는 아직 상세한 정보를 파악하지 못했네. 게다가 필경, 사물은 순서가 중요하다고 자네는 자주 말하곤 했지 않았는가, 추젠지 군."

"순서는 중요합니다, 마스오카 씨. 하지만 시간 순으로 늘어놓기만 하면 된다는 뜻은 아니에요. 당신이 학교에 대해서만 말해서 저는 학교의 사건이라고 생각하고 듣고 있었는데, 그렇다면 아니지 않습니까."

"아닌가? 혼다는 교사고 고레아키는 이사장일세."

"검은 성모가 출장으로 살인을 저지릅니까?"

"그렇다――고 말하는 사람이 있다고 하네."

"뭐라고요?"

"그것도 검은 성모의 짓이라고 주장하고 있는 모양이야. 그, 성모를 목격한 소녀가."

"교사를 죽인 범인은 성모라고 주장한 소녀 말입니까?"

"아아, 그 소녀일세. 그녀는 이렇게 말한 모양이야. 그것도 검은 성모님의 짓이에요――제가 부탁했어요, 라고."

"부탁했다?"

"유지 씨는 그렇게 말하더군. 뭐가 뭔지 모르겠지? 나도 오늘 아침에 전화를 받았을 땐 상대가 유지 씨라고 해도 화가 났을 정도일세."

"부탁했다――검은 성모에게 살인을 의뢰했다고요?"

"모르겠네. 느긋하게 생각할 시간도 없어. 혼다가 살해된 지 열흘, 유노스케 씨가 돌아가신 지 아직 나흘일세. 그저께는 유노스케 씨의 장례식이었단 말이야. 나는 회사에서 치르는 장례식 쪽에 출석하겠다고 양해를 구하고 안 갔지만, 그런 건 아무래도 상관없네――고레아키가 살해된 건 장례식 다음 날, 어제 한낮일세. 오후에 부고를 받은 유지 씨는 곧장 독자적인 조사를 개시했고, 자신은 학원으로 향했네. 혼다가 살해되고 나서 교내 질서는 흐트러지고, 부모들은 경영진에게 불신을 표명하고, 최악의 경우에는 폐교도 고려해야 하는 상황이었던 것 같으니까. 이사장 살해의 충격파는 커. 어떻게 학생들을 동요시키지 않고 정보를 공개할지, 긴급 직원회의를 소집했다고 하네. 그 자리에 그 소녀가 찾아와서, 무슨 직소(直訴)인지 자수인지를 했다는 거야."

"묘한 이야기로군요."

"아까도 말했지만, 이 고레아키 살해에 대해서는 정보가 부족해. 그 경위에 대해서는 약간의 앞뒤는 있을지도 모르지만——뭐, 경찰이 범인을 체포한다고 해도 이 학원을 덮고 있는 기분 나쁜 안개는 개지 않을 테지, 라고——유지 씨는 말씀하시고 있네. 그러니 그 에노키즈 대선생님께 나서 달라고 해서——."

거기에서 마스오카는 갑자기 입을 다물고 추젠지를 비스듬히 곁눈으로 흘겨보더니,

"——내가 생각이 얕았군. 이것은 자네의 일일세."

하고 말하며 손뼉을 딱 쳤다.

추젠지는 음험한 눈빛으로 그 말을 받았다.

"무슨 뜻입니까, 마스오카 씨."

"걷어낸다면 자네지, 추젠지 군. 불제는 자네 전문이 아닌가. 뭐, 사건은 해결하지 않아도 되네. 학원에 깃들어 있는 불온한 상황만 일소되면 그걸로 좋아. 자네가 적임일세."

마스오카는 그렇게 말하고 다시 한 번 손뼉을 쳤다.

"잠깐만요. 그 학교, 학생은 몇 명이나 있습니까?"

"이백 명 정도겠지. 교직원도 꽤 많네. 지금 명부를 갖고 있으니 보고 싶다면 보게나."

"이백 수십 명분의 기도료는 누가 지불할 겁니까?"

"고액인가? 괜찮아, 시바타 재벌이 고용주일세."

"에노키즈 탐정료의 육만 배는 받을 겁니다. 아니, 그런 문제가 아니지. 아무리 돈을 쌓아 준대도 저는 사양하겠어요."

"종지(宗旨)가 다른가?"

"주지(主旨)가 다릅니다. 저는 그런 것을 직업으로 삼고 있는 게 아닙니다. 정말이지, 스님 스물다섯 명 다음은 여학생 이백 명이라고요? 딱 질색이에요——."

추젠지는 머리카락을 쓸어 올렸다. 스님 운운하는 이야기는 아마 하코네 사건을 말하는 것일 테고, 그때도 그는 공짜로 일해 준 것에 가까웠던 모양이다.

"무엇보다 마스오카 씨, 당신은 그렇게 던지면 끝이라고 생각하니까 그렇게 필사적으로 던지고 싶어 하는데 그건 무책임하잖아요."

"무책임하지 않네. 나는 고용주에게 '무사시노 사건을 해결로 이끈 사람들'에게 이번 사건을 맡기고 싶으니 중개해 달라는 부탁을 받았을 뿐이야. 내 일은 자네들에게 일의 사정을 이야기하고 일을 의뢰하는 데까지니까, 전혀 무책임하지 않지. 오히려 이걸 전하지 않으면 책임을 다하지 못하는 게 되는 걸세. 뭐, 자네는 처음부터 맡지 않을 거라고 생각했으니 에노키즈한테 갔을 뿐이거든. 자네라도 좋아. 관계자라면 누구든 상관없네. 오히려 자네들이 맡아주지 않는다는 상황이 도래하는 경우에만 내 책임 문제가 발생하는 걸세. 그러니 맡아주게."

"싫습니다. 에노키즈에게는 부탁해 보겠습니다만."

"그래, 뭐 그렇게 말할 거라고 생각했네만."

하고 마스오카는 깨끗이 포기한 척하더니 다시 한 번 부탁했지만, 추젠지는 어림도 없다는 듯이 매몰차게 거절했다.

마스오카는 어딘가 낙담하며, 에노키즈 군은 맡아 줄까, 하고 힘없이 말했다. 추젠지는 무서운 얼굴을 한 채, 에노키즈는 여학생을 좋아하니까 갈지도 모르지요, 하고 말했다. 농담인지 진심인지 알 수 없다.

"그래? 에노키즈 군은 여학생을 좋아하나? 그럼 맡아 주겠지?"

마스오카의 허무한 기쁨은 곧 기각되었다.

"그런 건 모릅니다. 저는 당신에게 '에노키즈에게 이야기를 전해 달라'는 부탁을 받았을 뿐이에요. 제 일은 지금 들은 이야기를 그대로 그 탐정에게 이야기하는 것뿐입니다. 그러고 나서 그 녀석이 거절하든 도망치든 제 책임은 아닐 테고요."

"싫은 친구로군, 여전히."

"피차일반입니다. 그런데 마스다 군. 자네는 무엇을 하러 따라온 건가?"

"네. 그게 그——."

이야기하기 어렵기 짝이 없다. 마스오카가 가져온 사건에 비해 마스다의 이야깃거리는 스케일도 작고, 기복도 없고 감동도 없고 재미고 뭐고 없다.

"——그, 작년 여름쯤 고가네이에서 남자가 실종되었는데, 그것이 지바의 눈알 살인마 사건과 관련이 있을지도 모르니 찾아 달라고——."

에노키즈가 정리한 그대로 짧게 말했다. 확실히 그걸로 끝날 정도의 간단한 이야기다.

"——저는 탐정 조수 자리를 얻기 위해 그 남자를 이삼일 안에 찾아내야 해서요, 하지만 에노키즈 씨는 수사니 탐문이니——."

"그런 짓은 바보나 경찰이나 변태밖에 하지 않는다고 말하기라도 한 거겠지. 분명히."

추젠지는 마스다의 말을 가로막으며 그렇게 말했다. 에노키즈의 발언은 '개나 형사나 변태'였지만, 거의 맞는다고 할 수 있다. 세상이 넓다고 해도 에노키즈의 언동을 이렇게까지 정확하게 읽을 수 있는 사람은 이 남자 정도일 거라고 마스다는 생각한다.

이미 낙담해서 돌아갈 준비를 시작하고 있던 마스오카가, 그때 콧김을 거칠게 내뿜으며 말했다.

"이보게, 잠깐 마스다 군. 그런 일이야말로 좀 더 빨리 말했어야지. 뭐야, 눈알 살인마가 어쨌다고? 그래서 자네는 신경 쓰고 있었던 건가. 그 사건이라는 건 학원 여교사 살해사건을 말하는 게 아닌가?"

"그게, 학교 선생님 사건 쪽이 아닙니다. 피해자는 술집 여주인인가 그렇다는데, 여염집 여자 매춘의 포주라나 뭐라나——."

마스오카는 흐음, 하고 말하며 다시 앉았다.

마스다는 고유명사를 숨기고, 조금 더 자세한 사정을 이야기했다. 사소한 사건에 익명성은 잘 어울리는 것 같았다.

바쁘다던 마스오카는 왠지 완전히 자리를 잡고 앉아 긴 얼굴을 비틀면서 마스다의 이야기를 열심히 들었다. 겉보기와 달리 구경꾼 근성이 있다.

추젠지의 긴 강론을 좋아하는 것에서 생각해 보아도, 우선 특이한 남자임은 틀림없을 것이다.

미에에 대해서 이야기하자 마스오카는,

"아아, 나는 그녀들의 논리는 알겠지만, 그 히스테릭한 태도가 싫더군. 어떻게든 좀 안 되나 싶어."

하고 말했다.

추젠지는 즉시,

"바보 같은 말을 하시는군요, 마스오카 씨. 그녀들을 그렇게 만드는 건 우리 남자들이 아닙니까."

하고 말했다.

마스오카는 뜻밖이라는 얼굴을 한다.

"자네는——페미니스트인가?"

"물론 저는 여권신장론자입니다."

추젠지의 대답에 마스오카는, 사람은 겉보기와는 다르군, 하고 말하며 납득했지만, 마스오카는 두 사람의 대화 사이에서 적잖이 어긋난 데가 있는 것 같다고 생각했다.

거기에서 마스다는 오리사쿠 아오이의 이름을 꺼냈다.

추젠지는 어찌 되었든, 마스오카는 깜짝 놀란 모양이었다.

"자네는 그래서 오리사쿠라는 이름에 반응한 건가? 과연, 그건 셋째 딸이로군. 아마 여성운동을 하고 있다나 하는 이야기를 들은 적이 있네. 그렇다고 해도."

"우연——이겠지요. 참으로 기이한 일이네요."

눈알 살인마에 오리사쿠 가, 공통 사항이 두 개나 나온다. 이상한 일이라고 마스다가 말하자, 추젠지는 다시 한쪽 눈썹을 치켜세우며,

"마스다 군. 세상은 모두 우연으로 이루어져 있네. 놀랄 것까지도 없어."

하고 말했다.

"그렇습니까?"

그럼 —— 필연이나 개연의 입장은 어떻게 되는 걸까.

"다만 인간이라는 존재는 간교한 생물이라, 그러면 납득할 수 없는 걸세. 그래서 사람은 뚜렷한 형태를 만들고 싶어 하지. 거미가 거미줄을 치듯이, 어렴풋한 우연과 우연의 점과 점을 선으로 연결하는 거야. 아름다운 형태가 되었을 경우를 필연이라고 부르고, 일그러진 형태가 되었을 경우를 개연이라고 부르지. 오직 그뿐일세. 그 거미줄 —— 이치를 떼어내 버리면 세계는 혼돈한 우연의 집적에 지나지 않아."

"그렇습니까."

"그래. 거미줄은 항상 흐릿한데, 이것이 명확하게 보이는 것을 사이언스, 즉 합리적 인식이라고 부르고, 전혀 보이지 않는 것을 오컬트, 보통 신비학이라고 부르네. 따라서 신비학은 비합리적 인식이 아니고, 과학과 마술은 상반된 것이 아니니, 그것은 본래 그 정도밖에 차이가 없는 걸세. 보이는 것이 좋은지 보이지 않는 것이 좋은지, 잘 구분하지 못하면 세계를 오해하게 되지만."

"그러니까 전혀 상관이 없는 제 이야기와 마스오카 씨의 이야기에서, 눈알 살인마와 오리사쿠 가라는 공통 항목이 적출된 것도 딱히 놀랄 만한 일은 아니라는 뜻입니까?"

"그렇지. 다만."

"다만?"

추젠지는 눈을 가늘게 뜨며,

"그 우연 —— 이미 거미줄 위에 올라간 건 아닐까?"

하고 말했다.

"무슨 뜻입니까?"

"누군가가 그린 도면 위에 나란히 놓인 우연——이라는 것도 있다는 뜻일세. 이 경우, 우연은 우연이지만 그것은 이미 보이지 않는 곳에서는 필연이 되었지. 그 가능성은——있을지도."

마스다는 무슨 뜻인지 알 수가 없었다.

"그건 그러니까, 그 의뢰인이 에노키즈 씨를 찾아간 일도, 제가 그 이야기를 듣고 시바타 어쩌고의 명령을 받은 마스오카 씨와 함께 이곳을 찾아온 일도, 모두 누군가가 꾀한 어떤 계획의 일환이라고요?"

그럴 리는 없다. 그 일들은 우연 이외의 그 무엇도 아니고, 마스다의 선택은 마스다의 자유의사에 의한 것이다.

제삼자가 개입할 여지는 없다.

"그건 있을 수 없는 일입니다, 추젠지 씨. 제가 이곳을 찾아온 것은 어쩌다 보니 그런 거고, 마스오카 씨가 이곳에 오게 될 때까지 올까 말까 망설이고 있었거든요. 오지 않았을지도 몰라요. 아니, 마스오카 씨하고는 우연히 만나게 된 셈이고, 애초에 도쿄에 올라온 게 오늘이었던 것도 단순히 인수인계 문제로——."

"그런 것은 큰 문제가 아닐세."

추젠지는 품에 넣고 있던 손을 꺼내 턱에 손가락을 댔다.

"예를 들면 자네가 여기 오느냐 마느냐 하는 확률은 자네가 아무리 번민했다고 해도 5대 5. 몸 절반만 올 수는 없으니, 확률에는 변화가 없지. 그리고 자네의 행동이라는 건 자네의 의향 여하에 상관없이, 대부분이 외적 조건에 구속되고 있네. 자네는 자네의 의지를 갖고 행동하고 있다고 믿고 있지만, 의사결정을 하기 위한 조건의 대부분은 자네가 정한 게 아니야. 자네는 실제로, 어쩌다 보니 그렇게 되었다고 말했네."

"하지만 여기에 오느냐 마느냐는 제가 결정한 겁니다."

설령 변덕스러운 생각이었다고 해도, 판단한 것은 자신이다.

"그럴까? 자네는 그 대부분의 조건을 고려하건대, 그리 많지 않은 선택지 중에서 자네에게 최선인, 혹은 최선이라고 생각되는 것을 고른 것에 지나지 않아. 웃기는 탐정이니, 곤란에 처한 의뢰인이니, 참견을 좋아하는 비서니, 명령을 받은 변호사니, 그런 것이 주위에 있어서 비로소 자네는 나한테 올 마음을 먹은 셈이니 그중 어디까지가 자네의 의지인지 알 수 없지."

"하지만 추젠지 씨. 설령 그게 제 의지가 아니었다고 해도 제가 마스오카 씨와 만난 건 역시 우연입니다. 만나지 못했을 가능성도 있어요."

"물론 그렇지. 하지만 자네가 없어도 마스오카 씨가 가져온 이야기와 그 의뢰인이 가져온 이야기는 늦든 빠르든 에노키즈가 있는 곳에서 교차하게 되네."

"그건 그렇지만—하지만 마스오카 씨는—."

"그도 그의 의지로 이런 일을 하고 있는 것은 아닐세. 그는 다망한 가운데 마지못해 이 일을 하고 있지."

"그 말이 옳아."

"그럼—잠깐만요. 제가 마스오카 씨와 만나기 이전에 단독으로 조사하러 나가 버렸다면 어떻게 됩니까? 이 두 가지 이야기는 절대로 교차하지 않아요."

"절대라는 건 없겠지만, 우선 한동안은 맞물리지 않겠지. 하지만 마스다 군. 만일 그게 거기까지 내다보고 짜인 설계도라면—어떨까?"

"예? 예측할 수 없는 사태도 계산에 넣은 계획, 이라는 뜻입니까?"

"그래. 아까도 말했지만, 자네가 이곳에 올 확률은 고작해야 5할. 읽을 수 없는 비율은 아닐세."

"그건 —— 그렇습니다만."

"그 이전에 자네 따위가 어떻게 움직이든 무엇을 생각하든, 대세에는 영향이 없었다, 상관없었다 —— 는 것이겠지. 자네는 우연히 오늘 상경했을 테고, 개인적인 사정으로 에노키즈의 사무소에 갔을 테니 그건 역시 우연일 걸세. 아니, 오히려 마스다 군의 난입은 알 수 없었을 게 틀림없어."

추젠지는 미간에 주름을 지었다.

"하지만 미지의 우연마저 교묘하게 끌어들일 수 있는 구조를 가진 그림이 그려져 있었다 —— 고 한다면?"

그리고 심각하게 그 주름에 손가락을 미끄러뜨린다.

"그 의뢰인이 가져온 정보와 마스오카 씨가 가져온 정보가 어떤 경위를 거치든, 언젠가 누군가에게서 교차하기만 하면 된다 —— 는 뜻일까. 누가 어떻게 움직이든 그것은 전부 계산된 것이고, 이 우연 뒤에는 우연을 가장하고 우연을 이용해서 두 가지 정보를 교차시키려는 —— 의지가 있었다."

"무슨 말이 하고 싶은 겐가, 추젠지 군."

마스오카가 빠른 말투로 물었다.

"아뇨. 이건 단순한 예감에 지나지 않아요. 뚜껑을 열어볼 때까지는 거기에 뭐가 있는지 알 수 없습니다. 하지만 —— 이건 —— 아니."

추젠지는 생각에 잠겨 있다.

그 심중은 마스다로서는 잴 수 없다.

마스다는 점점 불안에 빠진다. 눈앞의 현실이 자신의 것이 아니게 되는 듯한 덧없음을 느낀다.

"두 가지가 교차한 곳에——무엇이 떠오르지?"

"오리사쿠 가와 눈알 살인마일까?"

"아니. 그건 아닐 겁니다. 그러면 속이 빤히 보여요——마스다 군."

"왜, 왜 그러십니까?"

"그 의뢰인이라는 부인의 이름은?"

마스다는 한순간 망설인다.

탐정에게 비밀을 지켜야 할 의무라는 건 없는 것일까. 에노키즈라면——망설이지 않고 말할 것이다.

"스기우라 미에——씨입니다."

"스기우라 씨라——한자는?"

"삼나무의 스기[杉], 우라시마 타로 할 때 우라[浦], 아름다울 미(美)에에도 할 때 에[江]."

"마스오카 씨, 들어본 기억은?"

"모르겠는데."

"찾는 사람 쪽은?"

"스, 스기우라 다카오——융·비술(隆鼻術)[83] 할 때 융(隆)에 지아비 부(夫)."

"마스오카 씨, 그쪽은?"

"모르겠는데——잠깐. 잠깐, 잠깐. 스기우라? 다카오라고? 으음, 이런이런, 그 이름은 들어본 적이 있네. 으음——."

마스오카는 김 같은 눈썹을 일그러뜨리며 생각에 잠긴다.

---

83) 미용을 목적으로 코를 높이는 성형 수술.

마스다는 그 입에서 나올 결론이 ──조금 무섭다.

아아, 문패야, 하고 마스다는 짧게 외쳤다.

"문패를 보았네. 고가네이에서."

"뭐예요, 그렇다면 ──."

그렇다면 그거야말로 우연이다.

"그렇다면 상관없잖아요. 분명히 스기우라 씨는 고가이네초에 살았다고 하지만, 마스오카 씨가 어떤 길을 걷고, 무엇을 보고, 그리고 본 것을 기억할지 어떨지는 그야말로 아무도 몰라요. 미리 계산에 넣어둘 수는 없잖습니까? 이번에야말로 진짜 우연이겠지요. 지나친 생각입니다, 추젠지 씨."

"그렇 ──지도 않네. 게다가."

"네?"

마스오카는 아직 생각을 멈추지 않았다. 그리고 마스다의 안도는 짧은 시간 만에 뒤집혔다.

"──아니, 아니야. 그렇지 않아. 알았네."

마스오카는 역시 빠른 말투로 생각했는지, 몹시 허둥거리며 가방을 열고 안에서 덮여 있는 서류를 꺼냈다.

"이걸세. 여기에서 봤어. 뭔가 글자 모양이 낯익은 이름이라고 생각하고 있었네. 고가네이에서 본 문패에 적혀 있던 이름과 똑같아서 눈에 띄었던 건가 ──아니, 그렇지 않았다고 해도 조만간 알게 될 일이었겠군, 이건. 면밀하게 보기만 했다면 누구라도."

"고가네이라면 지난번 사건 때의?"

"그래, 추젠지 군. 내가 자주 다니던 그 집 옆집의, 문에 걸려 있던 이름일세. 이거야, 이거, 이거."

마스오카는 서류를 넘기더니 어느 부분을 가리켰다.

"그건?"

"이건 '성 베르나르 여학원'의 직원과 재학생의 명부일세. 자, 보게 마스다 군. 여기일세──."

마스오카는 약간 흥분했다.

"주방 건물 임시 고용 직원. 잡무이지. 급사인가? 여기에 있네. 적혀 있지 않은가."

스기우라 다카오, 35세. 1952년 9월 채용.

── 있었다.

"무슨── 일이."

스기우라 다카오가 이런 곳에 있었다.

이것이 이름만 똑같은 다른 사람이 아닌 한── 진실로 마스다는 고가네이에도 오키쓰초에도 가지 않고, 탐문도 하지 않고, 겨우 몇 시간 만에 목적하던 남자에게 다다른 것이 된다.

이것은 우연이고,

그리고 그 우연은 필연이라고,

웅변적이고 기분이 언짢은 남자는 말하고 있는 것이다.

마스다는 오싹오싹한 오한을 느낀다.

자신이 사실은 자신의 의지를 갖고 행동하는 것이 아니라면──.

그리고 모든 우연을 늘어놓고 그것을 조종하는 초월자가 존재한다면──.

그렇다면 마스다는 끈이 달린 마리오네트 같은 것이 아닌가. 자아는 없는 것이나 마찬가지다.

우연을 조종할 수 있는 사람은, 그것은── 신이다.

거미줄처럼 이치의 중심에서 실을 끌어당기는 사람은,
—— 그것은 거미일까.

"정말로 —— 찾는 사람과 동일인일까요."

"만일 다른 사람이라면, 그때는 당당히 기이한 우연이라고 말하게, 마스다 군. 이것은 우연이지만 역시 우연이 아닐세 —— 이것은."

추젠지는 몹시 흉악한 얼굴이 되어 입을 다물었다.

마스오카가 말했다.

"그렇다고 해도 기록이 적군. 주소도 본적도 적혀 있지 않아. 게다가 어째서 이런 어중간한 시기에 채용된 거지? 중도 채용도 보통은 연도가 바뀔 때 모집하지 않나. 누군가의 커넥션을 이용해서 취직한 걸까? 아무래도 수상하군. 확인해 볼 필요는 있으려나. 응? 아니, 이보게, 이건 내가 할 일이 아니지 않은가!"

마스오카는 저도 모르게 끌려 들어가고 있는 자신을 깨달았는지, 당황하며 고개를 저었다.

"꼭 그렇지만도 않습니다, 마스오카 씨. 이 스기우라라는 사람은 아직 젊지 않습니까. 당신은 아까 살해된 혼다 교사는 46세이고, 학원에서 일하는 남자 중에서는 가장 젊다고 설명해 주었는데."

"그건 교사들의 이야기일세. 이 자는 사환이니까 —— 아니, 잠깐. 이렇게 젊은 남자가 학원 내에 있었었군. 다시 말해서 —— 이보게, 추젠지 군, 자네는 이 남자가 살인범이라도 된다는 말은 아니겠지. 이 녀석이 만일 마스다 군이 찾고 있는 남자라면, 눈알 살인사건 쪽의 ——."

"그거군요."

"뭐가 어느 거란 말인가?"

"스기우라 다카오를 의심하라. 그것이 준비된 결론이에요. 의도는 아직 확실하지 않지만, 이 스기우라 다카오가 바로 이 단계에서의 결론이겠지요."

"이 단계?"

"이것만으로는 아마 아무것도 보이지 않을 거예요. 이것도 —— 어차피 무언가의 포석에 지나지 않습니다. 우리는 셋 다 모르는 사이에 누군가가 친 ——."

추젠지는 거기에서 마스다와 마스오카를 순서대로 바라보며,

"——그물에 걸린 것 같군요."

하고 말했다.

마스다는 이마의 땀을 닦았다.

*

　여자의 하염없이 흐느껴 우는 듯한 애절하고 축축한 목소리를 듣고
남자는 조금 초조해져서 마루방을 힘껏 내리쳤다. 남자는, 그만해라,
그만, 뭐가 그렇게 마음에 안 드는 게냐, 하고 판자문까지 삐걱거릴
정도로 큰 소리로 말하며 여자가 있는 쪽을 돌아보았다. 촛불의 불빛
도 훌훌 농염하게 타오르며 여자의 하얀 피부를 붉게 물들여, 박복한
여자가 한층 더 덧없어 보인다.
　분노도 초조함도 어디론가 사라지고, 남자는 다시 여자 옆에 바싹
붙어 그 야윈 어깨에 두툼한 손바닥을 올려놓았다.
　여자는 남자의 손을 슬쩍 빠져나가더니, 나리, 이 돈은 무엇입니까,
왜 이런 짓을 하시는 겁니까, 하며 베갯맡의 돈다발을 원망스러운
듯이 바라보고는 한층 더 슬픈 듯이 남자를 마주 보았다.
　"부담스러워할 것이 무에 있나. 그것은 네게 준 돈이다. 비가 새고
바람이 틈새로 사정없이 불어 드는 허름한 집을 수선하는 데 써도
좋고, 영양가 있는 음식을 먹어도 좋고, 때때옷이라도 한 장 사는
것도 좋겠지."
　"제게 돈을 주실 이유는 없으니 돌려드리겠습니다."
　"왜 이유가 없단 말이냐, 설령 하룻밤의 인연이라도 너는 지금까지
이 내게 그 몸을 맡기고 있지 않았느냐. 게다가 이 내가, 일단 내어준
돈을 도로 받아들고, 그럼 안녕히 계시오, 하고 돌아갈 수 있을 것
같으냐?"

여자는 침구에 양손을 짚고, 화내는 남자에게 머리를 숙인다.

"오늘 밤은 나리처럼 생각지도 못한 훌륭한 분께서 정을 나누어 주셨으니, 저는 그것만으로도 충분히 기쁩니다."

"건방진 말을 하는구나. 너는 마을 사내들한테서는 눈먼 돈을 받아도 이 내가 베푸는 것은 받을 수 없다, 그리 주장하는 것이냐. 마을 사내들이 하룻밤이 멀다 하고 이 오두막에 요바이를 다니는 것은 다 알려진 이야기. 이 내가 모를 거라고 생각했느냐."

"요바이는 요바이입니다."

여자는 약간 얼굴을 들고, 눈치를 살피듯이 머뭇머뭇 남자의 얼굴을 올려다보며 말한다.

"베개를 함께 하는 것도 정이 있어야지요. 저는 마을 사내들의 많은 정을 받으며 이렇게 근근이 살아가고 있습니다."

남자는 여자 앞에 서서 그대로 여자를 내려다보았다.

"좋아서 안기는 칠칠치 못한 여자, 썩어빠진 탕부(蕩婦)라고 인정하는 거냐. 그렇게까지 자신을 욕보이고, 그래도 돈을 받지 못하겠다니, 얼마나 나를 우롱할 셈이냐."

우롱이라니 당치도 않습니다, 하며 여자는 이마를 침구에 문지른다.

"비록 궁핍하게 살고 있을지언정, 작부나 창부는 아닙니다. 사내들에게는 돈이라고는 일절 받지 않았습니다."

"거짓말하지 마라."

가소롭다고 남자는 여자를 욕했다.

"그럴듯한 소리를 늘어놓아도 정으로 배를 불릴 수는 없다. 작부가 아니라면 거지란 말이냐."

"무엇이라고 경멸하셔도, 요바이는 요바이입니다. 요를 함께 나누는 것은 제 마음이 그러했기 때문. 싫으면 싫다고 말씀드립니다. 도리에 맞게 거절하면 아무도 무리하게 굴지는 않습니다. 사내들이 찾아와 주는 것은 저도 기쁩니다. 어느 마을에나 있는, 그냥 요바이입니다. 몸을 팔지는 않았습니다."

"그것은 처음 듣는 이야기, 생전 듣도 보도 못했다. 창부, 창부라고 네 소문은 더럽게 나 있단 말이다."

"타지 사람이다 보니 나쁜 소문은 끊이지 않지요. 이곳 분들께 거스르면 이곳에서 생계를 이어갈 수는 없습니다."

"에에잇, 그렇다면 너는 역시 창부다. 뭐라고 변명하든, 몸을 파는 것은 마찬가지 아니냐. 설령 돈을 받지 않더라도 돈 대신 다른 것을 받고 있겠지. 이곳에서 살기 위해, 먹고살기 위해, 마을에 붙어 있기 위해서 안기고 있는 것뿐이다."

"그것은 아닙니다, 아닙니다, 부디 이해해 주십시오."

하고 여자는 계속해서 말했다. 남자는 드디어 싫증이 나서 거칠게 일어선다.

"아까부터 듣자듣자 하니, 전부 다 헛소리. 어차피 누군가의 첩이겠지. 주인에게는 돈을 받아도 내 마음은 받아들일 수 없다니, 얄미운 간부(姦婦) 같으니."

말하자마자 난폭하게, 싫어하는 여자를 밀어 쓰러뜨리고는 짓누르고 두세 번 때리더니, 결국 남자는 이렇게 말했다.

"모르겠다면 가르쳐 주마. 네가 어떻게 생각하든, 그것은 상관없는 일이다. 이런 생활을 하고 있으면 누가 보고 들어도 몸을 파는 창부지. 돈을 받든 받지 않든 다를 것이 없다. 마을 남자들도 모두 너를 창부라고 생각하며 드나들고 있는 것이 틀림없지. 알겠느냐, 잘 들어라.
참말로 네가 돈을 받지 않는다면."
　——너는 공짜 창부다.
　여자는 순식간에 안색이 창백해져서 남자가 하는 대로 몸을 맡기
고,
　남자가 돌아간 후에 눈물도 말라서——.
　목을 맸다.

〈중권에 계속〉

絡新婦の理

옮긴이 ㅣ 김소연

한국외국어대학교에서 프랑스어를 전공하고, 일본어를 부전공하였다. 현재 출판기획
자 겸 번역자로 활동하고 있으며 옮긴 책으로 다카무라 가오루의 〈리오우〉, 교고쿠
나쓰히코의 〈백귀야행 음, 양〉, 〈우부메의 여름〉, 〈망량의 상자〉, 〈광골의 꿈〉, 〈철서
의 우리〉, 〈무당거미의 이치〉, 〈도불의 연회-연회의 준비〉 등 백귀야행 시리즈와 〈웃
는 이에몬〉, 〈싫은 소설〉, 유메마쿠라 바쿠의 〈음양사〉 시리즈와 하타케나카 메구미
의 〈샤바케〉 시리즈, 미야베 미유키의 〈마술은 속삭인다〉, 〈드림버스터〉, 〈외딴집〉,
〈혼조 후카가와의 기이한 이야기〉, 〈괴이〉, 〈흔들리는 바위〉, 덴도 아라타의 〈영원의
아이〉 등이 있으며, 독특한 색깔의 일본 문학을 꾸준히 소개, 번역하고 있다.

무당거미의 이치 (上)

1판 1쇄 발행 2014년 8월 25일
1판 2쇄 발행 2015년 12월 24일

지은이 교고쿠 나쓰히코
옮긴이 김소연

발행인 박광운
편집인 박재은

발행처 손안의책
출판등록 2002년 10월 7일 (제307-2015-69호)
주소 서울 성북구 오패산로 79-4, 2층
전화 02-325-2375 팩스 02-6499-2375
카페 http://cafe.naver.com/bookinhand
이메일 bookinhand@hanmail.net

ISBN 978-89-90028-90-7 04830

* 이 도서의 국립중앙도서관 출판예정도서목록(CIP)은 서지정보유통지원시스템 홈페이지
(http://seoji.nl.go.kr)와 국가자료공동목록시스템(http://www.nl.go.kr/kolisnet)에서 이용하실 수 있
습니다.(CIP제어번호: CIP2014024380)